I0646424

LEON VAN NIEROP

PLESIERENGEL

Tafelberg

Tafelberg
is 'n druknaam van NB-Uitgewers,
'n afdeling van Media24 Boeke (Edms) Beperk,
Heerengracht 40, Kaapstad
© Leon van Nierop 2013
Alle regte voorbehou

Omslagontwerp: Mike Cruywagen
Geset in 11 op 15 pt New Baskerville
Gedruk in Suid-Afrika deur
Interpak Books, Pietermaritzburg

Produkgroep afkomstig van goed bestuurde bebossing
en ander beheerde bronne.

Eerste uitgawe, eerste druk 2013
Tweede druk 2014

ISBN 978-0-624-06471-8
ISBN 978-0-624-06472-5 (epub)
ISBN 978-0-624-06473-2 (mobi)

VOORWOORD

Hierdie roman is 'n opgedateerde, herskrewe weergawe van die 1998-roman wat destyds by Perskor verskyn het oor dieselfde onderwerp. Die inspirasie het gekom van 'n lewendige debat destyds oor die wettiging van prostitusie. Daar is toe besluit om 'n roman te publiseer wat die onderwerp kaalhand aandurf.

Waar die probleme van vroulike prostitute gewoonlik uitgebeeld word, word dié van mans wat slegs met vroue werk bitter selde belig. Slegs enkele rolprente het dit suksesvol gedoen, soos *American Gigolo, Midnight Cowboy* en *Miehen Työ.*

Gedurende die aanloop tot die oorspronklike *Die plesierengel* het ek versoeke gerig dat mense hul ervarings moet deel. Sommige insidente in die oorspronklike boek is losweg gegrond op daardie vertellings.

Toe daar onlangs sprake was om hierdie roman weer uit te gee, het ek dit herlees en besef dat Suid-Afrika sodanig verander het dat die verhaal 'n nuwe struktuur, intriges en 'n herbedink van die hoofkarakters benodig het. Dit het toevallig gebeur terwyl daar 'n hernude stryd om die wettiging van prostitusie woed. Die stigma wat aan prostitusie gekleef het, was egter steeds onveranderd, sonder inagneming van sosiale en maatskaplike toestande en veranderings wat intussen plaasgevind het. Die boek probeer ook daardie elemente belig.

Hierdie roman probeer nie die wetgewing goed- of slegpraat nie, nog minder om prostitusie te veroordeel, te sensualiseer of op te hemel. Dit word hopelik aan die leser se eie oordeel oorgelaat. Wat my egter tydens gesprekke met sielkundiges en prostitute getref het, was dat hul belewenisse dikwels ooreengestem het. Dit het opnuut herhalende temas van misbruik, geweld en skaamte, maar ook die uitlewing van fantasieë of betaalde, "wegneem"-seks as 'n dwelm teen die werklikheid na vore gebring. Dit het tonele geïnspireer wat losweg gegrond is op die oorspronklike roman, maar aangepas is vir 'n nuwe tydsgewrig.

Dit was ook die invloed wat die werk op individue het, hetsy in hoëklas-weelde of agterkamers, wat in die roman belig word, die sogenaamde "smokkel met die kop"-sindroom en die wêreld se beheptheid met skoonheid.

Wat ook getref het, is hoeveel Afrikanerseuns en -meisies hulle op straat bevind omdat hulle "uitgekom" het teenoor hul ouers en dan summier uit die huis gegooi is, wat aanleiding gee tot groter euwels en selfs tragedies.

Ek het van die sekstonele aan kollegas en medeskrywers gestuur om hul reaksie te toets. Was dit te eksplisiet, in swak smaak, te smerig? Kan 'n mens 'n boek oor hierdie bedryf skryf en die eksplisiete en seksuele uitlaat ter wille van geskokte reaksie? Ek waardeer hul insae en raad.

Daar is in die boek probeer om veral ook op die emosionele elemente te fokus in plaas van 'n pornografiese quickie. Maar indien slegs seks vir 'n betrokke karakter belangrik was en as 'n uitlaatklep gedien het, is dit presies so uitgebeeld sonder selfsensuur ter wille van sensitiewe lesers.

Wat uit onderhoude met sielkundiges, sosiale werkers en prostitute geblyk het, was dat prostitusie dus nie net om seks gaan nie, maar ook om die soeke na romanse en aanvaarding, en die hantering en wegvlug van eensaamheid.

Weet dus dat as jy hierdie boek lees, daar eksplisiete tonele is, en dat daar probeer is om dit nie as titillering of pornografie te laat oorkom nie. Daarvan is daar genoeg. Dit weerspieël ervarings (dikwels ook fiktief bygewerk) oor mense wat moedverlore en bedruk was (is) oor die toestand waarin die land hom bevind, en waar prostitusie, hetsy as kliënt of diensverskaffer, 'n laaste, gedwonge uitweg is. Maar veral hoe die gemeenskap dit deesdae ervaar.

Leon van Nierop

EEN

Daar is iets aan die gegrom van die dertigton-trok wat haar lus maak. Die diep, donker klanke wat voel asof dit uit haar liggaam kom. Sy maak gereed vir die afdraand hier voor, trap die uitlaatklep-rem met haar linkervoet en luister na die swaar dreuning – vol forsheid en krag.

Sy dink aan die skyf wat dwars in die uitlaatpyp toeslaan om haar trok se spoed te stuit. Sy herhaal die terugrat-aksie en voel die lekkerte deur haar rank toe die trok haar bevele gehoorsaam en die vaart begin afneem.

Hier, in haar trok, is Santa Ferreira baas. Kan sy die sonskerm laat sak wanneer sy verlang, sodat sy na die foto van haar pa en ma op Die Eiland in Limpopo kan kyk. Daar staan hulle gesellig om 'n tjoppie op die kole saam met haar broers en susters, geneem by laas jaar se Kersmakietie. Sy kon darem Kersfees afkry – haar eerste vry Kersfees in vier jaar.

Die vorige een moes sy 'n trok vol stene Kaap toe karwei, die sleepwa laat aflaai en 'n nuwe vrag sement oplaai. Daarna moes sy die kalf vol stene hak, die sleepwa tot sy maksimum kapasiteit vul en met die langpad terugpiekel Johannesburg toe, alles op die maat van RSG se lekker programme. Sy sing graag "Jy sprei my vlerke" van David Fourie wat hulle soms op Sondagmiddae speel. Tog 'n altevolle mooi mannetjie, dié David. Dan sing hy boonop nog so mooi, veral "Kaboemielies" en "Jy soen soos 'n engel".

En wanneer sy daardie liedjie se hoë noot slaan, dikwels tussen Laingsburg en Beaufort-Wes, voel sy vry – sing sy soos die nagtegaal waarvan sy altyd in sprokies gehoor het. Dit is hoe dit moet voel om so mooi te kan sing. En sy het 'n mooi stem, dis nou maar wors.

Dominee het haar altyd daaraan herinner toe sy nog in die kerkkoor kon sing en voordat die kerk begin leegloop het omdat baie lidmate afvallig geraak het, of bloot te lui was om agtuur soggens daar te kom sit, of mans en vroue in die gemeente begin saamwoon het en die dominee dit nie goedgekeur het nie.

Maar vir die afgelope tien jaar was sy maar selde Sondagoggende tuis.

Onthou sy die slag toe sy sommer drieuur die oggend in Graaff-Reinet afgetrek het om 'n uiltjie te knip. Sy het haar vensters oopgehou teen die hitte. Lekker nesgeskop op die enkelslaapbank agter in haar kajuit. Toe klim die dêm skelm kinders deur die vensters en steel haar smuktassie, gesigwaslap, haar trui, selfs haar skoene. Sy moes kaalvoet polisiestasie toe piekel om 'n klag te gaan lê.

Sy raak aan Snoekie, die beertjie, voor op haar spatbord, die einste beertjie wat haar pa nog vir haar present gegee het toe sy die eerste keer die langpad alleen aangedurf het. Sy en haar nat waslappie (nog in Darling by 'n Five Rand Store gekoop), asook haar koelboks met die yskoue aangemaakte lemoensap uit haar ma se kombuis. Destyds het sy nog nie vir Giepie as reismaat gehad nie – haar bynaam vir die GPS wat sy drie jaar gelede aangeskaf het. Nou praat sy al met hom. En eendag, weet sy, gaan hy terugpraat.

Soms gesels sy met hom, al is dit net om iemand te hê wat die witlynkoors breek; daardie hipnotiese, eentonige effek wat die gebroke lyn op langafstandbestuurders het.

Dit plaas jou later in 'n koma, want jy ry dan op auto-pilot van streep een na streep sewehonderd-en-dertien na streep drieduisend-vierhonderd-en-sewe. Dan lag sy vir Giepie: "Wonder hoe jy in daai hogere Engels die strepe sou tel."

En haar getroue koffiefles met die kondensmelk-koffie soos net haar ma dit kan maak. Warm op die tong, sterk op die siel, hard op die oë. Oë wat moet wakker bly en oop bly.

Santa Ferreira roem haar daarop dat sy ryfiks is. "Ek droom oop-oë," sê sy eendag vir 'n vriendin wat wou weet of sy nie vaak raak nie. "Ek dagdroom plesieriger met ekstra room in die koffie."

Sy het al swart katte voor haar oor die pad sien hol, selfs koedoes in haar syspieëltjie gesien wat nie bestaan nie en wit strepe in tweelettergreep-woorde sien verander: hal-lo, koe-baai, am-per, stam-per, lang-pad, kal-fie, lor-rie, sleep-wa, op-hou, Da-vid Fou-rie, een-saam, man-loos, hun-ker. Dan maak sy haar eie woorde op en kyk hoeveel verskillendes sy kan uitdink as die stippellyne soos Hansie en Grietjie se brood-krummeltjies voor haar uitstrek. En sodra die lang, ononder-broke wit lyn begin, moet sy van voor af begin tel. Probeer sy 'n lang noot volhou tot die wit lyn weer gebroke raak sonder om asem te skep. Sy het haar al uitasem gesing.

Dié speletjie het haar vir baie jare se deurnag-ryery besig gehou, Oos-Kaap toe of Hoedspruit of Maputo toe.

Sy het ook ekonomies met haar geld gewerk, want reg van die begin af het sy 'n neseiertjie opgebou. Sy het elke ekstra skof se oortydgeld in 'n spaarrekening gestort.

Santa het dekades gelede al gedink dat sy in die bank liewer sou wou lappe trap, oftewel slaap, as om in daardie dêm koue gebou, so ysig soos haar dominee se vermanings oor selfbevlekking (hoe wreed kan 'n mens met woorde omgaan?) te sit en 'n spaarrekening te open.

Aan haar ander geld, wat die grootste deel van haar salaris uitmaak, wou sy nie raak nie. Maar hierdie een was haar plesierrekening. Geld waarmee sy vir haarself iets spesiaals sou koop. Soos 'n nuwe rok.

Maar wat sy waarheen sou aantrek? Dalk 'n karavaanvakansie vol sand en see langs die Suidkus? Maar saam met wie? Maans met die dik pens wat lyk of dit vla gaan baar en net 'n kersie op sy naeltjie kort om op 'n kinderpartytjie opgedis te word? En wat "O . . . my . . . liewe . . . Herrrretjie tog!" prewel-hik wanneer fyndraai naderkom – nes 'n trok wat 'n sinkplaatpad slaan.

Of sou sy saam met vlytige Freek vir 'n naweek Vaaldam toe suiker om verniet in sy suster se huis te gaan bly wat na katpiepie en Axe ruik, waar die visserman met die pyp hul plesierighede glimlaggend vanaf die muur dophou? Sy kon sweer sy glimlag is half spottend wanneer sy later verbyloop, laken om die lyf.

Freek sou haar elke keer op dieselfde manier bykom ("Oppas, Freek, ander een, jy's op die verkeerde plek, my lam! Eina!") met sy massiewe gewig wat haar asem uitpers, drillend bo-op haar. Sy moes deurgaans veg om asem. Hy was te swaar, hy het al die probeer om lekker te kry uitgelê.

Dan, later, dikwels onder 'n minuut, sou hy sidderend op haar tot ruste kom, 'n harde wind laat ("Oe, dit was nou 'n lekker boerpampoen!") en verklaar hoe lekker sy hom laat kry op die goeie ou boeremanier, terwyl sy haar gesig in die kussing teen die reuk verberg.

Sy mag nooit bo-op hom gesit het nie, dan het hy nie "genoeg beheer nie, Santie-Merantie, en jy weet tog ou Frikkie like om in charge te wees".

Wanneer sy daarin geslaag het om onder hom uit te maneuver (hy sidder-snork dan) en na hom gekyk het waar hy op sy papsak maag lê en snork, het sy gedink dat hy hom ten minste kan snoei – die dik hare in sy mik kon tem; die gryses wat sy testikels oorgroei, kon afskeer. Dalk sou dit hom groter laat lyk het op die regte plek, sodat sy nie telkens daarna hoef te gesoek het nie.

Na sy twee-minute-ry-sonder-om-te-vry, moes sy biere aandra TV toe, sy harige rug met Dove-room vryf, net sodat hy later voor die TV kon oopketel met: "Santie-Merantie. My ou slurpie is weer lus, my ou stofsuiertjie?"

Hy het haar een keer gevra om op te hou ("Oe, oppas vir die tande!") toe 'n rugbyspeler op pad was om 'n drie te druk. "Bliksem, Santjie, hoe moet 'n man dan kies? Wees ou Frekie dan genadig. Fyndraai is naby en ou Choekels het die bal!"

Miskien sou sy haar plesierfonds gebruik vir 'n make-over en 'n spa-behandeling. O, as sy net een lekker massering kon kry vir al die beskuitknie-drukke wat sy op harige rûe en boerpampoenboude moes gee. ("Ja, my soetpatatrankie, druk jou vinger daar, net daar, oe my alla, hoerpampoen!")

Nie dat sy lelik is nie. Santa het mooi na haarself gekyk, haar gewig in toom gehou en haar hare in 'n bob gesny nes Purdey destyds op TV. Sy het die Ferreiras aan haar ma se kant se sterk wangbene geërf. En was sy trots op haar vel! Met moeilike maande moes sy kies tussen kruideniersware en gesigroom. Maar dikwels het gesigroom gewen. En later die besoek aan die haarsalon een maal per week. Daarvoor het sy 'n spesiale fonds gehad en Thelma het presies geweet waar om te knip om ekstra krag in haar bob op te tower.

En sy het die wassery geniet en gewens 'n man wil haar kopvel eendag so masseer.

Sy het die manne na haar hoor verwys as "Soettand-Santie", want sy was glo lekker genoeg om op te eet met haar mooi hare en lekker-soen-gesiggie en haar marankas van borste waaraan hulle so graag wou vat. "Bliksement, pel – kan jy dink hoe sak 'aai stuurwiel as daai mamasch daarop lepellê, who's your daddy?" het iemand eendag wellustig gebulder sodat sy moes hoor.

Dalk moes sy spaar vir 'n bootrit. Sy het gehoor dat *Die Huisvrou* so 'n lekker leserstoer aanbied. Dalk sal sy daar iemand interessants ontmoet wat haar waardeer.

Nou hou sy maar haar wiele op die teer, luister na RSG se deurnagprogramme terwyl sy saam met Bok van Blerk en Steve Hofmeyr se "Pa en seun" neurie terwyl die swart teerrivier met sy wit strepe dreig om haar te hipnotiseer. Dan het sy tyd om te dink wat sy met haar plesierfonds gaan maak.

Dalk kry sy 'n trokdrywer wat nog nie getroud is nie en wat sy kan trakteer. Een wat 'n bietjie aandag aan háár gee, wat die feit waardeer dat sy na haarself gekyk het en nie net prewel dat sy sy boerewors moet pluk nie. "Nee, vat bietjie hoër, my skokiaantjie, oe, oe!"

Later die vrou by die depot hier in Johannesburg. Die een met die lang, rooi katnaels en die bottelblonde hare en die toonnaels waarvan elke halfmaantjie anders gekleur is in sandale wat flip-flap-flop terwyl sy na die liasseerkabinet toe stap. Die vrou met die *Cosmo*-kalender op haar lessenaar, met Meneer Maart wat al voos gevat is.

Santa onderneem dikwels drie reise Kaap toe per week. Maar as sy dieselfde drie afstande in vyf of selfs vier dae voltooi, kry sy meer geld. Kan sy haar plesierfonds vinniger en makliker aanvul.

Die Bybelse lande. Haar ouers wil so graag Getsemane en Betlehem en Jerusalem en die Dooie See sien. Die godsdienstydskrif *Mirakel* het hoeka verlede maand 'n toer daarheen aangebied. Haar plesierfonds het op feitlik dieselfde bedrag gestaan as wat die reis sou kos. Dan kon sy die lande eerstehands sien waarvan sy altyd in die Sondagskool geleer het. Name waarmee sy in Bybelversies gesukkel het met hul lang lettergrepe en moeilike uitsprake. Name wat sy in haar Bybel raak lees die enkele aande wat sy in haar eie bed slaap en nie op die pad is nie.

En dan die gemoedelike ginnegaap met die manne by die trokrusplekke. Fiebie se Truck Stop, noem hulle een van die grotes op die pad noorde toe. Daar eet sy twee eiers, sonkant-boontoe met die geel wat so lekker gesellig in die brood invloei. ("Brown or white toast, Madam?") Dit maak haar lus, daardie geel. En hardgebakte tjips, 'n stuk goedgaar vleis, en 'n verdwaalde tamatie langs 'n slaaiblaar toegegooi met Spur-sous.

Dan luister sy na die ongetroude manne se jags stories. Hul seksuele eskapades in die kajuite, altyd met gewillige monde wat diep sluk en bene wat wawiel-oop lê met onmoontlike groot valleie. Die meisies wat op sekere plekke langs die pad wag, prentjies van *Loslyf*-meisies wat sommer hier langs hul gesinne in hul trokke op die windskerm geplak is. Of 'n opskrif langsaan uit 'n tydskrif: *Draadtrek is koning!* ("Magtag, man, ek doen dit partykeer sommer in die ry, dan hik daai trok darem vir jou lekker, swaer!")

Toe die bottelblondine wat iemand ken wat iemand ken wat iemand ken. Dit is waar Santa Ferreira die eerste keer van die plesierengel gehoor het.

Net daardie naam het haar verbeelding op loop gesit. Miskien was dit die Bybelse konnotasie – die "engel"-gedeelte. Miskien was dit die "plesier"-stukkie. Want dit het haar aan haar eie plesierfonds laat dink.

Presies wat verwag sy van haar plesierfonds? Iets vir háár. Nie veertig sekondes se "Oe, hoe lekker kry hierdie pappie nou!" by 'n oorgewig kaalkopman waar sy moet koes as die kwyl op haar gesig wil drup nie.

Nie vir vriendinne wat giggel oor die jongste hygroman of 'n plesierpiet in 'n sepie wat sy hemp uittrek nie. En nie vir sondige stukke kaaskoek wat sy altyd verorber na agttien uur lange trips nie.

Iets vir háár! Iets wat haar gaan herinner aan wie sy regtig is: die mens van wie sy al vergeet het. Want die lang ure op die pad, die manne se hand-op-die-blaas-gesprekke by die truck stops, die diep gromgeluide onder haar in die trok, het haar al laat vergeet presies wat sy wil hê.

Dalk is daardie hunkering in haar dye wat sy soms voel die vulkaniese spuwing waarvan vriendinne altyd giggelend praat. "Santie, ek noem dit die krap in die kole, nes Anton wanneer hy vleis braai, maar net op 'n ander plek waar hy nog nooit bygekom het nie, hie-hie-hie!"

Toe hoor sy twee vroue by die depot in Johannesburg

weer van die plesierengel praat. "So goed jy sê sy naam in hoofletters. Veral as dit by die plesier kom." Die vrou het van hom gehoor by 'n vriendin van 'n kennis van 'n niggie van 'n metgesel wat een nag sy nektar gedrink het. En die beskrywings het vinnig en dik gevloei.

"Doen my met 'n eierklitser, maar hy is so gorgeous soos graniet!" of: "Roomys van sy boude afgelek laat my siel fluit" of: "Vir hom sal ek nóg 'n verband op my huis uitneem, met my laaste spaargeld na onbekende stede vlieg en hom onder palmbome soen dat sy testies dreun."

Eers het Santa haar nie daaraan gesteur nie. Dit het haar te veel laat dink aan die boeke wat sy gelees het waarin mooi prikkelprinse onwerklik brose maagde ekstaties bevredig het. Daardie dele het haar gewoonlik verveel, want sy het nog nooit daardie gevoel ervaar wat in heldinne se lendene met 'n vuurspuwende krag opwel nie. Sy het ook nie daaraan geglo nie. Hoe lekker kan 'n mens dan ook nou kry? Lekkerder as 'n Magnum Death By Chocolate op 'n snikhete dag wanneer die sweet jou grimering opneuk? Lekkerder as wanneer die trok nog geduldig onder jou grom en dan skielik so hik dat 'n plesierpiet-pyn deur jou lendene skiet? Lekkerder as wanneer jy 'n bietjie met jouself speel daar onder, maar nog nie presies weet hoe om die gevoel te koester nie? Met die dominee se gekwetter oor selfbevlekking gedurig in haar agterkop; dan kry sy skaam en slaan weer die sonskerm af.

Net haar trok kon haar laat lekkerkry. Lank laat lekkerkry. Maar dit was 'n lekkerte wat begin belowe het, wat getart het, maar nooit werklik gegee het nie. Soos 'n eier sonder sout. Of 'n trok wat nie grom nie.

Maar iewers skuil regte, egte, popel-plesier. Agter die liggies van die groot stad, tussen die paar mynhope wat oorgebly het, weggesteek van die verdomde tolhekke wat soos die mure van Jerigo weier om te tuimel wanneer sy deurry, en die spoedlokvalle van verkeersbeamptes (gewoonlik met groot pense) wat haar aftrek om die trok se gewig te toets en seker te maak sy is nie te vermoeid nie. 'n Engel wat haar met Bybelse manna sou voer en die nektar uit die weduwee se kruik oor haar sou stort sodat sy blink van die plesier. Dan, en net dan, glo, tuimel die mure van Jerigo. En, o ja, iewers is 'n engel wat 'n goue harp speel.

"Plesier, Santa. Jagsmoedige, skietpiet-plesier, my ding!"

"O vreksel, Lieta, tog net nie drugs nie," maak Santa beswaar. "Ek hou my nie met sulke onheilighede op nie."

Lieta giggel. "Niks van daai sirkus nie, Santie-Merantie. Net die aksie-satisfaksie – soos om op 'n wasmasjien te sit wat die plot verloor het. Pure plesier. Maar hy doen dit nie vir onder vyftienduisend rand nie."

"Blikemmer! Ek vra nie die Ef-el-flippen-toring in Paris-France nie. Ek soek net 'n bietjie liefde, soos daai TV-storie waarvan my ma-hulle altyd praat."

Lang storie kort. Sy het kontak gemaak met drie vroue wat deur Die Plesierengel, hoofletters en al, gediens is. Die meisies wou beskryf wat gebeur het, mét detail, maar daar was glo nie woorde wat wild of woes genoeg was nie. "Net dié wat jy in hygstories kry, maar hulle is almal te taalkundige korrek om lekkerte te laat seëvier."

"Santie-Merantie, hulle moet nog die woorde uitdink vir wat hy aan jou pleeg. Vergeet 'doen'. Hy pleeg plesier." Of: "Santa, mens, hy foeter jou uit jou fondamente dat jou siel sidder en jou punte tril en alles rits, meisiekind. Geen geld kan dit vir jou koop nie."

Toe het sy ophou wonder wat sy met die bonus vir haar dertigste verjaarsdag gaan doen, en finaal besluit. Te hel daarmee. Sy gáán dit vir die plesierengel gebruik, maar op haar terme en op 'n plek waar sy veilig voel.

Sy gaan haar bonus en haar plesierrekening kombineer. In haar kajuit.

Vergeet Bazaruto-eiland-reise op skepe vol celebrities. Vergeet 'n toer deur die Bybelse lande. Vergeet Parys met sy regopstaan-toring of lande met uitheemse name wat haar verwar nog voordat sy die brosjures gesien het. Sy wil loskom van wie sy is. Vrykom van die dominee se waarsku-wings. Opkom vir die regte van 'n bevryde vrou. Huiwer op die fyndraai waarvan sy altyd hoor en dan die pad verloor.

Eers die oproep. Die sagte fluweelstem wat haar al klaar warm gemaak het. Sy stem vloei soos warm kondensmelk in haar ore. Die ergste was egter die geld wat sy eers in sy rekening moes inbetaal – elektronies nogal.

Lank gewroeg, lank gewonder, weke lank met vriendin-ne geredekawel. Gewonder oor sonde en plesier en vanself lekkerkry (wat sy tot dusver skynbaar nog altyd verkeerd gedoen het) en altyd spekuleer en nooit regtig in haar siel voel nie, soos 'n dogtertjie wat by 'n koekwinkel verbystap en net mag kyk, maar nooit proe nie.

Buitendien. Alles wat lekker is, is altyd sonde. Hoekom? Wie besluit oor sonde? En wát is sonde? Om lekker te kry? Maar hoekom sou jou liggaam daardie sewe soorte genot akkommodeer as dit verkeerd is? Mensgemaakte vooroor-deel deur diegene wat nie meer kan of nog nooit lekker gekry het nie? Só projekteer hulle hul frustrasies op haar, arme sterfling.

Haar fantasie was nog altyd 'n duimgooier. Sy onthou die manne in die truck-stops se stories oor vroulike duimgooiers, en in enkele gevalle selfs mans. Maar vandag kan geen vrou 'n duimgooier oplaai sonder om verkrag en vermoor te word nie.

En toe, die plesierengel wat met sy kom-saam-met-my-stem vra wat sy soek, asof hy 'n kelner met 'n la-di-da spyskaart is.

Haar versoek was kort en kragtig: "Tien kilometer voor die klein restaurantjie langs die P14-hoofweg met die pienk angelier op die sign. Daar's plek vir net een trok. En daar parkeer jy jou gespierde tabernakel, pel." Seweuur Donderdagaand nadat sy haar vrag by die depot afgelewer het. Dis 'n halfuur uit die stad. "Wees net daar, of die hemel weet ek kry my truck-stop-boere om jou in parte op te fix. En onthou die baba-olie."

"Maar wat moet ek aan jou doen, Santa?" Daardie sagte manier waarop hy haar naam sê, het haar 'n paar keer laat rondskuif.

"Jy weet mos daardie plek het 'n angelier in sy liggies, nè?"

"Ja."

"Jy moet die angelier laat oopgaan."

"Dit sal ek doen, Santa."

Sy het eendag die lekkerste allegaartjie by daardie restaurant geëet. Toe raak sy sommer verlief op die plek en doop dit haar plesierpaleis. Daar waar sy haar trok elke keer aftrek en waar geen ander trokdrywers is wie se stories sy moes oorleef en voor gril nie. Waar sy kan sit en dink en wonder en plesierige drome droom. En dan het die verdomde rusplek vir trokke nie eers 'n stort vir vroue nie.

Hier wil sy aftrek en die gordyn wegtrek en op die duvet in haar kajuit op haar terme en met haar voete met pienk hoëhakskoene in die lug, haar plesier op haar manier kry terwyl sy opdragte blaf. Sy gaan lekkerkry soos sý wil. Miskien . . . Sy wonder. Ja, miskien met baba-olie. Maar vaderland – hoekom vra hy vir haar? Hý moet mos weet, vir tienduisend flippen aardverskeurende donnerse rand. En dit is nog na afslag!

Selfs haar maandelikse tolgeld is minder! Have a heart!

En nou is sy 'n kilometer van die afgesproke plek waar hy gaan staan. Nou is hiér die laaste plek waar sy nog van besluit kan verander. Dit reën. Perfek. Sy hou daarvan om in die reën te bestuur.

Hy staan langs die pad met 'n T-hemp wat styf-styf om sy gespierde bolyf pas, en jeans. Daar, in die reën, staan haar plesierengel sonder die vlerke maar met die eentandvurk en die lyf wat deur die reën omhels word.

Sy weet nie wat sy verwag het nie. "Geen foto's nie," het 'n vriendin gewaarsku. "Hy laat nie foto's van hom neem nie."

Hoe gaan hy lyk? 'n Prikkelprins met sy magtige Tom Hardy-bolyf soos liggaamsbouers wat na lopende kremetartbome lyk? En 'n broek waaruit hy wil bars, met sulke gate op sy knieë waardeur sy vel koekeloer? 'n Rooi pet agterstevoor op sy kop nes 'n Amerikaanse laitie, en 'n prysetiket om sy nek met 'n vals glimlag wat belowe sy kan die liedjie "Sprei my vlerke" met haar tong op sy maag tokkel?

Stadiger en stadiger. Die trok gehoorsaam soos altyd,

blaas en spin en sidder totdat sy tot stilstand kom. Soos altyd vryf sy van regs na links oor die stuurwiel. "Mooi, Pietapel, mooi, my vriend. Jy maak mooi vir Santa."

Sy leun oor. Huiwer. Wonder. Liewe hemel, as haar ouers hiervan moet weet! Wat gebeur as iemand haar môre koekie in die lug in 'n sloot met 'n bloedige byl in haar skedel kry? Maar dit maak alles net meer opwindend.

Sy maak die passasiersdeur oop.

Eers net die gras. Die pad. Toe verskyn hy, pet en al.

Hy is nat. Klim in. Die arms, kan sy sien, is die ene spiere, maar mooi spiere, netjies in proporsie, nie soos die kragmanne vir wie sy altyd so gril nie. 'n Netjiese, gespierde in-proporsie-pakket van pure plesier.

Sy kan nie sy gesig behoorlik sien nie. Oorweeg dit om die dakliggie aan te skakel, want sy betaal mos hiervoor, dêmmit, maar besluit daarteen. Dis soos presente wat 'n week voor die tyd onder die Kersboom uitgestal is; hulle kon sy voel en toets. Dit was dikwels lekkerder om te bly wonder as om voor te gee dat sy bly is wanneer sy die voorspelbare geskenk uithaal. As sy eers gevoel het, het sy altyd gehoop dit sou iets anders gewees het as wat sy verwag het, iets wat haar sou verras. Maar dit was nooit.

Hierdie geskenk beter haar verras, of sy hang hom aan daardie einste moewiese bult tussen sy bene aan die naaste boom. Sy bloos. Sjoe, dis nogal 'n lekker fantasie.

Die vreemdeling sit in die donker langs haar. Hy ruik skoon. Nat. Na man. Na plesier.

Toe sy na hom kyk, is sy gesig steeds verberg. Sien sy weer die nat T-hemp wat oor sy bolyf span, netjies in proporsie. Lenig. Seker lekker om aan te vat. Merk sy die maagspiere wat strepies trek onder sy T-hemp en wat lyk of die materiaal lekker kry om daaroor te span. Sespak. Dalk agt van hulle, wat ritmies op en af beweeg soos hy asemhaal. Vol belofte.

H'm. Tot dusver nie sleg nie. Sy broek span tergend oor sy heuwel fantasties.

"Waarheen?" vra sy moedswillig, wel wetende wat die antwoord gaan wees.

"Die restaurant met die angelier."

Hulle praat nie verder nie. Sy kyk kort-kort na hom, maar hy sê niks.

Toe die restaurant. Hy sit 'n oomblik, draai sy kop na haar, maar die pet verberg steeds sy oë. Sy sien sy mond tussen die fyn stoppels. Soenbaar, boetie, soenbaar. Lippe wat net effens van mekaar getrek is asof hy iets wil sê met daardie Lyle's Goue Stroop-stem van hom. Fyn, astrante glimlaggie – karnallie-stout. Tong wat effens oor sy lippe speel. Adamsappel wat sexy yo-yo wanneer hy sluk.

Hy lig sy T-hemp en droog sy gesig af. Nou is sy bolyf ontbloot. Sy dink weer aan David Fourie se "Sprei my vlerke". Haar kóp kry nou vlerke. Sy wil aan die harde maag vat, aan die haartjies trek wat moedswillig onder sy naeltjie blink van die nattigheid, maar is te skaam.

Jerigo se poorte bly gesluit.

Toe sy niks doen nie, klim hy uit. Met die beweging glip sy broek effens af en sien sy 'n groen onderbroek met 'n naam op en twee mooi boude wat wil-wil glimlag, die kepie vir 'n breukdeel van 'n sekonde uitlokkend.

Hy loop om na haar toe, maak die trok se deur oop, hou sy hand uit, help haar uit. En soos in *The Notebook*, waarvan sy die DVD al voos gekyk het, struikel sy effens en val in sy arms. Sy lyf en arms is kliphard toe hy haar vang, so hard dat sy skrik daarvoor. Maar dis warm en heerlik sterk.

Hy hou haar 'n oomblik vas, nes in die flieks.

Hemel, maar hy is sterk. En nat. En warm.

Sy het nog nooit aan 'n lyf gevat wat nie die boerbeskuit-ballon om die maag gehad het nie, of die jellievisarms of die oerwoudrug wat die bosveld yl sou laat lyk nie. Hierdie een is so hard soos 'n sportkar, maar sy hande so sag soos botter – weet net hoe en waar om te vat.

Hy loop tot onder die neonlig. Nou eers sien sy hom. Sy gesig.

"Bliksem." Haar hand klamp om haar mond. Sy vind geen ander woord nie. Het nog nooit iemand gesien wat so mooi is nie. Seker twintig, of so lyk dit. Kortgeskeerde bruin hare, oop, skoon boerseungesig, sagte oë wat so amper ver-by haar kyk, sterk neus en ligte stoppelbaard waardeur die druppels saggies loop.

En daardie mond. Daardie sagte, mooi lippe wat net ef-fens uitmekaar beweeg met 'n tong wat wil-wil uitkom.

"Hallo, Santa."

Kom nou, Santa. Práát. Mooi, duidelik, soos wanneer jy op skool voorgedra het. En onthou, jy is in beheer. Hy is joune, soos die kondensmelk-koffie in jou fles.

Net met meer kondensmelk.

"Hallo, Tristan." En net om daardie naam te sê, maak haar vuurwarm. "Is dit jou regte naam?"

"Is my regte naam, ja." Blikemmer. Daardie stem. Dis soos om jou kop in fluweel te steek en te verdrink tot by jou ore. Manlik, sag, diep, vriendelik, sexy, mooi.

Tristan is 'n lopende hygroman.

Sy raak aan sy gesig, nie in staat om haarself te beheer nie. Voel die sagte growwigheid van sy stoppels in die reën wat saggies oor hulle kieza. Hy glimlag, vee die nat hare saggies uit haar gesig, sy vingers lank en sag. Hy vee oor haar wang en raak aan haar asof hy haar skoonheid onder sy vingerpunte voel. Hy soen haar skielik, net om sy mond terug te trek en haar hand na sy bors te lei. Gewoonlik soen die mans haar asof hulle spaghetti uit 'n bord vreet.

"Tristan," sê sy weer van nie weet wat om te sê nie. "Dis 'n moerse mooi naam."

Skielik kom daar Bybelversies in haar kop, onthou sy hoe Salomo vroue in Hooglied as soet beskryf het. Maar hierdie skoonheid. Hoe psalm-berym sy dit?

"Jou trok?" vra hy met oë wat haar belowe dat hy verstaan en dat hy fyn draaie met haar siel gaan gooi.

Fyn, fyn draaie.

"Ja."

"Hoeveelste trip dié week?"

"Der . . ." Padda in die keel. "Der . . . de."

Hy beduie met sy kop in die rigting van die restaurant. "Hulle hamburgers is tops. Min mense weet dit. Hulle bestel net altyd die spek en eiers."

Sy hand in hare op pad deur toe. "Jy het nog nie geleef voor jy hulle hamburgers geëet het nie."

'n Kelnerin staan gereed met hul kos. Hy moes dit vooraf so bespreek het. Maar sy wil nie 'n verdomde apie hê wat hulle aangaap nie! Die vrou moet haarself in die koelkamer gaan toesluit!

Sagte musiek speel. Outyds. "Smoke gets in your eyes" nogal. Mooi.

Die kelnerin draai om, draai die bordjie op die deur om sodat *OPEN* nou na hulle toe wys, skakel die ligte af sodat net die speelkasliggies die tafel verlig, en verlaat die restaurant. Oomblikke later vertrek 'n motor.

Santa sien wat gebeur in die flitsende lig van die angelier voor die restaurant. Die angelier wat oop- en toemaak.

Tristan Hansen sit agteroor in sy stoel sodat sy hom behoorlik kan beskou. Toe leun hy vorentoe, lig die broodjie van die vleis af en neem een van die gebraaide uie en kyk daarna. Plaas dit tussen haar lippe, vee die tamatiesous uit die hoek van haar mond, streel met sy vinger oor haar vel.

Sy kou en sluk die soetigheid stadig in, sy vinger oor haar keel toe sy sluk. Net daardie beweging laat haar onderlyf ruk.

Hy plaas nog 'n gebraaide ui tussen sy lippe dié slag, kom nader, gee nog 'n ui vir haar, help haar om dit in haar mond te neem.

Sy dink te midde van die duiseligheid wat haar wil oorweldig dat sy tog net nie moet flou word nie, want wat sal die man van haar dink? En netnou beroof hy haar sommer ook nog.

En sy is nat. Nie net van die reën nie.

"Santa." Sag. Sexy. Amper onhoorbaar. "Dis lekker om hier by jou te wees."

Tristan praat met haar terwyl hulle eet. Oor haar familie. Haar werk. Die baie ritte. Die depots. Die tolhekke. Haar kollegas. Die ongeduldige Gauteng-bestuurders wat altyd so op haar stert sit, die tekens wat mans gooi wanneer hulle verbyjaag. Die verdomde taxibestuurders met die arms wat altoos by die vensters uithang en eendag nog aan die teer gaan raak.

En die wit strepe in die pad wat mens hipnotiseer. Die verdomde wit strepe.

Hulle praat en praat en praat oor alles wat vir haar saak maak en waaroor sy met niemand kan praat nie. En dit alles met daardie Magnum Death By Chocolate-stem.

Sy verloor tred van die tyd, merk dat hy nie sy vleisbroodjie eet nie, maar net met haar praat. 'n Uur, dalk 'n uur en 'n half? Hy praat oor die paaie wat sy al moes gery het en hoe hy as jong man daardie selfde lang paaie Baai toe en Durban toe en Kaap toe en Musina toe saam met sy ma gery het en die woordspeletjies wat hulle gespeel het. Hoe hy fietsgery het op lang paaie en die lekkerkry van teen bulte op trap en sy boude wat styf en seer word en hoe hy een keer 'n orgasme gekry het terwyl hy gery het van die broek se materiaal wat teen hom geskuur het.

Hy staan op om koffie te gaan haal en sy dink: Die jeans span mooier as mooi om daardie boude, so perfek in proporsie dat Patricia Lewis dalk 'n liedjie daaroor moet sing.

Geen alkohol nie. Dit was haar voorwaarde. Sy wil nie dronk gemaak word nie. Netnou gooi hy iets in haar drank, want sy het al van date-rape drugs gehoor. Hy moenie tricks met Santa Ferreira probeer nie.

Maar na hierdie gesprek, na hierdie wegstap, is hý haar dwelm. Kan hy met haar maak presies net wat hy wil.

Hy kom terug, praat oor sy ma, hoe lief hy vir haar is, die kanse wat sy hom in die lewe gegee het, die mooi plekke wat sy hom al gewys het. En die beeldskone plekke in Europa en Amerika waar hy vir twee jaar gebly het. "My gap-jare."

"Hoekom doen jy dit? Die, e . . . werk?" vra sy kort duskant middernag.

"Ek hou van plesier," antwoord hy terwyl hy sy oë toemaak.

Toe staan hy weer op en trek sy T-hemp uit, hang dit oor die stoel, die fyn baba-haartjies onder sy naeltjie sag en belofteryk.

En die onderbroekrek wat wys.

Geen boeremeisie kan dit meer hou nie.

Sy leun oor die tafel en knip die jeans se boonste knoop los. Vir die eerste keer oor 'n plat, gespierde maag.

Hy steek sy vinger in die tamatiesous, druk dit in sy naeltjie, lei haar tong daarheen, bewe wanneer sy oor sy maagspiere lek, die geur van sweet en tamatie en reën en water op haar tong.

Nou, met sy hand in hare uit die gebou. Dit reën steeds fyntjies.

Hulle gaan staan teen die restaurant se klipmuur, die druppels oor sy gesig. Haar hande stroop die res van sy klere af. Sy sien ook die effense skeel manier waarop hy na haar kyk asof hy behoorlik op haar probeer fokus.

Hy maak die bandjie agter haar rug los, laat haar bra van haar borste afsak terwyl hy sy onderlyf teen haar druk, terg haar tepels met sy vingers en laat toe dat sy haar hand tussen hulle lywe insteek. Dit sak af en af tot sy hom behoorlik vasvat.

Hierna sy boude in haar hande, ongewoond aan die warm gevoel van sy vel, die soepel manier waarop die spiere beweeg, die effense rimpeling van sy maagspiere teen haar kaal maag.

Toe, baie later, dalk nadat hy haar 'n halfuur lank gesoen het en toegelaat het dat sy met hom speel, beweeg hy ondertoe.

Sy tong weet net waar om te raak, te terg, te tintel. Hy raak presies op die plek waarvan sy altyd gehoor het, waaraan sy al geraak het, maar wat sy nog nooit ten volle laat lewendig word het nie.

Haar bene vou onder haar in toe hy daar aan haar raak.

Weer verloor sy tred met die tyd terwyl hy 'n vuur in haar aansteek. Dis soos lopende lawa wat deur haar stroom. Sy vrees dit, want dit is tegelyk seer omdat sy dit nie ken nie en eers as pyn ervaar, en tog vreemd lekker. Dit het nog nooit só gevoel nie.

Sy verwonder haar oor wat met haar gebeur terwyl hy haar op die gras neerlê. En sy dink skielik hoe heerlik dit is om 'n vrou te wees. Besef dat sy tot dusver net 'n plesierspelonk vir die mans in haar lewe was.

Spierpuntjies begin saamtrek. Sy raak bewus van plekke in haar en sensasies wat sy nog nooit tevore ervaar het nie. Hy soen haar weer oor haar bolyf en soek na haar lippe terwyl hy 'n kondoom oor hom laat glip.

"Vergeet alles. Wees net."

Sy gryp sy skouers vas. Hy praat saggies met haar, moedig haar aan, hou aan met praat al weet sy nie wat hy sê nie. Soms skemer woorde deur asof hy haar lei, verduidelik hoekom hy dit doen. Omdat sy wonderlik en mooi is.

Haar onderlyf raak lam. Dan ontplof sy met 'n intensiteit wat haar alle beheer laat verloor.

Santa Ferreira haal vir die duur van haar orgasme nie asem nie. Die lewe, die behoefte om asem te haal verlaat haar liggaam en 'n ruk lank sweef sy in 'n plek sonder grense wat haar omarm met bevrediging, en haar toelaat om te voel waar sy nie eers geweet het sy kan voel nie.

Hy raak baie later in die vroeë oggendure stil teen haar, die gloed in haar liggaam nog onbedaarlik. En sy voel hom ruk en haar naam saggies sê.

"Kyk," beduie hy skielik na die neonlig, "is dit nie die mooiste ding wat jy nog ooit gesien het nie?" Sy sien hoe hy met verwondering na die neonlig kyk wat 'n angelier naboots wat oop- en toegaan, sy oë blink.

"Ek het jou lief," kry sy die woorde uit terwyl hy sy kop weer laat sak en haar styf-styf vashou, "ek wil jou nie laat gaan nie."

"Jy is baie, baie mooi. Moenie dat enigiemand ooit iets anders vir jou sê nie."

"Hoe mooi?" kry sy die woorde met moeite uit.

"Só mooi."

Toe beweeg hy weer sy lyf en 'n nuwe ekstase sak oor haar toe, beter as enige van die voriges.

Sy verloor haar bewussyn.

Toe Santa Ferreira uiteindelik haar oë oopmaak, lê sy op die sagte gras langs haar trok. Sy is vaagweg bewus van verkeer wat af en toe in die grootpad verbyjaag. Dit neem haar seker tien minute om genoeg krag bymekaar te skraap om op te staan. Haar klere lê langs haar, netjies opgevou. Sy wil dit nie aantrek nie, probeer hom nog voel, ruik, koester.

Sy voel nog waar hy in haar was.

Dit neem lank voordat sy haar bene vertrou om te loop.

Sy stap stadig terug na die restaurant se vensters, sien die *CLOSED*-teken.

Bokant haar gaan die angelier in neon steeds oop en toe, oop en toe. Sy weet net dat hy haar lewe vanaand hier vir altyd verander het. En dat sy nooit weer sonder hom wil wees nie.

Santa Ferreira kyk deur die restaurant se venster. Sy T-hemp hang steeds oor die stoel. Die enigste oorblyfsel van hom.

Maar Tristan Hansen is nie meer daar nie.

TWEE

Die slag weerklink selfs bokant die geraas wat oor die radio kom. Dit voel of iemand haar motor met 'n groot vuis tot stilstand gedwing het. 'n Skerp pyn skiet deur haar nek en die bakwerk van haar motor rys soos die berg Ararat voor haar. Was dit nie vir die sitplekgordel nie, was sy nou 'n kandidaat vir plastiese chirurgie.

Erika Hamilton is oorbluf. Links van haar jaag taxi's teen die spoed van opslagkoeëls verby, regs draai koppe simpatiek in haar rigting voordat selfoongesprekke voortgesit word. En in haar truspieël maak iemand vulgêre handbewegings. 'n Bestuurder skiet aggressief verby en sy mond vorm 'n O.

'n Bedelaar kom aangedraf en hou 'n bakhand uit vir 'n aalmoes, die rooi-en-geel mussie halfmas oor die oë, die tande in 'n halfmaanplooitjie – 'n wit kerf in 'n bruin waatlemoengesig, skynbaar salig onbewus van haar dilemma.

Die vrou in die motor voor haar vou haar hande om haar kop. Motors toet agter Erika, 'n ruit word afgedraai: "Learn how to drive, bitch!" Iewers vries 'n verbyganger met 'n half geëete stuk wegneemhoender en beduie laggend vir 'n maat dat Rosebank nog een van sy vele ongelukke beleef.

Die radio dreun voort. Iemand snater oor hoe om 'n verhouding te hê sonder dat jou wederhelf daarvan uitvind en Erika dink: Binnekort sal die aanbieder van verkeersverslae, wie se spraakpatroon met elke probeerslag die tempo van 'n masjiengeweer naboots, ook hierdie bufferstamp uitsaai: "An accident in the middle lane of Jan Smuts Avenue near the corner of 7th Avenue in Rosebank. Traffic is backed up to Zoo Lake. Try Oxford Road as an alternative."

"Kalm nou," sê Erika vir haarself, "dink uit die ander persoon se perspektief. Sy kon dalk uitgeswaai het vir 'n hond of 'n taxi kon voor haar ingesny het."

In haar gedagtes hoor sy hoe sy 'n kliënt in haar spreekkamer gemaan het oor vloermoere: "Moenie die eerste ding sê wat in jou kop kom nie, probeer om nie so skerp te reageer nie. Onthou, jy kan daardie woorde nooit terugvat nie."

Erika pluk haar motordeur oop. Dit maak 'n kreungeluid. Die sitplekgordel verhoed haar om onmiddellik uit te spring. 'n Verbygaande motoris mis haar met sentimeters en toet, 'n middelvinger sy enigste kommentaar. Agter haar nog motors wat opdam – motoriste wat swetsend probeer om na die linker- of regterbane oor te beweeg.

Erika haal haar selfoon uit en skakel 'n noodnommer, amper outomaties Rodney se nommer. Die skok het haar laat vergeet dat sy hom nie meer in kennis kan stel van elke klein katastrofe in haar lewe nie, nog minder om bystand te vra.

Vroue met sakke mielies op hul koppe klik hul tonge besorg en praat in Xhosa met mekaar. Erika herken die woorde "mfazi" en "imoto" tussen die klakkende kommentaar. En toe: "Green mealie-ie-ies!" Nog in gewone dag in Johannesburg. En terwyl sy hier in die middel van Jan Smutslaan staan, besef sy dat sy nog altyd net hier deurgejaag het. Sy ken die stad eintlik glad nie en raak nou skielik bewus van die geboue om haar.

Mens is eintlik siende blind, dink sy.

Die bestuurder voor haar, wat so skielik rem getrap het, klim nou eers uit. Sy wankel op hoë spykerhakkies, haar gebleikte blonde hare wip asof dit 'n eie lewe en identiteit het, en haar borste skommel onder 'n bloesie wat te veel van haar plesierpoortjie wys. "Ek is jammer." Outomaties, verskrik, tranerig, geskok. "Ek is so, só jammer!"

"Wat het gebeur? Jy het dan pas begin wegtrek, jy het . . . Ek bedoel, hoekom rem aanslaan as jy . . .?" Erika praat onsamehangend en haar stem bewe. Hoe hard sy ook al probeer, sy slaag nie daarin om haar eie raad te volg nie, die woede nou soos melk wat oorkook. Verdomp! Kon sy nie net 'n halfminuut later uit haar kantoor geloop het nie, dan het 'n ander pateet in hierdie neurotiese vrou met die strooipophare vasgery. En steeds kan sy nie help om haar geskokte reaksie te vergelyk met die raad wat sy in haar sielkunde-praktyk in Parktown met haar kliënte deel nie.

"Pas jou eie prekies 'n slag toe!" het Rodney gesê toe hulle nog uitgegaan het.

"Ek het my oë vir 'n oomblik van die pad af geneem! Ek het opgekyk en daar is hy. Oh, dear Lord, toe skrik ek my poeierdoos plat en kaboem! Jy slaat my in my bottomless boot! My man gaan my afslag! Egskeidingshof, skei die eiergeel van die wit en help my om my huwelik te red!"

Erika verstaan nie heeltemal wat die vrou kwytraak nie. Sy vind haar stem, haal diep asem en probeer praat en skrik wanneer die noodnommer beantwoord word. Die stem vra uit oor haar probleem. Sy probeer gelyktydig met die bleikblondine en die nooddiens kommunikeer.

"I was involved in an accident on the corner of 7th Avenue and Jan Smuts Avenue."

Die stem vra haar lidmaatskap- en haar foonnommer en belowe om 'n noodvoertuig uit te stuur. Die selfoon wil uit Erika se hand glip, nat van die sweet. Sy sien al hoe meer mense saamdrom wat met stom oë na die ongeluk staar en sy onthou haar handsak op die sitplek langs haar. Enigiemand kan dit gryp.

Sy leun oor die bestuurdersitplek en tel dit op. Die radio kwetter steeds – dié slag 'n versekering-advertensie. Sy besef dat sy haar versekeraar seker ook so gou moontlik moet skakel.

Erika skakel die kliënt na wie sy op pad was en verduidelik dat sy die afspraak sal moet skuif. Sy was in 'n ligte ongeluk.

"Hoekom het jy so skielik stilgehou?" vra sy dan vir die bottelblondine. Sy ruik uitlaatgasse en rubber op die teer. Sy hou nie daarvan as haar stem so bewe nie, want dit beteken sy is nie in beheer nie.

Die vrou druk 'n bewerige handjie teen haar mond wat te rooi geverf is, haar oorbelle swaai soos die Vatikaan se kerkklokke en haar naels klik oor haar selfoon se sleutels. "Dit!" Sy beduie na die reuse-reklamebord aan die regterkant van die pad. "O liewe hemel, dit was alles Die Crotch se skuld, God bless my coolbox! Dit het my aandag vir 'n sekonde afgetrek. Ek is onskuldig. As my monsterman my net sal glo! Oh Tristan, what have you done to me, baby?"

Erika kyk op na die reklamebord. 'n Man in 'n onderbroek en met 'n sonbril op sit oopketel: *Want to share my Jaspers?*

"Jy bedoel, jy het," Erika probeer haar asemhaling reguleer, "remme aangeslaan oor hierdie advertensie?"

"Kon dit nie verhelp nie. Gister was hier 'n Kulula-ad of 'n ding in daai babakots-groen. En nou skielik hý!"

Diep, diép asemhaal.

"Ek veronderstel ons moet nommers uitruil . . . versekeraars . . ." Wat moet sy alles doen? Erika se brein kan nie helder funksioneer nie. Het sy 'n pen om mee te skryf?

'n Man probeer tussenbeide tree. "Dames, het julle al 'n noodvoertuig ontbied? Moet ek die polisie bel?"

Die vrou in wie se motor Erika vasgery het, ignoreer die man en beduie na die onderbroekmodel. "Ek ken hom. Toe ek opkyk, hier staan hy half kaal drie verdiepings hoog met sy fantastiese heuwel 'n verdieping hoog, toe verloor ek dit! Tristan Hansen, ek wens jy . . . jy . . . sluk 'n bottel Viagra in!"

Die bottelblondine se selfoon lui. Sy antwoord en haar stem verander dadelik na soetsappig.

"Hallo, my engellief, jy sal nie glo wat nou net gebeur het nie." 'n Tranerigheid begin en Erika kry die indruk dat die vrou daardie emosie aanskakel soos 'n aktrise in 'n sepie. "Ek was in 'n prang, my dierbaarste, en die vet weet, dit was my skuld. Ek weet mens moenie erken dit was jou skuld nie," sy beduie na die omstanders met 'n toon van histerie, "maak toe julle ore! Maar ek het dit verloor, snoekie." Sy babbel voort.

Twee insleepvoertuie hou met brullende enjins langs hulle stil. 'n Oorgewig man met 'n T-hemp waarop staan *Ek maak genoeg kak by die huis, so moenie hier met my kak soek nie* spring uit met sy pap pens wat dril.

Die ander se T-hemp sê: *Noudat ek jou gesien het, het ek drank nodig.*

Erika knip haar oë en staar na die reklamebord voor haar. Die model wil-wil bekend lyk.

"Ek is so jammer, dame, mevrou, juffrou . . ."

"Erika Hamilton."

"My man is op pad met die spoed van 'n vlietende gedagte, dan gaan die hel die knormoer tref!" babbel die bottelblondine voort. Hulle ruil besonderhede uit. Die vrou neem Erika se kaartjie en kyk daarna.

"Is jy 'n dokter?"

" 'n Doktor. Sielkundige."

"My darling, hierna het ék 'n shrink nodig! Ek kom klop binnekort by jou aan vir hulp. En om te keer dat my man my skei!"

Die bestuurders van insleepvoertuie ding mee om Erika en die bottelblondine se motors in te sleep, maar sy weier. Haar selfoon lui en die bestuurder wat uit die motor agter haar geklim het, kyk na die insleepvoertuie en brom: "Bliksemse aasvoëls. Nes daar 'n ongeluk is, sleep julle tepels op die grond, so kruip julle hiënas. Skuim."

"O Tristan, hoe kon jy dit aan my doen, bybie?" snik die vrou weer.

"Tristan?" vra Erika terwyl sy die vrou se besonderhede neerskryf. "Wie is hy?"

"Tristan Hansen. Maar net die mooiste dish in hierdie hele flippen misdaadbesmette land. Hier moet darem iets goeds uit hierdie chaos kom. As Jacob Zuma vier vroue kan hê, kan ons meisies seker vir Tristan hê?"

Sy gesig. Iewers, veraf, wil daar 'n klokkie lui. Tristan is 'n ongewone naam. Sy was saam met 'n Tristan (was sy van Hansen?) op universiteit. Al die meisies, en ook 'n paar mans in die klas, was verlief op hom en het hom die mooiste eye-candy op die kampus genoem. Kan dit dieselfde man wees?

Sy bekyk die bottelblondine se visitekaartjie. *Aronique*, is in swierige letters geskryf, gevolg deur *Skoonheidsdeskundige/ Beauty Salon*, met 'n faks- en landlyn asook 'n adres en selfoonnommers.

Tristan Hansen het in 2006 skielik sielkunde gedurende sy tweede jaar opgeskop.

Rodney. As sy net vir Rodney kon bel. Na twee jaar se saambly het hy drie weke gelede onseremonieel uitgetrek.

"Nou het jy die volmaakte lewe. Net jy en jou werk en jou kliënte. Ek deel jou nie meer nie, 'doktor'!" was sy afskeidsgroet. Nogal dramaties vir 'n man van min woorde.

Omstaanders neem selfoonfoto's. Sommige van die ligte ongeluk, ander van die reuse-plakkaat van Tristan Hansen.

'n Paar minute later word Erika se motor deur die AA ingesleep.

"Maak geen fout nie, sweetie. Ek kom jou binnekort sien. Ek is so, só jammer, doktor! Maar as jy weet wat my man aan my gaan doen, sal jy my sommer dadelik vir 'n sessie neem!" babbel Aronique sonder die van voort.

Nog 'n motor hou stil en 'n man klim uit 'n motor waarop 'n koerant se embleem gedruk is. Hy neem dadelik foto's. "En dit?" vra hy.

"Dit is alles sý skuld!" beduie Aronique.

"Ek is Piet van Staden van die *Oggendnuus*."

Die joernalis kyk na die plakkaat, haal sy notaboekie uit en begin te skryf. "Wat het gebeur?" vra hy en kyk na Erika. "En u is . . .?"

"Die sielkundige Erika Hamilton," babbel Aronique toe Erika nie antwoord nie. "Is dit nie 'n bedekte seën dat 'n kopkwak in my vasgery het nie? Nou kan ek sommer dadelik 'n afspraak maak vir terapie!"

Erika sien hoe die joernalis haar naam neerskryf en sy dink: Nou gaan almal weet. Hy vra nog 'n paar vrae, maar sy bepaal haar aandag by die AA se insleepdiens.

"Die skade lyk erger as wat dit is. So drie dae by die panel-beaters en sy spin weer!" belowe die bestuurder en trek weg.

'n Halfuur later is sy terug by die huis.

Erika se bene bewe nou so dat sy beswaarlik die knoppie op haar afstandbeheer kan druk om die hek te laat oopgaan. "En dit alles omdat 'n kliënt nie na my spreekkamer kon kom vanmiddag nie, toe moes ek na haar toe gaan!" sê sy asof iemand kan hoor.

Iewers in Jan Smutslaan, nou agter die Parktown-bome Westcliff en Parkview se kant toe, jaag loeiende sirenes verby. Sy luister met nuwe ore na daardie geluid!

Sy sluit die sekuriteitshek en daarna die voordeur oop.

Die alarmsisteem kerm soos 'n styfgespanne derm wat met 'n viool bestryk word en waarsku dat sy net 'n minuut tyd het om die korrekte kode in te pons. Maar skielik het sy nie 'n idee wat dit is nie. Haar geboortedatum, 7187? Of sou dit 2600 wees? (Haar ouderdom met twee nulle agterna.) Of 1234? Maar die sekuriteitsmaatskappy het haar destyds gewaarsku om nie so 'n voorspelbare nommer te kies nie. "Dis die eerste kode wat die paloekas inpons. Hulle's nie so dom soos jy dink nie!"

Hemel tog. In haar deurmekaar toestand het sy nou

heeltemal die alarmkode vergeet! Haar hande bewe terwyl sy haar geboortedatum inpons. Dit is 7 Januarie 1987.

7187.

Oing-oing-oing-oing! 'n Laaste kerm-ten-hemel. Dan stilte.

Dankie tog.

Erika sluit die voordeur toe. Sy loop na die drankkabinet en skink 'n whiskey. Dit bots met die raad wat sy gewoonlik vir haar kliënte gee. "Drank is 'n tydelike oplossing. Miskien water met 'n bietjie suiker in, maar die beste is om lank en diep asem te haal."

Die warm whiskey brand haar keel en proe na kasaterwater – haar ma se uitdrukking as iets sleg smaak – maar sy sluk dit vinnig af.

Sy gaan na haar spreekkamer wat apart van haar huis is. Die diep leunsstoel is lekker sag toe sy daarin wegsak. Dis dieselfde stoel waarin haar kliënte altyd sit. Dankie tog dit is nou halfvyf, hier gaan dus nie meer mense opdaag nie. Die gedagte kom by haar op dat sy feitlik nog nooit in hierdie leunstoel gesit het nie, maar altyd op die regop stoel hier oorkant.

Interessant dat die bordjies nou verhang is. 'n Mens sou aan die slaap kon raak in hierdie een.

Muurbal! Sy moet gaan muurbal speel om te ontlaai. Rodney het altyd saamgegaan ... Dan onthou sy weer: Rodney is weg. En die muurbalbaan is te ver om te loop.

Vir die eerste keer in jare pak die angs haar weer. Soos toe sy destyds in matriek by haar ouerhuis aangekom het gedurende 'n inbraak. Haar ma, wat toe nog in Northcliff skoolgegee het, het daardie middag hokkie afgerig en Erika was eerste by die huis. Sy was bang dat die inbreker nog in die huis kon wees, maar het nietemin teen haar beterwete by die huis ingestap om die skade te bekyk.

Die volgende oomblik het hy voor haar gestaan. Nie met pokmerke en een skeel oog en 'n wrede grynslag soos in die TV-reekse nie, maar 'n doodgewone gesig. Hy het 'n mes uitgepluk en dit teen haar keel gedruk. Sy onthou die prik teen haar vel – voel dit nou weer in haar verbeelding en ril. Die asem wat na sigaretrook en suur kos geruik het. Die stem wat gewaarsku het dat sy nie 'n geluid moet maak nie.

Toe die hande wat oor haar borste gestreel en onder haar skooljurk gesoek het. Die man wat haar teen die muur vasgedruk het en "Sjuut" met sy lippe gevorm het. Haar skooljurk wat gelig is, haar broekie wat afgestroop is. Die mes wat weer teen haar vel gedruk is. Die ereksie wat begin vorm het en teen haar gestamp het.

"Maak los my belt!" Sy stem, kortaf. Haar vingers het dom gehoorsaam, maar kon nie die lissies loskry nie. Die stoppelbaard teen haar vel, die warm asem oor haar mond soos hy probeer het om haar lippe oop te dwing.

"Trek dit af. Nou!" Sy stem weer dreigend.

Sy het gesukkel om die broek af te kry. Die dom bewegings teen haar. Met sy broek op sy knieë het hy gesukkel om haar bene oop te dwing.

En toe die onverwagse krag in haar. Sy het 'n knie opgebring en hom met woede tussen die bene gestamp en gevoel hoe iets kraak. Die skreeugeluid, die mes wat eenkant val, die man wat inmekaarsak en met albei hande tussen sy bene gryp. Obseniteite. Toe skop sy hom.

Die man het opgespring en vooroor gebuk uitgestrompel – toe kon sy eers die noodknoppie teen die muur druk. Sy het ook geweet waar haar pa sy rewolwer bêre. Sy het na die wegsteekplek gehardloop en die rewolwer gegryp, omgeswaai en agter die inbreker aan gehardloop.

Hy het intussen in die tuinpaadjie gegly en met sy kop teen 'n klip geval. Toe Erika uitkom, het hy dronkerig orent gesteier. Sy het die rewolwer op hom gerig. Sy hande was oor sy mik gevou, en toe kyk hy op.

Sy oë was pleitend.

Die rewolwer sekuur op sy hart. Haar pa het haar vir skietlesse geneem, dus het sy die wapen geken. "Om jouself mee te verdedig, mens weet nooit wanneer jy dit nodig kry nie," het hy destyds gewaarsku.

Die man oorkant haar. Sy met 'n lewe in haar hande. Die plek waar hy haar probeer penetreer het steeds rou. Die rewolwer in haar hande, die asem rukkerig oor sy lippe. Sy kop wat heen en weer geskud word.

Soveel mag. Soveel woede. Soveel hartseer oor wat amper met haar gebeur het. Haar vinger om die sneller, die veiligheidsknip af. Net een vinnige trek van haar wysvinger. Net een en dis verby.

Tyd het gaan stilstaan. Sweet op haar voorkop, en in haar oë. Die brandgevoel bring haar tot besinning. Daarna die loeiende sirene van 'n sekuriteitsmotor. Mans met gewere. Sy steeds met die rewolwer sekuur op die man gerig, sy lewe in haar hande, die woede wat wil oorkook.

"Ek sweer ek wou nie . . ." het hy geprewel.

Sy het die rewolwer laat sak. Sy kon nie eers huil nie. Haar ouers wat dadelik huis toe gekom het, die sielkundige, Lydia Els, wat sy moes gaan sien. Dit is waar haar belangstelling in sielkunde geprikkel is – die terapie wat sy ondergaan het en die lang gesprekke wat sy en die ouer vrou gevoer het.

Die ergste was toe sy haar aanvaller by die polisiestasie moes gaan uitken. Al die bravade het uit sy oë verdwyn. Daar was toe net haat. Naakte woede wat sy nooit sal vergeet nie.

Hy het vyftien jaar tronkstraf gekry.

"Jy moes my liewer vrekgeskiet het, jou teef," het hy in die hof gesê toe hy weggelei word selle toe. "Ek kom terug vir jou. Dan kom maak ek klaar wat ek begin het. Want jy wou dit hê. Jy wéét jy wou. Ek sou jou laat kóm het dat jy huil daarvan en . . ." Die hofbeamptes het hom weggepluk. Erika het verwese agtergebly, haar ma se arms om haar, haar pa wat iets agter die man aan skreeu.

Nou, vir die eerste keer, is daardie gevoel terug en net so intens. Maar in plaas van woede, is daar vrees.

Sy skakel haar ouers wat in Hermanus afgetree het en vertel dat sy in 'n ligte ongeluk was en dat hulle nie bekommerd moet wees nie. Sy verwag die besorgdheid en skok wat volg, maar verseker hulle weer dat dit bloot 'n bufferstamp was, niks ernstigs nie.

"Dit is mos altyd die persoon se skuld wat van agter in iemand vasgery het. Ek weet hoe's die versekeringsmense!" Haar pa wat altyd die ergste in alles raaksien.

Daarna lui haar selfoon en sy antwoord.

"Doktor Hamilton? Rufus Rheeder hier van *Die Dagblad*. Het u 'n oomblik?"

Hier kom dit . . .

"In u professionele opinie, trek gewaagde plakkate langs die hoofpaaie bestuurders se aandag af? Veral sulke moedswillig uitlokkende plakkate? Is dit gevaarlik? Het u enige kommentaar oor die morele implikasies? Daar word na die man verwys as 'n vleispaleis met 'n heuwel fantasties. Hoe voel u oor daardie beskrywing?"

Sy gee 'n paar professionele antwoorde en weier om verder kommentaar oor haar eie situasie of siening van die plakkaat te gee.

"Die reklame-agentskap het genoem dat daar al reeds twee ligte ongelukke naby die plakkaat was. Was u daarvan bewus? Was dit nie dalk hoekom ú in mevrou Pringleton vasgery het nie?"

Dan is dit die bottelblondine se van.

"Ek was nie daarvan bewus nie. Ek was op pad na 'n kliënt. En die vrou het skielik remme aangeslaan voor my."

"Wat my laat wonder. Waarheen gaan sielkundiges vir behandeling teen skok? Ek neem aan u ly nog aan skok?"

Na ons mentors toe, wil sy vir hom sê. Lydia Els wat haar destyds vir terapie geneem het en later professor by die departement was waar sy haar honneurs in sielkunde gedoen het. Waar sy gespesialiseer het in die behandeling van traumatiese gebeure, veral vroue wat verkrag is. Maar sy antwoord bloot: "Ek het dit verwerk. Die lewe gaan voort."

"Sou u die plakkaat as pornografies bestempel?" kom die onverwagse vraag en Erika besef die joernalis soek sensasie.

"Hoekom? Vroue adverteer tog ook onderklere. En mens sien dikwels onderklere-advertensies vir mans?"

Die man lag. "Ja, maar in hierdie geval is daardie onderbroek . . . Hoe sal ek dit stel? Tot barstens toe gevul en laat niks aan die verbeelding oor nie. Dink u dit is onnodig?"

"Hoegenaamd nie."

"Ek sien." Sy hoor die sleutels van 'n rekenaar. "Is u getroud? Betrokke?"

"Wat het dit met die saak te doen?"

"Ek wonder sommer hoe u wederhelf of vriend oor die ongeluk voel?"

"Ek is nie op die oomblik by iemand betrokke nie. En nou moet u my werklik verskoon. Ek het werk om te doen."

Sy skakel haar selfoon af en sit dit op die tafel langs haar neer. Dit neem haar etlike minute om te kalmeer, want sy is vies oor die man se indirekte aantygings.

Dit is binnekort etenstyd. Dalk moet sy soesji vir aandete bestel van hier naby? Maar sy besluit daarteen. Sy is nie honger nie.

'n Slaappil is al wat vanaand sal help. Nie dat sy gereeld slaappille gebruik nie, maar hierdie dag is 'n uitsondering.

Sy probeer televisie kyk, maar kan nie konsentreer nie. Sy drink uiteindelik 'n slaappil.

Dit laat haar ten minste tot net duskant dagbreek slaap, maar sy droom steeds van die inbreker van destyds. En tussenin Tristan Hansen se gesig. Hoe meer sy aan hom dink, hoe beter onthou sy die student van sowat ses, sewe jaar gelede.

Sy stap soos gewoonlik na die ysterhek wat haar kliënte gewoonlik toegang gee tot die perseel, en tel die oggendkoerant op. Sy hoop dat die storie oor die ongeluk iewers tussen bladsye agt en tien weggesteek sal wees, dalk langs 'n

groot Checkers-advertensie en 'n storie oor die brandstof-
prys wat al weer opgaan.

Maar 'n foto van die Tristan Hansen-reklamebord pryk
op die voorblad, met haar en Aronique se motors skuins
voor dit. Aronique gryp haar kop dramaties vas en Erika
staan in profiel.

*Sielkundige en sosiale vlinder raak pad byster oor uitpeul-
onderbroek!*

Erika gooi die koerant in die asblik en lees nie eers wat
daar geskryf is nie. Dit gaan haar nog verder ontstel.

Haar selfoon lui 'n paar keer. Vriende wat haar "welme-
nend" meedeel dat sy in die koerant is. Sommige giggel
daaroor en ander spot: "Nie geweet jy is so sexy nie, dok!"
en: "Jong, as jy dit het, moet jy dit seker wys. Wat 'n dish!"

Selfs twee kliënte verwys deur die loop van die dag ligweg
spottend daarna, asof hulle dit geniet dat die aandag vir 'n
verandering op haar is en nie op hulle nie.

'n Radiostasie doen 'n program oor die gevaar van plak-
kate langs die pad wat ongelukke veroorsaak en wil met
haar praat, maar sy weier.

'n Sondagkoerant skakel haar om 'n storie te doen oor
Manne met die meeste! Die stem lag: "Daardie bult op die
plakkaat is glo nie ge-Photoshop nie – dis als sy eie kroon-
juwele. Dink u grootte doen die ding, of is dit wat jy daar-
mee maak?" Sy sit die telefoon in die joernalis se oor neer.

Sy besef dat hierdie storie oor die boeg van seks gegooi
word, want seks verkoop. Veral koerante. En sy is nou 'n
slagoffer daarvan. Freud se teorieë oor seks en drome sal
soos vorige kere in kassies by berigte in die aandkoerant
aangehaal word.

Sy het daardie groot plakkaat aanvanklik nie eers raakgesien nie. En selfs al het sy dit gesien, sou dit nie haar aandag van die pad afgetrek het nie, bloot omdat sulke dinge nie vir haar belangrik is nie en sy seksbeheptheid nie kan verstaan nie.

En toe, pas nadat haar laaste kliënt om vyfuur weg is, lui haar spreekkamer se telefoon. Seker nog 'n koerant.

Of wag. Dis dalk Rodney wat uiteindelik bel!

Haar hand bewe toe sy die hoorbuis lig. "Hallo. Doktor Erika Hamilton." Sy moet 'n ontvangsdame aanstel, al is dit net soggens. Sy kan dit tog bekostig!

"Hallo, is dit doktor Hamilton?"

Sy sug. Sy mag nie sarkasties wees nie. Dis immers wat sy gesê het!

"Dis korrek, ja." Sy probeer haar stem beheer en dink hoe dikwels kliënte in haar spreekkamer kortasem raak wanneer hulle oor traumatiese gebeure praat, soos atlete wat aan 'n marathon deelgeneem het.

"Doktor Hamilton, ek het u hulp nodig."

"Hoe kan ek help?" Erika neem 'n pen en slaan haar afspraakboek oop. "Is u nog daar?" vra sy na 'n ruk.

"Ja, doktor Hamilton."

"U kan maar praat."

"Die afspraak is, e . . . eintlik nie vir my nie. Ek bedoel, dit gaan nie oor my nie . . ." Die stem is onseker, verskonend.

"Met wie praat ek?" probeer Erika weer.

"Millicent. Millicent Hansen."

"E . . . mevrou Hansen?" vra Erika versigtig, en toe die vrou nie voortgaan nie: "Dit sou beter wees as die betrokke persoon self met my kom praat."

"Ek dink ons het albei behandeling nodig, ek dalk meer as hy. Maar ek wil eerste kom. Ek verwys na my seun, Tristan."

Sy reageer versigtig. "Daar is toevallig môre 'n kansellasie." Erika bekyk die naam wat om 11:30 uitgekrap is en met 'n pyltjie na 16:30 geskuif is. "Elfuur?"

"Ja." Die stem bly onseker. Erika kan duidelik hoor dat die vrou verder wil praat. "U sien, ek het eintlik gehoop my seun sal saamkom . . . maar hy weier. En nou weet die hele land hoe hy lyk. En dit nogal . . . só!"

Die voorbladberig – dit is hoe Millicent Hansen by haar uitgekom het. Sy bly professioneel: "Baie ouers besef eers te laat dat hulle hul eie kinders glad nie ken nie," stel Erika haar gerus. Dis dalk dwelms, diefstal, geldwassery, vigs of 'n poging tot selfmoord. Daar is geen probleem wat sy nog nie aangespreek het nie. 'n Hoofpyn klop nou in haar agterkop.

"Doktor Hamilton." Die vrou se stem is skielik net so formeel soos een keer op skool toe 'n onderwyseres Erika aangespreek het omdat sy in die klas gepraat het, en selfs teruggepraat het. Dit het haar amper haar hoofmeisie-balkie gekos. "Het u al groot skokke in u lewe gehad?"

"Natuurlik. Wie het nie?"

Iewers buite weer 'n sirene – seker weer 'n inbraak. Daar was onlangs baie inbrake in Parktown.

Of dalk 'n ongeluk soos hare . . .

"Ek het pas uitgevind dat my seun die land se hoogs betaalde prostituut is. En ek dink nie ek kan dit verwerk nie."

"Mevrou, 'n onderbroekadvertensie op 'n plakkaat beteken nie hy is 'n prostituut nie, al maak die koerante hom so uit."

"U verstaan nie, doktor . . ."

"Mevrou . . .?"

"Op dieselfde dag wat hierdie advertensie die hele stad vol pryk en die koerante getref het . . . vind ek dit uit."

"Ek is jammer, mevrou."

"My seun verkoop sy liggaam aan ryk vroue vir tot vyftienduisend rand per nag. "

Nadat die oproep beëindig is, stap Erika na een van die kamers wat sy vir 'n pakplek gebruik en vroetel tussen die kartondose rond. Toe haal sy een uit waarop staan: *Tydskrifte en jaarblaaie.*

Op bladsy 19 van hul fakulteit se destydse jaarblad sien sy sy foto. Onderaan staan: *Tweedejaarstudent Tristan Hansen en Frieda Alleman, Mejuffrou Ingenieurswese, by 'n dinee in Randburg.*

Dit is beslis dieselfde jong man as op die advertensie. En die vreemdste is: hy lyk op die plakkaat nog net so jonk soos in 2006 toe hierdie foto van hom geneem is.

Sy onthou nou. Destyds moes sy as sielkundestudent hom een of twee keer met werkstukke help. Maar hulle het nie eintlik oor die lesings gepraat nie. Hy was te gewild, te besig om met joolkoninginne of ander ryk meisies te flankeer. Boonop het hy met haar geargumenteer oor die kursus en die feit dat 'n mens nie ander mense se koppe kan "gesond dokter" nie.

Sy was daardie tyd by 'n medestudent betrokke en hulle het al twee jaar lank 'n verhouding gehad, daarom het sy haar nie eintlik aan Tristan Hansen gesteur nie. Maar dis vreemd. Op die foto lyk dit of hy sy hand gelig het om te keer dat die kameraman die foto neem. En tog poseer hulle, is dit 'n duidelike glansfoto waarvan albei bewus moes gewees het.

Toe eers vind Millicent Hansen se woorde behoorlik en volledig by haar inslag.

Die land se hoogs betaalde prostituut.

Haar telefoon lui weer, maar sy antwoord nie. Sit net na die jaarblad en staar.

DRIE

Erika het pas 'n DVD in die speler geplaas toe die klokkie by haar voorhek lui. Sy druk die pouseerknoppie op die afstandbeheer. Sy verwag niemand nie, allermins hierdie tyd van die aand.

Sy kyk op haar horlosie. Dit is kwart voor agt. Rodney! dink sy skielik. Hy kom sy laaste besittings haal. Maar hy sou tog eers gebel het!

Weer die klokkie, nou dringender. Niemand in hierdie buurt maak hul hekke dié tyd van die nag oop nie. Twee aande gelede is 'n paartjie van hier naby in hul woonkamer deur boosdoeners aangehou en gemartel. Die adres, het Erika in die koerant gesien, is net drie huise laer af in die straat. Die diewe het met al die inwoners se besittings weg-gekom. Daardie berig het haar weer aan die destydse aanval herinner en sy het besef dat sy dit eintlik nog nie behoorlik verwerk het nie.

Die klokkie lui weer, dié slag meer ongeduldig. Dit het al gebeur dat kliënte met kwaai probleme snags hierheen kom. Dit het sy nou daarvan om 'n spreekkamer by haar huis te hê.

Sy loop na haar voordeur toe en kyk deur die loergat. In die sekuriteitslig wat aangegaan het, sien sy 'n vrou voor die traliehek in die straat staan. Sy beduie met haar hande.

Erika neem die paniekknoppie wat aan 'n koord langs haar voordeur hang saam toe sy eers die ysterhek en toe die voordeur oopsluit en uitloop op die stoep.

"Doktor Hamilton! Ek is jammer om te pla, maar ek móét

met jou praat! Ek het jou selfoon aanhoudend geskakel, maar jy antwoord nie."

Sy het haar selfoon 'n ruk gelede gestel om stil te wees, want sy wou nie gesteur word nie. Erika herken die vrou as die een in wie sy eergister vasgery het, Aronique Pringleton.

"As dit oor die versekering gaan, kan ons asseblief môre hieroor praat? Ek het reeds die ongeluk by die polisie aangemeld en . . ."

"Nee, dis veel ernstiger. Ek sê vir die meisies die einde van die wêreld was toe nie op 21 Desember nie, maar vandag kan die einde van mý lewe wees. Ag, ek slaan sommer die kruis."

"Maar kan dit so belangrik wees dat ons nóú daaroor moet praat?"

"Mag ek inkom, asseblief, en my motor intrek? Hierdie is my spaarmotortjie vir noodgevalle. My man het dit verlede maand vir my gekoop sodat ek nie sy motor moet gebruik nie, toe smash ek juis syne op!"

Erika druk die knoppie om die hek oop te maak terwyl die vrou haastig na haar motor toe loop, dan trek sy die voertuig by die erf in. Die sekuriteitshekke gaan agter haar toe.

Deur die tralies sien Erika 'n sekuriteitsvoertuig wat stadig verbyry. Dit voel omtrent of hulle onder beleg is in hierdie woonbuurt.

Die vrou se blonde hare lyk nog meer potsierlik as tevore. Swaar koperringe hang aan haar polse terwyl sy nes eergister mankoliekerig op haar hoë spykerhakkies probeer balanseer. Haar romp klou soos Glad Wrap om 'n dik toebroodjie. Sy rem die hele tyd daaraan asof sy die broekie probeer verberg wat wil-wil uitsteek. Parfuum hang soos insekdoder om haar, terwyl die vel op haar voorkop Botox-styf gespan is, onnatuurlik blink in die skerp lig.

Aronique fladder haar ooglede met hul swaar, vals wimpers terwyl sy praat. "Ek is so jammer oor wat gebeur het, maar toe ek Tristan op daardie plakkaat sien en ek besef ek het daai beeldskone tempel uit elke denkbare hoek aanskou, het die herinneringe soos 'n tsoenami oor my gespoel."

Aronique Pringleton laat Erika aan 'n masjiengeweer dink wat op 'n groep omstanders oopgetrek word. Sy blaf haar woorde in kort lettergrepe uit, maar wanneer sy na Engels oorslaan, rek sy haar vokale uit soos die kugels in radio-advertensies waar dié vroue tot haar irritasie so gestereotipeer word.

"One look at Tristan and I hollered: 'Dear Lord, beauty has reached perfection, en hy's straight!' Dit in 'n stad waar daar omtrent nie meer een hetero oor is nie! So baie van die mans wat ek ken, is so gay soos piekniekmandjies."

Erika staan eenkant toe sodat die babbelende vrou kan instap.

"Dankie, anders voel ek nes 'n prossie wat hier in die tuinpaadjie met jou moet praat. O, ek het dit gesê. Prostituut!"

Erika onthou Millicent se woorde vroeër oor Tristan se sogenaamde werk. Dalk hou dit verband met dié vrou.

Weer fladder Aronique haar ooglede terwyl sy in die sitkamer rondkyk en haar armbande deur die vertrek raas. "Pragtige nessie wat jy het, en ek verwag toe eintlik prentjies van 'n vrolike Freud en 'n ewe jags Jung. Mag ek hier sit?"

"Mevrou Pringleton . . ."

"Aronique, asseblief, ons moet mekaar op die voornaam noem, anders kan ek nie behoorlik my ketel oopgooi nie."

Erika knik en is nie heeltemal seker wat daardie metafoor veronderstel is om te beteken nie. "Wil jy oor Tristan Hansen praat of oor die ongeluk?"

"Oor jou stilswye."

"Nadat die ongeluk op die voorblad was?"

"Ek praat nie van die ongeluk nie, meine schwester."

In hoeveel tale gaan sy nog aangespreek word? Erika merk dat die vrou telkens haar oë toemaak wanneer sy praat. Nadat sy 'n sin voltooi het, fladder hulle weer oop en flikker sy haar vals wimpers asof die suidoos daardeur beur.

"My man gaan jou bel. Hy is buite homself oor sy motor en die voorbladstorie."

"Kan jy tot die punt kom?"

Die armbande sak gedienstig toe Aronique haar hand lig. "Ek is hier om jou te vra om onder geen omstandighede vir Bradley, dis nou my een en enigste, te sê hoekom ek die blaps gemaak het nie."

"Dit staan immers in die koerant!"

"Ek het dit natuurlik ontken en 'n taxi geblameer. Bradley het dit darem gekoop!"

"Indien hy my daaroor gaan bel . . ."

"En hy sál!"

"Sal ek net die nodigste inligting gee."

"Jy verstaan nie!"

"Verstaan wat nie?"

"Dat ons klub dalk expose gaan word!"

"Watse klub?"

Aronique kyk weer rond asof sy verwag iemand gaan haar hoor. "Ek het nie eers gevra of jy alleen bly nie! Is jou man dalk hier, jou boyfriend, jou toy-boy, jou beter helfte, jou . . ."

"Ek bly alleen." Rodney se beeld flits deur haar gedagtes.

"En jy is gebonde aan client/doctor confidentiality, dan nie?"

"Hierdie is nie 'n formele konsultasie nie."

"Tog moet ek weet. Het jy 'n kaartmasjien, dan betaal ek nou, maar ek moet weet dat jy niks sal herhaal wat ek gaan sê nie!"

Erika ervaar daardie bekende ongeduld wat sy al dikwels moes onderdruk. "Jy hoef nie te betaal nie en ek belowe ek sal stilbly."

"Want dit is hoe ons die eerste keer van Tristan gehoor het, by ons Heuwel Fantasties-klub. En ek praat nou van die heuwel in sy jeans."

Erika probeer verdere beskrywings keer, maar Aronique is soos 'n passasier op 'n wipmotortjie by Gold Reef City, haar vaart onstuitbaar.

"Jy weet hoe gaan dit. Meisies kom bymekaar, suiker af movies toe, koek-en-Earl Grey Vrydagoggende . . ." Sy waai met haar hande. "Jy sal nie die situasie verstaan nie, want dit lyk nie vir my of mans baie belangrik in jou lewe is nie."

Erika besluit om dit te ignoreer, want dit sal die gesprek nog verder uitrek.

"Maar baie van ons in die northern suburbs het klubs!"

Sy giggel. "My darling, as jy maar weet. Dalk moet ons jou saamnooi eendag. Dit lyk hoeka of jou lewe bietjie woema nodig het."

"Watse klubs?"

Aronique praat nog sagter: " 'n Soort sekspo."

Erika het al met 'n kliënt gesels wat in die verbygaan na private huisvrou-seks-ekspo's verwys het, dus het sy 'n idee van wat gaan kom.

"Ek het al daarvan gehoor, ja."

"Dan kom demonstreer hierdie gorgeous ouens sex toys. Jy noem dit, dis daar mét 'n vleismark – vleis-paleis-pondok bed toe, waar ons," sy beduie weer met haar hande, "ouens kry vir sessies. Jy weet." Sy voer bewegings met haar hande uit soos 'n ontkleedanser. "Outjies wat geld nodig het en strip."

"Studente?"

"Hulle is 'n dime a dozen en weet baie meer van seks en cock-teasing as wat ek of jy ooit sal." Sy lag en kyk weer vinnig in die vertrek rond. "Ekskuus, as ék ooit sal weet. Maar teen 'n prys. Tye is swaar, die manne verdien deesdae op allerlei maniere. Velkleur tel nou by job interviews, nou haal die manne maar uit en wys vir vroue wat dit kan bekostig, sodat die outjies vir hulle studies kan betaal of oorleef."

Erika reageer nie.

"Hulle is randy, ons het die candy. Hulle strip, dans in jockstraps, is mal oor die aandag, ons bie en die hoogste bieër vat die plesiertier huis toe en betaal altyd kontant. O dok, as jy net weet wat by hierdie Tupperware-sekspo's gebeur."

"En jy huur studente?" vra sy koel.

Aronique lag. "O nee, skattebol. Ek hou van mans met

hardebaard. Soos Tristan. Die girls praat onder mekaar, en een van die girls het sy nommer gehad. Tris het eers sport-motors verkoop. Deesdae is hy voltyds on the job, en ek bedoel," en sy maak vulgêre handbewegings, "behoorlik op die job! Toe bel ek en hy doen my," en sy begin op die maat van die Volkslied sing, "dat die kranse antw-oo-oord gee! Ha-ha-ha."

Erika wil die gesprek so gou moontlik beëindig.

"Waar het hy die sportmotors verkoop?"

"Toevallig net hier anderkant by Mathilda's Emporium. Maar hy het agt maande gelede opgehou, in Januarie. En nou is hy sommer skielik 'n model ook. Kan jy dink hoeveel geld maak hy?!"

Erika hou haar stem gelykmatig, professioneel. "Laat ek dit mooi verstaan. Jy vra my om nie vir jou man te vertel dat ek in jou vasgery het omdat jy 'n prostituut op 'n plakkaat herken het, en ek in die proses 'n sogenaamde seksklub kan ontmasker nie?"

"Wel. Ons mans het pret by húlle ontkleeklubs met lap dances, waarom nie ons nie?"

"Dus, julle mans mag, maar nie julle nie?"

Aronique waai weer met haar hande. "Ag, liefskat, jy leef in 'n geslote omgewing. Beskerm. Julle sielkundiges dink julle weet alles. Maar eintlik weet julle niks. Want wat werk-lik gebeur, kry mens nie in boeke nie. Jy sal dus nie verstaan nie. Feit is, as ons mans uitvind hiervan, gaan die hel los wees. Egskeidings, dagvaardings, jy noem dit. Ons sexy en baie vuil wasgoed word dan expose. Dit mag onder geen omstandighede uitkom nie." Aronique se gesig raak ern-stig, haar teatrale gebare kleiner. "As dit uitkom, weet jy hoeveel mense gaan in die moeilikheid wees? Weet jy hoeveel huwelike gaan opbreek?"

"En hoe baie koppelaars gaan hul werk verloor."

"Jammer?" Aronique frons. "Koppelaars? Soos in sportmotors?"

"Pimps. Die verskaffers van hierdie prostitute. Prostitusie is steeds teen die wet toe ek laas gekyk het."

"Oh, some cops turn a blind eye. Weet jy dat selfs cops uittrek? Oh darling, you haven't had a man till you've had a cop. Om nie van Tristan te praat nie. En dan . . ."

Erika hou haar hand op. "Dit is genoeg, dankie." Sy staan op.

"Ek kan Tristan se nommer hier los, want hy kan jou dalk troos." Aronique skribbel 'n nommer op 'n papiertjie en sit dit langs Erika se selfoon neer. "Glo my, hy is die engel van orgasmes. Die phoenix van foreplay."

"Goeienag." Erika hou die deur oop. Sy kyk nie eers na Aronique nie, want sy wil nie die vrou aanspoor om meer te sê nie.

Aronique stap tot by haar motor. Net voor sy die deur oopmaak, draai sy terug. "As my man bel, en hy gaan, mag jy nie hieroor praat nie."

"Wat laat jou dink dat jou man 'n vermoede het oor die leesklubs?"

"Die koerantstorie. Al die skinderpraatjies, die joernalis se spel met woorde en insinuasies. Want Bradley het vanoggend gevra of ek dalk al vir Tristan ontmoet het. Sommer so, uit die bloute. Toe weet ek hier kom 'n ding!"

Erika gebruik die afstandbeheer om die hek oop te maak.

"Wat is die beste seks wat jy nog ooit gehad het?" Aronique beduie met haar hande. "Net tussen ons meisies. Die heel, heel beste skud-jou-fondamente-seks."

En eerlikwaar, Erika het nie 'n antwoord nie. Sy dink aan haar en Rodney. Aan hul verhouding. Gewoonteseks, het sy dit later in haar gedagtes genoem. Iets wat gebeur omdat dit moet. "Die nodige," het 'n vriendin onlangs gesê. "Rodney lyk na die soort ou wat net 'die nodige' doen, en dalk net op 'n Sondagmiddag."

Sy het die spyker op die kop geslaan.

"Ek hoop jy reis veilig terug."

"So gedink." Aronique glimlag betekenisvol en klim in haar motor. "Wel. Ek kan jou verseker, Erika, en ek praat uit ervaring. Ek was een keer by hom. Hy vat jou hemel toe en los jou daar. Die probleem is, wanneer jy afkom aarde toe, wil jy nie meer leef nie."

"Gaan nou!" Erika besef dat sy te hard praat. Die vrou sit haar motor in trurat en ry tot in die straat. Sy kyk nog een maal na Erika en roep: "Jy het sy nommer. Glo my, hy is elke sent werd!"

Sy trek weg.

Erika stap terug in die huis in en sluit die sekuriteitshek en voordeur.

Tot dusver was – ís – haar werk alles. Luister sy die afgelope jaar wat sy begin praktiseer het na mense se probleme. Hoor sy van egskeidings, mans wat hul vroue verkul, jonges wat deur pedofiele misbruik is, vroue wat wreedaardig aangerand is, verkrag is, mishandel is. Dogters wat deur hul stiefpa's misbruik word.

Help sy selfbewuste vroue wie se mans hulle emosioneel afpers of afknou. Herstel sy mense se selfbeeld, ondersteun sy kliënte wat senuwee-ineenstortings gehad het, wat kla dat dit voel of naalde in hul liggame inboor wanneer hulle in die openbaar verskyn of 'n toespraak moet maak. Ondersteun sy skoolkinders wat geboelie word, maar behou die veilige en professionele afstand wat haar verhoed om emosioneel by kliënte betrokke te raak.

Sy het die krisis, toe Rodney haar vir 'n jonger meisie verlaat het, met niemand bespreek nie, nie eers haar mentor nie. En daardie wond is nog net so rou soos amper vier weke gelede toe hy haar kortaf meegedeel het dat hy nog probeer om homself te vind, dat sy met haar werk getroud is en hom nie verstaan nie.

En nou daag Aronique Pringleton op en konfronteer haar met inligting wat klink na iets uit 'n pornografiese rolprent – 'n geheime lewe waarvan sy vaagweg bewus was, in skindertydskrifte en -koerante raak gelees het, maar nog nooit direk mee in aanraking gekom het nie, behalwe enkele kere deur 'n kliënt se belydenisse.

Erika neem haar selfoon en pons Rodney se nommer in. Sonder om te dink, druk sy *Call*, hulpeloos om die aksie te keer. Nou, meer as ooit, het sy die behoefte om sy stem te hoor.

Die telefoon lui aan die ander kant en Erika besef sy het nog kans om die oproep te beëindig. Maar sy vind nie die krag om dit te doen nie.

'n Vrouestem antwoord. "Rodney se foon."

Erika skud haar kop. Sy kan nie praat nie.

"Hallo? Ek kan hoor daar is iemand."

Erika druk die telefoon dood sonder om te praat. Oomblikke later lui haar selfoon en Rodney se naam verskyn. Sy antwoord dadelik. Dit is dieselfde vrou van tevore. "Moenie weer hierdie nommer skakel nie."

Die verbinding word verbreek.

Erika sit lank met die selfoon in haar hand. Toe maak sy haar afspraakboek oop en kyk na die inskrywings die volgende dag.

Millicent Hansen. 11:30.

Sy was lank laas so gespanne oor 'n kliënt se voorgenome besoek.

Dit is moeilik om aan die slaap te raak, maar sy weier om weer 'n slaappil te neem. Dit laat haar kop altyd dof voel sodat sy nie die volgende dag behoorlik op haar werk kan konsentreer nie. En sy kry daardie bitter smaak van Zopimed nie uit haar mond nie, selfs teen middagete.

Sy word oudergewoonte net na dagbreek wakker. Sy rol 'n oomblik rond en staan dan op en trek haar oefenklere aan om te gaan draf.

Dit moet gedurende die nag gereën het, want sy ruik dit nog. Alles is vars en skoon.

Sy kies vanoggend 'n ander pad as wat sy (en Rodney) gewoonlik gedraf het. Dit neem haar by die dieretuin verby. Sy kyk na die tamaai ou bome wat hul takke oor die paaie sprei en dink hoe lief sy vir Johannesburg is. Dat sy eintlik nêrens anders wil woon nie. Sy hou veral van Parktown. Dis naby die middestad, maar net ver genoeg daarvandaan om veilig te wees. Relatief veilig as sy kyk na die misdaadsyfers in haar woonbuurt.

'n Seun wat koerante aflewer groet haar. Vroue met kleurvolle kopdoeke, wat te oordeel na hul uniforms seker op pad is om stukwerk te doen, loop al geselsend by haar verby. Hier en daar merk sy dat 'n verbygaande motoris haar agternakyk.

Terwyl sy en Rodney nog uitgegaan het, het hy nie daarvan gehou dat sy met ander mans praat of dat hulle aandag aan haar skenk nie, veral nie by die muurbalbaan nie. Hy het haar selfs later gevra om 'n sweetpakbroek te dra en nie die kort broekie waarmee sy gewoonlik muurbal gespeel het nie. Sy het mooi bene en die ander spelers het gedurig na haar gekyk.

En nou is hy weg – Rodney wie se oog gedwaal het by die muurbalbaan. Want dit is waar hy waarskynlik die aktrise ontmoet het met wie hy begin uitgaan het. Of dalk het hy 'n onderhoud met haar gevoer vir die Engelse dagblad waarvoor hy werk. Erika is nie seker nie.

Die straat hier voor is besig. Sy het nog nooit so ver gedraf nie.

Sy gaan staan op die hoek en besluit om nog net een straatblok verder te hardloop en dan terug te draai.

Terwyl sy wag vir die verkeerslig om na rooi oor te slaan, hou 'n motor langs haar stil. Die verkeerslig raak geel. Die motoris draai sy ruit af.

"Erika! Haai!"

Sy kyk en probeer ordentlik fokus.

"Albert Steyn!" sê hy.

Sy herken hom. Hulle was saam hoofmeisie en hoofseun in Northcliff en het vir 'n maand of twee vas uitgegaan.

"Albert?" Sy kan haar oë nie glo nie. "Wat maak jy hier?"

"Ek werk as argitek in Rosebank. En jy, lees ek in die koerante, is deesdae 'n sielkundige wat ongelukke onder onderbroeke maak."

"Ag, dit!" Sy lag. "Moenie alles glo wat jy lees nie."

"Bly jy hier naby?"

"Ja," antwoord Erika.

"Spring in, dan neem ek jou terug."

"Maar jy is seker op pad iewers heen?"

"Was in die gim en gaan terug huis toe. Toe!" Hy beduie.

Die lig word groen en die motoriste agter hom toet. Sy klim haastig in sy motor.

Albert het 'n effense magie begin kry waaroor sy T-hemp net 'n bietjie te styf span. En hy begin van sy hare verloor.

"Waarheen?"

Sy verskaf haar huisadres.

"Wys jou net hoe groot is hierdie dorp. Ons bly in dieselfde omgewing en weet dit nie eers nie!" Hy lag. "Ek was op die punt om jou te bel nadat ek die storie in die koerant gesien het, toe dag ek jy is dalk . . . jy weet . . ?"

"Wel," sy weet nie eintlik wat om te sê nie, "hier is ek nou! Draai hier links, dis korter."

Hy skakel sy flikkerlig aan en kyk dan na haar. "Dis goed om jou weer te sien, Erika."

"Goed om jou weer te sien."

Hulle luister vir 'n oomblik na die musiek op die radio.

"Wat ek netnou wou vra, is: Is jy getroud?"

"Nee. Jy?"

Hy skud sy kop. "Vry nog maar in die bondel. En jy?"

"Vry beslis nié in die bondel nie. Draai hier regs en hou links in die slipway."

Sy ken die liedjie wat nou speel. Dit was 'n treffer toe hulle op skool was.

"Onthou jy?" vra Albert na 'n ruk.

"Jip. Was dit nie in die topvyf op die treffersparade nie?"

"Ek praat van ons."

"Ek dink nog partykeer daaroor," antwoord Erika.

Sy beduie dat hy links moet draai. Hy maak so.

Twee strate verder beduie sy hom na haar huis agter die groot jakarandabome. Hy hou stil, sit ongemaklik en vroetel met sy sitplekgordel.

"Dit was lekker dae." Hy kyk nou direk na haar.

Albert was haar eerste vaste kêrel. Die eerste man met wie sy intiem was, maar eers na die matriekeksamen. Hy het daardie aand gesê dat hulle die einde van matriek op 'n spesiale manier moet vier. Hulle het uitgegaan, geëet, 'n bottel wyn gedrink, en toe is hulle na sy huis toe. Sy ouers was nie daar nie.

Dit het daardie aand lank geneem voordat sy hom toegelaat het om haar klere uit te trek – heeltemal uit te trek. En selfs toe hy warm begin raak het en ernstig begin vry het, sy hand tussen haar bene, was sy steeds bang. "Het jy 'n kondoom?" het sy gevra. Sy onthou dat sy gebewe het.

"Ja."

Die klank van die oopskeur van die pakkie, sy gesukkel om die kondoom aan te sit en hoe dit die erotiese oomblik onderbreek het. Sy asem teen haar gesig. Sy gewig bo-op haar.

En toe die pyn. Dit was seer. Sy het geen genot uit die seks met Albert gekry nie en was bitter spyt daaroor. Het net geluister na sy vinnige asemhaling, die kreun en toe geduldig gewag dat sy liggaam stil word.

"Was dit lekker?" het hy gevra.

Haar antwoord, sag, onseker. "E . . . ja."

"Skies. Ek wou nog uithou, jy weet?"

"Maak nie saak nie."

"En jy? Het jy gekom?"

Sy het geknik en kon sien hy weet sy jok.

Hulle is kort daarna uitmekaar. Dit was asof daardie intimiteit iets tussen hulle vernietig het. En sy het die seks beslis nie geniet nie.

Die eerste man by wie sy jare later vir die eerste keer 'n mate van bevrediging gekry het, was Rodney. Dit is ook hoekom sy so lank by hom was, want sy het gevoel hy besit iets van haar wat sy nie gaan terugkry nie.

"Is jy lus vir koffie?" vra Albert.

"Miskien later. Ek . . . sien baie kliënte vandag."

Hy krap 'n nommer op 'n stukkie papier en stop dit in haar hand. "As jy kafeïenonttrekking kry."

"Dankie, Albert." Hy druk haar hand en leun skielik oor en soen haar. Sy draai haar wang. "Lekker om jou weer te sien." Sy maak die deur haastig oop en klim uit. "Mooi dag!" Sy weet nie eintlik wat anders om te sê nie.

Albert knipoog vir haar en beduie: Bel my. Hy trek weg.

Sy sal moet gaan stort. Haar dag is vol.

En sy wonder hoe haar lewe sou verloop het indien sy wel met Albert getrou het, soos hul ouers wou gehad het.

Sy stort, eet 'n ligte ontbyt en bestudeer dan haar afsprakeboek. Sy begin altyd daarmee op die halfuur, iets wat sy by haar mentor, Lydia Verhoef, geleer het. Haar eerste kliënt sal halfnege hier wees, 'n neurotiese vrou met ernstige selfbeeldprobleme. Erika het al daarin geslaag om haar sover te kry om met mans te begin uitgaan, maar die kliënt sien selde 'n man meer as een keer – dalk twee keer. Daarna dink sy dat mans vir haar lag of haar net wil gebruik of bewus raak van al haar tekortkominge.

Erika se oë dwaal weer na Millicent Hansen se naam om 11:30. En langs haar afsprakeboek lê Tristan Hansen se nommer, wat Aronique nog daar gelos het. Sy kyk na die nommer en wonder hoeveel vroue hom al gebel het sedert die advertensiebord soveel chaos veroorsaak het. Daar is nie iets soos swak reklame nie, besluit sy, dis gewis.

Sy wil net die papiertjie met die nommer opfrommel en weggooi, toe iets haar keer. Die nommer. 'n Maklike een om te onthou. Sou dit doelbewus wees, of het hy daardie nommer toevallig gekry? Sy onthou Aronique se oordadige beskrywings van Tristan se fisieke bates. Van sy persoonlikheid het die vrou egter niks gesê nie, en Erika wonder hoe dit moet voel om so geobjektiveer te word. Alles gaan om die uiterlike – wat in sy binneste aangaan, maak in sy geval seker nie saak nie.

Sou dit hom hinder, of maak die geld alles reg?

Hoekom is hy 'n prostituut? Sover haar kennis strek, verdien modelle groot geld vir 'n advertensie soos die een wat sy in Rosebank gesien het. En die bietjie wat sy van Tristan gesien het, dui daarop dat hy buitengewoon aantreklik is. Dit behoort dus seker nie moeilik te wees om werk te kry nie.

Waarom sou hy homself dan aan vroue verkoop?

Op 'n ingewing skakel sy haar rekenaar aan en google hom. *Tristan Hansen*, tik sy.

Sy naam verskyn, onderstreep in Google se bekende blou skrif. Sy klik daarop.

'n Foto van hom verskyn. Dit is 'n kop-en-skouers-foto. Ja, inderdaad, sy onthou hom. En sy moet erken hy is geweldig aantreklik. Hy het 'n skoon, oop gesig, sy kort bruinblonde hare is netjies regop gejel en hy het 'n effense glimlag. Hy lag nie heeltemal nie, nog minder het hy die selfbewuste glimlag wat narsissistiese modelle gewoonlik vir die kamera hou. Hy kyk daarna asof hy sê: Ek daag jou uit om meer oor my uit te vind. Het jy die moed?

Sy telefoonnommer staan onder een van die foto's. Daar is geen aanduiding dat hy 'n prostituut is op die webwerf nie, asof hy nie meer hoef te adverteer nie.

Die inligting oor hom is aan die skraps kant: *Tristan Hansen is op 13 Maart 1987 in Linden gebore. Sy ouers is Dieter en Millicent Hansen. Vader oorlede op 23 November 1995. Hansen was 'n kampioengimnas wat verskeie pryse en medaljes op skool gewen het. Hy was ook 'n kranige rugbyspeler wat die sport laat vaar het om hom op gimnastiek toe te spits. Hy het van jongs af aan verskeie marathonne deelgeneem.*

Hy het vir twee jaar in die buiteland gewoon. Van 2010 tot 2011 was hy verbonde aan die Milford-klerewinkel in Sandton, maar nadat dit gesluit het, het hy as motorverkoopsman by Mathilda's Emporium in Parkview begin werk. Hy het in Januarie 2013 bedank. Hy is bevriend met Lance Fourie, die bekende gimnas wat in 2012 provinsiale kleure verwerf het. Tristan Hansen is bekend as model, veral van die Jasper-onderklerereeks. Hy is ongetroud.

Tristan Hansen. Sou hy haar nog onthou?

Wanneer het vroue hom begin betaal?

Erika beweeg die wyster na die kruisie boaan sy webwerf, sit 'n oomblik ingedagte, en kies dan Microsoft Word om haar notas te bestudeer van die kliënte wat sy vandag gaan sien. Maar haar gedagtes beweeg aanhoudend terug na Tristan.

Sy skryf later sy nommer in hakies langs sy ma se naam neer en wonder of hy tog nie dalk saam met Millicent Hansen gaan opdaag nie.

"Sielkundiges het eintlik sielkundige behandeling nodig," was sy laaste woorde aan haar. Twee weke later het hy opgeskop, ondanks die feit dat hy hoë punte behaal het.

Interessant dat sy nooit weer behoorlik aan hom gedink het nie. Maar sy het Baltus Maritz op universiteit ontmoet, ook 'n sielkundestudent. Hulle was vir drie jaar betrokke voordat hy met 'n ander meisie begin uitgaan het en hul verhouding beëindig is. Sy was nogal baie verlief op hom.

En toe, asof sy geen beheer daaroor het nie, soos met Rodney, lig sy die telefoon se hoorbuis en skakel Tristan Hansen se nommer. Haar hande bewe terwyl sy dit doen. Sy weet glad nie wat haar besiel nie. Dalk wil sy hom vra of hy haar nog onthou. Dalk wil sy hom aanmoedig om saam met sy ma te kom, dalk is sy sommer net nuuskierig, dalk wil sy . . .

"Hallo. Tristan Hansen." Genugtig, maar hy het 'n mooi stem. Sy het dit nie meer mooi onthou nie.

Sy is nie in staat om te praat nie.

"Hallo?" Stilte. Erika hoor die geluid van verkeer in die agtergrond. "Moenie skaam wees nie. Praat gerus. Ek luister," sê hy in 'n diep basstem.

Erika gooi die hoorbuis neer en spring op. Wat het haar besiel?

Sy besef dat haar nommer op sy selfoon geregistreer het en dat hy dalk sal terugbel, onder die indruk dat sy 'n voorgenome kliënt is.

Maar Tristan Hansen skakel nie terug nie.

VIER

Tristan Hansen druk sy selfoon dood. Daar was beslis iemand aan die ander kant, maar die persoon het nie gepraat nie.

Om hom is kleurvolle mure vol tekeninge en graffiti. Hy verkyk hom daaraan. Selfs al bly hy in die middestad van Johannesburg, kan hy steeds nie gewoond raak aan die kaleidoskoop van kleure en mense en beweging nie.

Op 'n muur waarby hulle nou verbyry, is vier verskillende advertensies vir matrasse, een vir MTN, 'n selfopgestelde haarkapper op die sypaadjie, 'n spaza-winkel wat ook lugtyd verkoop en wasgoed wat oor winkeltrollies gedrapeer is.

Nog een straatblok verder tot in Commissionerstraat, en hulle hou stil voor die gebou waar hy woon.

Hy bedank die taxibestuurder en klim uit. Die gereelde bedelaar draf nader en maak die deur toe. Tristan stop geld in sy hand.

"Hey, makulu, boss. Hey hey! Siyabonga!" Sy trollie staan eenkant vol komberse, kartondose en metaal wat hy iewers opgetel het. En op 'n skewe bordjie: *Fineas's Taxi Cab*.

Tristan pons die kode in en die sekuriteitsdeur swaai oop. Dit is sy goeie vriend Lance wat hom destyds van hierdie gebou vertel het, toe hy na sy terugkeer van oorsee af gekla het dat hy nie langer by sy ma wil bly nie en hy onafhanklik wil wees. Hy het na verskeie woonstelle en duplekse in die noordelike voorstede gaan kyk, maar het elke keer daarteen besluit.

Toe hy hoor dat sommige geboue in die Johannesburgse middestad nuwe lewe kry en opgetert word (Lance se woord), het hy kom kyk na hierdie een in Commissionerstraat, waarheen al hoe meer besighede teruggekeer het. Die ruim dakwoonstel op die boonste verdieping met 'n uitsig op die stad het met hom gepraat, en dit teen vierduisend vyfhonderd rand per maand. Hy het dit onmiddellik geneem en was nog nooit spyt daaroor nie.

Tristan stap in die voorportaal in. Van die gloeilampe moes geblaas het, want die vertrek is nie so goed verlig soos gewoonlik nie. Hy sal die nuwe eienaars in kennis moet stel.

'n Beweging aan sy linkerkant.

Tristan draai sy kop. Iets beweeg. Iemand verskyn voor hom. Instinktief val hy plat. 'n Vloeistof word in sy rigting gegooi, maar trek skadeloos verby en tref 'n muur. Die verf begin smelt. Suur! Iemand het suur in sy gesig probeer gooi.

Hy rol om, spring orent, pluk sy sonbril af en gooi dit eenkant toe. Hy soek na die figuur. Iemand buk voor hom en tref hom met die kop in sy maag. Tristan bring sy knie op en stamp die persoon in sy maag. Die man kreun en val agteroor, maar spring weer orent. Hy dra 'n klapmus. Net sy oë steek uit. Tristan tol om en skop hom in sy gesig dat hy vir 'n tweede keer agteroor val.

'n Gil. Die houer waarin die suur was, rol tot teen die muur. Sy aanvaller spring orent en storm op Tristan af. Dié slag is daar 'n mes in sy hand. Hy kap-kap daarmee na Tristan se gesig.

Tristan swaai weer om en gee 'n karateskop, sodat die man vir die tweede keer teen die muur val. Maar hy is skynbaar gewoond aan baklei. Hy lê net vir 'n oomblik en spring dan weer orent. Hy buk en kap-kap met die mes. Toe storm hy weer op Tristan af en steek na hom, maar Tristan val plat. Die man struikel oor hom, val, spring weer op en mik met die mes na sy gesig.

Dié slag skop Tristan hom onder sy kennebak. Dit het die gewenste uitwerking. Die mes spat opsy. Die man kreun, lê 'n oomblik duiselig, rol om, spring orent, skud sy kop en gryp weer die mes. Toe storm hy na die deur toe en stamp die groen *Exit*-knoppie hard met die palm van sy hand. Die deur klik oop en die aanvaller storm uit.

"Jy gaan betaal, jou donnerse hoer! Ons gaan jou dood bliksem!" skreeu hy.

Tristan staan 'n oomblik verdwaas. Toe volg hy die man.

Hy is net betyds om hom te sien spring in 'n motor wat wegjaag. Die son is skielik skerp in sy oë sodat hy nie die nommerplaat kan eien nie.

Verbygangers kyk verbaas na hom. Die bedelaar swaai om. 'n Taxi toet verwoed omdat die motor met sy aanvaller in voor hom ingesny het. Die bestuurder jaag oor 'n rooi verkeerslig – iets wat algemeen is in hierdie buurt – en verdwyn om die hoek.

Tristan kyk om hom rond, die son steeds verblindend in sy oë, en sien gesigte wat saamsmelt en mense wat nuuskierig na hom staar. Sy hart klop in sy keel, sy asemhaling is vlak. Nou tref die skok hom eers behoorlik en besef hy wat amper gebeur het. Hy leun met sy arms teen die muur, kry sy asem terug.

Hy vee die sweet van sy gesig af, wag tot die bewing in sy bene bedaar het en pons dan weer die kode by die deur in.

Hy stap terug in die gebou in, elke sintuig gespanne en met kolle voor sy oë van die sonlig.

Dit neem hom 'n ruk om aan die skemerte gewoond te raak. Hy tel sy sonbril op, gewaar die suurhouer wat eenkant lê en stap soontoe, dink dat daar vingerafdrukke op kan wees en wonder wat sou gebeur het as hy 'n sekonde later weggeduik het.

Hy raak aan sy gesig asof hy wil seker maak dat hy nie seergekry het nie.

Skielik is hy terug by Mathilda Fourie se kantoor nege maande gelede; die vrou wat hy vermoed die brein agter hierdie aanval is. Hy het nog by haar motorhandelaar gewerk. Toe het iemand hom vanuit die bosse in die tuin langs die handelaar bespring. Die persoon het hom voluit met die vuis in sy gesig geslaan en byna sy neus gebreek. "Dis wat ons met pretty boys doen!" het hy uitgeroep.

En toe, dae later, die boodskap op sy selfoon vanaf 'n onbekende nommer: *Hoer. Jou bakkies gaan spaghetti word.*

Hy was daarna meer op sy hoede as gewoonlik en het kort-kort groot mans gesien wat hom gevolg het of hom in die skaduwees ingewag het. Hy kon hulle gelukkig telkens betyds ontduik.

En nadat hy by bedank het, Mathilda se oproepe, SMS'e, pleidooie en toe dreigemente. "Ek het jou gemaak, prinsie, onthou. Sonder my is jy niks." En: "Kom terug na my toe. Jou lyf is myne. Moenie dat ek soebat nie."

Sy het hom later persoonlik begin volg. Gebel, hom gesoebat om terug te kom, erken dat sy hom liefhet en dat sy hom wil terughê. Maande lank dié teistering, maar hy het geen oproepe beantwoord nie, op geen SMS reageer nie, en die kere wat hy deur uitsmyters of ander ongure figure agtervolg is, het hy ompaaie gevolg tot hy hulle afgeskud het.

Dit het erger geraak. Naamlose oproepe van private nommers af vol beledigings en vierletterwoorde en dreigemente. Weer iemand wat hom met 'n bofbalkolf probeer slaan het.

En tussenin, vorige kliënte wat hom wil terughê: *Jy kan my nie net een keer so laat kom het nie. Niks was daarna weer dieselfde nie. Ek soek jou. Asseblief, kom terug. Ek sal enigiets doen om jou terug te kry.*

Maar hy het selde twee keer by 'n vrou geslaap. Daar was te veel nuwes.

En toe, skielik, twee maande gelede, hou Mathilda se SMS'e op. Geen kommunikasie meer nie – tot nou met hierdie aanval. Maar hy het baie vyande.

Hy stem nooit in om by getroude vroue te slaap nie. Maak altyd eers seker dat hulle enkellopend of geskei is. Maar jaloerse oudminnaars kry soms sy spoor, of broers, of vriende. En mans in dieselfde bedryf as hy wat hom as 'n bedreiging sien.

Tristan kyk rond. Die toonbank, waar daar soms 'n ontvangsdame sit, is verlate. En geen deurwag nie, ten spyte van die eienaars se beloftes.

"Dis die middestad, vriend. Moenie Sandton City verwag nie." Een van die huurders op 'n vergadering onlangs. Maar na wat pas hier gebeur het . . .

Tristan kyk weer oor sy skouer. Hoe sou sy aanvaller die sekuriteitskode gekry het?

Hy druk die hysbakknoppie en wag.

Sy selfoon lui. Hy huiwer en antwoord dan.

"Meneer Hansen?"

"Tristan, asseblief."

"Dis professor Sophia Mouton hier. Ek het u nommer by 'n kollega gekry."

"Mag ek maar Sophia sê?"

Hy hoor hoe die hysbak se kabels dreun soos dit van een van die boonste verdiepings begin afkom.

"Natuurlik." Sy praat asof sy gewoond is daaraan om opdragte te gee. "Ek soek 'n gesel om my na 'n première te vergesel. My vriendinne wat gewoonlik saamgaan, is nie beskikbaar nie. Ek sal egter graag vooraf wil gaan eet en gesels, en jy is skynbaar uitstekende geselskap. Ek soek niks meer nie." En dan, amper as 'n nagedagtenis: "Ek mis werklik goeie, stimulerende geselskap, en Maryna – dis nou my vriendin – het saam met jou na die opening van 'n kunsgalery gegaan. Sy het jou sterk aanbeveel. En ek beklemtoon weer, ek soek niks meer as net geselskap nie. Is jy beskikbaar?"

Die hysbak stop. "Dit hang af wanneer?"

"Vrydagaand agtuur."

Hy dink. "Ja. Ek is beskikbaar. SMS asseblief u adres, dan verskaf ek my bankbesonderhede. Ek vra vierduisend rand. Dit moet vooraf in my rekening gedeponeer word."

"Ek maak so. Nou ja, dit was makliker as wat ek gedink het."

Hy maak die ou hysbak se deur oop. Eendag gaan hierdie sidderende kontrepsie nog ingee . . .

"Ek sien uit daarna. Ek neem aan die geleentheid is formeel?"

"Aandpak, ja, asseblief. Waar kry ek jou?"

"Ek word by jou adres afgelaai, dan gaan ons met jou motor. Anders kan ek jou by die première kry."

"Ek verkies om saam met jou daar aan te kom."

"Dan kry ek jou by die huis."

Hy loop in die hysbak in. Die verbinding word verbreek.

Tristan kyk na die kennisgewings in die hysbak, merk nou eers die slim bewoording en besef dat hy deesdae weer vergeet om te kyk en raak te sien. *Begging outside. Give me money or must I pretend to limp.* Alles reg gespel en in goeie Engels.

Hy glimlag effens vir die tekening van 'n man met 'n veelkleurige kombers oor sy kop. Pragtig.

Toe hy twee jaar gelede die boonste verdieping van hierdie verlate gebou in die Johannesburgse middestad betrek het, het die meeste kantoorhuurders lankal gevlug of hul besighede het bankrot gespeel. Die nuwe eienaars het die gebou egter van die destydse Nigeriese dwelmbaronne, wat uit die land gevlug het, oorgeneem en dit restoureer. Dit was 'n lang en moeisame proses.

Toe sy vriend Lance van die dwelmbaronne hoor, veral nadat Nigerië die sokkerwedstryd in Februarie gewen het, was sy kommentaar: "Vergeet Bafana-Bafana! Die Nigeriërs is eintlik ons land se tuisspan! Dit het seker vir hulle gevoel asof hulle in hul eie land gespeel het."

Gaandeweg het nuwe huurders teruggekeer na die gebou om weer hul besighede op die been te kry, al was dit drupsgewys. Boheemse kunstenaars wat 'n volledige verdieping as 'n ateljee gebruik, 'n New Yorkse ontwerper wat die negende verdieping as 'n modelagentskap ingerig het; 'n filmmaker wat die sewende en agtste verdiepings in produksie-ateljees omskep het. En die twaalfde verdieping is deur Chinese oorgeneem wat grimering daar vervaardig en bemark.

Gelukkig is die negentiende verdieping, die een reg onder syne, nog onbeset behalwe vir 'n klomp winkelpoppe wat daar gestoor word.

Eintlik grillerig, die klomp mannekyne nes mense wat in die gange en kamers gepak is. Laat hom dink aan hotelkamers waarin hy soms oorslaap – dan verbeel hy hom hy voel nog die teenwoordigheid van die honderde siele wat voor hom in die bed geslaap het.

Hy druk die knoppie waaronder *PENTHOUSE* staan op die boonste verdieping en die hysbak ruk weer. Dit moet net nie nou vassteek nie. Tristan maak die hysbak se deur oop en weer toe. Dit help dikwels.

Lekker dakwoonstel. Dit is sý ruimte waarvan nie eers sy ma destyds geweet het nie. Waarheen hy niemand ooit bring nie – en beslis nie kliënte sedert hy homself sewe maande gelede begin uitverhuur het nie.

Nadat hy drie jaar gelede uit sy ma se huis getrek het – hy het toe nog in die klerewinkel in Sandton gewerk – het hy genoeg geld verdien om meubels te koop, tot hy die ruimte uiteindelik leefbaar gemaak het. Sy ma wou natuurlik na sy "geheimsinnige blyplek" kom kyk. Hy het gesê dat hy in 'n kommune bly en dat sy nie van sy huismaats sou hou nie; as sy moes weet dat hy in die middestad bly, sou sy nooit geslaap het nie.

"Ek is bang jy bly saam met dwelmslawe."

"Natuurlik nie, Ma!"

Die hysbak beweeg opwaarts. Hy sien elke verdieping

deur die venstertjie verbygly. Merk hoe die verdiepings verander en dié wat eers verlate was huurders gekry het.

Tristan weet nie hoekom nie, maar hy voel elke keer onaardig in hierdie hysbak en is deurgaans bewus van die diep gat onder hom terwyl die hysbak opskuif.

Met sy oë toe, herleef hy die aanval van kort tevore en vee die sweet van sy voorkop af. Probeer kalmeer. Plaas sy sonbril terug op sy gesig.

Hy dink weer aan Mathilda Fourie. Aangesien sy ma haar van skooldae af geken het – hy was saam met haar seun Lance in die klas – het sy die ouer vrou aanvanklik vertrou, salig onbewus van hoe sy eintlik oor Tristan gevoel het. Dat sy hom met alle geweld wou besit.

"Ek en jy gaan nog mooi musiek saam maak, prinsie," het sy gesê toe hy by haar begin werk het en haar oë oor sy liggaam beweeg het. "Ek het die breins en die sakevernuf," en terwyl haar vinger oor sy bors gespeel het, "en jy het die lyf, die sjarme. Dis 'n dodelike kombinasie." En terwyl haar vinger strepies oor sy maag getrek het: "Ek dink nie jy besef hoe 'n stewige wapen jy hier het nie." Toe 'n effense laggie en 'n soen teen sy nek wat net te lank geduur het. En elke keer die alwetende laggie, asof sy verwag dat hy die een of ander tyd gaan ingee.

Hy het nooit.

Die hysbak kom op die sesde verdieping tot stilstand, maar niemand klim in nie.

Vyf dae gelede het die hel losgebars. Skakel mense hom aanhoudend. Het selfs die pers hom gebel oor die konsternasie wat die advertensie veroorsaak het. En van sy voormalige kliënte wat gesoebat het dat hulle hom weer wil sien.

Die geld vir die modelwerk was aanloklik en sou hom kon help om sy skuld af te betaal en nog meer onafhanklik te raak.

Maar hy het die krag van die sensasiebeluste pers onderskat. Dit was Lance wat hom gebel het toe die bom bars. "Jis, pella. Jy moes dit verwag het. Die tydskrifmark is so oorvol op die oomblik dat elkeen probeer om nuwe stories te kry. En hierdie een bied weer op 'n nuwe voorblad twee dae lank daardie goue vierletterwoordjie 'seks' groot in die opskrif. Jy moes dit verwag het."

Lance, wat onbewus is van hoe hy eintlik sy geld verdien.

Die hysbak begin weer beweeg. Op en op en op terwyl hy nog steeds probeer om sy asemhaling te beheer.

Dit kom skielik op die veertiende verdieping tot stilstand en die twee bleeksiel-eienaars van 'n rekenaarfirma loop in. Hulle groet hom, maar Tristan het nie vandag lus om te gesels nie.

"Whoa. Daai brille kos seker meer as ons hele toetie," beduie die een met die gejelde hare met 'n kopknik na die veertiende verdieping toe die hysbakdeur toegaan. Hulle staan ook te naby aan hom.

"Dit dien sy doel," antwoord Tristan, maar sê niks verder nie. Die twee kyk na mekaar en die een pomp die ander in die ribbes.

"Seker sodat jy nie deur jou fans herken word nie. Ek bedoel soos in wow-flippen-wow, dude!"

Tristan lig sy skouers en hoop die gesprek is verby.

Die een mannetjie dra 'n kortbroek wat net bokant sy knieë ophou en 'n paar onooglike, harige bene ten toon stel. Die ander dra 'n stywe bruin broek wat sy boepie oor-beklemtoon. Hy het 'n slegte vel en ruik na puisieroom.

"Moerse drama met die ads," probeer die jongetjie weer.

"Oorreaksie wat my betref."

"Ons hoor jy is honderd-en-vyftigduisend daarvoor be-taal. Ek sweer ek sal my volmaan vir veel minder wys. Maar dan het ek nie dieselfde," hy lag, "vital statistics nie." Hy grinnik weer. "So, jy is seker nou gemaak, package en al. Agentskappe staan seker tou met oop tjekboeke, hú?"

Die hysbak stop gelukkig op die agttiende verdieping en die twee loop uit. Teen die muur voor hulle blink die embleem van 'n maatskappy wat eksotiese kopdoeke maak. 'n Vrou met wilde hare loer om die hoek, sien Tristan, lag oopmond en gooi haar arms oop vir die twee bleeksiele.

"Howzit, sweeties! Come to Mama!" Sy knik in Tristan se rigting. "And you can service my lawnmower anytime, brother!"

Die mannetjies verdwyn laggend in 'n bol daggarook. Tristan pluk die deur toe en voel hoe die hysbak effens ruk toe dit weer in beweging kom.

Hy onthou sy eerste gesprek met Mathilda destyds, die beloftes dat hy die beste hoofverkoopsman in die stad gaan word. Die gedurige flirtasies, die geskenke, die dubbelsin-nige aanmerkings, die lofsange nadat hy die een motor na die ander verkoop het, die knype aan sy boud, die hand wat kort-kort oor sy mik gespeel het. Die uitnodigings na eksotiese naweke op plekke wat hy nooit aanvaar het nie. Sy het selfs aangebied om hom vir 'n week Martinique toe te neem en vir alles te betaal. Sy ma was elke slag sy versko-ning. "My ma sal nie daarvan hou nie."

"H'm-h'm-h'm, my bybie," Mathilda weer met haar alwetende laggie, "jy is mos nou al 'n mooi, e," en sy het na sy broek gekyk, "groot seun. Jy kan tog nie dat jou ma nog jou lewe beheer nie."

Maar hy het volgehou. Kop geskud. Haar flirtasies probeer ignoreer, want dit het hom ongemaklik gemaak. Sy was immers sy beste vriend se ma. Hy het voor haar grootgeword.

Tot daardie aand wat hulle weer laat gewerk het en alleen in die kantoor oorgebly het.

Die hysbak kom op die twintigste verdieping tot stilstand en Tristan maak die deur oop. Hy kyk om hom rond, voel sy hart weer 'n ruk gee, haal sy sonbril af. Maar daar is niemand nie. Hy staan 'n oomblik en herleef die aand in Mathilda se kantoor.

Hy het sy baadjie uitgetrek, want dit was warm. Toe kom staan sy oorkant hom. Sy het gedrink, hy kon dit ruik. Sy het sy ruimte betree en hy was erg ongemaklik daaroor.

"Met sulke mooi bene eet ek elke dag sop," het hy haar eenmaal tevore hoor sê toe sy hom in 'n kortbroek gesien het, die soveelste jenewer en tonikum in die hand. Hy was geskok, want hy het nie verwag dat sy heeltemal só vulgêr kon wees nie. Van toe af was hy bewus van 'n vrou wat alles in haar vermoë sou doen om te kry wat sy wou hê, nie meer die oorvriendelike tannie met die vuil mond voor wie hy grootgeword het nie. Sy het immers destyds daarmee gespog dat sy haar oorlede man se motorverkoopsruimte tot nuwe hoogtes opgebou het na sy dood. Sy sou dit nog verder uitbou met Tristan se hulp, het Mathilda gereeld geknipoog.

Toe wikkel sy daardie aand sy das los met haar linker-hand se vingers tussen sy hempsknope. Hy was bewus van haar oordadige grimering, die mond wat te rooi geverf was, daardie irriterende, wellustige h'm-h'm-h'm-laggie van haar, haar wang teen sy nek, haar drankasem teen sy gesig.

"Jy weet dat ouer vroue die beste leermeesters is, nè, Tris?" Haar hand op sy mik. Hy het probeer wegtrek, maar haar vingers het hom so vasgevat dat hy nie kon beweeg nie.

Hy was teen daardie tyd al gewoond aan haar aanmer-kings en het dit telkens afgelag. Maar nou was dit anders.

"Ek gaan jou vanaand dinge leer wat jy nie eers met jou-self kan doen nie." Haar vingers het om sy penis gesluit. "Wow, bybie. Ek bedoel, waar bêre jy alles?"

Hy het haar hand losgemaak, want sy het hom seerge-maak. Toe draai hy om en neem sy baadjie, pyn tussen sy bene. Sy het hom aan sy skouers gegryp en haar lyf teen syne gedruk, maar hy het weer haar hande losgemaak.

"Waarheen dink jy gaan jy?"

"Huis toe, Mathilda."

"Maar die aand is nog jonk."

"Ek het 'n afspraak."

"Jy weet hoe ek oor jou voel."

"Jy is my werkgewer, Mathilda. Ek het voor jou grootge-word. Jy was tevore vir my tannie Mathil- . . ."

"Sjuut!" Sy het hom weer aan sy skouer beetgekry en na haar toe geswaai: "Vergeet dat jy blerriewil voor my groot-geword het. Jy is al 'n mooi groot seun. Ek sal jou laat lek-kerkry dat jy bars daarvan."

Hy het geskrik vir die klank in haar stem.

Sy het op haar knieë afgesak en hom aan sy lyfband beet-gekry. Toe begin sy sy broek se ritssluiter met mening af-trek, haar gesig by sy mik, haar hande gretig om sy boude.

Hy het haar kop in sy hande geneem en weggedraai.

"Mathilda. Nee."

"Nee beteken eintlik ja. Jy wíl dit hê, prinsie. Jy weet jy wil dit hê."

Hy het haar van hom af weggedruk om te keer dat haar hande by sy gulp inglip. Sy het dit as aanmoediging gesien. Toe kom sy regop en plaas haar bene om sy heupe. Hy was verbaas oor haar krag. Haar asem was gejaagd, warm.

"As jy weet hoeveel jare ek jou al begeer, vandat ek jou die eerste keer in jou Speedo gesien het."

Hy het vorentoe gesukkel en haar op 'n stoel neergesit, sy gulp opgetrek en deur toe geloop.

"Kom hier!" Haar stem was nou gebiedend.

"Mathilda. Ek ken jou as tannie Mathilda vandat ek en Lance saam op skool was. Dink aan hom. Dink aan ons vriendskap."

"Fok die vriendskap, jou fokken bliksem!"

Hy het verstom na haar gekyk.

"Jy terg my al jare. Jy weet hoe begeer ek jou. Kom hier. Nou!"

Hy het sy kop geskud.

"Tristan. Ek besit jou. Jy is myne. Kom hier. Ek gebied jou!"

Sy het orent gesteier en met mening op hom afgeloop, asof sy hom wou slaan. Hy het die deur oopgeruk en uitge-stap.

"Ek is jammer," is al wat hy gesê het.

"Jy kan nie vir my nee sê nie."

"Ons is net vriende, Mathilda. Asseblief."

"Jy besef waarna dit lyk, nè?" Sy het na haar gekreukelde klere gewys.

"Wat maak jy?"

"Die vraag is . . . wat het jý gemaak?"

Hy het sy kop geskud. "Dit was eintlik jý wat mý aangeval het."

"Ha-ha. Daar is nie so 'n ding soos 'n man wat deur 'n vrou aangeval word nie. Niemand sal jou glo nie. Hulle sal vir jou lag. Hulle vat altyd die vrou se kant."

"Dit was 'n misverstand. Geen kwade gevoelens nie. Kom ons laat dit daar."

Hy het die deur in haar gesig toegemaak.

"Jy gaan jammer wees," was haar laaste woorde. "Ek ken mense wat mense ken. Ek waarsku jou. Jy gaan seerkry soos nog nooit tevore in jou miserabele lewe nie. Kom terug!" En toe hy nie antwoord nie, 'n gil soos hy haar nog nooit hoor gee het nie: "Kom terug, jou fokken cockteaser!"

Maar hy het aanhou loop.

Tristan se sleutel knars in die slot van die sekuriteitshek van sy dakwoonstel. Dan nog 'n slot en die deur glip oop.

Die vertrek is in skemerte gehul vanweë die donker stroke wat hy oor die vensters geplak het, deels om snags die skerp ligte van die gebou reg oorkant hom uit te hou, en ook omdat hy heeltemal privaat wou wees. Hy was daarvan bewus dat een of twee mense hom met verkykers dophou wanneer hy uit die stort klim en na sy slaapkamer toe stap wat op die stad afkyk. Hy het nie van gordyne gehou nie, dit het hom te veel aan sy ma se huis herinner.

Toe besluit hy op die donker stroke, soos 'n limousine waarvan die binnekant donker getint teen die buitewêreld beskerm is. En veral noudat die advertensie so 'n sensasie veroorsaak het, is hy eers bewus van die aandag uit die gebou oorkant syne.

Hy sluit die sekuriteitshek en die voordeur toe en leun 'n oomblik daarteen. Dan besluit hy dat hy nie gaan toelaat dat die suur-insident hom verder ontsenu nie. Maar hy sal baie versigtig moet wees. Báie versigtig.

Hy plaas sy twee selfone op 'n tafeltjie, haal sy sonbril af, kyk na homself in die groot spieël en knip-knip sy oë.

Hy kyk na sy ontwerper-gholfhemp, sy hare kortgeknip en byderwets gestileer. Die hemp se kraag is só deur sy snyer ontwerp en gefatsoeneer dat dit gemaklik om sy skouers pas en die lyne van sy bolyf beklemtoon.

Hy skakel sy CD-speler met die afstandbeheer aan. "The heavy" deur The Glorious Dead speel.

Hy haal sy Rolex-horlosie af en plaas dit op 'n tafeltjie waar peperduur mansjetknope (geskenke van kliënte) en twee alternatiewe pare sonbrille lê.

Verbeel hy hom, of is daar 'n effense swelling op sy linkerwang? Hy is ses-en-twintig, sekerlik te oud om nog met puisies te sukkel. En tog?

Hy raak aan sy wang. Dit wil-wil lyk of daar 'n bultjie begin vorm. Hy onthou 'n boereraat van sy ma, stap yskas toe, neem 'n blokkie ys en druk dit vir 'n minuut teen die bultjie. In sy gedagtes weer Mathilda se gesig toe hy haar ses maande gelede meegedeel het dat hy bedank. Sy het hom opdrag gegee om sy kantoor onmiddellik te ontruim. Geen kennismaand werk nie, geen vier-en-twintig uur om sy sake af te sluit nie. Onmiddellike begeleiding deur sekuriteit uit die gebou.

Hy stort. Daarna behandel hy sy gesig en nek sorgvuldig met 'n middel wat sy vel glad maak, ingroeihare voorkom en bloedvloei na sy gesig stimuleer.

Mathilda se woorde aan hom toe sekuriteit hom uit die gebou begelei: "Jy het 'n baie gevaarlike vyand gemaak, Tristan. Jy gaan ook eendag oud word, jy gaan ook eendag lelik word. As daar een ding is wat vergaan, is dit skoonheid, maar nie saak hoe hard jy teen verval baklei nie. Dit haal jou altyd in."

Hy spoel die jel met louwarm water af en druk sy vel droog met 'n skoon handdoek. Daarna spuit hy 'n verfris-ser aan. Hy tik Hannon-vogroom om sy oogarea waar die vel op sy dunste is en die eerste tekens van veroudering sal wys. Dit sal die vorming van plooitjies vertraag.

Sy wenkbroue wil-wil te dik raak. Hy pluk enkele haartjies uit. Ook dié tussen sy wenkbroue. Daarna knip hy die haar-tjies wat in sy neusgate begin vorm.

Hy vlos sy tande en neem dan die elektriese tandeborsel. Hy borsel lank, tot in die mees verborge hoekies, gebruik mondspoelmiddel en gorrel daarmee.

Dit wil lyk of 'n vlekkie op 'n voortand gaan vorm. Hy moet môre na 'n mondhigiënis toe gaan en sommer ook weer sy tande laat witmaak en sy asem opnuut laat vervars. Nie dat daar tans iets skort nie, maar dit vorm alles deel van sy maandelikse roetine.

Nadat hy sy tande gevlos het, stap Tristan na sy hangkas met die houthangers wat almal in dieselfde rigting kyk.

Hy beskou die etikette op sy hemde, onder meer Lacoste.

Ook Toe Porn-sokkies en 'n The Lot-keps wat aan 'n haak hang, Christian Dior-pakke, sy Craig Port-swembroek, twee Speedos, sy Zara-baadjie, nog onderbroeke, dié slag Calvin Kleins, asook Jeep- en Boss-hemde. Ontwerper-Uzi-T-hemde, elkeen so gekies dat dit die lyne van sy lyf en spiere komplementeer en beklemtoon.

Hy trek 'n rafeltjie van sy aandpak se skouer af en vee vinnig daaroor. Hy sal dit moet laat droogskoonmaak voordat hy dit aantrek om saam met Sophia Mouton uit te gaan.

Sy skoene is in 'n aparte kas, soos die Spitz Loafers wat hy so graag dra. Daar is ook formele swart skoene, blink gepoets, en 'n paar blinkleer skoene wat hy net saam met sy aandpakke dra. En as hy tuis wil ontspan, sy Feiyue-skoene.

Sy liggaam lyk so goed soos altyd in die spieël in sy slaapkamer. Sy oë beweeg krities daaroor. Hy bestudeer sy spiere, neem 'n persoonlike versorger en snoei aan die hare onder sy naeltjie.

Dan beweeg hy met die versorger na sy onderarmhare en snoei liggies daaraan, tem dit, sorg dat dit nie buite beheer raak nie. Hierna skeer hy die haartjies wat langs en om sy penis vorm af sodat sy vel glad en silwerskoon is. Hy gaan binnekort vir 'n laserbehandeling wat lastige borshare wat weer wil vorm, sal verwyder.

Hy voel aan sy ontwerper-stoppels. Hy kan minstens nog twee dae se groei toelaat voordat hy weer moet skeer. Dalk moet hy egter die stoppels heeltemal afskeer wanneer hy saam met Sophia uitgaan. Klink nie of sy dit sal waardeer nie.

Hy snoei die stoppels effens sodat die korrekte hoeveelheid baard deurskemer – iewers tussen vyfuur-skadu en laatoggend-stoppels.

Hy kies die presiese regte onderbroek wat sy rondings beklemtoon, trek 'n T-hemp aan wat styf om sy maag en boarms span en trek dan Boss-jeans aan. Hy trek ook 'n leerbaadjie aan, staan weer voor die spieël, jel sy hare sekuur en skakel dan die taxi wat hom gewoonlik karwei.

"Neem my na Matthew Mansions 31, Melrose Arch," sê hy.

Hierna skakel hy 'n nommer in sy swart boekie.

"Annabelle?" vra hy.

"Ja?"

"Dis Tristan. Ek is oor 'n halfuur by jou."

"Ek sien uit daarna."

"Ek merk dat die geld nog nie in my rekening betaal is nie."

"Ek het dit pas gedoen. Tienduisend rand. Kyk op jou selfoon."

"Ek sal."

"Vir daardie bedrag sien ek jou seker vir die res van die dag?"

"Natuurlik."

"Ek kan nie wag nie."

"Ek ook nie."

"Ek hoop jy is so goed soos my vriendinne sê jy is."

"Dalk beter."

"Sien jou oor 'n halfuur, Tris."

"Sien jou, Annabelle."

Hy soek op sy selfoon en sien dan dat die bedrag pas inbetaal is. Die gonser onder by die sekuriteitsdeur in Commissionerstraat lui. Sy gereelde taxibestuurder moes dus iewers in die omgewing rondgekruie het.

Hy kyk vir oulaas in die spieël en neem sy selfoon. Die skildery in sy sitkamer trek weer sy aandag. Lance se meisie, Sheila, het hierdie groot skildery gemaak kort na Tristan se twintigste verjaarsdag. Dit is 'n presiese gelykenis van hom en selfs Tristan moes erken dat hy goed lyk op hierdie skildery.

Suid-Afrika se eie Dorian Gray, het die meisie op die kaartjie geskryf wat sy onderaan die skildery geplaas het. Hy het Oscar Wilde se roman gelees. Mooi van buite, verrot van binne, tot alles eendag inmekaarstort.

Hy wonder of Sheila iets probeer sê het.

Weer die gonser vanaf die straat.

Dit behoort hom net twintig minute tot by Melrose Arch te neem.

VYF

Millicent Hansen is 'n goedversorgde vrou. Erika sien dit aan die bedagsame manier waarop sy haar groet, maar bemerk tog ook 'n effense selfbewustheid, asof sy ongemaklik is en iets wegsteek – haar vriendelikheid kompensasie vir die verraad wat haar seun seker na haar mening teenoor haar gepleeg het.

Millicent dra 'n eenvoudige uitrusting, haar hare netjies in 'n byderwetse kapsel met 'n effense pers skakering. Sy lyk eintlik maar nes vele ander kliënte wat ook so gespanne, sommige selfbejammerend, oorkant haar sit om geraamtes uit kaste te laat tuimel of antwoorde op kwellende vrae te kry. En dikwels moet Erika hulle daaraan herinner dat sy nie 'n waarsegster is nie, veral wanneer 'n kliënt 'n afspraak vul met tirades oor iemand se ontrouheid of dekadente optrede by partytjies. Al wat die persoon eintlik dan nodig gehad het, was 'n luisteraar wat simpatiek reageer en soms vra: "En hoe laat dit jou voel?" Mense aan wie se saligheid sy niks kan doen nie. Maar hulle kom altyd terug.

"Mooi plek." Die eerste woorde waarmee gespanne kliënte gewoonlik die doel van hul besoek probeer uitstel, of gemak veins.

"Mevrou Hansen, die doel van u . . ."

"Millicent. Noem my op my voornaam, asseblief."

"En ek is Erika. Ek wil jou net gerusstel, Milicent. Ek het intussen navorsing oor jou seun gedoen, dus het ek reeds die basiese inligting oor hom."

"Erika, jy het nie 'n idee waaroor dit gaan nie. Ek het gedink ek weet. Tot 'n week gelede."

Millicent kyk stip na haar en Erika kan sien waar Tristan sy helder oë, sterk neus en hoë wangbene geërf het. "Ek bid elke aand. Glo my. Wanneer ek stiltetyd hou, pleit ek vir Tristan. Maar helaas, die gebede werp geen vrugte af nie."

Erika kry nie die indruk van vals gewoontegodsdiens nie – 'n verskoning waarmee vele gewetes gesus word. Millicent kom eerlik voor, en saam met haar gebede is daar seker ook 'n realiteitsbesef dat blote pleidooie na Bo nie noodwendig help nie, tensy sy self iets omtrent sake probeer doen. En dit is moontlik hoekom Millicent hier is. Om gewig te gee aan haar reddingspogings, wat deur gebede versterk word.

"Ek gaan nie jou tyd mors nie. Ek gee net inligting wat betrekking het op my seun." Haar stem raak sag, byna intiem wanneer sy sê: "Tristan."

"Jy het jou seun baie lief," stel Erika 'n feit.

"Liewer as myself." Millicent verwyder 'n denkbeeldige rafel van haar bloes. "Selfs toe hy nog 'n babatjie was, was ons onafskeidbaar. En hy was die pragtigste baba wat ek nog gesien het. Hy was altyd by my en sy pa. Ons was 'n hegte gesin wat alles saam gedoen het. Stewige beginsels. Aandgodsdiens. Elke Sondag in die kerk. Sondagskoolklasse."

Waaraan Tristan moontlik gedweë meegedoen het terwyl hy sy eie agenda gehad het, dink Erika.

"Broers en susters?"

"Nee. Net . . . Tristan." Sy staar intens na Erika. Daar is iets intiems, delikaats, aan die manier waarop Millicent sy naam sê.

"Hoe het jy uitgevind van Tristan se prostitusie?"

"Net na die advertensie," Millicent ril, "het 'n 'welme-nende vriendin' 'n e-pos gestuur en met die sak patats vo-rendag gekom. Sy het gesê dat Tristan die afgelope paar maande as prostituut werk wat," sy vroetel met haar hande, "die land se rykste vroue, e . . . wel, behandel."

"En is jy seker dis waar, Millicent?"

Sy kyk lank na Erika. Sy staan op en gaan staan voor die venster. "Sy het twee name en nommers verskaf."

"En jy het hulle gebel?"

Die ouer vrou knik. "Hulle wou nie bedrae noem nie, maar het erken dat hy hulle 'gediens' het, soos hulle dit gestel het." Haar rug is regop. Maar skielik begin dit ruk. Sy huil.

Met die opstaan plaas Erika haar hande op Millicent se skouers. Sy lei haar terug na die stoel toe en bied sneesdoe-kies aan. Dit neem Millicent 'n ruk om te bedaar.

"Vertel my van Tristan as kind," probeer Erika.

Millicent vee die trane af en staar na die koffietafel voor haar, asof sy Erika nie in die oë kan kyk nie.

"Ek weet nie wat jy van my dink nie. Met 'n seun wat 'n prostituut is . . ."

"Ek dink niks, Millicent. Ek is net hier om te luister. En te help."

Dit het die gewenste uitwerking.

"Toe Tristan klein was, het ek altyd slaaptydstories vir hom gelees. Jy weet, die gewones oor fraai prinse wat dooie prinsesse wakker soen, aantreklike ridders wat die armes help, die padda wat die mooiste prins in die land word na-dat hy gesoen is, daardie soort stories."

Stories met meer geweld as vele moderne videospeletjies, dink Erika. "Maar almal aantreklik?" probeer sy opsom.

"Die karakters is gewoonlik beskryf as 'die mooiste in die land'. Hulle was volmaak en beeldskoon. Tristan het altyd as klein seuntjie gevra waarom die prinse so volmaak is. 'Moet 'n mens aantreklik wees om 'n prins te word?' het hy gevra."

Erika maak aantekeninge terwyl Millicent vervolg: "Ek moes antwoord dat dit makliker is as jy mooi is, want dan kry jy meer reg. En gewone mense hou altyd daarvan as die prins of die prinses beeldskoon is, omdat hulle graag so wil wees. Ek het dit onnadenkend gesê, jy verstaan, net om hom te antwoord. Ek het destyds nie veel daarvan gedink nie. Dit bloot as nuuskierigheid afgemaak."

Erika wag dat Millicent moet voortgaan, want dit lyk nou asof haar gedagtes vassteek. Toe, 'n beweging van haar hand. "Tristan het begin identifiseer met die prins. Nooit die houtkapper of die skoonmaker of die vreemdeling langs die pad of die stiefpa nie. Altyd die prins. Toe, later kyk hy na die prentjies van die prinse en sê: 'Ag nee wat, hy is nie mooi nie. Hy lyk nes 'n meisietjie met daai lang krulle!'" Millicent beduie met haar vingers en boots Tristan as seuntjie na: 'Met daai simpel ou vlcgseltjies. Die prinses sal nie op hóm verlief raak nie – hy lyk dan meer na 'n meisie as sy. En hoekom dra die prinse altyd sulke simpel klere? Sulke pofbroeke en sulke goue kettings?'"

Erika kyk op van haar notaboek. "Hoe oud was hy toe?"

"So vier, vyf. Hy het gou moeg geword vir die stories wat almal dieselfde begin en einde gehad het, altyd met dieselfde stereotiepe karakters."

"En op skool? Waarin het hy uitgeblink?"

Nou praat Millicent makliker.

"Die meisies was gek oor hom vanaf sub A." Weer 'n verskonende handbeweging. "Destyds was dit nog sub A, dis mos nou graad een. In elk geval, toe het hy meisies al aangetrek. Die seuns in sy klas was jaloers op hom. Maar sodra hulle hom wou boelie, het hy terugbaklei." Millicent glimlag en haar goed gemanikuurde hand vorm 'n vuis. "Twee of drie boelies is selfs bloedneus geslaan omdat hulle hom gespot het, want hy was gedurig deur meisies omring."

Sy lag asof sy Tristan se gevegte verskoon.

"Die boelies het dit nie weer gewaag nie. Die meisies het begin briefies skryf en dit in sy tas gelos."

"Hoe het julle daarop gereageer?" vra Erika.

"As vanselfsprekend aanvaar." Weer die glimlag. "Sy pa was ook 'n aantreklike man. Dit is waar Tristan sy voorkoms vandaan kry. En Dieter, dis nou my oorlede man, wou nooit sy bril dra nie. Het gedurig in dinge vasgeloop, want hy was bysiende. Maar hy moes dit later dra om te bestuur en Tristan het altyd gesê hy wil nooit bril dra nie, want dit laat hom soos 'n nerd lyk. Jy weet. 'n Bleeksiel."

Erika knik. En asof Millicent haar gedagtes lees, sê sy: "My man is in 'n motorongeluk oorlede toe Tristan agt jaar oud was."

Die manier waarop sy die woord "motorongeluk" sê, laat Erika besef daar is iets meer hieraan verbonde, maar sy vra nie uit nie.

"Ek is jammer om dit te hoor."

Dit neem 'n ruk voor Millicent voortgaan. "Toe begin Tristan rugby speel in standerd een net na sy pa se dood.

Of graad wat ook al, drie. Later het hy aan gimnastiek begin deelneem. En toe hy eers begin het, was dit die sport van sy keuse. Hy het uitgeblink daarin. Dit is hoe hy sy seunsmaats se respek afgedwing het. Met sy talente as gimnas en . . . sy vuiste."

Weer die hand wat in 'n vuis gebal word. Erika dink aan hoe hulle in die klas geleer is om liggaamstaal te vertolk. "Intellektuele snert! Soms is 'n roos net 'n donnerse roos, of 'n gespanne skouer net 'n gespanne skouer, in hemels-naam, nie 'n simbool van 'n maandstonde nie!" het Rodney eendag gegrom. Maar Millicent se hand bly in die vuis-po-sisie.

"En hoe het jy destyds oor jou seun gevoel, Millicent?"

"Tristan was," sy kyk af na haar hande, " hy ís die mooiste seun wat ek nog gesien het. En ek het dit elke dag vir hom gesê: dat ek trots is op hom."

"Oor sy prestasies?"

"Ja, dit ook. Maar . . . omdat hy so goed na homself gekyk het."

En dit is waar die probleme moontlik begin het, dink Erika, maar sê niks.

"Met gimnastiek het hy sy liggaam nog verder ontwikkel. Hy het ook van jongs af gim toe gegaan, homself vir ure daar gebeitel en gevorm. Wag." Sy vroetel in haar handsak en haal 'n foto uit. "Tristan, nadat hy die soveelste beker gewen het, op die rekstang."

Erika neem die foto. Dikwels beteken "aantreklik" ver-skillende dinge vir verskillende mense. Maar nou, terwyl sy na die foto kyk, verstaan sy. Tristan is, veral op hierdie foto, verby aantreklik. Hy het 'n sjarme, 'n skoonheid wat amper verbysterend is. Sy spiere bult terwyl hy aan die rekstang swaai. Sy hare is hier langer is as op die ander foto's van hom wat sy gegoogle het.

En natuurlik die een op die advertensiebord.

Maar dit is die wyse waarop hy na die persoon kyk wat die foto geneem het, wat haar aandag trek. Tristan se oë is half toe; hy is skynbaar nie gemaklik daarmee om afgeneem te word nie, wat hoegenaamd nie sin maak nie. Narcissiste se grootste vriend naas spieëls is tog 'n kamera wat hul voorkoms verewig en bevestig dat hul selfkoestering gemotiveerd is.

Erika dink aan die enkele narcissiste wat al oorkant haar gesit het. Jong mans wat nooit 'n bevredigende verhouding met iemand behalwe hulleself kon hê nie.

"Wees eerlik. Sou jy met jouself 'n verhouding kon hê?" is die vraag wat Erika al aan kliënte gestel het wat kla dat geen verhouding van hulle hou nie. Hulle het gewoonlik skaam afgekyk en hul koppe geskud. Maar nie die twee wat sy uiteindelik as narcissiste uitgeken het nie.

Mense wat selde empatie met ander kon toon of wat geen gevoel vir enigiemand openbaar het behalwe hulleself nie. Manne (en vroue) wat geduldig en tevrede na vleiende aanmerkings geluister het en wat slegs die hand van vriendskap uitgereik het na bewonderaars wat hul siening oor hulleself bevestig het. En wat nooit enige vorm van kritiek kon verduur nie. Hulle was blitsig met kritiek op ander, dikwels venynig, maar kon glad nie kritiek op hulleself hanteer nie, want hulle was dan foutloos.

Narcissiste is ook dikwels boelies. In haar ervaring verkleineer hulle ander om hul eie selfbeeld te bevestig of 'n minderwaardigheidskompleks te verdoesel. Sou Tristan so wees? Dit is nie hoe sy hom onthou nie, maar hul ontmoetings was maar kort van duur.

Millicent oorhandig nog skoolfoto's van Tristan, sonder 'n glimlag, duidelik weer ongemaklik met die fotonemery, met sy bekers.

Interessant. Hy gee nooit die selfvoldane ek-weet-ek-is-mooi-glimlag nie. Nog minder verwelkom hy die foto met blink oë en 'n uitdagende houding. Tristan wil duidelik nie afgeneem word nie. Hoekom nie? Sou hy homself as uniek beskou? Sou dit wees omdat die fotograaf dalk nie 'n fooi betaal het vir die voorreg om sy beeld te verewig nie?

Agter Tristan op die foto staan eerbiedige ouers en popelende skoolkinders.

Erika merk 'n ouer vrou met tamaai oorbelle, wat na torings van Pisa lyk, en hare met blonde en bruin strepe in wat opvallend naby Tristan staan en hom met openlike bewondering bekyk. Haar hals is buitengewoon laag gesny. Tristan dra op elke foto kort, swart rugbybroekies wat sy sterk bobene beklemtoon – in teenstelling met van die ander seuns wat lomp kniebroeke dra wat ongemaklik om hul bobene flap.

"Wie is hierdie?" vra Erika en beduie na die vrou op die foto.

Millicent sit haar bril op. "O. Mathilda Fourie, sy beste vriend se ma. Hy en Lance was onafskeidbaar."

"En sy verhoudings met meisies?" vra Erika en probeer die gesprek terugstuur na Millicent as ma. "Het jy toesig gehou oor sy verhoudings . . . want ek neem aan daar was verhoudings?"

"Natuurlik het ek. Ek het hom van jongs af oor seks ingelig. Ek het ongemerk kondome in sy kamer geplaas op strategiese plekke, soos elke ma maar veronderstel is om te doen, en ek het hom volledig oor die gevare van vigs en seksueel oordraagbare siektes en ongewenste swangerskappe ingelig."

Sy rammel die terme af soos 'n onderwyser wat uit 'n handboek voorlees en die woorde so gou moontlik uit die pad wil kry.

"Het hy dikwels meisies huis toe gebring?"

"Nie eintlik nie. Maar wanneer hy wel met meisies uitgegaan het, het ek hulle deeglik dopgehou, want die meeste se bedoelings was vals. Blote wellus as jy my vra. Hulle het om hom gekoek net omdat hy mooi is of bekers gewen het."

"Ek neem aan hy was prefek. Of selfs hoofseun?"

Millicent skud haar kop. "Die skoolraad wou hom onderhoofseun gemaak het, maar hy het geweier."

Erika kyk verbaas op. "Tristan het geweier?"

"Ja. Hy het gesê hy wil nie in beheer van iets wees nie en hy sal ook nie op sy maats 'split' nie, soos hy dit genoem het. Hy wil net 'n doodgewone leerder wees."

Erika maak aantekeninge. Dit strook met Tristan wat ook nie op universiteit kon aanpas nie. Daarom vra sy: "Wat het op universiteit gebeur?"

"Hy het ingeskryf vir sielkunde, maar het na twee jaar opgeskop."

"Weet jy hoekom?" Erika speel met die potlood tussen haar vingers – wag op die antwoord.

"Hy het nie saamgestem met die kursus nie, of met sielkundige behandeling soos dit deesdae toegepas word nie. Hy het gesê sielkundiges gee raad uit boeke en lewe nie self nie. Hy glo daaraan om uit ervaring te help, nie boekekennis nie." Sy dink 'n oomblik na. "Nadat hy Jack Kerouac se *On the road* gelees het, het hy gesê: 'Die belangrikste leerskool is ervaring. Jy kan net help indien jy geleef het.' Daarna het hy twee jaar in Amerika en Europa gaan swerf."

"Was sy afkeer van die wyse waarop sekere vakke gedoseer is die enigste rede waarom hy opgeskop het?"

"Ja." Millicent frons asof sy nog nie oor enige ander redes nagedink het nie. "Ja, na die beste van my wete. Want sy punte was oor die algemeen goed."

Erika vertel nie vir haar dat sy Tristan op universiteit reeds ontmoet het nie.

"En dwelms?"

Millicent skud haar kop. "Hy was hipergesteld op gesondheid en oefening. Ek weet dat hy 'n paar van sy maats gehelp het wat met dwelms deurmekaar was."

"Nou die belangrikste vraag . . ."

Die ouer vrou skuif reg asof sy verwag dat sy nou met 'n reeks moeilike vrae gepeper gaan word.

"Hoekom is jý hier, Millicent?"

Die respons kom net te gladweg, te vinnig, soos kliënte wat nie die waarheid praat nie of 'n onderwerp vermy en die geoefende of gerepeteerde antwoord toonloos gee asof hulle self nie glo wat hulle sê nie. Erika skryf terwyl Millicent antwoord.

"Want ek dink dit is mý fout."

"Wát is jou fout, Millicent?"

"Dat my seun," sy soek na die woord, "dat my seun . . . die

pad byster geraak het. En as die fout by my lê, moet ek dit regstel. Moet ek hom help. Dis nog nie te laat nie. Dit kan wees omdat hy grootliks sonder 'n pa grootgeword het. Ek het een vir hom probeer wees, maar . . ."

Millicent gryp na 'n glas water. Dié slag gee sy drie diep teue. "Weet jy hoe voel dit om in die stad te ry en jou seun half kaal in die openbaar te sien? Om skewe kyke by die universiteit te kry?"

Erika maak weer aantekeninge.

"Die ergste is: hy het my nie vertel dat hy vir die onderbroek-advertensie gaan poseer nie."

"En hoe voel jy daaroor, Millicent?"

'n Lang stilte, asof sy nie haar gevoelens in woorde kan uitdruk nie.

"Ek weet nie of ek . . . e, die skande sal oorleef nie. My seun wat . . . in die kleinste denkbare broekie . . . soos 'n prikkelprinsie daar sit."

"Maar wat betref die prostitusie. Weet iemand buite sy kliëntekring daarvan? Soos intieme vriende?"

"Mag die liewe Heer gee dat niemand uitvind nie. Ek sal dit nie oorleef nie," ontwyk Millicent die vraag.

"Maar vandag se samelewing is tog baie meer verdraagsaam oor prostitusie."

"Nie in my vriendekring nie."

"Want prostitusie dra nie meer die stigma wat dit tien jaar gelede gedra het nie. En met die land se ekonomie soos dit is . . ."

"Is dit steeds teen die wet."

"Ek weet, Millicent. Maar prostitusie word nie noodwendig meer vereenselwig met vigsbesmette meisies wat in wikkel-my-stertjie-rokkies op straathoeke rondloop nie. Of maer, verwyfde seuntjies wat in koerante onder boertige skuilname adverteer nie."

"Maar ons is Christenmense, Erika! Dit is 'n euwel in die oë van God. En toe hy op universiteit was, het Tristan my nog gehelp om Sondagskoolklasse te gee."

Erika kyk op. "Tristan het Sondagskoolklasse gegee?"

Millicent knik. "Die kinders was mal oor hom. Oor die sagte manier waarop hy gepraat het. Oor die gemaklike wyse waarop hy sy kennis oorgedra het. En hy het sy Bybel van voor tot agter geken. Ek het hom immers van kleins af met die Bybel grootgemaak. Voordat ek vir hom sy slaaptyd-stories gelees het, het ek eers uit die Kinderbybel gelees. En later die Bybel."

"Was daar ooit 'n weerstand daarteen?"

"Hoe bedoel jy, 'weerstand'?"

"Het hy nie gevoel dat godsdiens . . . wel, e . . . aan hom opgedwing word nie? 'n Mens kom mos vinnig agter wanneer iemand bloot godsdiens beoefen om sy ouers te plesier. Dit is 'n algemene verskynsel onder jongmense vandag."

Millicent ruk orent. "Nee! Ek het hom leer gebedjies opsê en hy het elke aand aan tafel gebid. Bid om die waar-heid te sê nog steeds wanneer ons saam tuis eet. En selfs wanneer hy nie geweet het ek sien hom nie, het hy as kind op sy knieë langs sy bedjie gegaan en ernstig gebid. Ma se engeltjie, het ek hom dan genoem voordat ek hom in die bed gesit het."

Engel. Interessante beskrywing, dink Erika.

"Wanneer het jy hom laas gesien?"

"Verlede week. Ons het saam gaan uiteet. Hy het my in

die verlede graag fliek of teater toe vergesel, maar nie so dikwels die afgelope sewe maande nie."

"Weet jy hoekom nie?"

Millicent skud haar kop. "Dit was vreemd. Maar ek het aangeneem hy was te besig. Nou weet ek waarmee!"

Erika vra nie weer 'n vraag nie en wag dat Millicent moet voortgaan. Maar toe sy stom voor haar bly uitstaar, probeer Erika weer: "Ek neem aan jy het met jou seun in aanraking gekom nadat jy die advertensiebord gesien het?"

Millicent knik, maar gaan nie voort nie.

"En sy reaksie?" vra Erika geduldig.

"Hy het die geld nodig gehad. En hulle het hom glo 'n aardige bedrag betaal."

"Wat verwag jy dus van my, Millicent?"

Millicent neem haar handsak en staan op. Sy staan besluiteloos na Erika en kyk. Toe haal sy 'n dokument uit haar groot handsak. Sy stop dit in Erika se hande.

"Hoe sê ek dit vir jou sonder dat jy my veroordeel?"

"Ek sal jou nie veroordeel nie. Ek wil jou net help. Ek is op die oomblik nie seker hoe nie en presies waarmee nie, behalwe om te luister en raad te gee."

"Jy sal my hierna veroordeel. Want dan sal jy verstaan waarom ek sedert gister al sonder ophou bid omdat ek myself kwalik neem." Daar is 'n desperate klank in haar stem. "Ek hou myself hiervoor verantwoordelik."

"Wat het gebeur?" probeer Erika weer.

Die vrou loop na die deur toe. Sy kyk na die horlosie asof sy wil seker maak dat sy vir 'n volle uur hier was.

Toe Millicent by haar motor kom, merk Erika dat sy begin huil het.

"Een van Tristan se kliënte, 'n gesiene besigheidsvrou . . ." Sy druk weer haar sakdoek teen haar bolip. "Sy het gister, kort voordat ek jou gebel het, selfmoord gepleeg."

Die nuus tref Erika soos 'n voorhamerhou. Sy onthou gisteraand se laataandnuus op 702. 'n Vooraanstaande bankier het selfmoord gepleeg.

"Hou dit verband met Tristan?"

"Daar is 'n dokument in my huis. Dit is saam met die afpersnota afgelewer. Alles staan daarin." Millicent maak die deur oop. "Hierdie vrou het boek gehou van haar en Tristan se ontmoeting. Van hulle . . . kuier twee weke gelede. Moenie my vra hoe die persoon wat dit in my posbus geplaas het dit gekry het nie. Of hoekom sy . . . of wie ook al, dit vir my gegee het nie. Maar hierdie dokument gee insig in wat gebeur het. Hoe Tristan vroue behandel het. En hoekom hulle hom," sy ril, "tot vyftienduisend rand betaal het." Weer 'n dramatiese gebaar. "Dit is die seun wat ek nooit geken het nie." Sy kyk op asof sy krag van Bo vra. "Dit is my seun, in hemelsnaam!"

Millicent klim in haar motor, maak die deur toe en draai die ruit af. "Ek wou die dokument saamgebring het, maar ek wou jou eers ontmoet en besluit of ek jou daarmee kan vertrou." Sy skakel die enjin aan. "Ek sal dit na jou toe bring, want jy moet dit sien."

Erika maak die ysterhek oop met haar afstandbeheer.

"Sê jy dan vir my hoekom ek nie my kop permanent in skande moet laat hang nie. En gee my dan raad oor of jy ook 'n halfmiljoen rand sou betaal om dit uit die koerante te hou soos die nota daarby versoek het."

Erika wag dat Millicent moet ry, maar sy laat haar kop

teen die stuurwiel sak. Toe eers: "Hélp, my Erika. Voor ek dieselfde pad as hierdie vrou loop."

Sy trek met 'n vaart weg en verdwyn om die hoek.

Erika bly agter.

'n Motor wat onder die bome geparkeer was, kom stadig in beweging. Sy kan nie mooi sien wie daarin sit nie, behalwe dat dit twee groot mans is. Hulle ry stadig by haar huis verby. Albei dra sonbrille, soos in aksierolprente. Met die verbyry kyk hulle aandagtig na haar.

Sy kruis haar arms, plaas haar hande om haar skouers. Nou terug na haar kantoor en aantekeninge maak in die lêer waarop staan *Tristan Hansen*, en vergeet van daardie vreemde motor. Haar verbeelding is net op loop.

Die eerste woorde wat sy neerskryf, is: *Millicent Hansen is neuroties – dalk onbewustelik bewus van haar seun se geheime, maar sy wil dit nie teenoor haarself erken nie.*

Die klokkie lui. Sy kyk op. Dit is nou eers kwart oor elf. Die volgende kliënt, 'n sakeman wat besig is om bankrot te speel en na haar toe kom om te verhoed dat hy 'n senuwee-ineenstorting kry, was tot dusver nog altyd laat.

Sy frons, staan op en stap uit.

Daar is niemand nie.

Sy loop tot by die hek en sien dan 'n koevert wat in die oprit na haar motorhuis lê. Sy tel dit op, kyk weer rond en maak dit oop.

Daar is foto's van Tristan Hansen binne-in. En onderaan die foto's 'n nota: *Moenie jou bemoei met sake wat niks met jou te doen het nie.*

Die nota is nie onderteken nie.

SES

Vrydagmiddag lui Tristan se selfoon. Hy is net op pad om met sy daaglikse gimroetine te begin. Die oproep kom van 'n private nommer af – dus moontlik 'n kliënt. Hy antwoord.

"Hallo, dis Tristan."

'n Oomblik stilte aan die ander kant. "Moenie aflui nie. As jy dit doen, sal jy die res van jou lewe spyt wees."

"Middag, Mathilda."

"Hoe voel dit om 'n hoer te wees, prinsie? 'n Regte hoer?"

"Elke mens het sy eie beskrywing daarvan. Prostitusie gebeur elke dag, net onder ander name."

Stilte. "Jy moet oppas dat jy nie jou eie medisyne proe nie. Jy kan so seergemaak word dat jy nooit weer behoorlik sal funksioneer nie. Behalwe dalk met 'n doek."

Tristan gaan sit.

"Wat wil jy hê, Mathilda?"

"Dat ons soos tevore vriende moet wees." Haar stem versag skielik. "Maatjies wat mekaar verstaan en goed is vir mekaar."

"Ek dink jy weet dis nie moontlik nie."

Sy swets. "Luister mooi na my. Ek kan vir jou alles gee wat jy wil hê. Jy sal daai mooi lyf van jou nooit weer aan iemand hoef te verhuur nie."

"Behalwe aan jou, dan is ek steeds . . . hoe noem jy my? 'n Hoer."

"Ek maak jou onderbestuurder van die motorplek. Jy trek by my in. Ons sien die wêreld. Ek gee vir jou alles wat jy nog ooit wou gehad het. Wees net lief vir my."

"Mens kan nie liefde koop nie, Mathilda."

"Maar jý verkoop dit dan!"

"Ek verkoop nie liefde nie. Ek help mense."

"So nou is jy 'n seks-surrogaat?!"

"Weer eens jou woorde."

"Doen dit dan in styl. By my, Tristan." En toe hy nie dadelik antwoord nie: "Wil jy hê ek moet soebat?"

"Anders stuur jy weer iemand om suur in my gesig te gooi?" Hy stap kombuis toe en maak die yskas oop terwyl hy die selfoon teen sy skouer vasknyp. Hy lig 'n bottel water uit. "Ek kan nie, Mathilda."

"Maar jy kan jou lyf verkoop aan vreemde slette?"

"Hulle is nie slette nie." Hy neem 'n sluk water.

"Maar hulle is vreemd. Wat beteken jy het 'n sielkundige afwyking as jy net naamlose seks kan hê. Wat de hel is jou probleem?"

"Ek beskou dit nie as 'n probleem nie. Ek verrig 'n diens."

"'n Diens!" Hy hoor hoe sy na haar asem snak. "So, as ek 'n wildvreemde vrou was wat jou gebel en gehuur het, sou jy dan ingestem het?"

"Kom ons laat dit daar, Mathilda."

"Tristan." Sy raak kortasem van ontsteltenis. "Jy weet ek is 'n genadelose besigheidsvrou. Maar ek kan ook op ander gebiede genadeloos wees. Ek het jou lief en jy het 'n gevoel vir my, ek weet dit. Kom ons maak vrede en begin van voor af. Dit sal alles soveel makliker maak."

Hy drink weer water uit die bottel en sit dit terug in die yskas.

"Ek kan nie. Ek is jammer."

Stilte. Hy leun teen die yskasdeur, wag op haar reaksie.

"Dan is dit oorlog, Tristan."

"Hoekom kan jy my nie net uitlos nie?"

"Want ek het jou lief, verstaan jy dit nie?"

"Maar ek het jou nie lief nie."

"Jy dínk jy het my nie lief nie. Maar as jy my beter leer ken, op 'n ander vlak . . ."

"Ek ken jou, Mathilda."

Die verbinding word verbreek.

Tristan gooi die selfoon op die tafel neer en stap venster toe. Die ontsteltenis vat nou eers behoorlik pos. Hy pluk sy klere uit en trek sy oefenbroekie aan. Nou opwarmings-oefeninge. Hy moet die gesprek uit sy kop kry.

Hy gaan lê op sy rug en doen seshonderd maagopsitte. Gemaklik, outomaties, sonder inspanning – deel van sy daaglikse roetine. Hy is bewus van elke saamtrek van sy maagspiere en hoe dit sy agtpak verbeter en sny, en van selfs die geringste vet wat wil vorm ontslae raak. Die konsentra-sie help hom ook om van die onlangse oproep te vergeet.

Hierna neem hy 'n Pilates-oefenbal en knyp dit tussen sy bene vas. Hy lig sy arms en terselfdertyd sy bolyf, terwyl sy rug op die vloer bly rus. Dan lig en laat sak hy sy bene met die bal in sarsies van tien bewegings. Iemand het eendag vir hom gesê oefeninge moet met die spoed en intensiteit van 'n bankroof gedoen word. Hy beskou spoed en die kor-rekte, vinnige ritme as sy belangrikste doelstellings sodat hy die maksimum resultaat uit elke beweging kan kry.

Toe hy sy ander oefeninge voltooi het, kom hy orent en loop na sy gimnasiumapparaat. Hy begin sy spiere stelsel-matig en om die beurt oefen. Eers sy biseps, sy skouers en sy rug. Hierna gee hy aandag aan sy laer rug en sy boude, trek sy spiere saam, skop sy bene om die beurt agtertoe en sorg dat die spiere in sy boude elke keer saamtrek tot net duskant die pyngrens. Hou dit daar, tel die presiese sekondes af en laat sak dit dan.

Hy eet geen rooivleis of hoender nie, gebruik nooit sterk drank nie, nie eers wyn nie, maak net sy lippe daarmee nat saam met 'n kliënt om die regte atmosfeer te skep, en sorg dat hy die korrekte dieet volg – presies deur 'n dieetkundige uitgewerk.

Vanmiddag eet hy spinasie as voorgereg, gevolg deur rooikool, tamaties en vars aspersies saam met makriel en avokadopeer. Hy eet daarna gedroogde appelkose vir nagereg. Hy rond dit met laevet-rooibessiesap af.

Soos telkens wanneer hy eet, meet hy die hoeveelhede noukeurig af en tel elke kalorie wat hy inneem. Nie te veel of te min nie. Net die regte hoeveelheid, soos voorgeskryf.

Toe gaan staan hy weer voor Sheila se skildery. Hy kyk na homself, sien die hartseer uitdrukking op sy gesig. Hy was negentien, dalk twintig toe dit geskilder is. Maar dit is sy oë wat hom aantrek. Want hy weet dat hy op die vooraand van 'n nuwe lewe gestaan het toe die skildery gemaak is. Dat hy groot en moeilike keuses moes maak, en dit wys op sy gesig. Geen foto kon hom ooit so betrap tussen iewers en nêrens soos daardie skildery nie.

Hy het intussen weer aanbiedings vir advertensies gekry. Op stelle met skerp ligte en flitse en baie mense en kameras. Hy het geweier.

Tristan onthou homself as gimnas op skool. Dit is die enigste area waar hy volkome in beheer was, waar hy elke spiertjie, elke beweging kon beheer. Hy het toe al geleer om homself met wit lig te omring – iets waarvan sy pa hom voor sy dood vertel het. Voordat hy begin oefen het, het hy sy oë toegemaak en hom verbeel dat wit lig hom omsluit. "Dan kan niks en niemand jou seermaak of in jou persoonlike ruimte kom nie," was sy pa se woorde.

Dit het netnou gehelp na Mathilda se oproep.

Tristan maak sy oë oop en kyk na homself in die spieël.

"Jy is die enigste model waaraan ons niks hoef te verander nie," was die stilis se woorde gedurende die skiet van sy onderbroekadvertensie. "Jy is Photoshop-proof."

'n Geluid by sy deur. Dit moet die kat wees. 'n Skuurgeluid. Hy is nie seker nie. Hy wil net gaan stort toe hy weer iets hoor. 'n Skuurgeluid. Hy stap na die deur en luister, maar daar is nou niks.

Klik. Die hysbakdeur gaan toe. Niemand sal hierheen kom behalwe iemand wat hom wil besoek nie, en hy kry nooit besoekers nie.

Tristan huiwer. Toe maak hy die deur versigtig oop.

Daar is niemand nie. Maar nog terwyl die deur oopswaai, sien hy die spatsels teen die hout, die rooi kleur. Iemand het bloed aan sy deur geverf, dalk dierebloed, en dit drup teen die deur af.

Hy klap die deur toe en leun met sy rug daarteen. Dit neem lank voordat hy genoeg moed bymekaar kan skraap om dit weer oop te maak. Hy stap uit en kyk na die bloed wat al tot op die matjie gedrup het.

Hulle het wragtag tot by sy deur gekom! Hy sal regtig katvoet moet loop. Maar hoe kom hulle by die deur onder in?

Tristan onthou dat hy al onwelkome besoekers gesien

het wat agter inwoners in die voorportaal insluip wanneer die deur oopgaan. Dit is seker hoe sy aanvaller van vroeër en nou hierdie een toegang tot die gebou gekry het.

Hy stap terug in sy dakwoonstel, klim in die stort en skrop sy liggaam met 'n growwe waslap om die ou vel te verwyder. Dan smeer hy spesiale seep aan wat 'n kliënt uit 'n Switserse spa vir hom saamgebring het, streel saggies oor sy vel, sorg dat hy elke sentimeter van sy liggaam reinig.

Stilte. Hy luister kort-kort of hy nie dalk weer 'n geluid hoor nie. Loop selfs deur toe en maak dit vinnig oop, maar daar is nou niemand nie.

Hy droog homself versigtig met 'n skoon handdoek af en gooi 'n varse op die bed, gaan lê op sy rug en maak sy oë toe, voel die materiaal onder hom, raak bewus van die sensualiteit van die handdoek onder sy nat lyf en wag dat hy behoorlik droog word.

Wanneer hy droog is, trek hy sy aandpak aan. Hy gaan sit weer voor sy rekenaar en bekyk die navorsing wat hy oor Sophia Mouton gedoen het.

Hy vervang hierna The Glorious Dead op sy CD-speler met Miguel se *Kaleidoscope* en kyk na sy besigheid-selfoon op 'n antieke tafeltjie wat hy by 'n oudhedewinkel in Newtown gekoop het. Daar het intussen ses SMS'e deurgekom. Sy persoonlike selfoon wys vier boodskappe van sy ma dat hy haar dringend moet bel.

Hy kyk na die name op sy besigheid-selfoon. Die eerste vyf is van vroue. Sommige by wie hy reeds was, wat soebat vir nog 'n behandeling deur die plesierengel. Hulle bied meer geld as tevore aan. *Ek kan nie sonder jou nie, Tris. Ek is verslaaf aan jou,* lui een van die SMS'e.

Die professor van plesier. Ek kan psalms van pret vir jou skryf. Enigiets, net om weer by jou te wees. Noem die bedrag, ek sal dit kry.

Tristan druk *Save* en kyk ook na die een wat sê: *Ek sal enige werk vir jou organiseer. Ek het die regte kontakte. Gee pad uit daardie aaklige bedryf en kry iets wat jou waardig is. Jy hoef nie eers met my te trou nie. Wees net by my. Ek lief jou ongelooflik, Tristan.*

Dit is die sesde boodskap wat egter sy belangstelling wek.

Jou nommer by 'n vriendin gekry. Het amper nie geld nie. Raap en skraap iets bymekaar. Is bereid om te leen. Wil weer lewe. Weet jy sal nie die boodskap lees nie, maar tog. Help my. Susanna.

Sonder om te aarsel, skakel Tristan die nommer en luister hoe dit drie keer lui. 'n Bang stem antwoord.

"Ha-hallo?"

"Susanna." Hy praat sag.

"Ja?"

"Dis Tristan."

Geluide. Bewegings. Sy loop seker na 'n ander vertrek. "Hallo?" Haar stem is beskaafd en versigtig.

"Ek reageer op jou SMS."

"O. Ek, e . . . het nie gedink jy sal terugbel nie."

"Hoekom sal ek nie terugbel nie?"

"Want die meisies sê jy vra twintigduisend rand en ek het nie daardie soort geld nie."

"Ek vra nie twintigduisend rand nie."

"Maar hulle sê daai aktrise het jou Hollywood toe gevlieg."

"Maar sy het in dollars betaal wat sy uit haar agtersak gehaal het. Vergeet van haar. Ons praat nou oor jou. En nét oor jou."

Weer geluide aan die ander kant, asof sy aan die selfoon vroetel. Dalk kyk sy daarna, bestudeer sy die nommer, wonder sy of dit 'n grap is.

"Hoe sê ek dit nou? Ek . . . kan jou nie bekostig nie."

"Hoeveel kan jy bekostig?" Hy verskuif die selfoon na sy regteroor.

"Jy gaan lag, ek . . ."

"Hoeveel, Susanna?"

Stilte. "Moenie vir my kwaad wees nie."

"Hoeveel het jy?"

"Hemel tog. Honderd-en," hy kan hoor dat sy tel, "honderd-en-dertien rand en . . . vyftig, nee wag, sewentig sent. Dis al wat ek bymekaar kon skraap."

"Waar bly jy?"

'n Lang stilte. "Albertskroon."

"Hoekom het jy my gebel?"

Huiwering. "Want my eksman het gevlug. En hy het my . . . jy weet . . .?"

"Verwaarloos."

"En geslaan en gebrand en van agter gedoen en seergemaak. So seer dat ek . . . en toe met sigarette . . ."

"Het jy polisie toe gegaan?"

"Dis hoekom hy gevlug het. Ek is bang hy kom terug."

"Susanna." Sy stem bly sag. "Geen vrou mag mishandel word nie."

"Sê dit vir hóm."

"As ek hom ooit sien, sal ek hóm seermaak. Glo my."

"O nee, bly weg van hom af."

Stilte. "Susanna?"

"Ja, Tris-tan?" Sy sê sy naam lomp, onseker.

"Vroue verdien net die beste. Jý verdien net die beste. Ek kan aan jou stem hoor, aan die manier waarop jy praat – jy is 'n goeie mens. 'n Beskaafde vrou wat vertroetel moet word."

Stilte asof sy nie kan glo wat sy hoor nie.

"Susanna?"

"Jy praat vreeslik mooi. Niemand het al sulke dinge vir my gesê nie."

"Ek gaan jou help om te verstaan wie jy is. Wat gewaardeer en aan geraak moet word."

Dit klink of sy probeer praat, maar nie kan nie.

"Ek aanvaar jou fooi, Susanna."

"Jy wat?"

"Het jy 'n mooi rok?"

Steeds die ongeloof. " 'n Mooi rok?"

"Een wat wys hoe mooi jy is. Waarin jy lekker voel. Wat sag op jou vel is. Wat sê wie jy is."

Geluide soos sy seker die selfoon rondskuif.

"Jong, ja, maar net een. Ek het dit so lank laas gedra, ek weet nie of ek meer daarin sal pas nie."

"Dís wat jy gaan dra."

"Ek wil mooi lyk vir jou, maar ek is maar net 'n doodgewone . . ."

"Susanna. Jy ís mooi. En ek wil hê jy moet mooi wees vir jouself. Wys vir jouself wie jy is. Wie die Susanna is wat jou eksman nie raakgesien het nie. Wees die Susanna wat jy wil wees."

Sy antwoord nie dadelik nie, maar hy wag.

"Tristan."

"Ja, Susanna?"

Hy kan hoor dat sy sluk. "Ek antwoord bedags fone by 'n call centre en . . . ek bedoel, ek is nie mooi of . . ."

"Jy is wie jy is. Ek kom na jou toe omdat jy Susanna is. Jy gaan spesiaal behandel word."

"My eksman het altyd gesê hy . . . jy weet, kan dit nie opkry nie omdat ek so . . . lelik is en dat geen man dit ooit by my sal opkry nie. Nie eers met Viagra nie."

"Môreaand, Saterdagaand halfsewe. SMS jou adres na my toe."

"Is jy ernstig?"

"Doodernstig."

Stilte. "Jy moet net mooi verstaan. Ek het maar net honderd-en-dertien rand . . ."

"En sewentig sent. Dis die korrekte bedrag. Jy gee dit vir my voordat ons uitgaan – dis my enigste voorwaarde."

Asem wat verlig uitgeblaas word.

"En ek neem jou teater toe."

"Ek kan nie onthou wanneer ek laas . . . ek bedoel, ek het vier jaar gelede Willie Esterhuizen se moewie gesien en . . ."

"Jy sal van die stuk hou wat ek gaan kies."

"Maar dit kos baie geld, ek kan jou skaars bekostig, hoe kan ek . . ."

"Ek sal kaartjies kry. Dis op my."

Weer die huiwering. "Dis nie 'n gekskeerdery soos op die radio waar daai snaakse man mense so bel en spot nie?"

"Allesbehalwe. Môreaand halfsewe? Die vertoning begin gewoonlik agtuur."

Asem. "Halfsewe."

"Het jy 'n motor?"

"Ja."

"Ek moet vra dat jý teater toe bestuur. Ek daag met 'n taxi op."

"Dis reg so."

"Ek sien baie daarna uit."

"Hoor hier, is dit jy op daardie advertensie wat in die koerante was?"

"Ja."

Stilte.

"Goeiedag, Susanna."

"Dag, Tristan."

Dit raak nou skemer. Hy stap uit in sy daktuin. Die swarten-wit kat wat gewoonlik voor sy deur – nou sy rooi deur – sit, wag daar vir hom. Miaau, krom sy rug en lig sy stert, gewoond daaraan om kos te kry. Tristan voer hom katpille, maar bly behoedsaam.

Hy draai sy rug op die deur, kyk dan hoe die liggies aangaan – veral die gedeelte van die Hillbrow-toring wat tussen die geboue uitsteek. Onder hom is daar steeds druk verkeer soos mense gereedmaak vir Vrydagaand.

Hy kyk in die rigting van Maboneng, soos die area waar hy woon bekendstaan, sien die neonrivier van verkeer op die snelweë Berea se kant toe. Die rooi liggies . . .

Hy maak sy oë toe en leun terug in sy gunstelingstoel in die daktuin. Maar sy ore is die hele tyd gespits. Hy luister vir die geringste verdagte beweging.

Baie later skakel hy die taxi en vra om na Sophia Mouton se adres geneem te word.

Buite kyk hy om hom rond, maar merk geen verdagtes op nie. Hy word opgelaai.

Tien minute later ry hulle verby 'n wit seun wat by 'n verkeerslig staan en bedel. Die seun loop vorentoe en 'n taxi ry hom amper onderstebo. Hy gryp na sy voet. Tristan wil die taxibestuurder vra om stil te hou, maar hy neem 'n oprit na die snelweg. Dit is te laat.

Tristan kyk terug en sien hoe die seun in die straat gaan sit en sy voet vashou waaroor die ander taxi moontlik gery het. Ander motors toet vir hom. Agter die seun, onder die snelweg, sien Tristan 'n stukkende kombers en kartondose – moontlik waar hy slaap.

'n Kwartier later hou hulle voor 'n gegoede huis stil. Tristan klim uit en betaal die taxibestuurder. Die motorhek skuif terselfdertyd oop en 'n vrou in haar vroeë veertigs, formeel geklee, kom aangestap.

"Tristan Hansen?" sê sy saaklik.

"Aangename kennis."

Sy kyk goedkeurend na hom. "Ek is Sophia Mouton. Dankie dat jy betyds is." Sy beduie na 'n luukse motor.

Toe hulle by die verkeerstroom aansluit, sê Sophia: "Ek het vergeet om te vra of jy van opera hou."

"O ja. Fauré, Rossini en Meyerbeer is my gunstelinge," antwoord Tristan. "Ek hou ook van Glück."

"*Orfeo en Euridice?*" vra sy.

"En deesdae van Philip Glass en John Adams."

"My gunsteling is Donizetti se *Maria Stuarda*, waarheen ons vanaand gaan." Sy praat oor die geskiedenis van die opera. Hy is wel deeglik daarvan bewus uit die navorsing wat hy gedoen het en gesels saam.

By die teater parkeer sy die motor.

Hulle stap die voorportaal saam binne. Nou gesels hulle

land en sand oor haar werk – sy werk aan haar doktorsgraad in musiek. Hulle gesels so lekker dat hulle eers by die teater instap nadat die tweede klokke reeds gelui het.

Hulle trek aandag, maar Sophia is skaars daarvan bewus.

Na die opera vra sy of hy iewers iets wil gaan drink.

"Miskien by jou huis?" stel hy voor.

Sy knik en hulle ry terug.

Tristan is gewoond aan luukse huise, maar hy het lank laas soveel weelde gesien as in hierdie een. "My man was 'n eiendomsontwikkelaar. Hy het die huis twee jaar gelede aan my nagelaat," verduidelik sy.

Sophia maak koffie en hulle gaan na die sitkamer. En toe gesels hulle weer. Hy kan sien dat sy soms verbaas is omdat hy so wel berese is en oor die kennis waaroor hy beskik.

"Ek sou heelnag met jou kon gesels, maar ek moet môre vroeg uit die vere wees," sê sy.

"Dit was lekker," antwoord Tristan.

"Ek kan jou nie sê wanneer laas ek 'n aand so geniet het nie."

"Ek ook."

"Hoe kom jy by die huis?"

Hy skakel die taxi wat hom gereeld rondkarwei. Sophia gesels nog vir vyftien minute met hom tot die taxi opdaag.

Sy stap saam met hom hek toe.

"Dit was absoluut die moeite werd," sê sy. "Baie dankie."

"Dankie vir jóú, Sophia. En sterkte met jou doktorsgraad."

Sy steek haar hand uit en skud syne. "Goeienag."

"Lekker slaap."

Tristan klim in die taxi en die motorhek skuif toe. Hulle wag tot Sophia die voordeur agter haar toetrek voordat die bestuurder wegtrek.

Hy sak terug en maak sy oë toe. Die taxi trek weg en ry met Corlettlaan af in die rigting van Oxfordweg.

Sy eerste meisie, dis aan wie Tristan nou dink. Hy was in graad tien, sestien jaar oud. Emily, ook sestien, was die mooiste meisie in die skool. Hulle het mekaar vroeg reeds in die oog gehad, het soms flankeer, briefies na mekaar toe in die klas gestuur, en daarvan gehou as die anders leerders na hulle verwys as 'n "item".

Na die graadtien-eksamen het Emily hom na haar ouers se huis toe genooi. Hulle was weg vir die naweek en hy en Emily het gesels, 'n DVD gekyk, springmielies geëet en langs mekaar op die rusbank gesit.

Dit was Emily wat eerste haar hand op sy knie gesit het. Hy het onmiddellik die bloed in hom voel beweeg. Haar hand het hoër op beweeg en hom vasgevat. Haar oë het ge-rek. Hy het haar op die rusbank vasgedruk en 'n kondoom uitgehaal, maar sy het later begin huil. "Dis te seer!"

Hulle het 'n halfuur later weer probeer, en weer, maar sy het net die hele tyd gesê hoe seer dit is.

Tot sy hom 'n paar weke later toegelaat het om vir die eerste keer seks met haar te hê, maar dit was teleurstellend. 'n Vinnige en morsige orgasme. Die aarde het nie geskeur nie en die huis se fondamente het nie gebewe nie.

Hy het sy bevrediging daarna in die gimnasium gekry, ook in die manier waarop meisies (en mans) na hom gekyk het.

Aan die einde van sy mislukte tweede jaar op universiteit is hy oorsee. Daar het hy in die vliegtuig langs 'n vrou beland wat effens ouer as hy was. Dit was net hulle twee in die ry.

Die vrou het soms met hom gepraat, dikwels toilet toe gegaan en dan weer gesels. Dit het later gelei tot dubbelsinnige aanmerkings, veral toe sy haar kop teen sy skouer laat rus het. Hulle het aanhou gesels, maar sy het op 'n manier na hom gekyk wat hom laat besef het sy het meer in gedagte as blote geselskap.

Na aandete is die vliegtuig se ligte gedoof en het sy weer met haar kop teen sy skouer gelê. Toe steek sy haar hand onder sy kombers in en raak aan sy maag. Haar vingers het sy gulp begin oopknoop. Toe haar vingers hom raakvat, het sy gelag: "Jeez, young man. What are you hiding there?"

Sy het presies geweet wat om te doen. Net voor hy 'n klimaks bereik het, het die lugwaardin onverwags by hulle gekniel en gevra of hulle lemoensap wil hê. Sy kon nie sien wat die vrou aan hom doen nie, maar toe sy met hom praat, het hy 'n klimaks bereik.

Dit het uiterste inspanning en dissipline gekos om die lugwaardin te antwoord. Maar tog kon hy saggies uitkry dat hy nie lemoensap wil hê nie terwyl die rooiwarm vuur deur hom skiet.

Dit was nog die mees erotiese oomblik van sy lewe.

Toe die lugwaardin omdraai en wegloop, het die laaste siddering nog deur sy liggaam gegaan en kon hy eers kreun. Die vrou het hom lank so vasgehou en net effens beweeg. Hy was so geweldig sensitief dat hy wou uitroep as sy beweeg. Maar sy het geweet hoe lank om te wag voordat sy haar hand uiteindelik versigtig weggetrek het.

Toe neem sy sy hand in hare en druk dit onder haar kombers in. Wat sy aan hom gedoen het, was so oorweldigend dat hy vir 'n oomblik nie kon beweeg nie, nog vasgevang in ekstase.

Hy sal dit nooit vergeet nie. Sy vingers wat onder haar rok in soek, eers dom, want hy was nog besig om sy asem terug te kry. Toe vloei die energie en krag terug. Die moeilike pogings om die vrou se broekie onder die kombers af te stroop, en sy vingers wat hul pad na die nat warmte toe voel. Die manier waarop sy haar regterbeen teen syne gedruk het, maar nie 'n geluid gemaak het nie, het hom opnuut laat warm word.

Aan haar geluide het hy gevoel presies waarheen om te beweeg, watter bewegings om te maak, wanneer om op te hou en wanneer om weer met sy vinger te begin speel en druk. Soms het hy sy hand doodstil laat lê, dan effens beweeg, raakgevat, gedruk, gespeel, en na haar sagte kreune geluister.

En toe die onbedaarlike rukkings deur haar liggaam. Hy het in 'n stadium gedink die ander passasiers, al was hulle aan die slaap, sou gehoor het, want die geluide uit haar mond het hom laat skrik. Dit het drie keer na mekaar gebeur tot sy aan sy hand gevat het en dit uitgehaal het.

Sy het na hom gekyk en haar oë het gelag. Hulle hoef niks vir mekaar te gesê het nie.

Hulle het daardie aand teen mekaar geslaap, die reuk van hulle saamwees steeds by hulle, hulle hande in mekaar, haar warm asem teen sy nek.

Hy moes in die middel van die nag opstaan om te was en skoon klere aan te trek, maar hy het die klere waarmee hy opgeklim het sorgvuldig opgevou en na die tekens van sy plesier gekyk, amper as 'n soort trofee. En hy het onthou wat hy met haar gedoen het. En sy met hom.

Hulle het die oggend in Schiphol van mekaar geskei geraak terwyl hulle afgeklim het, want daar was hordes mense.

Toe hy later in sy hotel in De Bijenkorf naby die Amsterdamse stasie aankom en sy handbagasie oopmaak, het hy die brief gesien.

You are the angel of pleasure. You have an instinct for a woman's body that I have never felt before. If that is what you can do with your hands, heaven help women when you use the real thing. Included find a hunderd euros. Something this pleasurable cannot be for free. I will always, always remember you for the immense pleasure you gave me. The problem is, now that I have experienced this kind of pleasure, every new orgasm will be a distant second. I love you, my angel of pleasure.

Wat 'n manier om sy twee jaar in die buiteland te begin.

Hy het in Amsterdam begin werk soos die meeste van sy maats, en danksy 'n ruim skenking van sy ma genoeg geld gehad om aanvanklik te oorleef. Hy is later Brittanje toe en kon in daardie dae maklik 'n werkspermit kry.

Tristan het as bouer begin stene lê. Waar die bouers altyd vir meisies sou fluit of vulgêre aanmerkings maak, het Britse meisies gereeld by hom verbygeloop, veral wanneer hy kaalbolyf stene lê, en openlik flikkers gegooi.

"You've got something, that's fo'sure," het een van sy kollegas laat hoor.

Dit is waar hy sy liggaam behoorlik kon ontwikkel met die bultjies op as hy smiddae, veral in die reën, gedraf het.

Toe begin dit. Al meer vroue wat bevredig is. 'n Mens sou

verslaaf kon raak hieraan, het Tristan besef. Vroue wat hom sidderend die wêreld belowe het en vir wie hy geduldig "gediens" het (sy woord) omdat hul vreugde en bevrediging vir hom so baie beteken het.

Hy het later van Londen na Limpley Stoke verskuif danksy een van sy vriendinne wat vir hom daar 'n werk georganiseer het. Hy het met meer vroue kennis gemaak – toeriste, verveelde huisvroue, selfs filmsterre.

Later sou hy in Bath as kelner gaan werk, terwyl hy Europa tussendeur verken het. Gou 'n trein na België, 'n vinnige naweek met 'n warm meisie in Parys, dalk vir 'n week Griekeland toe saam met twee vriendinne wat sommer tegelyk by hom was, of Portugal, of 'n paar dae in Holland. En orals was vroue wat nie genoeg van hom kon kry nie.

En natuurlik Italië waar hy nog meer aandag getrek het. Die Italiaanse meisies was wild, passievol en energiek.

Een nag, met sy rugsak op sy rug, het hy in Positano aangekom, verbaas deur die dorpie se skoonheid. Dit was spitsseisoen en die hotelle en gastehuise het uit hul nate gebars.

Hy het besef dat hy die aand iewers in een van die strate teenaan die see op 'n bankie sou moes slaap, sommer onder die Duomo-kerk naby die strand.

Die bankie was darem nie te hard nie. Dit was oorkant een van die dosyne winkeltjies wat T-hemde verkoop het. Toe het kleure hom al bekoor en het hy hom verwonder aan al die helder gholf- en T-hemde.

Met sy rugsak as kussing het hy op die bankie gaan lê en na die sterre gekyk. Geluister hoe die winkeliers om hom T-hemde met hul lang hake 'n verdieping hoog afhaak en wegpak, en het hy die vroue dopgehou wat hul winkels se vloere met 'n mop skoonvryf.

Dit is waar hy Christina ontmoet het, die Italiaanse meisie met die gitswart hare wat tot op haar middellyf gehang het, en met die olyfkleurige vel en die groot, swart oë en pragtige gesig met die hoë wangbene.

En die mond wat net lig gegrimeer was. Vol en mooi en baie sensueel. Sy het gemaklik beweeg, kort-kort haar hare agtertoe gegooi en dan weer gerek sodat sy die boonste T-hemde kon bykom. Dan het haar rok gelig en haar boude net-net uitgekruip. Haar borste het liggies onder haar T-hemp beweeg en hy het hom verbeel dat haar tepels regop staan terwyl die materiaal daaroor skuur.

Hy was toe twee weke laas by 'n meisie en het 'n warm gevoel in sy onderlyf gekry elke keer wanneer sy hurk en 'n oranje deurtrekker se bandjies wys. Hy het homself gelig om na die kepies tussen haar boude te kyk, en moes sy reisgids oor sy mik plaas, want dit moes duidelik wees hoe warm sy hom maak.

Christina het daarna op haar knieë onder tafeltjies of rakke ingewurm om verlore kleingeld of skoene of snuisterye uit te haal. Dan sak haar romp weer af, dié keer laer oor die mooiste paar boude wat hy nog aan 'n vrou gesien het, met die stertriem wat 'n dun oranje strepie oor haar vel trek.

Toe staan Christina op en praat met ander winkeliers wat haar luidrugtig op haar voornaam groet. Met groot handgebare en daardie soenbare mond wat altyd gelag het, het sy verduidelik dat sy die winkel die volgende oggend later sou oopmaak omdat toeriste neig om eers na ontbyt inkopies te doen. Haar stem was donker-hees en verskriklik mooi. Hy kon hom verluister aan die manier waarop sy Italiaans gepraat het. Dit was die melodie, die klem op die laaste lettergreep, die helder laggie as kommentaar op wat die lywige tantes kwytgeraak het, wat sy ereksie tot barstens toe laat uitsit het.

Sy was een van die min meisies wat nie openlik na hom gestaar het nie. Dit was ontsenuend.

Toe neem Christina 'n emmer, sak op haar knieë en begin haar winkeltjie se vloer was. Elke keer wat sy vorentoe buk, het haar borste gewikkel onder die T-hemp. Groot, volryp borste wat gewoel het en waarvan die tepels uitgestaan het.

In 'n stadium het sy, met haar rug na hom, die T-hemp uitgetrek en eenkant toe gegooi. Toe trek sy 'n bloesie aan. Daardie kortstondige oomblik wat haar rug ontbloot was, het hy gedroom oor hoe dit moet voel om die olyfkleurige vel te soen en te soen tot by haar nek en teen haar oor en op haar wang, en om sy hande om haar borste te glip.

Toe sy weer vorentoe buk om die vloer blink te vryf, kon hy haar borste behoorlik uitmaak. Die bloesie het nie alles bedek nie. Haar linkerbors se tepel wou-wou wys, en sy het dit eers na 'n rukkie teruggedruk. Maar dit was die manier waarop sy haar hare agtertoe gegooi het en hom geïgnoreer het, wat Tristan wou laat ontplof.

Toe die opstaan, die sweet van haar voorkop afvee en die emmer en mop in 'n besemkas stoor.

Hy wou haar help met die aftrek van die roldeur, maar dit was duidelik dat sy nie hulp nodig het nie. En sonder om haar verder aan hom te steur, stap sy by die trappe van die drieverdiepinggebou op wat haar winkel huisves en sluit die deur agter haar toe wat op die klipstraat uitmond.

Sy het haar T-hemp oor 'n staander vergeet.

Die straat is verlate. Iewers lag toeriste. 'n Kat miaau en kom met die klippaadjie afgetrippel.

Tristan staan op, neem Christina se T-hemp en stap tot by die trappies waar sy verdwyn het. Hy druk sy hande onder die T-hemp in en koester die materiaal wat oor haar borste gespan het. Hy ruik haar aan die T-hemp. Hy druk dit teen sy gesig vas, die seksuele krag in hom nou oorweldigend. Om hom is dit donker met veelkleurige liggies wat aangaan, die reuk van die see, 'n toeristeboot wat in die hawe vasmeer, en die piepklein brandertjies wat oor die klippies spoel soos musiek.

Terug bank toe. Nou trek hy sy hemp uit, voel die materiaal oor sy vel wat gloei van plesier, sy vingers raak hier en daar aan sy vel en laat die spiere daaronder styftrek.

Hy glip haar T-hemp oor sy lyf. Dit is te klein vir hom en span oor sy spiere. Hy kyk hoe sy tepels teen die materiaal bult.

Iemand kom verbygestap. Tristan lig sy regterknie om sy ereksie te verberg. Dit is egter futiel. Die vrou wat verbystap glimlag effens en verdwyn om die hoek.

Hy kyk om hom rond, maar die straatjie is nou verlate. Hy glip sy hand onder sy broek in en raak aan homself. Hy het nie meer beheer nie en besef dit sal in hierdie toestand van opwinding 'n paar sekondes neem om 'n orgasme te bereik.

Toe sien hy haar bo in die venster wat afkyk op die straat. Sy sien hom skynbaar nie. Waar hy gewoonlik inval by die ritme van die vroue by hom, is hy dié slag op sy eie ritme aangewese, vryf hy met sy hand oor homself, is hy seker hy voel nog haar warmte aan die T-hemp, haar vroulikheid, en kielie die materiaal sy maag en vlek sy sweet daardeur.

Sy leun vorentoe op haar elmboë. Sy kyk na die baai wat onder haar uitstrek, trek haar hare uit haar gesig en bind dit agter haar kop vas. Haar bolyf is kaal.

Hy staak die bewegings net betyds, maak sy oë toe, dink aan die see, die reuk van pizzas en pasta en kruie om hom deur vensters, alles om die naderende orgasme te keer. Dit alles gemeng met die reuk van opwinding aan sy eie vel.

Die borste wat hy tevore bokant die materiaal sien uitsteek het, hang nou vol en ryp. Sy het groot, donker tepels. Christina staan skynbaar onbewus van hom en vee die sweet van haar borste af.

Haar hand beweeg nou tot op die vensterbank. Die volgende oomblik trek sy haar romp uit en skud dit uit soos vroue wat wasgoed uitskud voordat hulle dit uithang. Sy strek vorentoe en trek 'n tou nader waaraan sy die romp hang. Die donker kol van haar hare steek net-net bokant die vensterbank uit. Hy merk hoe sy haar liggaam teen die hout vasdruk asof sy haar onderlyf vorentoe stoot en dit oor die vensterbank skuur.

Dit is soel om hom en die seelug ruik vars.

Sy strek uit om 'n wasgoedpennetjie van die lyn af te neem om die romp mee vas te pen, toe die materiaal uit haar hand glip. Dit fladder, asof in stadige beweging, teen die gebou af en land 'n entjie van Tristan af.

Hy kyk op. Met haar skaamhare wat nou net-net bokant

die vensterbank uitsteek, rek sy uit om te kyk waar die materiaal geland het, en sien hom dan.

Sien hom! Sy moes die hele tyd van hom bewus gewees het!

Hy kyk na haar en verwag dat sy haar bolyf gaan bedek, maar sy wend geen poging aan nie, kyk net na die romp wat daar onder geland het.

Tristan kom orent. Haar oë dwaal na hom. Sy sien haar T-hemp. Hy staan op, loop na die romp toe en tel dit op. Hy staan 'n ruk na die see en kyk, die briesie wonderlik en koel teen sy natgeswete gesig en bolyf. Hy ruik aan die romp en drapeer dit oor sy hand.

Toe draai hy om.

Christina kyk af na hom toe. Sy beweeg nie, kyk net na hom.

Tristan kyk na die deur wat sy netnou gesluit het. Hy beduie daarheen, wag dat sy dit moet kom oopsluit, maar sy wend geen poging aan nie. Sy staan net daar na hom en kyk.

Sy leun weer vorentoe sodat die fyn, donker haartjies tussen haar bene opnuut teen die vensterbank skuur.

Daar is nou 'n wildheid in Tristan soos hy nog by geen ander meisie ervaar het nie. Hy het geen beheer oor homself nie, stap na sy rugsak toe en gespe dit op sy rug vas.

Hy kyk op, wag steeds dat sy die deur moet oopmaak of die sleutel na hom toe moet afgooi, maar sy staan roerloos en kyk na die see. Sy speel liggies met haar vingers oor haar tepels.

Die muur is rof met baie vastrapplek. Hy sien die hake waaroor die T-hemde gehang het en die onewe stene met genoeg plek vir sy voete.

Hy stap na die muur toe, strek sy arms uit en begin homself ophys.

Hy gooi haar romp oor sy skouer. Die materiaal is sag teen sy wang. Hy ruik haar daaraan en dit maak hom duiselig. Hy wens dat hy geskeer het, want daar is 'n vyf dae oue baard aan die vorm. Dalk hou sy nie van mans met baarde nie, dalk . . . maar hy verban die gedagte uit sy kop.

Hy hys homself verder op. Sy ereksie skuur deur sy broek teen die growwe steenmuur. Hy kreun en kom tot stilstand.

Hy hang 'n oomblik daar en besef dat hy nie nou eintlik kan beweeg nie, want 'n orgasme dreig. Hy blaas sy asem uit en maak sy oë toe, keer die golf wat deur hom wil spoel en kry dit net-net onder beheer.

Dan kyk hy weer op na haar toe, na die borste nou amper binne vatafstand hier bokant hom. Sy wend geen poging aan om hom te help nie.

Oomblikke later het hy weer genoeg beheer oor sy een-en-twintigjarige liggaam om sy drange in bedwang te hou. Op en op en op, sy onderlyf skuur oor die rowwe stene en hy verbeel hom dit is sy wat so teen hom skuur. Die sagte materiaal oor sy skouer, die grofheid van die muur, die toeristeboot wat 'n lang fluit in die hawe gee, tot hy aan die vensterbank vat. Steeds wend Christina geen poging aan om hom te help nie.

Hy soek vashouplek en hys homself op tot hy voor haar op die vensterbank sit, sy bene aan weerskante van haar, nou teen haar onderlyf. Sy vroetel aan sy kortbroek en trek dit af sodat hy amper sy balans verloor en agteroor tuimel. Maar hy herwin dit deur sy bene om haar middellyf te klem.

Sy leun vorentoe sodat haar borste oor sy gesig speel en

hy sy kop daarin kan verberg. Toe sak sy af en begin hom met haar mond te bewerk – iets wat vroue baie selde met hom doen. Die meeste is te besig om hul eie plesier na te jaag of kan hom nie akkommodeer nie. Maar sy kan. Weet presies wat om met haar mond te doen.

Nou sy bene wat styf skop. Hy gryp aan haar skouers, maar sy kom orent, glimlag vir hom, beduie nie nou al nie, en beweeg weer af. Sy vou haar tong om hom. Hy is telkens op die rand van 'n orgasme, maar sy weet presies wanneer die rukkings in sy heupe en onderlyf voorspel dat hy beheer gaan verloor. Presies soos hy met al die meisies in sy lewe gemaak het, maak sy nou met hom, tot hy haar soebat om verlossing.

Sy soen sy bene en sy maag, trek hom weer teen haar vas en glip dan haar tong driftig om sy ereksie. Hy kan dit nie meer beheer nie, voel die diepste, wonderlikste golf van genot onkeerbaar deur hom op en op beweeg en dan uitbars.

Hy roep iets uit sonder dat hy beheer het daaroor. Hy gooi sy kop agtertoe. Dit stuur trillings deur sy liggaam soos Tristan nog nooit tevore ervaar het nie. Hy gooi sy kop weer agtertoe sodat hy nou onderstebo hang.

Christina hou hom vas, sy bene lam, sodat hy amper sy balans verloor. Hy moet weer sy bene om haar klem om nie te val nie.

Sy liggaam ontspan uiteindelik.

Christina laat hom so hang tot hy heeltemal stil en willoos is. Dan lig sy hom op en trek hom in haar huis in, lê hom op die grond neer, soen hom met 'n passie wat hom onmiddellik weer hard maak. Dan knik sy asof sy hom toestemming gee dat dit nou sy beurt is.

Toe hy in haar verdwyn, vra sy hom wat sy naam is.

"Tristan," is al wat hy uitkry.

"Christina."

Toe hulle na wat soos ure voel langs mekaar op haar bed gaan lê, fluister sy: "Beautiful name."

Tristan het 'n maand by haar gebly en haar in haar winkel gehelp. Dit was die gelukkigste dae van sy lewe. Hulle het deurnag liefde gemaak, smiddae oor etenstye en na werk, kon nie genoeg van mekaar kry nie. En elke keer was anders, asof hulle mekaar die eerste keer ontdek.

"I can die now," het sy een nag gefluister.

"No, I don't want to lose you."

Hy het basiese Italiaans leer praat en het elke dag soveel moontlik tyd in haar geselskap deurgebring. Haar liefde was alles vir hom.

Een aand, na 'n liefdesessie wat hom uitasem op die vloer laat lê het en met haar arms om hom, het sy gevra: "Do you believe in happy endings, Tristan?" Sy het sy naam as Triestáán uitgespreek.

Hy het geknik, maar sy het net gevra: "Don't you know by this time that real life has no happy endings?"

Dit was 'n vreemde ding om te sê tussen al die weke van ongekende plesier.

Sy Italiaanse visum het daarna verval en hy moes uit die land.

Hy het deur Europa geswerf, maar kon nie weer by ander meisies slaap nie. Dit was net Christina. Hulle het dinge aan mekaar gedoen wat hy nie in woorde kon omskryf nie. Hy het gedink hy weet alles van seks af, maar nou het die landskap verander. Nou het hy onthou hoe hy elke keer groter plesier by haar gekry het, en sy hom geleer het om haar verder en verder oor die rand te neem. Kon hy net aan die tye by haar dink, aan die dinge wat sy hom geleer het, ook oor homself.

Waar hy ook al was, was Christina in sy gedagtes. Ook gedurende al daardie leë, eensame aande op parkbankies of in goedkoop jeughostelle of onder bome of op stasies. Dit was net Christina.

Toe hy na twee maande daarin kon slaag om sy visum te hernu, is hy terug Positano toe. Maar sy was nie meer daar nie. En niemand het geweet waarheen sy gegaan het nie.

Hy het die laaste nag onder haar venster op dieselfde bankie geslaap en gehuil. Toe agterop die bankie met sy knipmes in Italiaans geskryf: *Geen gelukkige eindes.*

En van daardie dag af sou Tristan Hansen nooit weer glo aan stories met gelukkige eindes nie.

Hy het weer begin swerf met net sy rugsak as enigste vriend. Hy het enkele kere met meisies seks gehad, maar dit het vir hom niks beteken nie. Hy het hom probeer verbeel dis Christina, maar hulle was anders. Het nie geweet hoe om hóm te bevredig nie.

Nadat hy by Christina was, kon gee vrou hom ooit weer so bevredig nie. En het hy 'n wrewel begin voel. Wou op sy beurt ook nooit teruggaan na iemand toe nie. Want dan was die ervaring tweedehands.

Dit het hom verlate en hartseer en doelloos gelaat. Hy het homself by Christina verloor.

In Zagreb was hy vir 'n week of wat messelaar en het die harde werk gehelp om die verlange na Christina te besweer, later met bloed aan sy hande.

Hy het een nag by 'n oogdokter tuisgegaan wat die skeel

kyk in sy oë toegeskryf het aan bysiendheid, veral toe hulle die stad se liggies vanuit haar woonstel beskou en hy kla dat hy hulle nie van mekaar kan onderskei nie.

Sy het hom na die voorpunt van 'n operasielys geskuif en 'n laseroperasie op albei oë uitgevoer sodat hy beter kon sien en beter kon fokus. Hy moes drie dae in haar praktyk deurbring om te herstel.

Die twee jaar was binne 'n oogwink om.

Met sy terugkeer na Suid-Afrika het hy by 'n klerewinkel in Sandton gewerk, en toe vir Mathilda.

Tristan kyk op. Die taxi ry by Arts-on-Main in Foxstraat verby, draai af in Commissionerstraat en hou voor die Plaza-gebou stil. Die bestuurder hou sy hand uit vir betaling. Tristan stop geld daarin.

"Keep the change."

"Hey, bru!" sê die bestuurder. "You fell asleep on the back seat. And you called out a name. Something like Christina."

Tristan het al die deur oopgemaak. Toe vra hy: "Do you believe in happy endings, cuz?"

"Love them!" grinnik die bestuurder.

"Well. They are not true."

Tristan slaan die deur toe en loop na die voordeur van die Plaza-gebou. Die taxi trek weg. Hy staan 'n oomblik op die sypaadjie en wil net die kode inpons, toe iets hom teen sy agterkop tref.

Hy steier en val, 'n gesig naby hom. "Listen, fucker. Stay away from our women or we will kill you."

Oomblikke later trek 'n motor vinnig weg.

En skielik kan Tristan met die beste wil ter wêreld nie sy sekuriteitskode onthou nie.

SEWE

Die advertensiebord in Rosebank met Tristan Hansen op is verwyder. Dit is vervang met 'n reklamebord van 'n nuwe teaterstuk wat in die Teatro in Monte Casino open. Dit nadat die onderklerebord slegs 'n week op was.

Daar was nog twee ligte ongelukke op dieselfde plek as waar Erika in Aronique Pringleton vasgery het. Die koerante het natuurlik feesgevier oor die feit dat veral vroue (en enkele mans) hulle so vergaap aan die plakkaat, dat fotograwe gestuur is om mense dop te hou wat dit bewonder. Nou kan Erika vir die eerste keer oor die insident glimlag, maar ook maar net-net.

Die onderbroek-maatskappy was dus seker genoodsaak om dit te verwyder om verdere ongelukke te verhoed. Sy wonder hoe Tristan Hansen se ego daardie kompliment hanteer.

Erika trek by Mathilda Fourie se vertoonlokaal in, waar verskeie blink sportmotors uitgestal word – sonder pryse, natuurlik. Indien 'n mens navraag doen oor finansiering, kan jy nie die motor bekostig nie.

Mooi verkoopsmanne is die eerste iets wat Erika opval toe sy by die vertoonlokaal instap. Uitgevat asof hulle Lady Gaga ontmoet, met regop gejelde ystervarkpen-hare, byderwetse pakke en gimgeboude lyfies. Flink glimlagte wat net so geoefen is soos hul lywe, dink sy.

'n Jong man wat homself as André voorstel, groet haar vriendelik op Engels en begin oor die motor praat waarna sy op daardie oomblik toevallig gekyk het, voordat hy oorslaan na Afrikaans.

"Hallo, ek is Erika. Ek wil graag na 'n paar sportmotors kyk."

"Natuurlik. Kom ek wys jou."

Onprofessioneel. Gewaagd. Oneties. Noem dit, sy het haarself reeds daaroor verwyt dat sy vroeg vanoggend, voor haar eerste kliënt om halftien opdaag, na die vertoonlokaal kom kyk waar Tristan Hansen gewerk het. Haar motor is gelukkig terug van die paneelkloppers en sy is weer mobiel.

Nou wil Erika uitvind in watter omgewing Tristan gewerk het. Presies wie Mathilda Fourie is. En watter invloed sy op sy lewe gehad het. Haar besoek is 'n gevolg van haar gesprek met Millicent Hansen

Sy luister met 'n halwe oor hoe André haar inlig oor die motor. Maar sy hoop eintlik om Mathilda Fourie te ontmoet.

MATHILDA – MANAGER staan in groot, swart letters op 'n deur op die eerste verdieping geskryf.

Sy kyk na die sportmotors se name wat eintlik niks vir haar beteken nie. Peugeot Onyx, Lexus LF-CC, Jaguar F-type, Mercedes Benz SLS AMG en Maserati Kubang.

"Groot katte met 'n lekker kietsie-grom." André beduie na die motors. "Hierdie koninklike hoogheid en kie wag net vir 'n kroon. Van jou."

Sy glimlag. "Hulle is pragtig."

Hy wys na 'n Bentley. "Met blink lywe soos hierdie, wie't klere nodig?"

Nadat Erika 'n paar hoflike vrae oor die betrokke sportmodel gevra het, verneem sy of Mathilda in die gebou is.

"Maar is daar nie 'n katjie waarin ek jou kan laat spin nie?" Weer die kopknik na die Bentley.

"Binnekort. Maar ek wil graag eers met Mathilda praat."

Hy knik en met die opstap teen die trappe babbel hy: "Hierdie ouens met die blink lywe is eko-vriendelik, mors nie fossielbrandstof nie en gly soos verskietende sterre oor die spoedgrens."

André klop aan die deur met Mathilda se naam op.

"Yes?" Kortaf. Saaklik.

André maak die deur oop. Mathilda staan voor haar boekrak.

"Juffrou Fourie, hier is 'n doktor Erika Hamilton wat jou graag wil sien."

Erika is beïndruk. Hy het haar naam onthou.

"Baie dankie." Die vals glimlag, die oë wat die mooi seun krities beskou, die vingers met die lang naels wat sy pak regtrek en aan sy gejelde kuifie peuter. "Tee, doktor Hamilton?"

"Nie vir my nie, dankie."

Mathilda knik vir André. Verbeel Erika haar, of gee hy 'n vinnige kniebuiging, soos 'n onderdaan vir die koningin? Mathilda se oë dwaal oor sy agterstewe toe hy uitstap.

'n Selfoon op die lessenaar lui.

"Jammer, ek móét dit neem."

"Natuurlik."

Terwyl Mathilda saaklik op Engels oor 'n nuwe sport-model praat en aandui dat sy sou belangstel om die motor uit te stal met die oog op verkope, beskou Erika haar nou-keurig.

Sy is goed versorg – die netjiese hare val om haar gesig en gee daaraan 'n sagte voorkoms. Haar lippe is skerp rooi geverf en die vel span styf oor haar voorkop. Botox, besluit

Erika. En dan die peperduur bloes met die lae hals wat twee stewige borste komplementeer.

Toe Mathilda gaan sit, kruis sy haar bene. Mooi bene. Sy gaan beslis gimnasium toe. Sy het die bou van 'n veel jonger vrou. "Mutton dressed up as lamb," sou Erika se ma gesê het. Dik maskara, vals wimpers en swaar grimering om die kraaispore te verbloem wat om haar oë wil vorm.

Sy dra duur armbande, haar arms is bruingebrand, met hier en daar ouderdomsvlekke op haar hande. Terwyl sy praat, peuter sy met haar vinger op haar iPad om 'n afspraak in te pons.

Teen die mure is foto's van Mathilda saam met bekendes. Erika soek na 'n foto van Tristan Hansen. Links onder, langs 'n foto van Mathilda wat 'n sportmotor aan 'n minister verkoop, pryk Tristan wel.

Hy staan langs Mathilda wat haar arm besitlik om sy middellyf het. Sy kyk na hom met 'n glimlaggie wat sê: Hy is myne, hande af!

Tristan lyk selfbewus en daar is nie 'n sweempie van 'n glimlag op sy gesig nie.

Daardie foto sal haar aanknopingspunt wees, besluit Erika terwyl Mathilda haar selfoongesprek afsluit.

"Jammer. Ek moes die oproep neem. Watter blink merrie kan ek vandag aan u verkoop, doktor Hamilton?" Die glimlag wys perfekte tande, moontlik onlangs gepoets by 'n mondhigiënis.

Erika praat oor 'n moontlike sportmotor wat sy wil aanskaf om die gesprek aan die gang te kry. Sy luister geduldig na die statistieke, die blink toebehore wat saam met die motor kom, die brandstofverbruik, die spoed en ander voordele – maar nie die prys nie. Gaandeweg stuur sy die gesprek in die rigting van die verkoopspersoneel.

"Ek is werklik beïndruk met die diens van jou verkoopsmanne, juffrou Fourie."

Mathilda glimlag en kruis weer haar mooi bene. "My personeel word deeglik opgelei en na my hand grootgemaak, doktor Hamilton. In hierdie kompeterende bedryf sorg ek dat my kliënte net die beste behandeling kry. "En . . ." sy leun vertroulik vorentoe, "wie hou nie van ooglekkergoed saam met karlekkergoed nie?" Sy knipoog.

Nou is haar kans.

"Mooi was nog nooit lelik nie, Mathilda." Praat van 'n stukkie niksseggende kommentaar. Erika kan eintlik nie glo dat sy dit pas gesê het nie. Maar sy moet die gesprek by die verkoopsmanne hou. "Ek sien hier was baie bekendes."

Weer 'n selfvoldane glimlaggie. "Van Sandton se top-besigheidsmanne, selfs ministers, die nuwe black diamonds en natuurlik vroue tel onder my kliënte."

Erika beduie na Tristan se foto. "Sjoe. Wie is dit?"

Die glimlag verdwyn van Mathilda Fourie se gesig af. "Voormalige verkoopsman."

"Maar is hy nie . . ." Erika staan op om kamtig beter te sien. "Is hy nie die man wat in die advertensie verskyn het wat nou langs die paaie verwyder is nie?"

"Hy moet van meer plekke verwyder word as langs die paaie."

"Ek verstaan nie."

Mathilda se gesig verhard. Sy stap na die muur toe en haal die foto af. "Ek moes dit eintlik lankal verwyder het, maar mens raak so besig . . ."

"Ek neem aan hy het baie vroue na hierdie handelaar toe gelok?"

Erika sien ook 'n foto van Nadia Verhoef, die bankier, teen die muur by 'n motor wat Tristan seker aan haar verkoop het.

Net 'n effense glimlaggie, asof Mathilda iets onthou. "In 'n stadium was hy my beste verkoopsman. Vroue het hiernatoe gekom bloot om met hom te gesels."

"Toe na groener weivelde aanbeweeg?"

Mathilda antwoord onmiddellik: "Die arrogante wipstertjie het te groot vir sy skoene geraak. Wou hom nie meer aan regulasies onderwerp nie, toe steek ek hom in die pad."

Tristan het dus nie uit vrye wil geloop nie, volgens Mathilda. Maar Erika is nie seker of sy die storie glo nie, want die vrou se reaksie was net te heftig, te grimmig.

"Wel. Hy het 'n nuwe loopbaan as model gevind, lyk dit my." Erika hoop dat Mathilda die lokaas gaan neem. En, toe sy nie dadelik antwoord nie: "Ek verneem die reklamewêreld betaal deesdae astronomiese bedrae."

"Inderdaad. Dit sal my nie verbaas," Mathilda kyk rond, "as hy op ander maniere ook geld maak nie."

"Ek verstaan nie," hou Erika haar dom.

"Hy is tot enigiets in staat." Mathilda gee nie meer inligting nie.

"Hoe 'n soort mens was hy?" Toe Mathilda nie verder praat nie.

"Verwaande kaartmannetjie. Wys jou wat gebeur as niets iets word. Maar sy looks gaan nie lank hou nie. Een of ander tyd gaan iemand hom verbysteek, iemand wat beter lyk en meer charisma het, wat meer integriteit het en sy dankbaarheid betoon aan iemand wat hom werk gegee het toe hy niks anders kon kry nie as gevolg van sy wit vel!"

Mathilda raak so driftig, sy praat haarself skoon uitasem.

'n Ligte klop aan die deur.

"Ja?" Mathilda is opsigtelik omgekrap.

André loer om die deur. "Ek is jammer om te pla, maar hier is twee kliënte."

"Snoekie. Hanteer hulle."

"E . . ." Hy is duidelik ongemaklik om voor Erika te praat, "met probleme."

"Wat is dit?" Mathilda raak ongeduldig.

Weer die bekommerde kyk na Erika. "Dit is twee vroue wat, e . . . na 'n vorige verkoopsman soek."

Erika stel nou intens in die gesprek belang, maar die betekenisvolle blik tussen André en Mathilda laat haar verstaan dat die probleem eers aangespreek sal word nadat sy die kantoor verlaat het.

"Nóg een! Vandat daai vergalste advertensie verskyn het, sak hulle op my toe vir al die verkeerde redes! Ek is nie sy dêm agentskap nie! Hy is al meer as sewe maande gelede weg!"

"Hulle soek steeds sy telefoonnommer."

"Ons gee nie voormalige personeel se telefoonnommers uit nie." Dan 'n formele glimlag vir Erika. "Is daar nog iets waarmee ek kan help, doktor Hamilton?"

Erika het meer uitgevind as waarop sy gehoop het.

"Nee. Baie dankie."

Mathilda beduie aan André dat die gesprek afgehandel is. 'n Ongemaklike stilte sak toe, wat Erika verbreek met: "Is dit dalk moontlik dat ek vir 'n toetsrit kan gaan?"

Sy is verbaas oor haar eie waagmoed. 'n Week gelede sou sy nooit so voorbarig gewees het nie. Maar om die een of ander rede het hierdie saak haar aangegryp. Wil sy meer oor Tristan Hansen uitvind. Raak die saak net interessanter.

"Natuurlik." 'n Kopknik: "André?"

Die verkoopsman glimlag oor die moontlike transaksie wat hy kan beklink. "Kom saam met my, dan ry ons haar flou!"

Met die uitstap sien Erika hoe Mathilda Tristan se foto haastig in 'n laai druk en haar iPad nader trek. "Vra Alex om met die vroue te praat, André."

André verduidelik 'n minuut later aan Erika hoe die motor werk en besing al die voordele wat dit bied. Maar haar aandag is by die twee vroue wat teleurgesteld na 'n ewe aantreklike jong man luister. Dit moet die vroue wees wat navraag na Tristan gedoen het.

"Maar ek het verlede jaar 'n motor by hom gekoop. Nou soek my vriendin 'n soortgelyke een," hoor Erika, maar die verkoopsman skud sy kop.

"Meneer Hansen werk reeds sewe maande lank nie meer hier nie."

Die ouer vrou glimlag. "Dan gaan julle baie klandisie verloor, sweetie!" sê sy terwyl sy die vloer verlaat.

Erika gryp die kans aan. "Vertel my bietjie meer van die man in die onderbroek-advertensie?" moedig sy André aan.

Die jong man frons. "Sjoe. Hy het geweet hoe. Ek sweer die motors het soos komete van die vloer af geskiet. Amper elke vrou wat hiernatoe gekom het, is met 'n sportmotor hier uit."

"En mans?"

André lag. "Mans ook. Ons was so 'n klein bietjie jaloers op Tristan, want hy het tegnieke gehad wat . . ." Dit is asof hy besef hy het te veel gesê. "Ek bedoel . . . hy was ons beste verkoopsman."

"Toe bedank hy." Erika gooi die aas uit en hoop dat haar veronderstelling korrek is.

'n Vinnige blik na Mathilda se kantoor, maar die deur is toe.

"E . . . ja."

Dit weerspreek Mathilda se stellings.

"Ek hoor maar by vriendinne dit was glo 'n groot drama."

"En hoe!" Dit is asof André gewag het op hierdie kans om inligting bekend te maak. En dan sê hulle vroue skinder! "Hy het, kort voor hy weg is, hier ingestap en gesê hy kan kliënte nie meer vir toetsritte neem nie." Dit lyk asof hy besef hy het te veel gesê. "In elk geval. Hy het die girls in die laaste tyd self laat ry, sommer van die begin af, en nie eers self bestuur soos ons veronderstel is om te doen nie. En toe een van die girls amper in 'n sypaadjie vasgery het, het juffrou Fourie Tristan ingeroep en gesê hý moet bestuur. Hy het geweier. En twee weke later was hy nie meer hier nie."

Interessant. Maar alles wil nie heeltemal klop nie. Hoekom sou hy die vroue aanvanklik self laat bestuur en weier om opdragte uit te voer? Het hy werklik te groot vir sy skoene geraak?

"Baie dankie, André."

"Sal ons vir 'n toetsrit gaan?"

Erika wil weier – teruggaan na haar praktyk toe. Gereed maak vir haar eerste kliënt om tienuur. Maar sy sê: "Natuurlik."

Sy wil voel hoe dit is om in 'n sportmotor te sit met die wind wat deur haar hare vee. Soos Lucy Jordan in daardie bekende liedjie.

"Nou kom ons ry haar!"

Dit is eers toe André die motor versigtig in die verkeer instuur, dat Erika wonder hoe dit sou gevoel het as Tristan Hansen langs haar gesit het.

Sy geniet die toetsrit, veral toe André die motor op die snelweg ooptrek en die spoedgrens oorsteek. Sy kantel haar kop en kyk hoe die bekende geboue en woonbuurte by haar verby swiep. Dit is haar eerste rit in 'n sportmotor. Sy besef nou eers sy het nog nooit in een gery nie. Net soos daar baie dinge is waaroor haar vriendinne spog en wat sy en Rodney nooit gedoen het nie. Naweke Dullstroom toe, 'n aand in die Mount Grace in Magaliesburg, ontbyt in Sun City, 'n wildrit in Pilanesberg, 'n warmlugballonrit oor die Magaliesberge. Rodney het nooit belanggestel nie en wou nooit uitgaan nie.

Hulle het Sondagoggende koerant gelees en kos gemaak, daarna dalk seks gehad. Rodney moes daarna koerantkantoor toe gaan om te werk. Dit is die een ding wat sy nie mis nie, Rodney wat die seks elke keer korter en korter geknip het omdat hy moes gaan werk. "Joernaliste het nie ure nie." Rodney wat eintlik nie geleef het nie, en sy wat maar saam met hom daardie eentonige paadjie geloop het.

André laai haar later by haar motor af en hou haar hand net te lank vas toe hy groet. "Ek hoop ek sien u weer, doktor Hamilton." En sy wonder hoe Tristan sou opgetree het gedurende so 'n toetsrit.

Sy daag net betyds by haar huis en praktyk op om haar volgende kliënt te sien, 'n gerehabiliteerde dwelmslaaf wat hom aan geweld op vroue skuldig gemaak het.

"Ek weet nie, dok, maar as ons 'n team is, as ek en die boys saam is en ons vat die strate, raak ons hoog, partykeer sonder tik of Cat. Ons het eendag 'n moffie opgedonner wie se lyf vol tattoos was. Arme holnaaier het in die hospitaal beland met gebreekte ribbes." Hy grinnik.

Nog baie werk hier, dink Erika terwyl sy die probleem van groepsmentaliteit en -druk aanspreek wat mans soos hierdie skynbaar in geweldenaars laat verander.

"Packs, bendes." So verwys haar mentor, Lydia, altyd daarna. "Dan kom die dier uit wat jag en verniel."

Toe Erika se laaste kliënt uitstap, staan Millicent Hansen voor haar hek. Sy was net op pad om die klokkie te druk.

"Ek het besluit om vir jou die dokument te bring wat die bankier geskryf het," sê sy. "Maar ek moet jou waarsku. Dis warm en moeilike leesstof."

"Weer van die afperser gehoor?" verneem Erika.

Sy skud haar kop. "Die sperdatum is einde van die maand. Nadat jy hierdie dokument gelees het, kan ons gesels. Dalk kan jy my raad gee oor wat om te doen."

In haar kombuis sien Erika dat sy nie eintlik kos het vir vanaand nie. Gelukkig is hier 'n tuisnywerheid naby, in Parkview. Sy sal gou soontoe ry om klaargemaakte kos te gaan koop.

Sy klim in haar motor en ry Parkview toe.

Daar is 'n oormaat koeke en terte. Sy is nooit toegelaat om soetigheid te koop het nie, want Rodney het na sy figuur gekyk en het daarmee gespog dat hy nie 'n suikertand

het nie. Later het hy selfs ophou vleis eet, wat die voorberei-
ding van aandetes bemoeilik het. Het hy net na werk moeg
voor die televisie neergeval en nuus gekyk.

Flessies met strikkies om – tuisgemaakte konfyt. Ingeleg-
de vye, appelkooskonfyt, nastergalkonfyt, alles in rye hier
voor haar. Sy neem die nastergalkonfyt en kyk daarna. Dit
bring herinneringe terug van haar ouers. Haar ouma het
so graag nastergal- en appelliefiekonfyt gemaak. Grootliks
uit verveling omdat daar niks anders te doen was nie. Maar
Erika onthou die wonderlike skerpsoet smaak van die nas-
tergal op tuisgebakte brood, en die vlek wat dit op haar
skooljurk gelaat het. Haar ma was nie beïndruk nie, want
geen waspoeier of boereraat kon daardie vlek verwyder nie.

"Dis erger as moerbei!" het sy gekla.

En die sywurms wat so graag moerbeiblare geëet het.
Erika onthou hoe haar ma vir die sywurms gegril het. En hoe
Rodney sy wenkbroue gelig het toe sy hom van die wurms
vertel het. "Weird!" was sy enigste kommentaar. En toe: "Jy
moet ophou brood koop. Besef jy hoe vet dit maak?"

Sy koop tuisgemaakte chilli con carne, iets wat Rodney
nooit sou toegelaat het nie. En dwaal daarna tussen die an-
der winkels rond, koop tydskrifte, dink daaraan as "haar
tyd", iets wat sy haarself nooit gun nie. Sien mense wat ge-
sellig in restaurante drink en gesels na 'n dag se harde werk.
Kyk hoe manne in kroeë saamdrom en lag. 'n Ander wêreld
as die veilige, beskutte hawe waarin sy haar elke middag na
werk agter hoë mure toesluit.

Toe sy in haar motor klim, onthou Erika van die doku-
ment wat Millicent in haar hand gestop het. Sy moet dit
gaan lees. Dit sal dalk nuwe lig op Tristan werp.

AGT

Erika sit by haar kombuistafel en eet die wegneemkos sommer uit die polistireenbakkie waarin dit verpak is. Sy skink vir haar 'n glas rooiwyn, iets wat sy selde doen, want sy glo nie daaraan om alleen te drink nie. Maar vanaand, weet sy, gaan sy dit dalk nodig kry.

Terwyl sy eet, haal sy Millicent se koevert uit wat stewig toegeplak is. Dit voel koud tussen haar vingers. 'n Nota daarby waarsku: *Indien jy jou seun wil beskerm, betaal R250 000 in 'n rekening waarvan die nommer later verskaf sal word. Verdere besonderhede sal later bekend gemaak word. My stilswye kan 'n landwye skandaal verhoed, aangesien verskeie van die land se bekendste vroue hierby betrokke is. Ek kontak jou binnekort en hoop om 'n positiewe antwoord te kry. Jy is dit aan jou seun verskuldig.*

Netjiese taalgebruik in Calibri-rekenaarskrif. Dus geen manier om die oorsprong op te spoor tensy daar vingerafdrukke op die dokumente is nie. En selfs dan is dit iets wat 'n speurder sal moet ondersoek. Erika neem egter aan dat die neurotiese Millicent die gereg ten alle koste hieruit sal wil hou. En sy wonder steeds watter funksie sý as sielkundige moet vervul. Dalk is sy bloot 'n simpatieke luisteraar wat per uur betaal word om te luister hoe Millicent haar eie gewete sus.

Die dokument, wat uit verskeie bladsye bestaan, is in 'n ferm handskrif. Soos menige belydenis, is dit in die eerstepersoonsvorm geskryf, maar daar is geen naam aan die einde nie.

Erika begin lees.

Aan my goeie vriendin: Ek skryf sodat jy weet hoe gelukkig hy my gemaak het. Dit is net vir jou oë bedoel.

MY NAG SAAM MET TRISTAN

N.V.

Vergaderings. Die een na die ander. Formele mannetjies in stywe, vaal pakkies wat strak na my opdragte luister, verwyfde skepsels wat toonloos antwoord en bleeksielerig wegskarrel om nog suurstof te mors.

My selfoon gons gedurig, maar dit is die gewone SMS-boodskappe:

Vergadering geskuif na 13:00; minister se kantoor laat weet hy kan jou eers die 15de spreek, jou toespraak oor oplewing in ekonomie Vrydag Stellenbosch 09:30; Vlug SAS 367 Donderdagoggend terug Kaap toe bevestig om 09:00. Wees 08:00 op die laatste daar; Saterdag 09:00 verslag deur ondersoekspan na korrupsie in finansiële afdeling; Saterdag-middagete met Britse attaché.

En in my Moleskin-afsprakeboek met die rooi omslag, môre se afsprake:

09:00 terug Kaap toe; 10:00 onderhoud Cape Talk per foon oor kleinsakevrou se rol in 2013; 10:00 geldwassery-aantyging teen J.V.D. – interne verslag hoofkantoor Pinelands; ensovoorts, ensovoorts.

En toe, die SMS waarop ek wag:

Sal vanaand stiptelik halfagt by suite wees onder die naam Albert Malan van Konsepbank. Sal as rede vir besoek aandui: Bespreking monetêre krisis. Arriveer per taxi. Diskresie gewaarborg. Jy het my rekeningbesonderhede. Sodra R15 000 inbetaal is en bewys gestuur is, sal ek bevestig.

Dit is 'n inbetaling wat my sekretaris nie kan doen nie.

Ek handel dit af en skandeer die bewys, wat ek na tristanh@scolding.co.za e-pos.

Tien minute later SMS hy terug: Transaksie suksesvol. Verwag my agtuur. Sien uit.

Halfses hou ek in my sportmotor voor die hotel stil. 'n Netjies geklede man wag my in en neem my motor, wat ek nog destyds by Tristan gekoop het, om te parkeer. In die hotel word ek ingewag deur die bestuurder wat my verwelkom en sê hoe 'n voorreg dit is dat ek in die stad se voorste hotel tuisgaan en dit gekies het om my vergadering in te hou. Ook dat my kamer reeds gereed is.

'n Persoonlike versorger sal na my spa-behandeling na my hare omsien. Daarna 'n ligte aandete wat om kwart voor agt eindig. Die vergadering met meneer Malan, wat pas bevestig het, om agtuur.

"Ons sal die vergadering sommer in my suite hou, nie 'n konferensiekamer nie. Ek verkies om nie gesteur te word nie," sê ek. Die man wat my inwag, knik beleefd, gewoond aan sulke opdragte.

"Die portier bring u bagasie."

Die bestuurder vergesel my na die oop hysbakdeur. 'n Hysbakbestuurder verwelkom my, nes toe ek 'n klein dogtertjie was en my ma John Orrs besoek het in die middestad of Stuttafords in die Kaap. Hy vra egter nie, soos hulle destyds, watter verdieping nie. Hy plaas 'n skyfie in die gleuf waarop staan: VIP suite. "Hoop u geniet die verblyf," sê hy.

Die hysbakdeure skuif toe.

Oomblikke later is ons op die boonste verdieping. Die man oorhandig my kamersleutel. "Wanneer u besoeker opdaag, sal ek hom na u suite vergesel. Niemand anders sal dan hier toegelaat word nie. Skakel asseblief 9 wanneer u gereed is vir die haarkapper en die spa-behandeling."

Ek is nie lus om verder met hom te kommunikeer nie. En die

man, skynbaar gewoond aan rolprentsterre, ministers, sjeiks en an-
der vername besoekers, vermy my oë (seker deel van sy opleiding) en
beduie na die gang.

Die aangrensende hysbak arriveer. Die mannetjies lyk almal
dieselfde. Die portier met 'n blink gesig, geklee in 'n uniform met
die hotel se embleem op, dra my oornagtassie.

"Goeienaand, juffrou." Sy Afrikaans is goed, maar hy praat met
'n aksent. "Welkom hier by ons. Kom saam met my, asseblief."

Hy loop vooruit met sy regop rug en sy netjiese pak en sy presiese
bewegings – soos talle soortgelyke mannetjies in soortgelyke hotelle
wat my wekliks ontvang vir sakebesoeke of vergaderings. 'n Soet,
duur naskeermiddel omring hom. Dis dieselfde naskeermiddel as
waarvan ek die bekendstelling verlede week in A Summer Place in
Hyde Park bygewoon het. Die maatskappy is een van my belangrik-
ste kliënte.

By die deur word dieselfde sleutel as in die hysbak in die gleuf
gedruk. Die deur maak 'n harde klikgeluid en swaai dan geruisloos
oop.

Die vertrek is ruim. 'n Luukse sitkamer in skakerings van ligrooi
begroet my. 'n Reusebos swaardlelies (my gunsteling) pryk op 'n
stinkhouttafel. Daar is ook 'n briefie wat my formeel verwelkom. 'n
Doos ingevoerde wit suurlemoensjokolade is langs die swaardlelies
geplaas, met 'n kaartjie wat aandui dat dit 'n voorreg is om my
hier te hê.

Vir my en my geld. En natuurlik die talle kliënte wat ek hierheen
verwys.

Die weerligkuifie neem die afstandbeheer in sy fyn handjies met
die goedversorgde naels en druk 'n knoppie. Die blindings skuif
outomaties voor die vensters weg. Van hier af sien ek Sandton se
toringgeboue en die digte tuin onder my venster. 'n Ander knop-

pie verdof die ligte. Teen die muur verwissel skilderye met tussen-
poses van dertig sekondes op 'n plasmaskerm. Eers drup ontwerper-
waterdruppels teen 'n ruit af asof deur Tretchikoff geskilder, daarna
ontvou 'n tropiese woud. Hierna 'n panoramiese uitsig oor God's
Window, alvorens 'n tropiese eiland sy breë strand uitstrek. Sagte
musiek (Vivaldi, ook my gunsteling) luier in die agtergrond.

Daar staan orals peperduur ornamente en vase rond.

Die kuifie met die gladgeskeerde gesig beduie: "Hier is verskeie
opsies met 'n verskeidenheid musiek. CD's is op die suite se iPod ge-
laai. U druk bloot hierdie knoppie wanneer u 'n keuse gemaak het.
Ons het ook 'sagte treffers' sonder lirieke, soos u aangevra het. En
slegs Embadium gebottelde water met vars avokadopeer-toebroodjies
as versnaperings, volgens u instruksies."

Genoeg inligting. Kry jou ry en ontbied die masseuse.

Hy beduie egter na 'n termostaat. "Dit is op twee-en-twintig grade
Celsius gestel. Indien u dit warmer of kouer verkies, gebruik bloot
hierdie knoppies." Hy druk 'n knoppie. Daar is 'n ligte gonsgeluid
en die temperatuur spring na een-en-twintig grade. "Daar is ook 'n
spa-bad in die aangrensende kamer vir u gerief."

"Is dit waar my massering gaan plaasvind?" vra ek.

"Nee. Thembi neem u na ons masseerkamers op die verdieping
hieronder. Maar indien u liewer die behandeling in u suite wil
geniet . . ."

"Nee dankie. Ontbied haar asseblief."

Hy knik en maak 'n vinnige oproep op sy selfoon. Dan: "Alle
smeermiddels en kruie staan op die bad se rand. Indien u dalk later
ander middels verlang, Thembi is deurgaans beskikbaar. Skakel 0
en ons stuur haar op. Hier is ook 'n groot reeks soorte koffie en tee
indien u verkies om dit self te maak, anders kan u bestel."

"Dit sal nie nodig wees nie."

Die Bostik-kuifie maak 'n drankkabinet oop waarin elke denk-bare soort drank uitgestal is in dwergbotteltjies. "Indien u verkies om bedien te word, druk bloot die rooi knoppie, dan sal ek dadelik opkom. Die kombuis bied 'n vier-en-twintig-uur-diens. Indien u nou 'n bestelling wil plaas, neem ek dit graag."

Ek wens regtig hy wil nou gaan. Ek ken die luukshede, weet wat om wanneer te doen. Ek verlang nou slegs privaatheid.

"Moenie huiwer om my te skakel indien u enigiets verlang nie." Hy plaas die sleutels en kaartjie op die tafeltjie langs die swaard-lelies en die duur, ingevoerde sjokoladeblokkies. En soos sy kollegas in ander hotelle wat gesiene gaste na hierdie soort suites toe bring, wag hy nie op 'n fooitjie nie. "Geniet u verblyf. Thembi sal binne vyf minute hier wees."

Hy loop na die deur toe, draai terug, knik vir my asof ek adellik is, en maak dan die deur toe. Uiteindelik alleen in die suite.

My goue horlosie, wat ek as geskenk by 'n buitelandse bankier gekry het, toon aan dis twintig oor ses. Oorgenoeg tyd om alles af te handel voordat hy arriveer. Vir elke minuut wat hy laat is, trek ek geld af.

Ek maak my oornagtassie oop en haal die uitrusting uit wat ek vanaand gaan dra. Heel onder merk ek die kondome. Ek kyk oor my skouer asof ek verwag iemand gaan daarop afkom. Dan plaas ek dit tussen my klere.

Skielik oorweldig vrees my. Dit is die eerste keer dat ek so iets doen. Ek ken Tristan natuurlik deur Mathilda, maar het ook op ander plekke oor hom navraag gedoen. Hy beweeg glo slegs in die hoogste kringe en is aanbeveel deur gesiene vriendinne wat hom as diskreet en gesofistikeerd beskryf het. Dieselfde vriendinne wat miljardêr op miljardêr aan my voorstel. Maar na twee mislukte huwelike, wat wye persdekking geniet het, is ek klaar met sogenaamde liefde. Met verhoudings wat op geld en status en aansien en titels en kontakte berus. Doktor so-en-so van hier-en-daar, professor sus-en-so van so-en-so 'n plek. Daar moet altyd 'n etiket aan die naam hang.

En dan, al my vriendinne se sekskapades, selde met hul mans. Gewoonlik met katelknapies of buitelandse besoekers of Taiwanne-se, wat glo die wêreld se beste minnaars is. Selfs hier en daar geselle wat vroue op vrolike ekskursies na private wildtuine vergesel. Of vriendinne wat sidderende orgasmes (dit is altyd "sidderend") in hoë toringgeboue in Montreal, New York en Parys beleef het – teen 'n prys, natuurlik. Soveel euro of dollar vir die eerste orgasme, so-veel vir die tweede en dan x-bedrag vir die derde. Nóg euro's vir 'n laaste orgasme, juis dit wat hulle mans hulle nie kan gee nie.

Dis baie beter as vibrators.

Ek wonder hoeveel van die stories uiteindelik waar is en hoeveel wensdenkery. En telkens bevestig die stories net my eie strak lewe. Werkolis, is my bynaam glo. Die vrou met die volste dagboek in die Kaap. Geen tyd vir enigiets of enigiemand anders as binne werks-verband nie.

Tot Tristan Hansen se naam onder vriendinne begin opduik het. Ek onthou hom natuurlik nadat ek my motor by hom gekoop het, maar toe was daar nie sprake dat hy homself verkoop nie. Maande daarna hoor ek gedurig van hom, sien ek die enkele foto's van hom wat beskikbaar is – geen glimlag nie en altyd ten volle geklee.

Op die advertensie wys hy egter amper alles.

Hy is mooi. Ja, beslis. Teen R15 000 verwag ek net die beste. En tog. Voorkoms was nog nooit vir my die belangrikste nie, maar die wyse waarop 'n man met my kommunikeer, sy vermoë om intelligen-te gesprekke te voer, maar bowenal sy maniere tel baie. En natuurlik die gloeiende verslae deur vriendinne wat my verseker dat selfs nie eers ek die plesierengel sal intimideer nie.

"Plesierengel?"

"Nadia-my-skat, hy neem jou ver verby die sewende hemel en help jou om psalmberymings te maak en dan't hy nog nie eers sy aansienlike vlerke oopgesprei nie. Maar as daai vlerke eers oopgaan, hef jy hallelujaliedere aan en slaan selfs die hoogste noot. Hy is presies wat jy nodig het. Geen vibrator kom naby hom nie. Laat jou hare nou een maal los. Hy is diskreet. Niemand sal weet nie en jy is dit aan jouself verskuldig."

Ja. Ek, wat myself so min in die vorm van plesier gegun het, is dit aan myself verskuldig. Wou ek dit nooit tevore doen nie, want ek was bang die storie lek in die pers uit.

Maar nou, in hierdie stadium van my lewe, en spesifiek vandag, maak dit tog nie meer saak nie.

Tog wil ek hom ervaar. Moet ek hom ervaar.

Hier waar ek nou sit, wonder ek: Wat het ek werklik in my lewe gesoek? Wie van ons weet werklik wat ons verlang? Dalk is die verdoemendste aanklag en grootste straf die feit dat ek nooit werklik weet waarna ek gesoek het nie. Ek het geweet wat ek nié wou hê nie.

Die ewige orgasme is en was beslis nie op my lys nie.

Maar tog. Wat wou ek werklik hê? Aansien? Geld? Roem? Ek het alles reeds gekry en het 'n plafon bereik, alles al gesien, almal al ontmoet wat ek wou ontmoet, van Nelson Mandela tot Angela Merkel tot die wêreld se voorste bankiers tot Hollywood-sterre.

Maar my lewe was sonder vuur. Dit voel beter noudat ek dit hier neerskryf en verwoord. Die enkele kere wat ek seks gehad het, het ek dit nie geniet nie. Ek was eintlik vies daaroor en het myself na die tyd deeglik gewas en gereinig. Dit was van die redes vir my twee egskeidings. Ek was glo "koud" en "intimiderend". Daardie aantygings, saam met verskeie ander waaronder "selfsug" en "ekstreme depressie" en "kilheid" ook getel het, het my huwelike glo laat sink.

Ek kyk na my antidepressante. Toe loop ek badkamer toe en spoel dit in die toilet af.

Ek besef nou: Niemand, en ek bedoel niémand, kon my nog ooit verby daardie punt neem waar ek vergeet wie ek is nie – waar ek onbewus raak van my omgewing of druk om ander te bevredig nie, veral op sakegebied.

My mans het my deeglik laat verstaan dat hulle geen plesier by my gekry het nie, en nog minder het ek by hulle. Maar dit was baie jare gelede. Want seks het sedertdien nooit eintlik vir my saak gemaak nie.

Tot ek van die plesierengel gehoor het.

Tot ek my besluit geneem het.

Terwyl Thembi my masseer en my hare versorg word, dink ek weer. Waarna soek ek? Na jare se konstante druk, omsien na sakebelange en die suksesvolle bestuur van een van die land se voorste bank-groepe, het ek geen tyd vir myself toegelaat nie. Het ek ingegee toe my beste vriendin gesê het: "Tot hiertoe en nie verder nie. Vergeet van die Comores of die Hamptons of Dubai, vriendin. Hierdie bul gee jou alles wat geen vakansie, geen hotel of geen vibrator jou kan gee nie. En hy is plaaslik. Doen boerseuns se reputasie gestand. En meer."

Volgens vriendinne "kan jy nie doodgaan voordat hy jou plesier het nie". Almal het gelag toe daar van "doodgaan" gepraat is. Net ek nie.

En nou wag ek op Tristan Hansen. En weet ek: Soos alles in my lewe sal ek dit moontlik as net nog 'n kopervaring liasseer. En in my persoonlike dagboek, wat nou afgesluit gaan word, die woorde "oorskat", "teleurstellend", "vervelig", "strak". Want lyflike erva-rings bestaan nie meer vir my of vroue soos ek of vroue wat so oud is soos ek nie.

LEON VAN NIEROP

Ons is die weggegooide lappoppe waarvan Doris Brasch gesing het toe ek nog 'n kind was. Nuttelose gebruiksartikels wat hul doel in 'n manswêreld gedien het en geduldig verduur is.

Ek geniet die massering en gee vir Thembi 'n groot fooi. Daarna stap ek terug na my kamer en wag vir my kos. Ek kyk weer na Tristan Hansen se foto. 'n Mona Lisa-glimlag, dit is hoe Merle na sy glimlaggie verwys het – daardie "ek-weet-wat-ek-kan-doen-glimlaggie". En dis ook wat ek van hom onthou toe ek die motor by hom gekoop het, maar daar was ander verkoopsmanne en natuurlik Mathilda. Ons het nooit werk gesels nie.

Wanneer 'n mens niks meer het om voor te leef nie, maak 'n flirtasie of gehuurde seks nie meer saak nie. Dis bloot iets wat jy op jou bucket list wil doodkrap. En hierdie is my laaste inskrywing.

Die ete is heerlik. Ek dink aan gevangenes in die dodesel wat 'n laaste maaltyd nuttig alvorens hulle gehang word. Hier is alles waarvan ek nog altyd gehou het. Slakke. Oesters. Biefstuk. Sjokoladeroomys. Duur, ingevoerde sjampanje. Eksotiese likeur.

Ek wag vir hom. Dit is kwart voor agt. Sandton se ligte vertoon skerp deur die venster. William Nicholrylaan se sagte gedreun is hoorbaar.

Johannesburg se soel aandlug. Die musiek vanaf die iPod met die ontwerperluidsprekers op die tafel. Die knusheid van die duur matte, gordyne en die koninklike bed in die vertrek. Die tafel met genoeg bottels water vir 'n weermag, vier notaboeke, papiere en al die ander benodigdhede vir 'n formele vergadering. Deel van my lewe. So deel daarvan soos wat 'n geweer deel van 'n soldaat se bestaan is. Of bakstene van 'n bouer s'n. Of 'n galgtou vir 'n laksman.

Of kondome vir 'n prostituut.

Die telefoon gons. Die klank kom van verskillende plekke. Die badkamer, die tafel waarop die bottels water staan, langs die bed en *selfs langs die voordeur. Ek wil dit skielik nie beantwoord nie. Ek laat dit gons tot die geluid deur my gedagtes skril en ek genoodsaak is om te reageer.*

19:45. Ek lig die hoorbuis.

"Ja?"

"Goeienaand, juffrou." Die stem vol respek. Formeel. "U besoeker vir die vergadering is hier. Mag ek hom opstuur?"

"Ja."

"Sou u verkies dat ek hom vergesel?"

"Nee."

"Hy sal binnekort by u wees. "

"Dankie." Ek beëindig die oproep.

Dit is die langste twee minute van my lewe. My suksesvolle lewe. My lewe in die publieke oog. In vergadersale, voor kameras, agter mikrofone, voor gehore, aan die hoof van vergaderings, in raadsale, in ministers se kantore, in eksotiese hotelkamers met 'n iPad vol afsprake en inligting, op vliegtuie, in sakemanne se toringgeboue. Maar nooit tuis nie.

In honderde vreemde hotelbeddens waarin ek bloot oornag het. Uitgeput terwyl ek rondrol en gesprekke en vergaderings herhaaldelik beleef. Waarin ek verveeld raak met die vals respek en kamtige ontsag wat aan my betoon word. Hulle was nooit mense nie, altyd kaartmannetjies wat die regte geluide maak, vet bankiers met sigare wat banktaal praat, oorgewig sakemanne wat joviaal probeer wees. En die venynige slu jakkalse wat 'n kans waag.

Die klokkie! Hy is hier.

Ek staan 'n rukkie doodstil voordat ek die deur oopmaak. Vir die eerste keer in jare bons my hart in my keel, is daar emosie, vrees, iets wat ek kan vóél. Hemel. Om te kan voel. Laat my dink aan my suster se kinders wat hulleself sny. "Net om iets te kan voel! Om

te weet daar is 'n ander seer as verveling!" het my suster se jongste
nou die dag glo uitgeroep.

Hoekom bewe my hand so toe ek die deur oopmaak?

Tristan Hansen staan voor my en ek herken hom dadelik.

"Ons ontmoet weer," sê hy.

"Onder aangenamer omstandighede," sê ek.

Die eerste wat my opval, is sy kortgeskeerde hare, sonder die ge-
bruiklike regop gejelde weerligkuifie van ander jong mans. Gewoon-
lik is elke haartjie met sorgvuldige, byna vroulike presiesheid regop
gejel soos 'n krimpvarkie s'n. Maar sý hare is kortgeskeer, sy gesig
oop en vriendelik – vriendeliker as op sy foto. Hy dra 'n bril met
getinte glase wat hy nou afhaal.

'n Mooi pak klere – 'n blou baadjie en 'n wit hemp met 'n ligblou
das en 'n swart broek. Niks verraai sy soort werk nie. Hy kon net
sowel 'n bankier gewees het. Of 'n sakeman. Of 'n argitek.

Of 'n plesierengel.

Hy dra 'n aktetas asof hy hier is vir 'n sakebesoek.

"Kan ek inkom?"

Dit is my laaste kans om kop uit te trek en hom weg te stuur. Ek
het reeds sy fooi betaal, dus sal daar nie 'n onaangenaamheid wees
nie. Dit is my keuse. En ek kan maak asof hierdie ontmoeting nooit
plaasgevind het nie.

Ek kyk na hom, dink aan al die honderde vervelige mannetjies
wat al voor my in vergadersale, in my kantoor, op soveel plekke
met respek gesit het, die een nes die ander. "Wat het van mánne
geword?" het 'n vriendin nou die dag gevra. "Almal is so dêm me-
troseksueel, hulle kan kak daarvan. Ek soek 'n mán!"

En hier staan hy voor my en vra of hy kan inkom. Selfversekerd.
Koel. Gesaghebbend. Met 'n manlikheid wat nie aangeplak of geoe-
fen is of aangedraai is nie.

'n Volwasse boerseun. Soos ek hom onthou.

"Natuurlik." Ek staan eenkant toe. "Kom in, Tristan."

Die noem van sy naam gee my 'n tikkie meer selfvertroue, maak dit meer persoonlik.

Hy stap by my verby. Ek raak bewus van sy skoon geur, asof hy pas uit die stort geklim het, vry van die verstikkende naskeermiddels waaraan ek al gewoond geraak het.

Die lessenaar en ornamente interesseer hom aanvanklik, dan die bed. Hy is duidelik gewoond aan die luukshede, want hy lewer nie kommentaar nie.

Hy loop na die borrelbad toe. Hy sal moontlik daarna wys en vra of ek wil bad. Is dit nie maar hoe al sulke gesprekke begin nie? Hy sal my seker ontklee en borrelbad toe nooi en dan tot die "daad" oorgaan om dit so gou moontlik uit die pad te kry.

Waaroor praat 'n mens nou eintlik? Of gee ek hom opdragte? Sê ek vir hom waarvan ek hou (Waarvan hou ek?) en beveel hom om sy klere uit te trek terwyl ek ongemaklik op die bed gaan lê? Op my maag? Op my rug? Wanneer het ek laas by 'n man geslaap?

Wat nou?

Ek maak die deur toe en vind my stem weer, maar dit het nie dieselfde gesaghebbende klank waaraan ek gewoond is nie. Ek praat nou met 'n stem wat dalk klink na myne, maar wat ook nie myne is nie.

"Tristan. Ek wil net gesels. Niks meer nie." Ek hou nie van die verskonende klank in my stem nie.

Hy neem die afstandbeheer wat op die tafel lê. "Gee jy om as ek die ligte domp?"

Ek is verbaas. Nie net oor sy keuse van woorde nie, maar omdat sulke prikkelprinse seker soveel as moontlik wil sien. Veral van hulleself. Of dalk verkies hy om mý nie behoorlik te sien nie.

Hy sit sy sonbril op die tafel neer en kyk na my. Daar is nou 'n sagtheid in sy oë. Ek verwag die voorspelbare, gekoopte leuens soos: "Jy is baie mooi" of: "Wat wil jy hê moet ek doen?" of 'n vinnige uitpluk van sy klere soos in rolprente of prikkelromans soos Fifty Shades of Grey waarvan vriendinne my so graag vertel

"Ek's dol op die soelheid." Hy trek sy baadjie uit en hang dit oor 'n stoel. Die hemp sit perfek aan sy bolyf. Sy bewegings is selfversekerd, sy skouers breed en sy heupe smal.

Hy stap na die venster. Hy staan met sy rug na my toe en kyk uit oor Sandton.

"Jasmyn." Hy beduie na buite. "Dis die lekkerste geur. Hier, reg onder jou venster. Het jy dit gesien?"

Ek skud my kop. Ek het laas jasmyn geruik in my ouers se tuin, so lank gelede ek kan dit nie meer onthou nie. Of dalk as deel van 'n parfuum iewers in Milaan. Of Parys.

Hy leun vorentoe en ek raak bewus van die broek wat oor sy slank boude span, die spiere wat liggies beweeg soos hy strek. Hy plaas sy bene effens uitmekaar en ek sien die kepie tussen sy boude.

Hy pluk 'n takkie jasmyn.

Toe stap hy terug, neem een van die glase wat op die tafel geplaas is vir die "vergadering" en maak die takkie daarin staan. Die wit blom tuimel oor die glas se rand. En ek ruik dit.

Hemel. Daar is nie eers jasmyn in my tuin nie. En ek was as kind so lief daarvoor. Nou onthou ek die geur. Dis wonderlik en maak my vir 'n oomblik effens duiselig.

Hy skuif die swaardlelies eenkant toe en ruik aan die jasmyntakkie, sy vingers liggies onder die blom ingedruk. Hy laat die wit blomblare saggies tussen sy vingers deurglip asof hy bang is hy beskadig dit.

"Nadia."

En, nes in die goedkoop romantiese seks-ekstravaganzas waar-
uit my vriendinne en kollegas so graag aanhaal, sê ek sy naam:
"Tristan."

Hy kommunikeer met my sonder dat ons praat. Asof hy my ver-
staan en woorde nie nodig is nie.

Sonder dat ek beheer het daaroor, raak ek aan die jasmynblom.
Die blaartjies is sag en wonderlik onder my vingers. Ek is nou in-
tens bewus van hom hier langs my, van sy energie, sy teenwoordig-
heid.

"As mens dit kneus, ruik jy die blom vir ure aan jou vingers.
Voel."

Ek speel met die blaartjies tussen my vingers, ruik die soetheid
van die blom van naby, raak bewus van sy wysvinger wat net-net
aan myne raak terwyl ek met die wit blaartjies speel. Maar dit is
net terloops.

En in my maag 'n afwagting, soos destyds in matriek toe een van
die seuns onverwags aan my hand geraak het en sy mond nader
aan myne beweeg het. Voordat verhoudings, huwelike en te veel ken-
nis van te veel onnodige dinge alles vertroebel het.

Hy trek sy vinger weg, vee oor die blare en plaas die blom terug
op die tafel. Ek verwag nou dat hy die res van sy klere gaan uittrek
en binne 'n halfminuut kaal in die vertrek gaan staan, sy hande
selfbewus oor sy glimmende spiere. Maar hy beweeg nie.

"Ek wonder partykeer hoekom daar so min blou blomme is." Sy
stem is weer sag en hy speel met sy tong oor die klanke. "Blou is soos
musiek." Hy draai sy kop. "Soos hierdie musiek. Mozart."

Ek is verras. Ek het nie verwag dat hy dit gaan herken nie.

"Ek dink in kleure, voel kleure," sê hy. " 'n Klavier is wit. Nie net
oor van die note wit is nie, maar oor die klank." Hy draai sy kop
terug na my toe. "Partykeer klink dit of die note gaan breek."

LEON VAN NIEROP

Hy het 'n ligte stoppelbaard asof hy twee dae tevore laas behoorlik geskeer het. Die donkerblonde haartjies teen sy wang skemer effens deur. Skielik is dit vir my onbeskryflik mooi.

Ek wil aan sy gesig raak, met my vingers daaroor streel. Ek wag dat hy moet sê: "Ek is joune. Jy kan met my maak wat jy wil." Maar hy sê niks, staar net by my verby en luister na die musiek.

Agter hom, saam met die musiek, die gegrom van die verkeer. En die digitale natuurtonele teen die muur wat elke dertig sekondes verander.

Hy stap terug en maak die venster toe. Met die omdraai, knoop hy sy hemp oop asof hy warm kry, maar hy trek dit nie uit nie.

"Ek sien jy hou ook van blou." Sy oë dwaal na my bloes, een van die min gekleurde bloese wat ek het. Gewoonlik dra ek broekpakke in stywe, formele grys. Of swart en wit. Maar ek het blou vir vanaand gekies – presies dieselfde skakering van blou as sy baadjie oor die stoel.

Hoe sou hy geweet het wat ek vanaand sou aanhê?

"My eerste motor was blou." Ek het geen idee hoekom ek dit sê nie. Maar ek onthou nou my blou Mazda toe ek min geld gehad het en as 'n bankmagnaat se sekretaresse begin werk het. Dieselfde man met wie ek later, ongelukkig, sou trou en later van sou skei. Die man wat net soms 'n vinnige tydjie kon afknyp vir seks. Seks vir hóm. Ek het niks daaruit gekry nie.

"Blou motors is sag. Mens verwag die kleur gaan vloei as jy daaraan vat." Hy trek sy hemp uit en wikkel sy das los wat oor sy kaal bolyf hang. Ja, gespierd is hy wel, maar nie soos rugbyspelers wat te groot gebou is, of voorbladmodelle van gesondheidstydskrifte wat lyk of elke spiertjie ge-Photoshop of deur steroïedes oorontwikkel is nie.

Sy bolyf is sterk. En baie, baie mooi.

Ek kyk na die are op sy hande. Lang vingers en 'n heuningkleurige vel – al die clichés wat vriendinne altyd gebruik. "Belaglike mooiskrywery!" het 'n siniese onderwyseres eendag by een van my opstelle geskryf. "Sies, man! Hoekom skryf jy nie eerder hygromans nie? Dis waar daardie soort taal tuishoort!" Haar teregwysing aan die linkerkant van 'n paragraaf in penregop bliksoldaatjie-rooi.

Ek het daarna nooit weer oor romanse geskryf nie.

Tot nou. Tot vanaand.

"Speel jy klavier?" vra ek.

Sy vingers vroetel oor sy tepels.

Hy knik. "Soms, as die bui my beetpak."

Ek kyk na hom. Het nog nooit die eerste aanstaltes gemaak nie. Mans het nog altyd na my toe gekom.

Tristan maak sy oë toe, beweeg sy kop effens op maat van die musiek. Staan net daar en wikkel die das van sy bolyf af los. Sonder om sy oë oop te maak, laat glip hy dit oor die stoel se rand.

Daar is iets aan hom, ek weet nie wat nie. Testosteroon waarvan ek nou bewus raak? Daardie wonderlike manlike reuk? Begeerte? Sy hande beweeg na sy lyfband. Hy trek dit uit die lussies en laat dit op die grond val. Sy hande raak-raak net aan die boonste knopie van sy broek, asof hy nie seker is dat hy dit raakgevat het nie. Dan, sy vingers oor die fyn haartjies onder sy naeltjie. Hy speel daaroor, raak skaars daaraan, maar prikkel dit tog.

Ek is nie eers behoorlik bewus daarvan dat ek na hom toe loop nie. Maar toe ek weer sien, is ek by hom.

Hy, oorkant my. Ek asem hom in, voel die hitte wat uit sy lyf straal, sien die begeerte in hom.

Ek het nog nooit begeerte vanaf 'n man vir my gesien nie. Nie eers as skooldogter nie. Die seks was altyd lomp en aaklig en seer.

Hierdie slag is dit anders.

Sy oë gaan oop. Hy het 'n effense skeel kyk asof hy my behoorlik probeer raaksien. Ek raak ek aan sy gesig, voel die ligte stoppels, raak bewus van die warmte in sy vel. Dit voel of ek die eerste keer in my lewe werklik aan iemand raak. Sy oë is vriendelik, asof hy verstaan wat ek soek, sonder 'n sweempie selfbewustheid.

Ek asem hom weer in, raak met my vingers aan sy nek, skrik amper vir die teerheid van sy vel. Ek vat nooit so aan iemand nie, gee net ferm handdrukke, soos 'n man. Hou penne vas, pons syfers in, werk op rekenaars se koue sleutels, plaas geld in rekeninge oor.

Nou versag my aanraking. Ontspan my vingers. Hy draai sy mooi gesig tot dit teen my hand rus. Sy mond gaan oop. Hy blaas sy asem saggies uit.

Liewe hemel, ek het dit in g'n jare gevoel nie, warm asem oor my hand, die sagte gevoel van sy tong as hy my hand soen en daaroor speel. Die natheid van sy lippe. Ek skrik, wil terugdeins, raak skielik bang vir die intimiteit, die indring in mekaar se persoonlike ruimte, die geluid van die asem wat deur sy lippe ontsnap.

Maar my hand trek oor sy adamsappel, voel die beweging daarin as hy sluk, beweeg af, raak aan sy klipharde bors, voel die spiere onder sy vel, sy hand wat aan my wang raak, sy mond wat myne soek, sy sagte, skoon asem warm en wonderlik hier teen my.

En onverwags kruip 'n warmte teen my onderlyf op, raak my knieë lam, voel ek hitte teen my dye, verloor ek amper beheer oor myself.

Daar kom 'n geluid uit my keel wat ek nog nie tevore gehoor het nie. My asem ruk, onseker oor hoe om te reageer op soveel teerheid. Sy vingers oor my neus en my oë asof hy my gesig voel en indrink. Ek raak bewus van die sagte manier waarop hy aan my ore raak, die oorbelle losmaak en op die tafel neersit.

En sy ereksie wat teen my druk.

Hy draai skielik om. Ek wankel, my bene onseker, en moet aan die stoel voor my vashou.

Hy maak sy aktetas oop. Ek verwag masseermiddels, room, kondome, olies, selfs dwelms. Liewe hemel, dwelms! Ek het dit nog nooit eers in my lewe probeer nie, selfs nie eers op universiteit toe ek dit aangebied is nie.

Maar hy haal 'n bottel water uit met 'n etiket op wat ek nie ken nie. Hy skroef dit oop en drink daarvan. Fyn waterdruppels vorm langs sy mondhoeke, drup teen sy wang af deur die ligte stoppels, laat sy vel blink.

"Hier ís water as jy . . ." probeer ek, elke senuweepunt in my liggaam skielik wakker.

Hy skud sy kop terwyl hy na die gebottelde water op die tafel kyk. Hy glimlag en hou die bottel uit wat hy uit sy aktetas gehaal het. "Hierdie water kom van my oupa se plaas af."

"Waar bly jou oupa?" vra ek van nie weet wat om te sê of hoe om hierdie situasie te hanteer nie, verbaas oor die sagte klank in my eie stem, want gewoonlik blaf ek vrae uit (my kollegas en onderdane se kru waarneming van my) en kla mense dat ek te hard en onverbiddelik praat.

"Tussen Dullstroom en Lydenburg."

Ek knik. "Ek was twee jaar gelede daar vir 'n konferensie. Maar ek is dadelik weer weg. Nie tyd gehad om rond te kyk nie."

"Dis jammer. Dis jou soort wêreld daai. Ek kan dit sien."

Hy hou die water na my toe uit, wil die bottel se bek met 'n servet afvee, maar ek skud my kop. Ek wil sy lippe, sy mond, daaraan proe.

Ek neem die bottel. Hy kyk na die bottel, nie na my nie. Anders as die meeste gebottelde water waaraan ek gewoond is, is hierdie bottel nie van plastiek gemaak nie, maar van glas. Die tekstuur is

LEON VAN NIEROP

*koel en glad onder my vingers. Sy vingers sluit om myne. Hy soen
my saggies. Ek ervaar nog die koelheid van die water in sy mond.
Hy noem my naam, raak met sy tong aan die kante van my lippe.
Toe bring hy die bottel na my mond toe en sorg dat ek dit heeltemal
by hom oorneem.*

*Ek proe die water. Dit is soet, helder, koel en suiwer. Terselfdertyd
glip sy hand onder my bloes in, maak die knope los. Tevore sou ek
gekeer het, te selfbewus oor hoe ek lyk. Maar hy stroop die brabandjies
af en vee so saggies oor my tepels dat ek uitroep daarvan.*

*Terselfdertyd drink ek die water en raak weer bewus van die
vloeiende hitte in my dye, my onderlyf, my bene.*

*Tristan is reg. Die water proe anders as die kommersiële water
wat daagliks in die yskaste in ons bankgebou en in hotelkamers ge-
pak word. Water waaraan ek dikwels gedurende vergaderings teug
wanneer ek eers dink oor wat om volgende te sê. Of wanneer ek
probeer om my humeur te beteuel.*

*Ek drink van die water van Tristan se oupa se plaas af. Dit is
asof ek die eerste keer water proe.*

*Hy skulp my borste in sy hande toe. En terwyl ek die koel, soet
water sluk, soen hy my in my nek, raak sy tong aan verborge senu-
weepunte terwyl ek sluk, soen hy die druppeltjies weg wat teen my
keel afdrup, soek sy linkerhand tussen my bene in, stroop hy my
romp en broekie af, en vee hy saggies oor die haartjies hier onder.*

*Dit veroorsaak 'n sensasie in my soos ek nog nooit ervaar het nie,
sodat my knieë weer amper onder my invou.*

*Ek neem die water en sonder dat ek beheer het daaroor, laat ek
dit saggies oor my warm lyf loop. Hy vryf dit in my vel in. Sy
vinger volg een van die straaltjies wat in die mik tussen my bene
verdwyn.*

En dan raak-voel sy vinger saggies in my, dat my liggaam daar-

van ruk. En terwyl sy vinger in my ingaan en fyn beweginkies uitvoer, sê hy: "Ek het altyd, toe ek nog 'n kind was, my eie deuntjies op die klavier geoefen. Sagte, mooi note waaraan ek omtrent nie kon vat nie, so baie het ek daarvan gehou. Dit het my altyd aan water laat dink. Water wat uit die grond borrel, soos op my oupa se plaas. Dan lê ek op my maag by die fontein en kyk hoe die borrels in die sand vorm. Ek drink daarvan tot ek wil oorloop. Dan druk ek my kop onder die water en ek probeer met my tong aan die borrels lek. Ek voel dit oor my wange en op my tong. Oor my nek en oor my kop, selfs deur my hare. En my tong word koel en lewendig van die borrels."

Hy buk af, haal sy vinger uit en druk sy tong in my. Hy maak 'n kurktrekker-beweging, om en om, tot ek begin skree. En ek gee nie om wie hoor nie. Om en om tot hy uiteindelik op die regte, die presiese punt in my klitoris druk.

Ek beleef 'n orgasme sonder dat ek hoegenaamd beheer het daaroor.

Vyftienduisend rand, flits dit skielik deur my gedagtes.

Vyftienduisend rand.

My vingers span om sy kop, voel die sweet wat deur sy kort hare loop, trek sy tong dieper in my in, prewel weer as hy my later op die bed neerlê en weer met sy tong in my verdwyn. En beleef 'n tweede orgasme, sterker en meer intens en warmer as die vorige keer. Dit voel of ek my bewussyn gaan verloor.

Hy druk my terug teen die bed en soen my weer. Ek soen hom terug, prewel, sê woorde wat ek nie geweet het ek ken nie, voel hoe hy die kondoom om hom plaas. Ek beur weg en kyk na wat hy doen, en kan amper nie glo dat iemand dit aan my doen nie.

Ek sal hom nie kan akkommodeer nie. Maar hy skud sy kop en maak sagte geluidjies teen my.

"Sjuut. Dis reg. Dis alles reg."

Sy knie druk my bene saggies oop. Hy voel, ontdek en glip in.

My onderlyf gloei met 'n intensiteit wat my asem wegslaan, sodat ek aan hom moet vashou. Maar sy aanraking is teer en gemaklik, asof ons liggame, ons hande, ons velle, mekaar ken en nog altyd geken het en gerieflik, gemaklik, inmekaar pas.

Ek weet nie eers of ek sy naam sê nie. Hy beweeg stadig, doelgerig, weet presies wat hy doen. Ek voel later 'n gloed oor my liggaam sprei, nog intenser as tevore, met 'n geweldige krag wat my verlam en willoos maak en laat huil.

Ek huil vir die eerste keer in jare, dekades, terwyl hy my wange soen en met my praat.

Hy stut my nou, hou my vas, wag dat die rukkings bedaar, druk sy wang teen myne, en beweeg dan weer.

Ek lê met my kop teen sy skouer. Tristan Hansen glimlag asof ons mekaar verstaan en daar nooit vreemdheid was nie. Hy praat so sag dat ek na sy lippe moet kyk om uit te maak wat hy sê.

"Hallo."

Hy verberg sy gesig tussen my borste. Sy ligte stoppels teen my teer vel en oor my tepels veroorsaak 'n gevoel wat my asem wegslaan. Ek begin praat, pleit, soebat, sê weer sy naam terwyl hy sy ken saggies oor my tepels vryf. Dan vorm hy bewegings met sy tong net onder my keel wat my liggaam laat sidder.

Nou terg en tart hy my mond en forseer my lippe saggies van mekaar af.

Die gloed styg op – hoër en hoër en begin in my dye rond te tol. Dit is asof 'n elektriese skok 'n welbehae deur my stuur wat elke senuweepunt orent laat staan en my onbedaarlik laat bewe. Hy glip uit my.

Ek druk sy kop tussen my knieë vas en vir die eerste keer in my lewe begin die depressie wegval, hou ek op met dink, gee ek my oor aan sy aanraking. Word ek later weer een met hom. Verloor ek tred van tyd.

Later, baie, baie later (hoor ek voëltjies buite?) sak hy langs my neer.

Hy lig sy kop en glimlag vir my soos 'n seun wat vir iemand 'n groot present gegee het en wag op reaksie.

Ek het nooit gedink ek sal hierdie woorde neerskryf nie. Dit is dalk ook van die laaste woorde wat ek ooit sal skryf.

Alles is skielik soos dit moet wees. Ek besef nou wie ek is en wat ek van die lewe wil hê. Ek is vir die eerste keer in my lewe vervul.

Met 'n gelukkige einde.

EINDE

Erika blaai om, maar daar is niks verder geskryf nie.

Nadia se handskrif het verander hoe langer sy geskryf het, tot die woorde groot en rond en duidelik op die papier gevorm is.

Erika se selfoon lui, maar sy is nie in staat om dit te beantwoord nie. Sy sit roerloos met die dokument op haar skoot. Haar oë glip oor die wyse waarop Nadia Tristan se naam elke keer geskryf het, met 'n krul in die twee t's asof sy die naam liefkoos. Dit lyk asof Nadia die naam elke keer geskryf het asof sy nie kon glo dat hy bestaan nie.

Toe maak sy Nadia Verhoef se dokument toe.

Sy raak bewus van die leë polistireenbord op die tafel, nou leeg geëet.

En voor haar die een leë bladsy na die ander.

NEGE

Tristan se hande klem om die motor se stuurwiel. Die ligte wat van voor af kom, verblind hom. Hy het nie behoorlik beheer oor sy motor nie. 'n Voertuig wat hy, toe hy by Mathilda begin werk het, teen halfprys gekry het. "My bestuurder moet in die beste denkbare motor ry. Jy kry hom goedkoop. Onthou net, jy skuld my, prinsie."

Nog motors van voor af. En nóg. Die pad hier in Midrand is nou. Hy het geweet hy moenie hierdie pad kies nie, maar die verdomde GPS het hom hierheen gestuur en nou is hy in die moeilikheid.

"When possible, make a U-turn," snater die blikstem nes 'n donderslag deur sy brein.

Hy probeer terugpraat, maar hy kan nie. Sy keel trek toe.

'n Vragmotor. 'n Taxi. 'n Bus. Almal kom van voor af. Ligte sper oop soos 'n blom, knipoog, ontplof in sterre, jaag verwoed op hom af. Hy pluk aan die stuurwiel, is bewus dat hy skreeu.

Sy motor verlaat die teerpad.

"When possible, make a U-turn," hoor Tristan deur die geluide van staal teen teer teen klippe teen grond.

Die motor tol 'n slag om asof in stadige beweging, tref 'n paal met 'n dowwe slag en beland weer op sy wiele. Iets kraak iewers. Bloed teen sy slape. Pyn.

Nou skreeu hy so hard dat hy daarvan wakker word.

Tristan sit regop in sy bed. Dit is die soveelste keer wat hy sy motorongeluk, maande gelede, twee weke voordat hy by Mathilda bedank het, herleef. Die ongeluk wat hom sy bestuurderslisensie gekos het.

Hy raak aan sy slape asof hy nog die wonde daar voel. Wonde wat gelukkig genees het. Geen letsels of skade aan sy gesig nie.

"When possible, make a U-turn."

Tristan druk sy hande oor sy ore, maar die woorde krioel soos maaiers in sy kop, tot hy uit die bed uit opspring en na die stort toe loop. Hy pluk sy boxers af en draai die kraan oop.

"When possible, make a U-turn." Die water tref hom hard teen sy voorkop, maar die koue neem 'n breukdeel van 'n sekonde om behoorlik te registreer. "When possible, make . . ."

Hy gil en skud sy kop dat die waterdruppels soos koue vonke oor hom spat. Die water stroom teen sy rug af, laat hom ruk, bewe. Hy sak op sy knieë neer.

Hy sien sy oorlede pa voor hom, sy gesig vriendelik en bly. Hy tel Tristan op, hy was skaars sewe, sy pa draai hom in die rondte. "Hoezit, kleinman. My pragtige kleinman. Hoe's dinge, jongie?"

Tristan huil nou, steek sy hand uit asof hy aan sy pa probeer vat. Weer die geluid uit sy binneste. 'n Pynkreet wat so hard deur sy keel ruk dat hy seerkry daarvan. Hy proe bloed in sy mond en besef hy het sy wang raak gebyt.

Hy kom later tot bedaring, sit en bewe in die stort tot sy vel immuun raak teen die koue. Koue wat die hitte in hom, sy gewete, sy gedagtes, besweer.

Na 'n ruk stap hy uit die stort. Hy draai die kraan toe, staan 'n ruk en kyk na homself in die spieël, sien die strepie bloed wat teen sy lip afloop. Stap vorentoe, ontsmet dit en laat sy kop sak, vee die trane (of water?) van sy gesig af. Voel weer die rukking van onthou, maar keer die trane.

"Pa."

Hy stap terug na sy slaapkamer toe en maak sy kas oop. Daar staan geraamde foto's van sy ouers op die rakke. Sy pa en ma, hy as baba in sy ma se arms. Toe, 'n foto van hom op sy pa se heup met sy armpies om sy pa se nek. Sy pa wat lag. Tristan wat gil van plesier.

En die laaste foto van sy pa wat hom help om die kerse op sy verjaarsdagkoek dood te blaas. Dit was sy agtste verjaarsdag – kort voor Dieter Hansen se dood.

Hy het die foto's nog altyd in sy kas weggesluit. Wanneer hy terugkom van sy seks-ekspedisies, of ure lank oefen, moet hulle nie vir hom kyk nie. Daarom het hy die foto's aan die begin van die jaar hier geplaas. Buitendien, die kere wanneer hy sy pa se foto sien, wil die emosie oorneem. Kom die skok terug. Voel hy sy pa wat hom teen hom vasdruk.

Mis hy hom opnuut met 'n pyn wat sy lyf verwring.

Onthou hy.

"Kleinman." Dieter Hansen draai om en loop uit, klim in die motor, sluit die deur.

"Ek wil saamgaan!" skreeu Tristan, maar sy pa skud sy kop, vee oor sy oë, skud weer sy kop, skakel die motor aan en trek weg dat die gruisklippies oor hom neerreën.

"Pa!" gil hy en hardloop agterna. "Pappa!"

Die rooi liggies verdwyn, word deur die donker ingesluk soos die gesiggies van sy Pac-Man-speletjie. "Pa-a-a!"

Sy mond vorm die woord hier waar hy nou voor sy pa se

foto staan. Hy vee met sy vingers oor die glas asof hy hom probeer lewendig maak.

Sy selfoon lui. Dit is sy persoonlike selfoon. Sy ma is een van die min persone wat daardie nommer het. Hy skud sy kop, het nie die moed om nou met haar te praat nie.

Na 'n ruk hou die gelui op.

Die son gaan oor 'n kwartier opkom.

Hy stap verby die skildery van hom. Hy raak daaraan asof hy wil seker maak dit bestaan wel, en dink: Dit is presies hoe ek lyk. Hoe lank gaan hy nog so lyk? So voor hom uit staar, so amper-amper glimlag?

Tristan stap uit in sy daktuin, kyk uit oor die stad wat plek-plek tekens van die herstel van sy wonde toon. Hier en daar staan oorblyfsels van plakkershuisies wat gedeeltelik afgebreek is, gate in die paaie doer onder is reggemaak. Begin 'n nuwe eienaar om die woonstelblok oorkant hom te verf. Een na die ander word die stukkende ruite heelgemaak, krake gevul, word bruin vlekke, die kleur van nikotien, van mure afgewas, verdwyn vroue met groot borste in kamers. Daag nuwe intrekkers op, word woonstelle verdieping vir verdieping opgeknap. En begin 'n ou gebou ineenstort.

Hy kyk neer op die geraamte van so 'n gebou wat onlangs onveilig verklaar is om bewoon te word. En dit was so 'n mooi gebou voordat dit in onbruik geraak het.

Soos sy pa gesê het: "Jou liggaam is soos 'n huis, 'n gebou. Pas hom mooi op, want sodra die binnekant begin verrot, tuimel die buitekant inmekaar."

Maar aan die suidekant, die geraamte van 'n gebou waarin kersligte snags flikker. Waaruit gille van vroue wat verkrag word opklink. Dwelmhandelaars koek nog steeds op een van die verdiepings saam. Dan sien hy pokgesig-mans wat dagga verkoop, ecstacy, Nyaope, crack, Cat, tik. Noem dit, hulle verkoop dit. Geen wenke aan die polisie help nie. Die gebou raak net donkerder en digter bevolk, met ontlasting in die voorportale en urinestrepe en woeste graffiti teen die mure.

Een of twee keer het 'n brand al uitgebreek, dan blus die brandweer dit en voer die polisie 'n klopjag uit. Maar drie weke later is die dwelmhandelaars, die prostitute en die dwelmslawe terug.

Prostitute.

Hy háát daardie woord.

Vroue wat hulleself vir die steek van 'n naald verkoop. Seuns wat met sere aan hul gesigte by vensters uit leun. Een of twee het al uitgespring. Graffiti verkondig hul dwelmlus teen die mure onder.

Een staan met 'n T-hemp aan teen die muur geleun: *Scan me. You know you want to.* Swart seuntjies koek op 'n straathoek saam waar hulle deur spogmotors met ou mans agter die stuurwiel opgelaai word.

Prostitute. Daardie woord wat goedkoop skinderkoerante en die pers so graag uitbasuin. "Prostitute! Skande!"

Tristan gaan sit op die muur wat sy daktuin omring. Sy bene hang af oor die ruimte, die sypaadjie twintig verdiepings onder hom. Hy het 'n jaar gelede 'n plakkie só verloor – gekyk hoe dit aftuimel en aanhou tuimel tot dit verdwyn. Hy het die plakkies nog by sy pa gekry. Dit was voor die val reeds te klein vir sy voete, maar hy het dit steeds in sy woonstel gedra asof dit hom troos wanneer hy te veel na sy pa verlang.

Prostitute. Wit en swart en oud en jonk en mooi en siek

en besmet en desperaat en hartseer en kwaad en moord-
dadig en vol sonde en letsels en virusse, almal hier onder of
in die geboue om hom.

Hy skud sy kop en probeer die gedagtes verban. Dink aan
sy besoek aan 'n miljardêr wat in Sandton bly twee weke ge-
lede. Vyftienduisend rand vir drie ure se werk. Dit was die
eerste keer wat hy toegelaat het dat 'n vrou vir hom sê wat
sý wil hê. Gewoonlik doen hy navorsing, vind hy uit. (Deel
van sy fooi, voel hy.)

"Slaan my," het sy gevra.

"Ek slaan nie aan vroue nie."

"Slaan my, Tristan, maar net liggies!"

Nog 'n *Fifty Shades of Grey*-fantasie.

"Ek slaan nie aan vroue nie."

En 'n stinkryk rooikopvrou, 'n bekende magnaat, wat
hom na haar huis genooi het waaraan daar gewerk word.

"Kan jy stene lê?" was haar eerste vraag.

"Ek het in Europa gebou, ja."

"Jy is my messelaar. My kontrakteur. My bouer. Begin!"

Sy het beduie na die stene wat rondgelê het met 'n meng-
sel nat sement langsaan. "Maar trek eers uit. Stadig. Sta-a-a-
dig." Sy het 'n sambok opgetel, maar hy het gekeer.

"'Dit is nie ingesluit in die prys nie."

Sy het die sambok gelig. "Bou, slaaf!"

Hy moes eers sy skoene uittrek en 'n paar stene lê, toe
sy hemp, toe sy broek en uiteindelik sy onderbroek. Hy het
twee rye stene gelê. Sy het na hom gekyk, wou foto's neem,
maar hy het geweier. Haar oë op sy liggaam terwyl hy bou.

Sy het tot agter hom gestap en liggies met die sambok
oor sy boude geslaan.

"As jy dit weer doen, loop ek," het hy gewaarsku.

Terug op die stoel, die sambok wat teen haar bene piets. Harder en harder. Hy wat verder bou. Sy wat aanhou opdragte blaf en hom haar slaaf noem.

"Jou boude gaan opgeswel wees as ek met jou klaar is!" terwyl sy die sambok teen haar been tik.

Nog 'n paar stene. Geluide van haar op die stoel uit die tuin.

En nog stene.

Toe 'n kreet vol woede maar ook ekstase. Nog stene. Nog sement. Tot sy stil geword het in die stoel agter hom.

Die sambok het ophou piets teen haar been.

"Jy kan maar gaan."

"Mag ek net eers stort?" het hy gevra.

"Nee, jou bliksemse hoer. Fokkof."

Hier op die daktuin onthou Tristan dat sy hom skaars toegelaat het om sy klere bymekaar te maak. Hy kyk nou terug na sy rooi deur en besluit om dit vanmiddag oor te verf.

Sy selfoon lui, maar hy ignoreer dit.

Hy onthou ook vir Heyla Williams, die bekende Hollywood-aktrise wat Suid-Afrika toe gekom het om haar jongste rolprent te reklameer. Sy het navraag gedoen na die stad se beste prikkelprinse, die "boerseuns" wat so eie aan Suid-Afrika is en waarvan sy so baie gehoor het. Dit is hoe hy in haar lewe gekom het. Sy moes egter telkens kokaïen snuif voordat hulle seks gehad het. Hy het geweier, want hy het nog nooit dwelms gebruik nie en was nie van plan om nou te begin nie.

Sy het so baie van hom gehou dat sy hom twee keer Los

Angeles toe gevlieg het, 'n hele verdieping in 'n peperduur hotel gehuur het en hom vir twee dae omtrent gevange gehou daar.

"You have kidnapped me. Make demands. Sexual demands. And do it now!"

Sy het in dollars betaal en het hom die volgende keer op haar ranch in Texas onthaal. Hulle het perdgery, rondkerjakker, en baie seks gehad.

"You'll make a fortune in this country, honey, because you've got something that no other man has. An energy, an instinctive feel for what women want. An African-ness, that erotic quality that only Afrikaans boys have which they are sometimes not even aware of. A strange kind of warped, courteous innocence. You are so well-mannered. You can give it to women again and again without growing tired or losing your erection. You are truly the angel of pleasure."

Hy onthou die eerste vrou wat vir hom moes betaal in Januarie vanjaar, Marta Howard. Sy het hom by 'n teaterstuk ontmoet waarheen hy sy ma vergesel het. Terwyl Millicent met bekendes gesels het, het Marta hom in die oog gehou en, toe sy hom alleen kry, van hul klub vertel. 'n Klub waarheen jong mans kom wat uittrek en waar daar op hulle gebie word.

"Ek is nie 'n bees op 'n veiling nie," was sy woorde.

"Maar jy kan lekker geld maak. Ek kan lekker besigheid vir jou doen, selfs jou kliënte bestuur. Maar eers wil ek sien waarvoor ek betaal."

Werkloos, met sy dakwoonstel wat hy binnekort sou moes opgee, het hy besluit om dit te probeer, maar nie op die sogenaamde veiling nie. Toe sy vra hoeveel hy vir sy dienste vra, het hy geantwoord vierduisend-vyfhonderd rand – dit was sy maandelikse huur op sy dakwoonstel.

Marta het in kontant betaal. Daar het hy besef dat geld vir hierdie ryk, verveelde vroue nie saak maak nie. En dat daar baie is soos sy. Marta het hom aan ander vroue voorgestel.

Dit is hoe dit begin het. So eenvoudig.

En ook die feit dat hy nêrens kon werk kry nie. Dat hy sou moes teruggaan om by sy ma te gaan bly indien hy nie sy huur kon betaal nie. En waarmee sou hy hom heeldag besig hou?

Depressie, neerdrukkende gedagtes, hunkering. Alles vertroebel en besmet hom skielik. Die kopknoeiery (hoe hy folterende gedagtes beskou) tref hom altyd soos 'n vuishou uit die donker. Die onthou is skielik daar, neem alle rede vir sy bestaan weg, laat hom hunker na die muurtjie om sy daktuin. Net een vinnige beweging en hy volg die pad van sy plakkie.

Hy skud sy kop en druk sy hande teen sy slape. Soms help dit om hierdie gedagtes te besweer.

Die enigste ander manier om dit te besweer, is om plesier te gee. Geld te maak. Vir plesier betaal te word. Meestal deur ryk vroue met meer geld as verstand. Maar andersins ook deur doodgewone vroue wat sukkel om iets bymekaar te skraap.

Van hulle hou hy die meeste, want hulle waardeer dit. Vir hulle is plesier nog uniek.

Hy swaai sy bene heen en weer hier op die muur van sy daktuin en raak bewus van 'n man wat hom uit een van die geboue oorkant met 'n verkyker dophou. Tristan glimlag effens, gewoond daaraan dat die man hom afloer wanneer hy voor dagbreek in die daktuin sit. Maar hy gee nie om nie. Dalk is dit die enigste plesier wat die oubaas elke dag uit sy lewe kry.

Onder begin die verkeer reeds te dreun. Op die M2 op die horison grom die verkeer, slang taxi's en motors langsaam middestad toe, ontwaak die geskende delwerstad en begin die verlepte liggies verdof.

Die son is amper uit. Tristan swaai sy bene terug en loop na die glasskuifdeur toe. Hy draai terug. Die ou man het nou 'n kamera met 'n lang lens. Tristan staan 'n oomblik en verdwyn dan in sy woonstel.

Sy persoonlike selfoon wat onder die skildery lê, biep weer. Nóg 'n boodskap van sy ma.

Hy gaan badkamer toe, urineer en kyk deur die venster na die noordekant van die stad.

'n Krapgeluid by sy deur buite. Hy vries en onthou die aanval met die rooi verf. Hy neem 'n bofbalkolf en stap deur toe.

Hy luister.

"Miaau!" buite die deur.

Brutus, dink Tristan. Die rondloperkat wat hom in die gebou tuisgemaak het. Die dier het pikswart hare en 'n wit bors. Dieselfde kat wie se oë wild en aggressief is as ander inwoners hom probeer optel, en net toelaat dat hý aan hom vat.

Tristan sluit sy deur versigtig oop. Die kat sit op die matjie.

Nou die blikkie katkos wat hy spesiaal gekoop het. Langs die voordeur staan 'n plastiese houer waarin hy net genoeg katpille gooi.

Tristan weet. Hy koop die kat se toegeneentheid terwyl hy die inhoud van die blikkie in die bakkie stort. "Niks is verniet nie," sê hy vir Brutus.

Die kat ruik aan die kos en begin vreet, sy stert gekrom van lekkerte. Maar skielik kyk hy op. Verdwyn die wildheid uit sy oë. Miaau hy.

"Nie genoeg lekkerrrr sous nie?" lag Tristan. Die kat miaau weer. "Wat is verkeerd, ou grote?"

Die kat het nou opgehou met vreet. En anders as tevore, lê hy nie weg tot elke krieseltjie opgevreet is nie. Hy tree skielik oor die drumpel, iets wat hy nog nooit tevore gedoen het nie. Tristan wil keer. Hy wil nie die kat in sy ruimte toelaat nie. Hy onthou as kind hoe katte in die huis geürineer het om hul gebied af te merk – 'n reuk wat geen ontsmettingsmiddel ooit kon uitkry nie.

Die kat skuur met sy kop teen Tristan se been – nog iets wat hy nie tevore gedoen het nie.

"En wat gaan jy maak as ek nie meer kos vir jou gee nie?" vra hy sonder 'n sweem van 'n glimlag.

Die kat kyk steeds na hom, miaau, loop terug oor die drumpel en verdwyn dan teen die brandtrap af, sy kos half geëet langs Tristan se voordeur.

Weer die selfoon. Hy sal moet antwoord.

"Tristan?"

"Môre, Ma."

"Hoekom bel jy nie terug nie?"

Hy kyk na homself op die skildery en dink hoe goed dit tussen hom en sy ma gegaan het in die tyd toe daardie skildery gemaak is.

"Ek is jammer, Ma." Hy voel 'n gloed teen sy nek opkruip. Hy wil verder verduidelik, maar vind nie die woorde nie.

"Ons moet praat, my skat. Ek is nie kwaad vir jou nie. Ek wil net praat."

"Ek sal praat, Ma."

"Ek het jou gesê van die afpersing en die dokument wat daarmee saam in my posbus was."

"Ek kan negeuur daar wees."

"Ek sal jou kom haal."

"Die taxibestuurder ken my al. Hy sal my bring. Sien Ma nou-nou. Tatta, Ma."

Aan haar stem klink dit of sy gehuil het. "Tot siens."

Hy het nog tyd om deur sy oggendroetine te gaan. Om veral sy maagoefeninge te doen. Hy skakel sy gereelde taxi en vra die man om hom halfnege op te laai.

Tristan sak op die vloer af, is al so gewoond daaraan dat dit tweede natuur is, kan nie meer die dag ingaan sonder die pyn wat uiteindelik in sy spiere begin vorm as hy te lank aanhou. Maar hy verstaan daardie pyn. Dit bevestig dat hy die oefeninge reg doen.

Dit neem hom bykans twee uur om deur sy roetine te gaan, tot hy gereed is om die dag aan te durf.

Nadat hy gestort en aangetrek het, sien hy dat dit half-nege is.

Sy selfoon gons. Die taxibestuurder is hier. Tristan sit sy sonbril op, sluit sy deur oop en toe en stap na die hysbak, probeer om nie na die gruwelike rooi te kyk nie.

Dit neem langer as gewoonlik vir die hysbak om te arriveer. Hy klim in. Verbeel hy hom of het die deur oopgeklik voordat die hysbak arriveer het?

Hy voel hoe die gedierte, soos hy daaraan dink, effens sak toe hy inloop. Hy huiwer, maak dan die deur toe en druk die knoppie waarop G staan.

In die voorportaal kyk een of twee mense vinnig na hom, herken hom moontlik van die onderbroek-advertensie. Enersyds het dit hom gehelp om van 'n skuldlas ontslae te raak. Andersyds het dit geweldige nadele waarvan hy vooraf bewus was – hy moes noodgedwonge die keuse maak. Soos om gedurig herken te word en vrae te beantwoord.

Buite beduie mense na die gebou. Hy druk sy sonbril styf teen sy neus vas en drafstap na die taxi toe. Met die inklim kyk hy terug na die voordeur.

WHORE STAY HERE. TRIST staan in groot letters op die muur gespuit. Die graffiti-kunstenaar kon nie sy hele naam inpas nie, of is in sy poging onderbreek.

Hy sug, klap die motordeur toe en gee sy ma se adres vir die bestuurder.

Iemand agtervolg hulle, hy is oortuig daarvan. Hy merk 'n groot motor met getinte vensters. Sy besigheid-selfoon biep.

Hy sak terug teen die kussings, kyk hoe die stad by hom verbyglip. Sien sy foto op 'n advertensiebord wat halfpad afgehaal is. Tristan lig homself op om beter te sien. Sy gesig is reeds weg. Al wat oorgebly het, is sy bene en die onder-broek. Werkers is besig om die res van die foto te verwyder. Dit lyk nou vir hom grotesk, daardie hande wat oor sy mik en bene krap om die papier in repe af te trek. Hy kyk na die gereedskap wat oor sy mik skuur in 'n absurde, komiese masturbasiebeweging. Hy grinnik. Wonder of die een of an-der sensasiekoerant dit gekiek het om later 'n goeie opskrif te gee: *Los my knaters uit! Tristan.*

Vyftien minute later is hy by sy ma se huis in Linden. Die agtervolgers het óf verdwyn óf moed opgegee.

Met die uitklim merk hy dat die gordyne in die bure se huis beweeg. Tristan dink terug aan sy grootworddae hier, toe Linden 'n rustige voorstad was en voordat hoë mure en geëlektrifiseerde heinings onskuldige mense meer van mekaar as van potensiële misdadigers geskei het. Hoe hy en Lance saam op hul fietse in die strate af gejaag het, voordeurklokkies gelui het en dan laat spaander het.

Hulle het later koerante afgelewer om ekstra geld te verdien. Mathilda het altyd die deur oopgemaak wanneer hy en Lance teruggekeer het. Sy het dikwels vir hulle koekies en melk gegee of hulle Spur toe geneem. Mathilda het altyd gevra hoe dit met hom gaan, haar vingers deur sy hare getrek, met 'n hand wat soms oor sy bors streel voordat hy kon wegbeweeg.

Maar haar aandag het toegeneem na sy sewentiende verjaarsdag – nadat Johan, Lance se pa, dood is en Mathilda die besigheid geërf het. Toe het haar belangstelling in Tristan hom en selfs Lance verleë gemaak. Maar hy het haar altyd op 'n afstand gehou. Want sy was maar net 'n vriendelike tannie, sy beste vriend se ma en 'n vriendin van sy ma.

En hier staan hy nou voor die huis waarin hy in Linden grootgeword het.

Nog voordat hy die klokkie kan lui, klik sy ma se sekuriteitshek oop. Tristan stap in. Die bure se gordyne is nou oopgetrek en twee gesigte staar skaamteloos na hom. Hy ken nie die mense nie, maar sy ma verwys gereeld na die Nels wat so nuuskierig is, "maar hulle is altyd gewillig om te help wanneer ek probleme het."

Daarom het hulle nou skielik toegang tot Millicent se lewe – tot sý lewe.

Die ysterhek klik toe en Tristan voel vir die eerste keer dankbaar vir die hoë mure wat hom beskerm teen buite-oë. Die voordeur met sy sekuriteitshek word oopgesluit en sy ma verskyn. Sy lyk moeg, asof sy oornag oud geword het, selfs oorgegee het. Sý was die een wat sterk was na sy pa se dood, wat hom getroos het, wat hom na 'n sielkundige verwys het en wat snags langs sy bed gesit het wanneer hy homself aan die slaap gehuil het.

Hy het sy ma selde sien huil in daardie dae, net voor haar uit sien staar – haar "thousand-yards stare", het Lance dit genoem na aanleiding van die Rambo-flieks waarna hulle so graag op DVD gekyk het. Haar "onbegrypende blik", het hy dit later genoem.

Maar vandag huil sy openlik, stap sy vorentoe maar bly dan verwese teenoor hom staan, hou nie haar arms uit nie asof sy hom nie werklik verwelkom nie en ongemaklik voel. Hy is skielik 'n vreemdeling wat 'n noodsaaklike besoek bring wat afgehandel moet word.

"Môre, Ma."

"Môre, Tristan." Sy noem hom selde op sy naam. Was glo nie juis beïndruk toe sy pa hom destyds só wou doop nie en het dit as 'n vreemde, uitheemse naam beskou. Hy het eers later verneem van die legende van Tristan en Isolde. Toe het hy eers onder die indruk gekom van Tristan se reis deur die doderyk om sy geliefde te red. Nou voel dit inderdaad vir hom asof hy op 'n dodereis is. Maar hy mag sy ma nie verder ontstel nie. Sy is ontsteld genoeg. Hy moet hierdie probleem so kalm moontlik hanteer.

Hy wil sy arms om haar sit, haar teen hom vasdruk en die geur van talkpoeier en bekende reukwater inasem. Maar hulle staan soos vreemdes teenoor mekaar, die stoep 'n massiewe ruimte wat onoorbrugbaar lyk.

Nie een van hulle weet wat om te doen nie. Dan beduie hy, vra of hy kan instap. Soos 'n melaatse.

Millicent draai om en stap kombuis toe. Geen sitkamer vir hom nie! Hy volg haar en haal sy sonbril af.

"Ek het tee gemaak. Die vlakoekies waarvoor jy . . ." Toe neem die emosie oor. Sy huil opnuut.

"Ma." Hy voel soos 'n vark. Erger as toe hy in Januarie die eerste keer vir betaling by Marta geslaap het en sy ma hom gevra het waar hy die vorige aand was. Erger as toe hy en sy langs sy pa se graf gestaan het en Millicent nie sy hand wou los nie.

Erger as toe hy destyds vir haar gesê het hy staak sy studies, skaam oor al die geld wat hy gemors het. "Ek sal Ma terugbetaal, ek belowe," het hy gesê, want hy het geweet dat die lewenskoste hoog was en dat sy gesukkel het.

Nadat hy uit die huis getrek het en vir homself kon sorg, toe dit beter met haar gegaan het, het hy besef hoeveel geld sy op hom uitgegee het.

Hy het sy ma begin uitneem en bederf. Hy het baie van sy geld op haar uitgegee. Probeer vergoed vir alles wat sy vir hom gedoen het. Haar selfs gehelp om 'n ordentlike steen vir sy pa se graf te koop.

"Ek het die advertensie net vir die geld gedoen, Ma."

"Maar my kind, ons . . . is darem nie so arm dat jy jou liggaam . . ."

"Ek het gisteraand al die geld elektronies in Ma se rekening inbetaal." Hy skep asem. "Die geld wat ek op universiteit gemors het, Ma."

Sy skud haar kop. "Ek wil nie daardie geld terughê nie. En nie op so 'n manier nie!"

"Dis geld wat ek uit die advertensie gemaak het, Ma."

"Maar so 'n advertensie, Tristan! Weet jy hoeveel spot ek moet verduur! Hoe kon jy?"

Hy gaan sit op die rand van die stoel waar sy pa altyd gesit en eet het, probeer om verby haar trane te praat en die emosie uit sy stem te hou. Want hy kan nie vir haar die ware rede sê hoekom hy doen wat hy doen nie. Hy kan dit vir niemand sê nie.

Nog nie.

"Ek kry nie werk nie, Ma. Ek was orals, ek het alles probeer. Die probleem is, ek is nie opgelei vir iets nie. Ek het nie veel van 'n CV nie. Hulle jaag my weg omdat ek wit is, Ma, wil my partykeer nie eers te woord staan nie. Die hemel weet, Ma, ek het probéér."

"Maar hoekom is jy weg by Mathilda?"

Goed. Hier kom dit. Sy moes op die minste 'n vermoede gehad het, tensy sy dit selfs teenoor haarself wil ontken omdat Mathilda 'n vriendin is. Was.

"Omdat sy wou hê ons moes saam wees, Ma. Omdat sy wou gehad het ek moet met haar trou."

"Liewe heilige Vader."

So ja. Een stukkie waarheid is uit. Na die nuus wat hy nog altyd van haar weggesteek het, is daar geen keer meer aan hom nie.

"Ma moes dit tog geweet het. Ma het van die begin af nie regtig van tannie Mathilda gehou nie." Hy praat al vinniger, raak senuweeagtiger. "Ma het tog destyds gesê sy soek jonger manne, dat sy nimfomanies is – Ma se woorde! Ek kon nie langer daar bly nie. Ek sou haar toy-boy gewees het, Ma, haar minnaar, haar . . ."

"Hou op!" Sy steek haar hand in die lug.

"Moenie vir my sê Ma het dit nie vermoed nie."

Sy skud haar kop. "Die paar keer wat ek met haar gepraat het, het sy gesê hoe teleurgesteld sy in jou is. Dat jy 'n blink toekoms in die motorbedryf gehad het."

"Alles praatjies, Ma."

Vir 'n ruk praat hulle nie.

"Was dit sý wat Ma vertel het wat ek . . . wat ek doen?"

Magtag! Hoekom stotter hy so? Hy is tog nie skaam oor die advertensie nie! En hy is beslis nie skaam oor wat hy daagliks doen nie. Hy gee plesier. Gee vir verlate, moeë, verwaarloosde, soms mishandelde vroue romanse. Hy wil dit vir haar skreeu, dat hy eintlik goed probeer doen. Maar hoe sal sy ma dit verstaan?

Maar sy antwoord steeds nie, maak hom net meer verbouereerd sodat hy voortgaan om homself te verdedig. "Tye het verander, Ma. Weet Ma hoeveel mense doen my soort werk?"

"Dis 'n sonde in die oë van die Here en jy weet dit!"

"So, wat ek doen is sonde!"

"Dit gaan verby sonde, dit . . . dit is 'n euwel! Sies, my kind. Hoe kon jy? Dan kon jy eerder met Mathilda getrou het as dít. Hoe kon jy dit aan my doen, Tristan?"

"Hoe kon ek dit aan Má doen? Ek doen dit aan myself en omdat ek wil. Omdat ek onafhanklik wou wees van mense soos Mathilda Fourie!"

"Jy moes teruggekom het hiernatoe. Ek sou vir jou gesorg het!"

"Ek wil onafhanklik wees."

"Jy is 'n prostituut, Tristan!" Die woord hang swaar tussen hulle. "Hemel, ek het nie gedink ek sal daardie woord ooit sê nie. Vir hoe lank is jy al een? En ek moet dit op hierdie manier uitvind!"

"Presies hoe het Ma uitgevind?"

Sy loop na 'n tafel toe, trek die laai oop en haal 'n koevert uit.

"Hierdie afskrif is op dieselfde dag in my posbus gelos as toe Mathilda my vertel het dat jy jouself verkwansel. "

"Dan was dit sy."

Haar hande bewe toe sy die koevert aan hom oorhandig.

"Die afperser het gewaarsku dat indien ek nie 'n halfmiljoen betaal nie, hierdie storie koerante toe sal gaan."

Tristan sukkel om te fokus, sien die woorde voor sy oë verbyglip, tel sleutelsinne op.

Maar sy nag by Nadia Verhoef was normaal! Niks buitengewoons nie. Nes sy ander kliënte, is sy nie getroud nie. Is sy net 'n eensame, oorwerkte sakevrou wat weer wou leef, al was dit net vir 'n nag.

"Hierdie vrou, Nadia Verhoef, het selfmoord gepleeg oor jou, Tristan."

Hy laat die koevert sak.

"Sy het wat?"

"Selfmoord gepleeg. Dit was in die koerante. Op televisie – dieselfde tyd as toe jou . . . jou advertensie verskyn het. Hemel, lees jy nie koerante nie?"

"Nee, Ma."

"Dan's dit ook nog waar wat Mathilda gesê het."

"Wat het sy nog gesê?"

"Dat jy 'n narsissistiese disfunksionaliteit het. Dat jy so behep is met jouself, dat niemand anders saak maak nie en dat jy jou liefde vir jouself met elke vrou herbevestig."

Maar sy gedagtes is by die aantyging dat Nadia oor hom selfmoord gepleeg het.

Hy staan op. Nadia het hom na die aand saam bloot bedank, gesê dat hy die beste ding is wat ooit met haar gebeur het. Sy het geen aanduiding gegee dat sy haar eie lewe wou neem nie!

"Dit was nie oor my nie, Ma." Die skok lê vlak in sy brein, weier dat sekere impulse verbygestuur word na waar logika oorneem.

Hy kan nie nugter dink nie. Wie sou hierdie dokument aan sy ma gegee het? Hy tel die bladsye op, lees weer sekere sinne raak tussen die trane wat nou vloei, maar vind net vreugde. Ekstase.

Dit neem etlike minute voordat Tristan kan praat. "Hoekom sou sy oor my selfmoord gepleeg het, Ma?"

"Oor die skande, seker."

"Watse skande? Niemand het daarvan geweet nie. Het Ma die dokument behoorlik gelees?"

Sy skud haar kop. "Net sekere dele. Ek kon nie alles . . . Die intieme detail, die . . ." Sy huil weer.

"Het die koerante gesê hoekom sy selfmoord gepleeg het? Het hulle my daarby betrek?"

"Dis hoekom ek afgepers word. Hulle weet nog nie. Maar jou naam word herhaaldelik in die dokument genoem!"

Sou Mathilda ook die afperser wees? wonder hy skielik.

"Maar na wat ek kon lees, sê Nadia nêrens dat ék daarvoor verantwoordelik is nie."

"Sy hoef nie, Tristan. Mense sal twee en twee bymekaarsit."

Millicent beduie na koerante wat op 'n hopie lê. Tristan stap soontoe, tel dit op, laat sy oë oor die berigte gly.

Baie later praat hy eers weer. "Hulle sê duidelik dat 'n saketransaksie van die bankgroep skeefgeloop het. Dat daar 'n ernstige konfrontasie met die regering was." Hy vryf met sy hand oor sy mond, probeer beheer oor sy stem terugkry. "Die bank wat sy verteenwoordig het, was besig om bankrot te speel, veral oor verkeerde beleggings en besluite."

"Ons sal nooit weet nie. En jy het jou gewete om mee saam te lewe."

"Ma . . .!"

"Jy moet my vergewe, Tristan."

Hy staar verbaas na haar. "Vergewe? Waarvoor?"

"Die sielkundige."

"Watter sielkundige?"

Vir die soveelste keer word Tristan yskoud, voel dit of iemand oor sy graf loop en koue vingers diep in sy rugstring steek en die beentjies een vir een knak.

Weer die trane. Hy probeer sy ma tot bedaring bring, maar slaag nie daarin nie. Hy gooi die koerante eenkant toe, trek haar teen hom vas, troos haar, vou sy ma in sy arms toe.

"Ma. Wat is dit van 'n sielkundige?"

"Ek het niemand gehad om na toe te gaan nie. Die afpersing het my mal gemaak. Ek was te skaam om met van my vriendinne te praat. Dit het gevoel of alles om my in duie stort. Ek het van my kop af geraak, Tristan. Sy was al wat my kon help."

"Moenie vir my sê Ma het die dokumente ook vir haar gegee nie?"

"Wat anders moes ek doen?"

Hy sak op die stoel neer, probeer helder dink, tussen die newels en die trane deur fokus, aan 'n uitweg dink, maar kan nie.

"Wat sê sy, Ma?"

Haar stem bewe. "Sy het my gisteraand gebel. Sy sê dis nie jou skuld nie. Maar dis nie die punt nie, Tristan. As hierdie dokumente in die openbaar kom, met die datum daarop, sal dit uitkom dat sy selfmoord gepleeg het 'n dag nadat jy by haar was."

Hy kyk verstom na haar, probeer insidente oproep, te-kens dat Nadia haar eie lewe wou neem.

"Dit gaan lyk of jy iets daarmee te doen gehad het. Jy kan in hegtenis geneem word."

"Nee, Ma, kom nou!"

"Jy kan buitendien in hegtenis geneem word indien jou . . . jou . . . 'werk' op die lappe kom. Dis teen die wet, Tristan!"

Sy mond is droog. "Wie is hierdie sielkundige, Ma?"

Dit neem 'n ruk voordat hy die naam uit haar kry.

"Doktor Erika Hamilton. Sy sê sy ken jou glo."

"Ken my? Was sy een van my kliënte?" Hy skud sy kop. "Ek kan nie onthou dat ek by 'n sielkundige was nie."

"Julle was glo saam op universiteit voor jy opgeskop het."

Erika Hamilton. Hy probeer dink. Sê die naam 'n paar keer.

Toe, baie vaagweg, onthou hy 'n geïnhibeerde meisie wat hom destyds met werkstukke gehelp het. 'n Mooi meisie. Kan dit dieselfde meisie wees?

"Jy moet haar gaan sien, Tristan. Sy het gesê sy is bereid om jou te help!"

"Ek het nie sielkundige hulp nodig nie, Ma, in Godsnaam!" Hy is dadelik jammer dat hy so geskreeu het, maar alles raak te veel.

"Wel. Sy weet nou."

"Wie weet nog van hierdie dokument?"

"Net sy. En die afperser."

Sy verstand wil nie behoorlik funksioneer nie.

"Hoe word Ma afgepers? Foonoproepe? Notas?"

"'n Nota."

Mathilda. Dit kan net Mathilda wees, dink hy. Nadia Verhoef was immers een van haar kliënte. Hy dink aan Mathilda se waarskuwings, haar pleidooie, haar dreigemente, haar SMS'e gedurende die afgelope paar maande, en die aanvalle.

Hierdie is dus haar finale troefkaart. Die seerste wat sy hom kan maak. Deur sy ma.

"Gaan sien vir Erika Hamilton, Tristan. Sy kan jou help."

"Waarmee sal sy my kan help?"

"Om te besef wat jy doen is verkeerd. Dis teen die wet. Daar moet iewers 'n gemis in jou lewe wees. Dalk kan sy raad gee. Jou help. Moed inpraat. Dalk het ek iets verkeerd gedoen, word ek nou gestraf daarvoor."

"Ma!" Hy staan op. "Ek was by sielkundiges na Pa se dood.

Dit het my níks gehelp nie." Hy neem haar hande in syne. "Má het my gehelp. Ek het myself gehelp. In hierdie lewe help niemand anders jou behalwe jyself nie."

"Jy moet bid, Tristan, soos toe jy 'n seuntjie was. Jy moet weer op jou knieë gaan."

"Ma." Hy lig haar ken met sy hand en skud net sy kop. "Ek is jammer. Jammer oor die advertensie, jammer dat my werk Ma soveel smart gee, jammer, jammer, jámmer oor alles. Maar ek kan nie eers hoop dat Ma sal verstaan nie. Weet dat ek niks met hierdie vrou se dood te doen gehad het nie." Hy stap deur toe, leun met sy kop teen die hout. "Dalk, as Ma alles van my weet, sal Ma verstaan."

"Ek wil nie alles weet nie. Jy en die vroue . . . Liewe Vader, moenie vir my sê jy het by mans ook . . .?"

"Nee, Ma." Hy draai om. "En selfs al het ek dit gedoen, is dit my saak en niemand anders s'n nie."

Sy kyk na hom asof sy hom nie glo nie. Hy sien dat sy nog iets wil sê, maar nie weet hoe om dit te benader nie.

"Sê dit, Ma."

Sy loop terug na die stapel koerante op die tafel en haal die boonste een af. Sy blaai na die middel van die koerant en vou dit dan oop voor hom.

Jasper-man se ma getraumatiseer.

'n Joernalis het Millicent by die universiteit geskakel en gevra wat sy daarvan dink dat haar seun so "oopketel" en "uitbultend" op die advertensies sit wat reeds 'n paar ongelukke en bufferstampe veroorsaak het, met die gevolg dat die plakkate een na die ander verwyder word. Maar Millicent noem in die berig dat sy self eers van die advertensies bewus geraak het toe vriende haar daaroor geskakel het.

"Ma sal daaraan gewoond moet raak."

"Feit van die saak is," en as sy ma eers só begin . . . "dat hulle die universiteit en my departement in hierdie artikel genoem het, en dit was maar net oor die advertensie! Kan jy dink as hulle van die res moet weet!"

Hier kom nog iets. Hy voel dit.

In die stilte wat volg, kyk hy na die rye bottels ingelegde konfyt op haar rak, onthou hy hoe hy altyd sy brood dik met botter gesmeer het en dan dieselfde mes in die waatlemoenkonfyt gesteek het.

"Ag nee, my kind, kyk dan die bottervisse!"

Nou voel dit na so lank gelede dat hy dit skaars kan onthou, asof dit met iemand anders gebeur het.

"Toe kry ek gistermiddag laat by die universiteit 'n oproep van 'n vroutjie wat die berig gelees het. Die skakelbord het haar na my toe deurgesit. Sy was . . . hoe stel ek dit nou . . . baie vleiend teenoor jou."

"Ma . . ."

Millicent hou haar hand in die lug op. "Die probleem is, sy voel nou so verlate nadat jy weg is, en omdat jy nie weer op haar oproepe gereageer het nie, het sy my gesoebat om jou te probeer oortuig om haar weer te bel. Sy kan glo nie sonder jou leef nie. Tristan. Wat gebeur as sy dieselfde paadjie as die bankier loop? As sy ook . . . ." Sy maak hulpelose gebare.

"Ek sal haar bel, Ma."

"Jy hoef nie. Ek het haar reeds na die sielkundige verwys."

"Liewe hel, Ma!" Hy leun met sy kop teen die muur en stamp dit 'n paar keer.

"Tristan. Ek vra jou een ding en ek sal jou nooit weer iets anders vra nie. Maar as jy dit nie doen nie . . ." Sy vee die trane af wat weer begin vloei het. "Dan wil ek jou nie weer sien nie."

"Ma, seblief. Dis ek, Tristan." Hy draai terug na haar toe. "Ek help mense, Ma, ek . . ."

"Nee, Tristan! Jy is 'n . . ."

Hy wag dat sy die Bybelse naam moet sê. Hoer. Maar sy sê dit nie.

"Gaan sien Erika Hamilton. Hier is haar nommer." Millicent haal 'n gefrommelde stukkie papier uit haar roksak. "Want as jy haar nie gaan sien nie, sien ek nie 'n pad vir my en jou vorentoe nie."

Millicent druk by hom verby, stap in die gang af, sluit die deur oop en hou die sekuriteitshek oop. Sy kyk nie na hom nie, draai haar kop weg en wag dat hy verbystap.

Hy plaas sy sonbril op sy neus, wil haar oudergewoonte vasdruk, haar op haar voorkop soen. Maar sy gaan seker dink aan al die vroue wat hy al vasgehou het.

Wat betaal het om vasgehou te word.

"Jy dink dalk jy doen goed. Maar terselfdertyd verwar jy vroue. Tristan. Vernietig jy hulle lewens, al dink jy nie so nie. Gaan sien vir Erika."

Uit in die straat. Die hek klik toe agter hom. Die gordyne langsaan beweeg weer.

Die taxi, onthou hy nou, die nommer outomaties op sy selfoon. Hy hoef net een sleutel te druk. Maar sy vingers wil dit nie inpons nie.

Hy voel verlate. Dof, hartseer, eensaam.

'n Motor met drie tienermeisies ry verby en hulle gil

vir hom: "Hi, handsome! We need a matric date! You're awesome, dude; way to go, man!"

Sy hand gaan oop. Hy kyk na die nommer op die papiertjie waarvan die syfers nou wil begin vloei.

Erika Hamilton. Haar beeld wil-wil terugkom in sy geheue.

Hy moet haar bel.

TIEN

Erika gaan sit by die Moyo-restaurant by die Dieretuinmeer. Sy en Rodney het dikwels Saterdagoggende, wanneer sy nie ekstra kliënte moes sien nie, hier ontbyt geëet. Toe het sy al van die vervreemding tussen hulle bewus geraak. Dat hy lank nie praat nie, duidelik gefrustreerd met iets. En hoe meer sy hom gevra het wat fout is, hoe sterker was sy antwoord: "Ek is nie een van jou sielkundige gevalle nie. Moenie my probeer ontleed nie."

Nou sit sy hier, die verhouding finaal verby. Haar aanvanklike woede het plek gemaak vir hartseer, en toe 'n gelatenheid. Soos so dikwels in haar lewe, moet sy nou haar eie raad volg. Moet sy haar terapie op haarself toepas, deur die fases van smart werk.

Hoe langer sy navorsing oor Tristan Hansen doen, hoe meer enigmaties raak hy vir haar. Hoe meer teenstrydighede skyn daar in hom te wees. Intens privaat, maar hy stal hom tog op advertensieplakkate uit. Min vriende. En die vriende wat hy het, weier om oor hom te praat.

Toe Susanna Calitz haar gistermiddag laat bel, was sy verbaas.

"Ek het jou nommer by Tristan se ma gekry. Ek moet met jou praat. Ek gaan dood, doktor. Ek sê jou ek weet nie of ek verder kan leef nie!"

"Ek sien nie graag kliënte op Saterdae nie."

"Doktor, seblief. Ek kan jou nie dadelik betaal nie. Ek het al my spaargeldjies op hom uitgegee, maar as ek nie met jou praat nie, weet ek nie wat ek sal doen nie!"

"Halftwaalf. My adres is . . ."

Sy voel amper soos 'n privaatspeurder. Dit is beslis nie haar werk om so baie navorsing oor iemand te doen nie. Hy moet hom aan haar openbaar, moet praat oor wie hy is en wat met hom gebeur. Die vraag is net: Hoekom is hy 'n prostituut? Omdat hy daarvan hou om bewonder te word? Is dit deel van sy narcissisme? Het daar iets in sy kinderdae gebeur?

Sy het nou 'n idee wat hy aan vroue doen na Nadia se belydenis. Nou Susanna. Wat doen Tristan nog aan hierdie vroue? Dit kan tog nie net seks wees nie!

Sy kyk op. Rodney, in 'n sweetpak, kom sit oorkant haar, sy oë agter 'n sonbril verskuil. Hy knik hoflik, asof hy homself nie vertrou om aan haar te raak nie.

"Haai."

"Hallo, Rodney." Haar stem klink nie na haar eie nie.

Hulle gebruik nie die troetelnaampies wat hulle mekaar die afgelope twee jaar genoem het nie. Nie dat sy dit verwag het nie. Sedert hulle weë geskei het, het hulle mekaar formeel op die voornaam aangespreek. Maar nou het sy verwag dat hy haar ten minste Erika sou noem.

Maar daar is niks.

"Ek kan nie lank bly nie." Sy toon is saaklik, formeel.

"Ek ook nie." Sy dink skielik aan Susanna wat sy om halftwaalf moet sien. "Ek het solank vir jou bestel."

Hy kyk skerp op. "Wat?"

"Roereiers, nog nat, met salmstukkies. Jou gunsteling. Jy bestel dit altyd, of, e . . . hét dit altyd bestel."

Rodney wink na die kelner. "Please change my order to toast and chunky cottage cheese. And camomile tea."

Nog iets wat daardie yskoue vrouestem, wat die telefoon 'n paar aande gelede beantwoord het, in hom verander het. Sy eetgewoontes. Of dalk het hy doelbewus verander om enige spore van haar op sy persoonlikheid uit te wis.

"Waaroor wil jy praat?" Soos 'n besigheidstransaksie. Nie 'n sweempie emosie nie.

Sy weet skielik nie, kan nie gou genoeg aan 'n verskoning dink nie, wou hom dalk net nog een keer sien. In sy oë kyk en bevestig dat hy haar nie liefhet nie. Dalk nooit liefgehad het nie. Miskien net gebruik het. Sy het ook geweet dat sy hóm sou moes kontak. Al wou hy hoe graag, hy sou haar nooit uit sy eie kontak nie. Dit is nie deel van wie hy is nie. Bevestig op dié manier dat hulle verhouding finaal verby is.

"Daar is nog van jou goed in die huis, Rodney." Sy naam lê vreemd op haar tong.

"Daai paar CD's en boeke kan jy maar kry. Ek het reeds gevat wat ek wou hê. Buitendien, ek en Vera bly tans in 'n redelike klein woonstelletjie. Daar is nie baie plek nie."

Hy verklap nie waar hulle bly nie.

'n Groep toeriste stap Moyo binne, hul Amerikaanse aksente trek skel en hard deur die restaurant.

Rodney staar oor die dam uit, krap verveeld deur sy hare en laat sy oë vir 'n oomblik rus op 'n mooi meisie met lang, bruin bene wat in sy gesigsveld sit.

"Ons trek miskien Kaap toe." Kortaf, op die man af, formeel.

Dit is darem 'n voordeel. Hulle sal nie gereeld in mekaar vasloop in Johannesburg nie.

"Jy is gelukkig, Rodney. Jy kan enige plek 'n joernalis wees."

Hy speel met 'n vurk tussen sy vingers en is duidelik on-gemaklik in haar geselskap. Wil seker nie hier wees nie.

"Luister, Erika. Ek wil nie hê ons moet elke keer op me-kaar spoeg as ons mekaar sien nie."

"Ek wil nie op jou spoeg nie."

Hy sug en kyk weg. "Daar gaan jy al weer. Gee ander men-se nooit kans om te praat nie." Hy staan op. "Ek moes nie gekom het nie. Ek is jammer."

"Het jy my ooit liefgehad?" Sy kyk pleitend na hom, kan amper nie glo dat sy die moed het om dit te vra nie.

Mense kyk nou na hulle. Dit laat hom terugsak in sy stoel. Hy is, soos gewoonlik, nie lus vir 'n drama in die openbaar nie.

"Praat sagter, asseblief."

"Hét jy?"

Hy lig weer die vurk en speel daarmee. "Jy het altyd gesê ek weet nie wat liefde is nie. Wel. Ek het nie jou boekeken-nis daaroor nie. Ken nie die formules wat mense op mekaar laat verlief raak nie. $Xc = jk^2$. Ek werk nie so nie, Erika."

"Ek het jou liefgehad, Rodney." Sy sluk. "Hét jou steeds lief."

Hy kyk weg, weer na die mooi meisie wat haar lang bene kruis, bewus van sy aandag.

Erika kyk stip na Rodney. Hy het die afgelope paar weke verander. Sy hare is kort-kort geskeer, iets wat hy nooit te-vore gedoen het nie. Vroeër was sy hare lank, amper hippie-styl. Dit het die harde kontoere van sy gesig versag. Nou lyk sy gesig hoekig. Hard. En sy mond wat gewoonlik in 'n dun lyn getrek was, die mond wat sy so graag gesoen het, is nou onverbiddelik.

Sy bruin oë is hartseer. Dit is een ding wat sy goed van hom onthou. Sy oë, veral as hy na haar kyk. Hartseer omdat hy seker 'n gemis aanvoel. Dat hy nie by haar kry wat hy soek nie.

"Ons is nie reg vir mekaar nie," sê Rodney.

"Maar ons kan probeer!"

"Nee. Net die feit dat jy dit sê, bewys jy het my nooit verstaan nie." Dit is die eerste keer dat hy harder as gewoonlik praat. "Ek was wat jy wou gehad het ek moet wees. Wat ingepas het in jou loopbaan en die leë oomblikke tussenin gevul het. Ek dink nie jy is in staat om iemand in jou lewe te akkommodeer nie. 'n Verhouding beteken om kompromieë aan te gaan en om te praat. Jy wou liefgehê wees op jou voorwaardes. Ek wou oor ons praat, maar jy het uit boeke uit gepraat. Ons het by mekaar verbygeleef. Vera aanvaar my vir wie ek is. Praat met my. Het my lief. Kan ons nou asseblief finaal uitmekaar gaan sonder jou gebruiklike drama?"

Die kelner sit hul borde neer, maar Rodney raak nie aan sy kos nie. Uit skone senuweeagtigheid gryp Erika haar vurk en krap haar kos deurmekaar, beantwoord die kelner se vrae oorvriendelik.

"This looks lovely, thanks so much. No black pepper."

Rodney kyk op asof hy wil sê: Ja, wragtag, jy het nog niks verander nie. Jy irriteer my met elke woord wat jy sê, elke beweging wat jy maak.

Hy leun skielik vorentoe. "Kom ons los dit. Ons was twee skepe wat een nag by mekaar verbygevaar het, op 'n kol 'n lekker tyd gehad het, toe droog dit op. Nou's dit verby."

Koel, asof hy oor syfers praat wat uiteindelik klop. Die belastinggaarder wat die vorm so sal aanvaar.

Emosie styg in Erika op. Emosie waaraan sy nie gewoond is nie. Sy is altyd beheers. Maar nou, met Rodney hier voor haar, verander alles.

Dis sy wat eerste haar servet opvou. Sy sit die korrekte bedrag neer vir twee ontbyte en staan op. "Hoop jy is gelukkig, Rod." Daarmee loop sy uit die restaurant.

Die meisie met die bruin bene glimlag effens, suig aan haar koffie en kyk na Erika. En agter haar, sien Erika in die spieël, skakel Rodney iemand op sy selfoon en praat saaklik. Seker met Vera wat hier naby iewers wag.

Sy klim in haar motor en ry Parkhurst toe, haar oë vogtig sodat sy skaars kan sien waar sy ry. Sy moet een of twee keer rem aanslaan, en ry toe in Sewende Straat verby waar Tristan se plakkaat so prominent gepryk het.

Nog 'n entjie aan en dan links waar 'n mark gehou word. Sy is gelukkig om 'n parkeerplek te kry en hou stil. Sy pluk haar deur oop en klim uit.

Sy koop 'n bol pienk spookasem soos toe sy 'n kind was, en begin gulsig daarvan eet. Die oormaat suiker gee haar eintlik 'n skok, maar sy hou net aan met eet tot sy wil opgooi daarvan. Daarna betaal sy sewe rand vir twee pannekoeke.

"Kaneel en suiker?" vra die vrou.

"Ja, baie!" Erika probeer die traanstrepe van haar gesig afvee.

Hordes mense om haar, paartjies wat hand aan hand stap, 'n ouerige paartjie wat by 'n platestalletjie lag en na 'n ou langspeler van die Delians beduie. 'n Vrou met 'n hond wat aanhoudend blaf. 'n Paartjie met 'n stootmotortjie met 'n tweeling daarin. Al die snuisterye, mense, paartjies, hul gerieflike lewens, die sorglose wyse waarop hulle 'n Saterdagoggend geniet, maak kwalik vir haar sin. Sy is jaloers op hul rustigheid en selftevrede geluk. Hulle stap by haar verby asof sy aan 'n aansteeklike siekte ly, voel sy.

Is eensaamheid en opgemorste verhoudings dan aansteeklik? Voel mense dit instinktief aan en vorm 'n lugleegte om haar?

Sy stop die eerste pannekoek in haar mond, kou dit skaars, prop dan die ander een in. Die soetigheid begin haar walg, die meel proe nou galsterig en dik. Sy koop gemmerbier en sluk die pannekoek daarmee af. Die gemmerbier het te veel gemmer in en brand haar keel. Sy voel hoe die branderigheid in haar slukderm afbeweeg tot in haar maag.

'n Tafel vol lappoppe. Outydse poppe, moderne poppe, poppe met opstaanhare, groot pieringoë, dik arms en wye rokke. Poppe wat met geborduurde glimlagte na haar kyk, die kraaloë blink en vraend. Nog poppe en nog en nog.

Sy keer die kos wat by haar mond wil uitbars te laat. Dit sprei oor die poppe en die aangrensende tafel. Mense vlug. Die eienaar probeer die poppe wegpluk, maar dit is te laat.

Erika huil en vee haar mond af, vra verskoning, word weer naar toe sy sien watse gemors voor haar is.

Sy vlug terug na haar motor toe. So iets het nog nooit met haar gebeur nie. Vinnig deur die malende menigtes terwyl al meer mense na haar kyk. Sy weet nie waar om haar kop in te steek nie.

Erika jaag verder af in Parkhurst, al is dit net om weg te kom van hierdie mark op die hoek van Sewende Straat en Derde Straat. By 'n winkel wat mosaïekwerke verkoop, hou sy stil. Die suur smaak in haar mond en kolle op haar klere is die enigste bewyse van wat gebeur het.

Dis moeilik om die sitplekgordel los te maak. Erika klim uit. Sy voel meteens lig. Amper bevry. Sy weet nie hoekom nie, maar 'n klomp gif het letterlik uit haar gebars op seker die mees dramatiese wyse denkbaar.

Sy stap by die mosaïekwinkel in en kyk na die kleurvolle teëls en vase op die tafels. Hier en daar draal belangstellendes rond. Sy vee met haar vingers oor die bakke wat met mosaïekteëls uitgelê is en besef haar huis is eintlik vaal, kleurloos, soos haar lewe. Dalk moet sy een van hierdie vase koop.

Sy steier toe sy die pryse sien. Maar dit voel of iets haar beetpak – 'n roekeloosheid waaraan sy nie gewoond is nie. Sy bekyk 'n wit en rooi vaas; die rooi motief lyk na 'n draak se stert deur die wit teëls.

Haar selfoon lui. Tog net nie nog 'n kliënt wat in die nood is nie. Sy kyk na die nommer wat verskyn het, maar herken dit nie. Sy laat die persoon nog twee keer lui voordat sy antwoord.

"Erika Hamilton."

"Middag, Erika. Dis Tristan."

Sy laat amper die vaas val. Sy sit dit neer en klem die selfoon vas.

"Hallo, Tristan?"

"Ek wil graag 'n afspraak met jou maak."

Wat? wil sy skree, maar sy bedwing haar.

"Kan ek vra dat jy my Maandagoggend na agt skakel? Dan is ek by my afsprakeboek. Ek weet ongelukkig nie tans wanneer daar 'n opening is nie, maar ek is taamlik vol."

"Hierdie besoek sal vinnig wees. Dis nie eintlik 'n amptelike besoek nie."

Die vroue is reg. Hy hét 'n baie sensuele stem, soos sy ook gehoor het toe sy hom die eerste keer geskakel het.

"Hallo. Is jy nog daar?"

Hy sê nie dat hy haar nog van universiteitsdae onthou nie.

"Ja. Bel gerus Maandag, dan kyk ek wanneer ons mekaar kan sien."

"Baie dankie. Mooi dag."

Hy verbreek die verbinding.

Sy staan by die vaas wat sy pas neergesit het. Besef dat haar hande bewe, maar verstaan glad nie wat met haar aangaan nie. Sy staar na die selfoon asof dit haar gaan pik.

Toe druk sy dit terug in haar handsak, stap na die muur toe en haal 'n teël van die muur af. Dit is 'n bos rooi blomme in 'n swart vaas wat in mosaïekblokkies uitgelê is. Sy kyk na die prys, haal 'n slag diep asem en betaal dan daarvoor.

Sy weet presies waar sy dit gaan hang. In haar spreekkamer waar sy dit elke dag kan sien, asof dit haar moet herinner aan wat vandag alles gebeur het.

Terug by die huis stort sy. Sy wens sy kan die afspraak met Susanna Calitz kanselleer, maar besef dat sy dit nie kan doen nie.

Sy trek skoon klere aan, stap na haar spreekkamer toe en haal die geraamde sertifikaat, wat aandui dat sy 'n geregistreerde sielkundige is, van die muur af. Sy hang die teël met die rooi blomme daar.

Sy verwyder 'n niksseggende skildery wat maar net daar was om die ruimte te vul, en hang die sertifikaat daar. Die blomme bring dadelik kleur in die vertrek, helder dit op.

Haar selfoon biep. Dit is Susanna Calitz wat per SMS bevestig dat sy reeds in Jan Smutslaan is en binnekort voor haar hek sal wees.

Nog een van die vroue wat by Tristan Hansen was.

Tristan. Met wie sy 'n uur gelede gepraat het.

Haar gonser lui vyf minute later. Sy stap na die voordeur toe en sluit dit oop. Sy laat haar kop sak, asem die vars lug in en sê vir haarself om kop te hou.

'n Eenvoudige motortjie staan voor haar hek. Erika druk die afstandbeheer en die hek skuif oop. Dit moet Susanna Calitz wees.

Die vrou parkeer en klim haastig uit.

"Hallo, ek is Susanna. Ek is so bly jy kon my vandag sien. Ek het nie geweet wat om te doen nie, ek is so jammer. Dit het alles begin toe hy . . ."

Sy hou haar hand op. "Susanna, aangename kennis. Ek is Erika Hamilton."

"Ja, ek weet. Ek het nie eintlik geld nie, maar ek spaar en ek belowe ek sal betaal."

"Jy moet vorms invul en ons gaan eers in die algemeen praat voordat ons by jou probleem uitkom. Ek moet eers doodseker maak dat ek jou wel kan behandel en of ek jou dalk anders heen moet verwys."

"O nee!" Susanna verbleek merkbaar. "Ek kan nie vir iemand anders hiervan sê nie! Mevrou Hansen het my verseker dat jy sal kan help, dat sy ook by jou was en dat jy kan help. Doktor, ek raak van my kop af. As ek nie met jou kan praat nie, weet ek nie wat ek sal doen nie!"

Erika beduie in die rigting van haar spreekkamer. Susanna Calitz kyk gespanne soontoe. Toe stap sy in daardie rigting.

Erika kry eers al die besonderhede, hoor of Susanna voorgeskrewe medikasie gebruik, of sy al tevore sielkundige behandeling gehad het, vra vrae oor haar werk, haar huwelik, haar ouers.

"Doktor, ek het nou wragtag amper ook vir jou gesê wanneer ek my hare die eerste keer gekleur het. Hoeveel vrae gaan jy my nog vra? Ek moet praat. Seblief, ek moet oor Tristan praat, ek word mal in my kop, my skroewe draai los. Seblief, seblief, kan ons later oor die ander goeters praat? Ek moet nou vir jou vertel wat gebeur het!"

Die klank in haar stem is so desperaat, dat Erika dankbaar is dat sy uiteindelik aan die einde van die rits vrae gekom het wat sy gewoonlik vir voornemende kliënte vra.

"Nou maar goed. Jy moet egter onthou dat, indien ek jou behandel, jy 'n bedrag in my rekening moet betaal soos op hierdie vorm uiteengesit." Sy beduie na die vorm wat Susanna pas ingevul het.

"Ek sal geld by my vriendinne leen, enigiets. Maar ek moet praat! En ek moet nou praat!"

Erika beduie na 'n leunstoel. Susanna gaan sit in die stoel, 'n klein, skaam vroutjie met muisvaal haartjies en 'n gesig waarop die spore van swaarkry en ouderdom reeds duidelik wys. Sy merk hoe Susanna haar hare gedurig agter haar ore indruk. Sy dra nie eintlik grimering nie, dus wys die spore van moegheid en frustrasie duidelik op haar gesig. En is die plooie wat begin vorm 'n aanduiding van verwaarlosing.

So vaal soos 'n wees-muisie, het Susanna op haar vorm geskryf in antwoord op die vraag *Hoe sou jy jouself beskryf?* En toe bygevoeg: *Gebruik en misbruik en maer en moeg en uitgeteer en sat vir die lewe. Wens só ek was ook mooi soos die vroue in Sarie en Rooi Rose. Sukkel met my vel, veral as ek nervous raak. Kry gereeld 'n uitslag. Het selfs op 'n kol gordelroos gehad. Maar dit gaan nou beter.*

"Jy is hier om oor Tristan Hansen te praat," help Erika Susanna terug na die doel van die gesprek.

"Tristan. Die engel."

Erika kyk op. "Engel?"

Susanna knik. "Hy is die mooiste mens wat ek nog ooit gesien het. En ek praat nie net van sy biseps en triseps en die duiwel in sy moer-weet-watse-seps nog nie. Hy is 'n beeldskone man. As hy nie terugkom in my lewe nie, is dit verby. Wil ek nie meer lewe nie."

Erika blaai om en maak aantekeninge.

"Vertel my wat gebeur het en hoe sy besoek jou laat voel het."

"Doktor, as dit is hoe die paradys eendag gaan wees, glo ek aan my ouma se stories oor engele met harpies in goue strate. Dan kan ek nou maar doodgaan."

Erika reageer nie daarop nie, skryf net, kyk op, verwag dat Susanna dalk 'n grap gemaak het, maar sy lyk doodernstig.

"Hy is my begin en my einde. Hy het my beter laat voel as wat ek al ooit in my lewe gevoel het."

"En hoe goed is daardie 'beter', Susanna?"

Susanna dink 'n oomblik na. "Het jy al op 'n low-calorie diet gegaan? Dan honger jy jouself uit en eet niks tot jou derms begin huil?"

Erika glimlag effens. "Ek gaan selde op 'n dieet."

"Dan stap jy by Checkers in en koop vier Magnum Death by Chocolates en prop dit in jou mond en eet en eet tot jy later tjoklit op jou rok mors en jou lyf koud en warm gelyk word?"

Erika kyk uitdrukkingloos na haar.

"Wel, my liewe doktor wat so maer is, jy lyk na iets uit Farao se droom. Maal dit met honderd en sit nog vyftien daarby. Dán kan jy begin verstaan hoe die engel jou plesier gee."

Susanna kry 'n helder uitdrukking in haar oë, sit vorentoe asof sy wil wegspring op 'n atletiekveld, glimlag en raak aan haar wang.

"Nee, doktor. Interessant begin nie om die storie te vertel nie."

"Nou goed, Susanna. Vertel jy dan die storie. Begin by die oomblik toe jy die deur oopmaak en Tristan staan voor jou. Vertel alles."

Die vrou gaan sit, kyk ongemaklik rond.

"Vertel asof dit nou met jou gebeur, Susanna."

Weer die verskrikte kyk.

"Moenie bekommerd wees nie. Dit sal konfidensieel bly. Begin by die oomblik toe jy Tristan die eerste keer ontmoet het."

ELF

Susanna Calitz maak die deur oop. Tristan Hansen lyk selfs beter as op die advertensie. Sy wil dadelik weer die deur toemaak, wéét dat hy skrik toe hy haar sien en verwag die verleë glimlag en lam verskoning.

Sy vee selfbewus oor haar rok – die donkerbloue waarin sy net-net pas, hoofsaaklik omdat sy die afgelope twee maande so min geëet het. Sy het geen eetlus gehad nie, die pyn en vernedering van wat Albertus Calitz aan haar gedoen het steeds vlak in haar geheue.

Haar hare wat Myrna vanoggend so mooi gedoen het, en dit nog verniet! Sou hy dit raaksien? "Dis vir 'n spesiale geleentheid, my girl. Sien dit as 'n vroeë, 'n báie vroeë Krismispresent," het Myrna gesê terwyl sy aan haar kapsel werskaf. Susanna het begin jaloers voel toe sy kyk na die vroue om haar wat weekliks die voorreg het om hul hare te laat doen, want sy doen hare maar altyd self.

Toe Myrna die laaste spuitjie spuit, het Susanna haarself amper nie herken nie. Die muisvaal haartjies is in 'n moderne styl opgedoen. Dit lewe vir die eerste keer in jare, lyk selfs na iets! En die grimering wat Myrna aangewend het, laat haar blom.

Sy het haarself weer in die spieël bekyk en selfs bewus geraak van een of twee kliënte wat na haar kyk en knik. Ja, inderdaad, dit het minstens vyf jaar van haar afgeneem. Myrna het iets gemompel van: "Jy moet na jouself kyk, my girly. Onthou, mens lewe net een keer!"

Die vrou wat in die spieël na haar teruggekyk het, was die

Susanna wat sy onthou het – iewers uit 'n vergete tydperk lank gelede, voordat haar gesig met Albertus se vuiste kennis gemaak het. Voor die aanslae, die hardhandige neergooi op die bed, en dan die helse brandpyn wanneer hy van agter in haar inpomp dat sy huil daarvan. Dit was sy gunstelingposisie, dalk om haar nog verder te verneder.

"Hallo, Susanna. Jy lyk pragtig." Tristan, nou, hier voor haar.

Sy wil steeds die deur toemaak, selfbewus en skrynend verleë. Maar bowenal bang. Wat het haar besiel?

"Hallo." Dit neem 'n ruk om sy naam te sê. "Tristan."

"Dis goed om jou uiteindelik te sien." Sy oë glip oor haar. En verbeel sy haar, of is daar waardering? Seker omdat hy betaal word.

"Ek is bly om jou te sien. Ek het die geld hier." Sy vroetel in haar handsak, haal die koevert uit en druk dit in sy hand. "Jy kan dit tel as jy wil."

Hy neem die koevert en sit dit in sy baadjiesak.

"Dankie."

Wat gebeur nou? Gee hy opdragte? Gee sý opdragte? Is daar voorwaardes? Reëls? Hy doen nie dit nie, sy mag nie dat nie, hulle het slegs 'n uur, ensovoorts. O ja, en: "Ek soen nie." Sy het dit eendag in 'n roman raak gelees toe 'n vrou 'n katelknapie gehuur het. Nou gaan Tristan seker dieselfde sê.

Maar hy praat nie, stap in, maak die deur agter hom toe en kyk na die lampies op die tafel wat reeds brand, want dis skemer.

Sy oë. Sy het eendag in 'n tydskrifvervolgverhaal gelees van "kom-saam-met-my-bed-toe-oë", toe lag Susanna hard uit haar maag en sê vir haar vriendin: "Ja, right, en ek is prinses Kate se tweelingsuster!" Dit was die simpelste beskrywing wat sy nog gehoor het en sy het gedink die skrywer het 'n wonderlike verbeelding.

Maar nou staan die mooiste man wat sy nog gesien het hier voor haar. En hy kyk na haar asof net sy bestaan. Hy neem sy oë nie vir 'n oomblik van haar af nie, hipnotiseer haar amper. Sy wil wegkyk, haar kop wegdraai en verskoning maak dat sy nie meer jonk en mooi en goed versorg is nie, maar hy stap nader.

Wat gaan hy doen? Gaan hy haar aan die skouers beetkry en teen die muur vasdruk soos in die rolprente wat sy op televisie sien? Gaan hy haar slaan? Sy koes, maar hy draai haar gesig saggies terug en sit sy vinger teen haar lippe.

Kan dit wees dat 'n man so sag aan haar kan raak? Toe hy weer sy hand lig, wag sy vir die vuishou, maar hy raak aan haar regteroor wat effens doof is van Albertus se houe. Hy soen haar op daardie oor. Dit is een van die lekkerste gevoelens wat sy in jare gehad het. Hy fluister iets, maar sy kan hom nie hoor nie.

Daar loop skielik 'n traan uit haar oog. Sy weet nie waar dit vandaan kom nie, dis sommer net daar. Voor sy kan keer, huil sy tegelyk van vrees en afwagting en minderwaardigheid teenoor die man wat voor haar staan en skone lus wees vir hom.

Hy soen die traan saggies van haar wang af. Weer koes sy, trek inmekaar van vrees vir sy aanraking en die pyn wat sy daarmee vereenselwig. Maar sy vel is soos fluweel, sy asem warm en skoon. Dis die eerste keer dat 'n man so naby haar is en nie ruik na bier of brandewyn of rook of ou eier nie.

Hy sê iets langs haar oor, maar vanweë die doofheid hoor sy weer nie mooi wat dit is nie. Seker: "Kom ons doen dit en kry klaar. Onthou, ek vat nie aan jou nie en ek soen nie want jy is liederlik, en . . ."

Asof hy haar gedagtes kan lees, soen hy haar nou op haar linkerwang en sê: "Ons sal moet gaan. Die restaurant. Kwart voor sewe."

Sy hande streel oor haar nek en raak aan haar skouers terwyl sy lippe haar wang koester. Speldeprikke ontstaan op haar vel. Die gevoel beweeg oor haar skouers tot in haar maag. Skoenlappers. Dan is dit wat haar vriendinne bedoel met "skoenlappers in die maag". Maar dis baie lekkerder as wat hulle ooit beskryf het.

Susanna Calitz is so gewoond daaraan om hardhandig behandel te word, dat dit haar liggaam 'n ruk neem om te verstaan dat hierdie man haar nie gaan seermaak nie. Dis wat sý wil hê wat nou saak maak. En wanneer sy inkrimp teen sy aanraking, sê hy: "Ek sal jou nie seermaak nie."

Hemel, kan dit waar wees? Kan hierdie man, wat so mooi en beskaafd met haar praat en presies weet waar om te vat, werklik bestaan? Sy is nie dalk in 'n grapjasfliek waar iemand 'n kamera weggesteek het nie? Net om oor 'n minuut, wanneer sy behoorlik 'n gek van haarself gemaak het, uit te spring met: "You're on camera!"

Hy soen haar. Al waarvan sy nou bewus is, is die wonderlike warmte van sy lippe. Nie Albertus Calitz wat sy tong in haar mond druk en wie se tande teen hare stamp nie. Maar 'n mond wat haar so lekker soen dat haar knieë daarvan knak.

Susanna Calitz verstaan nie wat met haar gebeur nie. Sy

is eers skaam, dink aan haar tantes wat haar gewoonlik met styfgeperste, grimmige lippe piksoen met: "Die kind trek op die Jacobse. Groot neus en swaar ooghare. Ai tog, sy sal maar moet vat wat sy kan kry eendag. Shame."

En growwe Albertus: "Ag nee, my magtag, Susanna. Soen soos 'n ordentlike vrou, my kwit!" En as hy baie dronk is, byt hy haar mond dat die bloed loop. Klap hy haar as sy haar teësit of kla. Stamp hy haar weg wanneer sy begin bewe, dat sy op die vloer val.

Sy onthou die dag toe hy 'n prys gewen het vir die kliënt wat die meeste hamburgers op een slag kon verorber. Toe hy daardie nag probeer om seks met haar te hê, kon hy dit nie eers opkry nie, en het gedurig winde opgebring wat na eier en vleis en uie geruik het.

"Dis jou skuld, jou slet!" het die uie-asem teen haar wang gekom. Maar hy was gelukkig te dronk om hard te kon slaan.

Hierna het hy snorkend aan die slaap geraak. En die winde wat hy voor en agter gelaat het, het in klanke uitgebars wat sy nog nie vantevore gehoor het nie. Dit het soos 'n vlakvark geklink waarvan die karkas opgesny is en waaruit winde ontsnap het, soos destyds toe haar pa een van dié diere op die plaas doodgeskiet en oopgesny het.

En die reuk was amper dieselfde.

Tristan soen haar met 'n geweldige teerheid. Sy waag dit nou om aan sy gesig te raak en voel hoe sag sy wang is. Albertus, ongeskeer, se baard het haar altyd gekrap, dan vee hy sy neus af en stamp haar terug op die bed en begin vloek. "Jy wil dit hê, teef! Jou lyf soek dit!" Maar as Tristan haar wang soen, voel sy lippe soos fluweel.

Sy weet nie wat om nou te maak nie. Haar bene outomaties oopgooi vir hom soos Albertus dit sou wou hê? Is dit wat volg? Dan is dit verby binne 'n minuut? Gelukkig het sy verskoning vir 'n orgasme vinnig en voorspelbaar gebeur terwyl hy haar verskriklike name noem. Gewoonlik het hy haar in die gesig geslaan terwyl hy 'n orgasme bereik en haar gevloek. En na die tyd die drieletterwoorde, die verwyte, die spot. "Jy is nie 'n vrou se skaduwee nie, jou slet." Of: "Draadtrek is baie lekkerder. Jissis, kan jy niks ordentlik doen nie?"

"Jy's pragtig," sê Tristan.

Haar brein weier om die woorde te registreer. Hy sê dit sommer, want hy word betaal.

"Susanna."

Sy weet nie wat om met haar hande te maak nie. Hy glimlag vir haar en knik asof hy haar toestemming gee.

Sy voel-voel versigtig oor sy rug. Daarna waag sy dit: haar hande beweeg af tot by sy boude. En in plaas van die pap, drillerige donderbusboude van Albertus Calitz, raak sy aan Tristan s'n. Ferm. Sterk. Jonk. Hard.

"Ons moet ry. Ek wil jou nou vat, hier, onmiddellik. Maar ek het plek in 'n restaurant bespreek en die vertoning begin agtuur."

Sy knik, te verbouereerd om iets anders te sê, voer sy opdrag gedweë uit soos sy alles doen wat Albertus van haar vra. Niks wat nou hier gebeur, maak sin nie. Sy verstaan dit nie.

Hy trek haar klere reg, vleg sy vingers versigtig deur haar hare, soen haar op haar voorkop. "Ek weet nie of iemand dit al vir jou gesê het nie, maar jy is baie, báie mooi."

Sy skud haar kop.

"Ons moet gaan."

Hulle stap uit en sy sluit die deur agter haar.

Hulle loop na haar motor toe. Hy trek sy baadjie uit.

Nou kan sy eers behoorlik na die swart broek kyk wat so gemaklik om sy heupe pas, die oopnekhemp wat duurder lyk as enigiets wat Albertus Calitz of die manne in die kantoor ooit gedra het. Sien sy die sterk skouers, die hemp wat oor sy plat maag span, die gemaklike manier waarop hy loop.

Hy hou die bestuurder se deur vir haar oop.

Niemand het al vir Susanna Calitz 'n motordeur oopgemaak nie. Miskien Albertus met hulle eerste afspraak destyds, toe sy hom in 'n tydskrif se hoekie vir eensames raakgeloop het en hy haar uitgeneem het. Maar dit was die laaste keer.

Sy klim in en haar rok skuif op. Sy trek dit vinnig af, maar sy sien dat hy na haar bene kyk. En in die motor se lig kyk sy nou self daarna en dink dit is dalk haar grootste bate. Maar niemand het dit ooit vir haar gesê nie.

Hy klim in en gaan sit op die passasiersitplek. Sy kyk hoe die broek om sy bobene span. Ruik sy skoon, manlike geur. Het skielik die intense begeerte om hom te gryp en te soen. Om net weer daardie ongelooflike warm, sensuele lippe te voel. Die teerheid weer te ervaar waarmee hy haar soen.

Hy verduidelik hoe om by die restaurant te kom.

Terwyl sy uit Albertskroon in die rigting van Beyers Naudérylaan ry, lyk die stad eensklaps vir haar mooi. Tristan se hand is op haar been, sy vingers naby haar dy sodat sy haar bene onbewustelik effens oopmaak. Maar hy beweeg nie verder nie. Praat met haar oor die musiekblyspel wat hulle gaan bywoon en verduidelik die agtergrond daarvan.

Sy luister na sy stem, wil hom inasem, verdrink in hom. Maar hy praat rustig en af en toe kyk hy na haar, knipoog en glimlag op daardie sagte manier waaraan sy maar nie gewoond kan raak nie. Dit is nie die ek-weet-ek-is-mooi-grynslag van bekendes wat vir kameras lag nie. Dit is 'n ska-duwee van 'n glimlag wat net aan sy mondhoeke raak en weer daardie warmte in haar liggaam wakker maak.

Hulle hou twintig minute later voor die winkelkompleks stil. Sy voel selfbewus, weet nie wat om te doen nie. Maar hy stap om die motor en hou die deur vir haar oop.

Toe hulle by die restaurant instap, voel sy bang. Wat ge-beur as sy nie weet watter mes en vurk om te gebruik nie? Wat om te bestel nie?

Een of twee vroue kyk op, laat hulle oë skaamteloos oor Tristan gly. En vir die eerste keer in haar lewe sien sy die jaloesie in ander vroue se oë oor die man aan haar sy. Maar sy bly skaam, kyk weg. Tog is sy bewus van die ander vroue.

Sy merk nou eers dat dit 'n soesji-restaurant is. Liewe Vader, sy het nog nooit in so 'n plek geëet nie, sien net altyd die naam van buite af naby waar sy werk. Mense eet met stokkies! Wat gaan sy maak?

Tristan praat met die vrou wat hulle na hul tafel toe neem en glimlag vir die komplimente. Dit lyk of hy die vrou ken. Nog mense kyk na hom. Dalk herken hulle hom van die ad-vertensie, dink sy. Maar sy gee nie meer om nie – sy geniet al die aandag wat hulle trek.

"Ek het nog nooit . . . e," sy kyk rond, "sulke kos . . . die stokkies . . ."

Hy neem haar hand. "Vertrou jy my?" vra hy.

Sy knik.

"Ek sal vir ons bestel."

Hy bestel disse waarvan sy nog nooit gehoor het nie. Sy verwonder haar oor die gemaklikheid waarmee hy die vreemde name sê. Sashimi, Californian rolls, maki. "Ons drink wyn as ons by die huis is. Jy moet bestuur," sê hy. Sy knik dankbaar, staar na die glase voor haar, sou in elk geval nie geweet het watter soort wyn sy verkies nie, laat staan nog watter glas om te gebruik.

" 'n Coke, dankie."

Hy praat met haar oor alles onder die son. Sy lag vir die dinge wat hy sê en verwonder haar oor sy kennis. Hy praat nie soos haar vriende oor sepies en Jacob Zuma en die land wat vergaan en rugby en die weer nie. Hy praat oor wat vir haar saak maak.

"Waar het jy die krale gekry?" vra hy.

"Van my oumagrootjie af. Sy het dit nog vir die Kakies weggesteek in 'n grot duskant Belfast waar hulle in die konsentrasiekamp was. Sy het dit vir my ouma gegee en gesê dit bring geluk. Toe kry my ma dit en toe ek."

"Jy dra dit nie dikwels nie, nè?"

Hoe sou hy dit weet?

Hy buk vorentoe en raak saggies aan die krale, sy vingers beweeg skrams oor haar vel. "Jy moet dit meer dikwels dra. Mens trek goeie goed na jou toe aan as jy iets dra wat vir jou baie beteken."

Sy kyk gespanne na die mense wat so behendig met die stokkies eet.

"Jy doen naaldwerk?" Hy sê dit as 'n vraag, maar maak ook 'n stelling. "Jou ouma jou geleer?"

Sy onthou haar dierbare ouma wat haar ure lank geleer

het hoe om 'n pers iris te borduur en die verskillende ska-kerings van pers te vervolmaak, en sy vertel hom daarvan.

"My ouma het net sulke mooi naaldwerk gedoen. Maar sy het van diere gehou. Wildehonde met kolle, sebras met strepe – dit het haar maande geneem! Dan sit ek teen haar voete en lê met my kop teen haar knie en luister na die geritsel hier bokant my." Hy lag soos hy onthou.

Sy begin van haar ouma vertel, van die dae op die plaas, die storieboeke oor prinse wat sy altyd gelees het, die Ena Murrays en ander boeke wat sy so verslind.

Hy luister, knik soms, glimlag by tye, neem deel aan die gesprek, help wanneer sy die korrekte Afrikaanse woord soek en lag een keer. Dis só mooi wanneer hy lag. Toe val haar oog op die pryse. Hoe gaan sy betaal?

Maar asof hy haar gedagtes lees, sê hy saggies: "Dis op my."

"Maar die restaurant . . . die kaartjies . . . Dis meer as . . ." Sy wil sê: "As wat ek jou betaal," maar besluit daarteen.

Tristan bestel twee glase Ratafia. Sy ken glad nie die naam nie.

'n Klomp rou vis word voor hulle neergesit met 'n donker sojasous en iets wat na 'n groen avokadovulsel lyk, en daarmee saam oranje-pienk gemmerskyfies.

En die stokkies. O hemel, die stokkies. Maar die groen vulsels interesseer haar die meeste.

"Dis wasabi. Kom ek wys jou."

Hy neem die stokkies behendig, knyp 'n stuk rou vis vas, doop dit in die sojasous en plaas 'n titseltjie wasabi daarop. Hy bring dit na haar lippe toe, glimlag vir haar en beduie met sy wenkbroue dat sy haar mond moet oopmaak.

Sê nou sy word naar. Maak 'n gek van haarself. Maar erger

nog, van hom! Sy wil nie hierdie kos eet nie. Ken dit nie, hou nie van rou goeters nie, is bang dit gaan vrank en rou proe. Hy gaan vir haar lag, die servet neergooi en opstaan.

Hy lig sy ander hand om te wys sy moet haar mond oopmaak. Sy koes instinktief. Een of twee mense kyk op.

"Probeer."

Sy kan nie hier 'n drama veroorsaak nie. Dalk weet almal in die restaurant dat sy vir hom betaal het. Besef hulle dit is onmoontlik dat 'n lelike eendjie soos sy saam met so 'n vleispaleis sal uitgaan.

"Ek sal jou nie iets laat doen waarvan jy nie hou nie. Vertrou my."

Sy draai haar gesig sodat sy beter kan hoor wat hy sê, want hy sit aan haar dowe kant.

"Probeer, Susanna?"

Sy maak haar mond oop, onthou die soen tevore, hunker daarna. Hy plaas die kos in haar mond.

"Jou eerste salm-sashimi."

'n Eksotiese smaak, dis die enigste beskrywing waaraan sy kan dink. Kos soos sy glad nie ken nie. Iets brand effens. Sy proe ook gemmer en 'n ligte vrank smaak. Maar die vis laat 'n welbehae deur haar mond sprei wat haar vol en wonderlik laat voel. Sy eet die sashimi, rol dit in haar mond, voel die sagte vlees onder haar tande meegee en sien die genoegdoening in sy oë terwyl hy kyk hoe sy dit geniet.

Sy hou daarvan.

Sy neem die glas met Ratafia, proe daaraan en maak haar oë toe. Dit is onwerklik lekker. Toe sy dit wil neersit, skud hy sy kop, neem die glas en bring dit weer na haar lippe. Sy drink vir die tweede keer uit die glas.

Hy doop weer vis in die sojasous en vee 'n bietjie van die groen, pastarige vulsel daaroor. Weer bring hy die stokkies nader en plaas die rooipienk vis op haar tong. "Met wasabi." Sy maak weer haar oë toe en laat die salige smaak in haar mond huiwer voordat sy dit sluk. Iets wat na peperwortel smaak, brand haar effens, maar dis 'n lekker brand.

Sy eet, voel hoe die smaak bekender raak, en is dol daaroor.

"Lekker?" vra hy toe sy niks sê nie.

"Hemels," antwoord sy en skrik. Wonder waar sy daardie woord vandaan kry. Dalk in een van *Huisgenoot* se blokraaie.

Hy voer haar weer, eet self van die kos en neem dan haar vingers in syne. Dit lyk tog nie so moeilik om die stokkies vas te hou soos hy nou beduie nie. Dis lekker as hy so aan haar hand vat.

Sy probeer die stokkies tussen haar vingers balanseer, maar hulle is dom, die kos val af. Dis baie makliker om 'n vurk vas te hou.

Weer probeer. Hemel, die krag in sy vingers wanneer hy hare manipuleer om die kos tussen die stokkies vas te knyp. Nou na haar mond. Seblief, die saamgeperste rys met die geel en rooi vulsel moenie nou afval nie, want haar vingers voel lam.

Toe kry sy dit uiteindelik reg.

Susanna staar na die stokkies asof dit iemand anders s'n is, verkyk haar aan die rooi en geel en groen en wit kos in haar bord, al die kleure van die reënboog. Die kos is net so mooi as wat dit lekker smaak.

Sy maak haar mond oop en proe die rys wat beslis nie

smaak soos die pap rys wat sy soms maak en waarvan Albertus darem gehou het nie.

Tristan praat met haar, vra of sy ook kwilte maak. Hoe weet hy al hierdie dinge? Sy gesels saam, vergeet die spanning oor die etery, is net bewus van sy teenwoordigheid. Praat oor dinge wat vir haar saak maak. Wat sy vandag gedoen het, van die kliënte wat onbeskof is oor die telefoon, haar baas wat haar nie waardeer nie, die onsimpatieke publiek wat haar net hoor as 'n stem wat 'n telefoon antwoord.

"Iemand soos jy verdien om iets anders te doen. Iets waarvan jy hou."

"Ek wil eintlik kos maak," sê sy, "in 'n restaurant werk. Ek help partykeer Saterdae by die sopkombuis in Newlands. O ja, en by die ouetehuis. Gee vir die oumense kos, maak lekker goed. Maar niks so lekker soos hierdie nie."

"Susanna. As jy regtig wil, sál jy."

Sy verstaan skielik nie hoekom hy 'n prostituut is nie. Hy tree nie op soos sy gedink het 'n prostituut sal nie, onderhandel en praat en kibbel nie met haar soos sy verwag het nie.

Hy laat haar spesiaal voel. Is romanties. Waarvan sý hou, maak vir hom saak. Sy wil vra hoekom hy spesifiek vir haar uitneem, want sy hoor by haar vriendin wat Tristan se nommer verskaf het, dat 'n vrou hom eendag per vliegtuig Port Elizabeth toe laat vlieg het, al sy onkostes betaal het en vyftienduisend rand opgedok het vir 'n naweek saam met hom in 'n casino. Hy het glo vir haar geluk gebring, want sy het baie geld gewen en toe sommer ook, van skone plesier, 'n klomp tweehonderdrandnote in sy sak gedruk.

En nou, sý. Honderd-en-dertien rand en sewentig sent.

Net hierdie bord kos voor haar, sien sy op die spyskaart, kos meer. Maar hulle praat nou so lekker dat sy nie die gesprek wil bederf met so 'n vraag nie. Tog wonder sy.

Hoekom doen hy dit?

"Dankie, Tristan."

"Jy verdien baie meer as dit. Want dis dalk die fout wat ons maak," sê hy. "Ons soek net die liefde wat ons dink ons verdien. Maar in die proses sien ons nie regtig liefde raak nie."

Sy dink daaroor, besef dat dit is hoekom sy met Albert getrou het. Want sy het geweet sy gaan nie iemand beter kry nie. Haar ouers was so bly dat sy wel 'n man gekry het. Sy het die ploert van 'n Albertus verdien, het sy gedink.

Tot nou.

Aan die einde van die maaltyd word lietsjies bedien. Hy skep 'n lietsjie in 'n lepel, bring dit na haar mond toe en laat dit inglip. Sy proe die sagte, soet, vlesige vrug en 'n gevoel van plesier sak weer oor haar toe. Nou verstaan sy wat in die Bybel met welbehae bedoel word. Dis wat sy nou voel. Haar tong wikkel om die pit wat sy met haar hand wil uithaal, maar hy bring sy hand na haar mond toe.

Sy druk die pit vorentoe, sy vingers tussen haar lippe. Hy vat die pit raak toe dit deurgly en sy voel 'n nattigheid tussen haar bene, 'n tinteling wat haar laat bewe. Hy herhaal die aksie met elke vruggie wat sy in haar mond plaas, haar onderlyf nou lam van genot en afwagting en lekkerte. Sy voel sy been teen hare.

Tristan. Hemel, hy is regtig hier. Sy kyk na hom. Sy wil hom nou, net hier, hê. Gee nie om vir die musiekblyspel nie, is nie bekommerd oor die mense agter hom in die restaurant wat hulle sal sien nie. Sy wil hom gryp en soen en soen en soen.

Hy betaal die rekening terwyl die soet smaak nog in haar mond lê. Hulle stap uit en by die deur knik Tristan vir die vrou wat die restaurant skynbaar bestuur.

"Thanks, Muneika."

"Thank you, Mister Hansen." Sy beklemtoon die "you".

Toe neem hy Susanna na die teater toe.

Hulle sit in die vyfde ry van voor. Sy verluister haar aan die musiek, sien die orkes hier voor haar sit – waag dit selfs een of twee keer om haar op te lig om die dirigent beter te kan sien. Sy het 'n bietjie te deftig aangetrek, want die meeste mense kom sommer in T-hemde en jeans en tekkies. Maar dis lekker om weer 'n bietjie "op te dress" of "te poeier en te paint", soos haar ouma altoos gesê het.

Mense kyk steeds na Tristan, soms terloops, ander kere met openlike bewondering, en sy gloei van trots.

Die orkes begin met die musiek. Mense klap hande en sy klap saam, voel opwinding deur haar spoel. Sy kyk na Tristan. Hy knipoog vir haar en neem haar hand in syne. Hy los dit net as sy wil handeklap.

Sy klap hande wanneer die ander mense dit doen, en herken van die deuntjies wat sy so dikwels op Jacaranda FM hoor. Maar nou sién sy die mense dit sing, hier vlak voor haar. Af en toe neurie sy saam, tot 'n stywenek-vrou voor haar gesteurd omkyk.

En die mooi kostuums, die musiek wat met haar praat! Sy verkyk haar aan die dekor en al die glans en prag. Sy gaan volkome op in die musiek, verbeel haar sy is die prinses op die verhoog en dink toe skielik: Maar ek ís die prinses. Beslis vanaand. Nou weet sy hoe dit voel om een te wees. Of 'n uitgesoekte siel wat deur 'n engel besoek word.

Sy lag as sy so daaraan dink. Maar dit is presies wat hy is: 'n plesierengel.

Sy been is kort-kort teen hare. Dan neem hy weer haar hand in syne, laat dit op sy been rus. Sy raak bewus van die spiere in sy bobeen wat styfspan, en dit maak haar weer intens bewus van die energie wat hy uitstraal. Dit maak haar so warm dat sy kort-kort in haar stoel moet rondskuif om die opwinding in bedwang te hou.

Haar vingers raak soms aan sy pols en sy wil afbeweeg oor sy dy na die heuwel tussen sy bene, maar sy doen dit nie. Beheer haarself met moeite. Sy verstaan glad nie wat met haar gebeur nie, want sy is 'n skaam, skugter, vaal muisie wat skaars in 'n gemorskos-restaurant opkyk nadat sy 'n wegneemhoender bestel het, bang dat die ander mense vir haar sal lag. En nou wil sy met hom liefde maak hier tussen almal halfpad deur die musiekblyspel.

"Tristan," sê sy saggies vir haarself asof sy met die noem van sy naam bevestig dat hy wel langs haar sit en regtig bestaan. "Tristan."

Sy draai haar kop sodat sy die musiek beter kan hoor, verwens haar een oor wat nie die klanke so suiwer soos die ander een registreer nie. En toe mense om haar skielik hard begin handeklap, skrik sy en koes weer soos 'n sku hond.

Maar niemand slaan haar nie. Hy druk net haar hand vas.

Die stuk eindig en kry 'n staande applous.

Mense stroom uit die teater en staan later tou by die masjiene waarby hulle vir die parkeerkaartjies moet betaal.

Tristan neem die kaartjie uit haar hand en betaal daarvoor. Twee meisies wat agter hulle staan, kyk begerig na hom.

"Is it working?" vra die een onnodig en beduie na die masjien.

"Yep. Everything's working here," antwoord hy en die meisies kyk vinnig en giggelend na mekaar.

Hulle ry huis toe.

Tristan praat oor die stuk, verduidelik sekere dinge wat sy nie verstaan het nie. "Maar dis 'n sprokie, onthou. En in sprokies kry die prinse altyd die prinsesse. Is die prins en die prinses altyd die mooiste mense in die land. Leef hulle altyd gelukkig vir die res van hulle lewens."

En sy weet. Na vanaand verdwyn Tristan Hansen uit haar lewe. Eindig haar sprokie. Waar is sy dan?

Haar vingers bewe toe sy die voordeur oopsluit. Die kapokkies in die hokkie kekkel gesteurd omdat die motorligte hulle wakker gemaak het.

"Het hulle name?" vra hy.

"Ja. Calabwana en Soekie en Grootbek en Pietertjie," lag sy.

"Ek het ook kapokkies gehad toe ek klein was, maar op die plaas. My ouers mag nie hoenders in Linden aangehou het nie."

Sy is skielik weer bang, raak dronk van opwinding as sy die deur agter hom toemaak en hy sy baadjie uittrek. Sy skakel dadelik twee van die lampies op die tafeltjies af sodat alles in semi-duisternis gehul is, maar hy skud sy kop.

"Ek wil jou sien."

Sy probeer hom keer, maar hy skakel weer die twee dowwe liggies aan. Die effense skeel manier waarop hy na haar kyk, laat haar amper beheer verloor. Hy lei haar hande na sy hemp, help haar om die knope los te maak. En wanneer sy die hemp oor sy bolyf afstroop, wil sy amper lag, so onwerklik is dit.

Hy maak self sy lyfband los, trek sy broek en sy onderbroek uit, raak van sy kouse en skoene ontslae. En kyk na haar, streel met sy vinger oor haar gesig asof hy elke sentimeter van haar inneem. Staan terug sodat sy na hom kan kyk.

En sy besef weer: Nou, hier, in hierdie toestand van seksuele opwinding, is Tristan Hansen die mooiste mens wat sy al ooit gesien het.

"Skakel jou kop af," fluister hy.

Sy wil protesteer en verskoning maak, maar hy neem haar gesig in sy hande. "Dis net ons. Ek is mal oor jou. Wees net."

"Maar hoe weet jy al hierdie dinge?"

"Ek weet."

Sy voel sy ereksie teen haar. Dan trek hy haar heeltemal uit. Hy trek nie net haar klere hardhandig op en skeur haar romp van haar middellyf af soos Albertus nie. Hy glip dit langsaam af tot sy kaal voor hom staan. Sy verwag dat hy nou gaan besef hoe maer en verwaarloos sy werklik is. Maar wanneer hy haar hand om sy ereksie plaas, verander alles. Sy vel is warm en hard en dit klop tussen haar vingers.

Hy kniel voor haar en lek saggies oor haar tepels wat nou penregop staan, vroetel met sy mond daaroor, maak haar bene versigtig oop, voel met sy hande oor haar dye en beweeg af. Hy praat deurentyd saggies met haar, sê hoe mooi sy is, hoe sexy, stuur haar hand in die regte rigting oor sy lyf, maar weet presies waar om aan hare te vat.

Later sien sy hoe hy die kondoom aanglip, verwonder sy haar aan die gemak waarmee hy dit doen, die sagte oë wat hare nie vir 'n oomblik verlaat nie.

"Ek het jou lief. Ek het jou lief, ek het jou lief, ek het jou . . ." Maar 'n gloed skuif deur haar liggaam. Susanna Calitz wens dat sy nou kan doodgaan. Want niks wat ooit hierna met haar gebeur, of wat in die lang, eensame, verlate jare wat voor haar strek gaan gebeur, kan ooit weer naby hierdie oomblik kom nie.

TWAALF

Erika lig die hoorbuis van haar telefoon.

"Hallo Erika, dis Tristan."

Haar hart gee 'n effense ruk. "Hallo, Tristan."

"In verband met my afspraak, hoe laat pas jou?" Tristan se stem is vriendelik maar saaklik oor die foon.

"Ek is Maandag vol geboek. Miskien etenstyd?"

"Waar?"

"In my spreekkamer in Parktown."

'n Huiwering. "Sou dit moontlik wees om Troyeville toe te kom? My gereelde taxibestuurder is vandag siek. Die hotel is naby my."

Sy het een keer daar verbygery. "Ek weet waar dit is, ja."

"Hoe laat begin jou etensuur?"

"Halfeen tot tweeuur."

"Ons gesprek sal nie lank duur nie. Kwart voor een in die Troyeville Hotel? Dis in Bezuidenhoutstraat."

"Reg so."

Erika sit 'n rukkie so met die hoorbuis in haar hand. Sy voel vreemd opgewonde, deels om hom weer te sien en met hom te praat. Maar ook deels omdat sy gister so 'n lekker Sondag gehad het. Sy het in Greenside in die park gaan stap, haar verkyk aan die mense met hul honde, die groen gras, die gholfbaan. Sy het werklik nooit van die park se bestaan geweet nie, en dit het haar goed gedoen om uit te kom.

Sy het Rodney aanvanklik gemis. Dalk moes sy meer dikwels voorgestel het dat hulle moes uitgaan, veral park toe, maar hy was altyd gespanne op Sondae omdat hy na drieuur die middag koerant toe moes ry om te gaan werk. En hy was heeltyd op bystand ingeval 'n storie dalk sou breek.

Maar terwyl sy gestap het en die son liggies op haar vel gebrand het, het Erika begin vry voel. Was die verbreking van haar verhouding met Rodney nie meer so 'n berg nie. Het sy haar nuutgewonde vryheid selfs begin geniet. En een of twee keer gedink hoe negatief Rodney dalk sou reageer het op hulle rondstappery en die mense hier rond, die feit dat hulle nie vanoggend by een van sy vriende gekuier het nie.

Sy het soos 'n nuwe mens gevoel toe sy teen etenstyd vir haar soesji by 'n wegneemrestaurant in Rosebank gaan koop en huis toe neem. En vir die eerste keer in maande kon sy verlore slaap inhaal deur die hele middag om te slaap. Daarna het sy na 'n DVD gekyk. Geen Sondagaand-blues nie.

Sy luister vanoggend na haar kliënte se probleme. Haar laaste kliënt, voordat sy Troyeville toe ry, is bang is om in die openbaar te praat. Hy is 'n lektor aan 'n universiteit, maar kry dikwels angsaanvalle as hy voor 'n groot getal studente moet praat.

"Sien jouself voor 'n saal vol mense," is haar raad. "Jy lewer uit die vuis 'n toespraak. Dis 'n klinkende sukses. Mense gee jou 'n staande applous. Jy kommunikeer met elke persoon voor jou. Jy het lewens verander. Dink ook daaraan dat jy net met een spesifieke mens praat, verklein dus jou visie. Tans is die gehoor 'n seekat met honderde arms. Fokus op een persoon. Geniet waaroor jy praat, glo daaraan, probeer 'n individu oortuig dat jy 'n verskil aan sy of haar lewe wil maak."

Sy gee hom breinoefeninge om te doen voor sy volgende

besoek. Hy moet ook aan sy selfbeeld werk. Sy verwys hom na 'n spraakterapeut, want hy praat te sag en binnensmonds – dis dalk deel van die probleem.

Met sy vertrek merk Erika dat die man vir die eerste keer glimlag. En die gespanne gevryf oor sy ken het vir 'n paar oomblikke opgehou.

"Dankie, doktor. Ek kan nie vir jou sê wat jy vir my beteken nie. Ek weet nie of iemand al vir jou gesê het hoe goed jy is nie."

"Beslis nie onlangs nie." Erika lag. "Ek is bly ek kon help. Ons sien mekaar weer volgende week. Ek sien uit daarna."

Sy sê gewoonlik dat sy uitsien daarna om hulle weer te sien. Dit bemoedig hulle, dus is dit nie bloot 'n gedwonge besoek nie.

Nou maak sy aantekeninge in haar kliënt se lêer – sy beskryf sy vordering, ontleed sy probleme en fokus op die kern van sy probleem: die feit dat hy in matriek in 'n skoolsaal in die middel van 'n redenaarskompetisie skielik sy gedagtegang verloor het. Die gehoor het begin lag en hy is daarna Sarel Stommerik genoem.

Maar deurgaans dink sy aan haar voorgenome besoek aan Tristan, onthou sy die selfversekerde jong man op universiteit wat min aandag aan haar gegee het.

Dit is halfeen.

Sy plaas die kasset met die klankopname van haar kliënt tussen al die ander nadat sy sy naam daarop gemerk het, en bêre sy lêer. Sy aktiveer haar alarm, klim in haar motor en ry Troyeville toe.

Die hongerpyne begin knaag, maar sy wil nie saam met Tristan eet nie. Hierdie is 'n besigheidsbesoek.

Nou by Ellispark verby en af in Bezuidenhoutstraat.

Sy hou voor die oranjekleurige muur stil, met *Troyeville Hotel* groot daarop geskryf. *Fantastic Sunday lunches!* nooi sierletters haar uit. 'n Parkeerwag kom aangehardloop en beduie haar na die ingang.

Toe sy instap, steier sy. Teen 'n seeblou muur bestudeer pienk flaminke met koppe omlaag die water. Daar is ronde tafels met rooi tafeldoeke. Sou Tristan dalk by een van hulle sit?

Mans speel snoeker, daar is advertensies vir LM-garnale uit Maputo asook spesiale skyfies. Sy kyk weer rond.

"Looking for Mister Hansen?" vra 'n kelner.

Sy knik. Die kelner beduie dat sy hom moet volg.

Sy word na 'n restaurant in die hotel geneem met 'n uitsig oor Ellispark, asook die Hillbrow-toring en Ponte-gebou.

Hy sit by 'n tafel. Dit is onmiskenbaar Tristan Hansen wat opstaan. "Erika?" Sy hand is uitgestrek.

"Tristan." Sy stap nader en voel gespanne. Hy dra 'n gholfhempie wat los om sy bors sit en oor sy jeans hang. Sy voel die warmte van sy hand. Sy handdruk is ferm maar terselfdertyd sag.

"Hallo."

Sy dink aan Susanna se lofuitinge asof sy van 'n glansryke filmster gepraat het, onthou die lofsange oor haar siddе-rende orgasmes (haar woorde) en sy "klipharde agtpak-maag" (haar woorde). Maar wat sy hier voor haar sien, is 'n doodgewone man. Aantreklik, ja, maar doodgewoon.

"Ons ontmoet weer," sê Erika.

"O. Jy onthou nog?"

"Inderdaad."

"Dan is dit nou my beurt om te sê dankie vir die hulp. Ek betaal vir die middagete."

"Ek was nie voorbereid op 'n ete nie."

"Laat jou hare loshang. Geniet dit. Dis die beste in die stad."

Erika wonder hoe dikwels voornemende kliënte al só voor hom gestaan het. Vroue wat vyftienduisend rand vir sy dienste betaal en nie kan wag dat hy hulle in sy arms moet neem nie. Nou is die bordjies verhang, is hý die kliënt en verdien hy geen geld gedurende hierdie besoek nie. Sou dit hom ongemaklik maak? Kan hy hoegenaamd praat of funksioneer indien hy nie betaal word nie? Gaan hy haar probeer sjarmeer?

"Hulle tjips is tops, nes die Engelse dit maak. En die chourico, die sardiens. Jy sal dink jou mond lieg."

Sy kyk na sy liggaam, netjies in proporsie. "Lyk nie of jy dikwels hier eet nie."

Hy lag. "So een maal per week." Hy trek die stoel vir haar uit, bied haar die uitsig op die stad.

"Dankie, maar ek weet nog steeds nie . . ."

"Jy doen die hotel 'n oneer aan. Die flaminke huil, en die poel is reeds so vol waarin hulle staan."

Erika lag. "Wel, ek . . ."

"Ek weet jy het nie baie tyd nie. Ek ook nie. Maar ek moet vir my ma laat weet ek het jou gesien, anders hoor ek nooit die einde nie."

"Ek wil tog graag 'n paar dinge sê," antwoord sy.

Hy lig sy hand. "Erika, luister. Jy weet hoekom ek hier is. Jy gaan my beslis nie 'behandel', of wat jy dit ook al noem nie. Kom ons praat, kry dit uit die pad en groet mekaar. Ek betaal jou in kontant. En as my ma weer bel, sê jy ek was hier, het my sondes bely en foeter voort. Oukei?"

Op die man af. Saaklik. Vinnig.

"Is dit dan sonde?" vra sy.

'n Momentele duik in sy selfvertroue.

"Ekskuus?"

"Jy sê jy wil jou sondes bely. Is wat jy doen dan ver-keerd?"

Hy lag vir die eerste keer en trek sy vingers deur sy kort hare. "Sonde is in die oë van die gemeenskap. Wat sonde ook al beteken."

'n Kelner neem hulle bestelling.

"Die sardiens of die hoender. Beste in die stad," sê hy.

"Die sardiens, dankie."

"Maak dit twee," beduie Tristan. "En suurlemoen-ystee vir haar."

Hoe sou hy weet dis wat sy gewoonlik drink?

Sy wens hy wil sy sonbril afhaal. Hy sit terug en kyk na haar. Hy lyk gemaklik en ontspanne met sy hande agter sy kop.

"Jy kom nie baie uit nie, kom jy?" vra Tristan.

"Wys dit?"

Hy glimlag. Nou verstaan sy wat sy kliënte met sy Mona Lisa-glimlag bedoel. "Jip."

"Wat weet jy nog van my?" Sy probeer die sarkasme uit haar stem hou, en is nie daaraan gewoond om nie in be-heer van die gesprek te wees nie.

Die glimlaggie bly. Hy krap weer deur sy hare en leun vorentoe. "Wil jy regtig weet?"

Hoe het Susanna dit nou weer genoem? Sy stem klink soos gouestroop oor vuurwarm boerebrood. "H'm."

"Hoekom?" vra hy.

"Ek wil sien of jy so goed is soos hulle sê."

Tristan lag hardop. "Soos hulle sê. Wel." Hy vroetel aan sy hemp se kraag en neem 'n sluk uit sy glas water. "Jy is gewoond daaraan om te luister, mens sien dit aan jou lyftaal. En jy vra dikwels leidende vrae. Retoriese vrae waarop mense antwoord wat jy graag wil hê hulle moet sê, sonder dat hulle dit besef."

"Dit kan baie sielkundiges opsom. En jy het immers twee jaar sielkunde geloop, dus neem ek aan dis waar daardie stelling vandaan kom. Murray en Fransen, bladsy sewentien paragraaf dertien met khoki gemerk."

"Nee, Erika. Dis maklik om jou te lees."

"Ek wag in spanning." Sy spot nou openlik en kruis haar arms asof sy hom uit haar persoonlike ruimte wil hou.

Iewers onder hulle jaag 'n polisiemotor met loeiende sirenes verby. Sy dink aan die pienk flaminke in die eetkamer, die oranje mure. Enigiets om haar aandag van hom af te trek. Dit moenie lyk of sy na hom staar of, dalk nog erger, iets verwag nie.

"Jy het onlangs opgebreek met iemand."

Sy sit regop, voel hoe alle kleur haar gesig verlaat.

"Hy was nie die regte ou vir jou nie. Dis goed julle's uitmekaar."

Sy hakkel toe sy antwoord: "En wat . . . is die regte ou, volgens jou?"

"Hang af wie jy soek, Erika. Dink aan hoe jy wil hê hy moet wees. Stel jou oop, en hy sal daar wees. Iemand wat jou bietjie meer blootstelling aan die lewe gee. Want jy lewe net na binne toe en hou buite-invloede uit."

Sy begin haar vervies en ontsluit haar gevoude arms.

Hy vroetel met sy hande deur die ligte stoppels. "Maar jy is ook nuuskierig. Wil meer weet, maar is bang om uit te vind."

"Waar het jy dit gelees, Tristan? *Fifty Shades of Grey*?"

Hy lag hardop. "Gelukkig nog nie gelees nie."

"Doen dit net?" Dit het uitgeglip voordat sy kon keer.

Sy glimlag verdwyn.

"Kyk. Ek praat met jou omdat dit 'n voorwaarde van my ma is. En ek wil beslis nie in jou spreekkamer sit nie, want ek kan dink dis vaal, sonder kleur, vervelig, jy weet?"

Sy dink aan die blomme wat sy onlangs gekoop het. "Jy is nie noodwendig reg oor alles nie."

"Maar ek het 'n sesde sintuig," hy ledig die glas, "en dit het niks te doen met daardie sesde sintuig van die M. Night Shyamalan-fliek nie. Dit beteken party mense verstaan instinktief hoe ander mense se koppe werk. Noem dit intuïsie – iets wat ek in Italië ontwikkel het. Iemand het my gehelp, laat oefen, maar ek het daardie talent nog altyd gehad. Ek weet nou net hoe om dit te gebruik."

Sy is verstom oor sy eerlikheid, sy ontleding van homself. Maar sy gaan sy selfvertroue 'n knak gee, want hy kry die oorhand in hierdie gesprek.

Hy gee haar egter nie kans nie: "En partykeer voel jy goed as jy jou kop oopsluit. Jy sal dalk nie kaal in die straat afhardloop nie – e, nogal jammer, maar jy sal miskien . . ." Hy draai sy kop skeef en bekyk haar van agter sy donker brilglase. "Jy sal miskien onder 'n treinbrug staan en gil wanneer die trein bo-oor ry. Of met jouself in jou motor praat en selfs antwoord. Daai soort ding."

Die mat is onder haar voete uitgepluk, maar hy is nou in volle vaart.

"En jy hou van roetine. Alles moet presies op sy regte plek wees, maar eintlik wil jy so graag vry wees."

Die kelner sit die ystee voor haar neer. Sy stroop die omhulsel van die strooitjie af en drink vinnig, probeer haar selfvertroue terugwen. Maar hy skyn salig onbewus te wees van die invloed wat hy op haar het. En skielik, onverklaarbaar, hou sy van hom, voel sy aangetrokke tot hom, is hy heeltemal anders as die student met wie sy soveel jare gelede kortliks gepraat het.

"En nou is daar dinge wat jy van jou hart af wil kry," beduie hy. "Skiet, ek luister, want ek het die Troyeville Hotel se verhogie gehad om my sê te sê. Maar wanneer die kos kom, praat ons nie verder shop nie."

"Hoekom is jy régtig hier, Tristan?"

Hy bestel nog 'n glas water. "Aan die een kant omdat ek nie meer vir my ma wil jok nie. En aan die ander kant . . ." Hy kyk oor sy skouer na die Ellispark-stadion. "Omdat ek lus was om uit te kom en te praat. En ek het geweet ek gaan so lekker met jou gesels."

"Hoe het jy geweet?"

"Ek sê mos: intuïsie."

Dit is haar beurt om te glimlag. "Jy gaan dalk nie so baie hou van wat ek nou gaan sê nie."

Hy krap deur sy hare, sy glimlaggie weer selfversekerd. "Probeer."

"Jy help mense tog ook, reg? Soos ek mense help?"

"Maar help jy hulle regtig, Erika, of dínk jy jy help hulle?"

Weer die mat uit onder haar voete. "Wel. Ek behaal sukses."

Hy leun vorentoe. "Gaan voort."

Sy raak vies omdat dit voel of sy haar verontskuldig en verskoning maak vir haar werksmetodes, asof sy hom tevrede wil stel. Sy tel haar vurk op en draai dit tussen haar vingers om. "Ek werk met emosies, vooropgestelde tekortkominge, onsekerhede en neuroses, ek werk met mense se koppe. Maar jy . . ."

Hy plaas sy wysvingers onder sy ken, wag dat sy moet voortgaan, ook sonder om haar met 'n vraag aan te moedig.

"Jy werk op ander terreine, Tristan."

"Ander terreine." Hy glimlag. "Met hulle liggame, is jy bang om dit te sê?" Hy laat sy kop sak asof hy wag dat sy moet bevestig dat hy die korrekte term gebruik het. "Maar dit gaan oor baie, báie meer as hulle lywe, Erika."

"Ek dink vir jou gaan dit om seks."

"Of die gebrek daaraan," herinner hy haar en vee met sy vinger oor sy mond. Verbeel sy haar, of lag hy vir haar?

"Of die misbruik daarvan."

"Hoe word seks misbruik, Erika?"

"As afpersingsmetode. Deur dit doelbewus te weerhou of dit te gebruik om te kry wat mense wil hê."

"Soos in jou vorige verhouding."

"Kan ons asseblief ophou om daaroor te praat? Jy weet niks daarvan nie."

Hy beduie met sy wenkbrou na die vurk tussen haar hande. "Maar tog het jy 'n sekuriteitskombersie nodig sodra jy iets sê wat nie uit jou sielkundeboeke kom nie."

"Hou op om my te ontleed."

"Maar jy ontleed my. Want jy sinspeel op wat ek doen. My werk."

"Nou goed." Sy probeer haar stem kalm hou. Sy merk dat hy weer terugsak in sy stoel en dat die hemp nou styf om sy borskas span. En weer wonder sy: Is dit alles deel van 'n tegniek om haar te ontsenu? Of dalk te sjarmeer?

Die kelner sit 'n glas water voor hom neer.

"Jy verwesenlik drome deur 'n kortpad te volg, Tristan. Jy verskaf seks-op-versoek soos jou kliënte dit wil hê. Binne 'n uur of twee is hulle uitgewoed. 'n Liggaamlike kitsoplossing vir dinge wat my maande neem om uit te sorteer. Die vraag is: Wat gebeur na jou behandeling en wat gebeur na myne?"

"Jy dink 'n mens kan seks en jou brein skei?"

Sy kyk net na hom.

"Dit het my een dag sewe ure geneem om 'n vrou 'n orgasme te laat bereik. Sy was so geïnhibeer en ongewoond aan haar eie plesier, dat sy haar nie kon oorgee aan die oomblik nie. Haar liggaam het gerebelleer teen plesier, want sy het dit as 'n bedreiging gesien. Haar emosies het dit geblokkeer. Dus moes ek aan haar emosies werk. Die orgasme was bysaak.

"En toe sy dit bereik, het die aarde nie geskeur nie. Sy was nogal verras, en tevrede, asof sy nou 'n punt agter 'n sin gesit het. En ek twyfel of sy sedertdien weer 'n orgasme bereik het, selfs deur masturbasie. Sy het bloot nie die behoefte daaraan nie. Haar orgasmes is in haar kop – maar sy moes dié een in haar liggaam uit die pad kry, dit ervaar, aftik op haar lysie en voortgaan. En dis wat daardie besoek eintlik reggekry het. Baie, baie meer as 'n orgasme. Want dit het gewys dit maak nie eintlik vir haar saak nie en dit maak haar nie 'n frats nie."

Erika antwoord nie.

"Daarna het ons gepraat, maar haar gedagtes, haar kop, was skielik oop. Haar aandag is nie afgetrek deur dinge wat sy gedink het sy wil hê omdat die gemeenskap dit van haar verwag nie. Vir sommige mense is seks bloot nie belangrik nie, en sy is 'n sprekende voorbeeld.

"Daar het lig in haar gedagtes gekom en die spinnerakke het verdwyn. Onthou, sommige vroue beleef 'n orgasme soos hulle verwag dit moet wees, of hoe hulle dit in goed-koop slapbandromans raak lees."

Hulle kos word voor hulle neergesit. Sy wil verder praat, maar hy hou sy hand op. "Om af te sluit. Ek werk op mý manier, jy op joune. Kom ons stem saam om van mekaar te verskil."

Sy wil vir hom sê dat sidderende orgasmes, soos die vroue dit beskryf, inderdaad tydelike verligting bring. Maar dat die gevolge van die verwerping wat daarna volg vernieti-gend kan wees.

Hulle eet 'n ruk lank in stilte, sy besig met haar gedagtes. En sy weet: Sy stem eintlik hierna saam met hom. Dat sy 'n ander insig in Tristan Hansen begin kry het, anders as die vroue met hul aardbewende orgasmes wat in hom sien wat hulle in hom wil sien. Die plesierengel wat hulle eintlik self skep. Vir sommige het hy vlerke, vir ander is hy 'n doodge-wone boerseun.

Hierdie engel sit nou voor haar sonder sy vlerke.

Sy geniet die sardiens. Dit is lekkerder as wat sy verwag

het. Hulle praat oor die kos, die pienk flaminke in die Troye-ville Hotel se Flamingo Restaurant, die oranje mure, die voorstedelike huisies in die straat daar naby wat een na die ander gerestoureer word. Die feit dat hy die skare in hier-die hotel kan hoor skreeu gedurende 'n rugbywedstryd.

Aan die einde van die maaltyd wil sy betaal, maar hy skud sy kop. "Ek sê mos dis op my."

En om te dink sy wou nie eet nie. Hy het haar sonder veel omhaal oortuig. "Dankie, Tristan."

Hy haal note uit en plaas dit 'n minuut later op die reke-ning wat die kelner aandra.

"Wanneer was die lewe laas lékker, Erika?"

"My sekslewe is nie nou onder bespreking nie."

"Maar ek het nie van seks gepraat nie. Als wat lekker is, is nie noodwendig seks nie."

Uitgeboul.

"Soos jy seker sal weet, Tristan."

"Soos ek beslis weet." Hy druk sy sonbril weer vas teen sy neus. "Besef jy dat meer as die helfte van die vroue na wie toe ek gaan nooit eers tot seks oorgaan nie?"

"Interessant."

Motors ry onder in die straat verby.

"Seks is nie alles nie Erika. Dit sal jy eers besef as jy be-hoorlik vrede met seks gemaak het, en as jy verstaan het wat seksuele bevrediging is. Dán sal jy weet dat 'n orgasme dikwels bysaak is." Hy tik teen sy kop. "Dit is wat hiér gebeur wat die deurslaggewende faktor is en wat die ander orgasme lekker maak. Sonder die een . . . het jy nie die ander nie."

Erika staan op. Enersyds onthuts omdat hy voorbarig ge-noeg is om aan te neem dat hy haar sekslewe ken. En andersyds omdat hy die mat vir die soveelste keer onder haar voete uitgepluk het.

"Jy, Erika, praat dae, weke, maande, dalk jare oor dieselfde onderwerpe. Probeer om in mense se koppe in te kom. Om hulle emosies te ontleed en te manipuleer of 'genees' of wat ook al. Jy het jou metodes, ek het myne. Kortom, kyk eers na jouself, vind uit wie jy is voordat jy ander mense probeer help."

Sy gaan sit weer en leun na hom toe. "En ek dink dis belangrik dat ons praat oor die invloed wat jy op van die vroue het wat aan jou kitskuur onderwerp is. Dus dat jy dalk plesier op een vlak gee, maar dat jy geweldige emosionele skade aanrig wat boemerang. Nie al jou kliënte maak vrede met hul emosies en gedagtes soos jy aanneem nie. Dís waaroor ons moet praat, Tristan."

Hy beweeg nie 'n spier nie.

"Ek ken al die swierige seksuele beskrywings. Na jou kitskuur vind vroue dat hul lewens in baie gevalle nutteloos geword het. Jy het net 'n pleister oor die kanker geplak. Want jy mag dalk seksuele plesier gegee het, maar dan verdwyn jy. En jou kliënte het soveel van hulleself gegee, dat daar uiteindelik niks oorbly nie. Jy ontneem hulle die moed om verder te lewe, Tristan. Jy het 'n dwelm toegedien waarna hulle liggame en emosies nou aanhoudend smag, maar wat hulle nooit weer kry nie en wat geen man skynbaar weer vir hulle kan gee nie. En dit laat hulle ontredderd. In 'n soort niemandsland waaruit daar geen ontsnappingsroete is nie."

Sy wag dat hy haar stellings weerlê, 'n sarkastiese kwinkslag kwytraak soos in 'n televisie-situasiekomedie waar daar elke twintig sekondes 'n geblikte gelag is. Maar hy doen niks, sit net daar asof sy hom met haar vuis in sy gesig geslaan het.

"Wanneer jy nie na hulle toe teruggaan nie, val van die vroue in 'n emosionele gat waaruit hulle nie weer kan klim nie. Dit gee hulle moed om tot die uiterste te gaan. Soos Nadia Verhoef."

Hy kyk uitdrukkingloos na haar.

"Die seks was dalk 'n manier om te bevestig dat sy nog 'n vrou is, nie die bestuurder van 'n bankgroep voor wie almal swig nie, maar 'n mens. En dit het haar van 'n geweldige gemis bewus gemaak wat nie weer gevul kon word nie. Mag was nie meer 'n groot genoeg dwelm teen die werklikheid nie. Dink volgende keer oor presies wat gebeur nadat jy weggaan van hierdie vroue en nie terugkom nie. Dalk het iemand weggegaan uit jou lewe en is jy kwaad daaroor. Moenie dit op ander mense uithaal nie."

Sy loop uit die hotel uit, verby die pienk flaminke en die blou water en borde vol slaptjips, tot in die straat waar haar motor geparkeer is.

Sy stop 'n vyfrandstuk in die parkeerwag se hand en klim in haar motor. Maar dit neem minstens tien minute voordat sy die enjin kan aanskakel.

DERTIEN

Tristan loop terug vanaf die Troyeville Hotel. Hy kies die roete met Foxstraat af en betrap homself dat hy vir twee of drie blokke glad nie weet wat hy doen nie. Hy kyk om hom rond, onthou nie hoe hy by Arts on Main uitgekom het nie, loop verby die byderwetse studente wat by The Bioscope vergader en in die vierkant onder die bome sit en eet.

By The Canteen kyk hy na die ou Chevrolet wat op die eerste verdieping tussen tafels geparkeer is. Hy oorweeg om daar te gaan sit en sy gedagtes te orden, maar stap verby. Kyk na die fabrieke en pakhuise wat gerestoureer is. Op 'n ingewing stap hy by die David Krutt-boekwinkel in, maar kyk skaars na die boeke se omslae. Onthou net die gesprek met Erika.

Hy kan byna nie glo dat die vrou wat 'n halfuur gelede teenoor hom gesit het dieselfde mens is as die teruggetrokke, geïnhibeerde student wat hom met sy werkstukke gehelp het nie. Sy het destyds nie veel van 'n indruk op hom gemaak nie, daarom dat hy baie diep in sy geheue moes grawe om haar behoorlik te onthou. Vandag se vrou en die meisietjie met die deurmekaar krulhare van agt jaar gelede is twee verskillende persone.

Hy kon agterkom dat sy hartseer is, dalk treur oor 'n gebroke verhouding. En hy besef vroue soos Erika kies altyd die verkeerde maat, gaan in emosioneel afbrekende verhoudings wat hulle skaad en laat hulleself nie toe om die soort lewe te ervaar wat hulle verdien nie.

Wanneer verhoudings nie uitwerk nie, trou hulle met hul

loopbane en skerm hulle af van die lewe terwyl hulle dink navorsing bied 'n realistiese blik op die werklikheid. Leef deur hul kliënte, tweedehands. En Erika lewe tans tweede- hands.

Sy selfoon lui. Aanvanklik wil hy nie die private nommer antwoord nie, maar druk tog die antwoord-sleutel. Maar vir die eerste keer sedert hy hom begin uitverhuur het, moet hy harder as gewoonlik werk aan die entoesiasme en sensuali- teit in sy stem, bepaal hy sy aandag moeilik by die voorspel- bare gesprek.

"Hallo. Dis Tristan."

'n Donker vrouestem antwoord. "Haai, sexy."

"Hallo." Hy vra nooit wie praat nie, wag dat sy die leiding neem.

"Is jy in die mark?"

Hy kyk na die mense wat tussen die boeke ronddwaal, wil skielik graag in sy dakwoonstel wees waar hy alleen kan wees met sy gedagtes.

"Hang af wat jy soek."

"Luister, skat. Ek besit 'n wildreservaat in die Waterberge. Drie filmsterre was nou net hier by my. En kan die manne kuier!"

"Klink lekker." Hy vee oor 'n boek se omslag.

"Maar dis die begin van 'n nuwe week, nou's dit stil." 'n Effense laggie.

"Stilte kan vervelig raak."

"So tussen die doringbome en koedoes, ja. Dis mooi tot op 'n punt, jy weet. Tot jy die sewe-en-veertigste wildrit on- derneem het en dieselfde olifant meer dikwels sien as jou grimeerspieël."

"Dit kan ek verstaan." Hy los 'n doelbewuste pouse. "Hoe kan ek help?"

'n Geluidjie. "Kan jy tot in Germiston kom?"

"Ek dag jy sê jy bly tussen die Waterberge."

"Ja, bybie. Maar dis waar die Randse lughawe is."

Hy stap uit die boekwinkel onder die bome deur. "Wil jy bymekaarkom?" Sy stem nou laag, want hoe donkerder die stem, hoe meer sensueel hy klink, hoe makliker praat hulle. Nie almal nie, natuurlik, maar beslis hierdie vrou.

"O, ja."

"Hoe gaan ons te werk?"

"Ek hoor jy's nogal duur."

"Met 'n rede."

"Kan ons gou die geldsake uit die pad kry?"

"Indien jy my reiskoste betaal, is dit tienduisend rand. Dit moet vooraf in my rekening betaal word."

Pouse. "Ek kan daarmee saamleef."

"Nou hoe maak ons? En met wie praat ek?"

"My naam is Tricia."

Moontlik Gertruida of Trudie, dink hy en draai links in Foxstraat. "Hallo, Tricia."

"Klink mooi as jy my naam so sê."

"Hoe kom ek by jou?" vra hy.

"Oe." Sy lag. "Klink belowend."

Hy glimlag effens, ken al hierdie soort praatjies en kan net daaruit reeds 'n paar eienskappe aan die vrou toedig.

"Ry ek? Word ek gehaal?"

"Ek stuur my heli om jou op te tel en ek vlieg jou hierna-toe." Hy kan hoor hoe trots sy op haar helikopter is. "Vyf-ster-behandeling. My beste wildbewaarders neem jou om die groot vyf te sien. Spa-behandeling met warm klippe, wat jy ook al begeer. Die beste kos noord van die Waterberge. Maar ek wil sing. Hoog en lekker en mooi."

"Jy sal dit so geniet, jy sal vergeet om te sing, Trish."

"Klink plesierig. Iets besonders waarvan jy hou? Sjampanje? Drank?"

"Ek drink nie."

"O. Soet seun, nè?"

"Net op daardie gebied."

"Die heli vertrek tienuur Woensdagoggend na my wildreservaat. Moenie laat wees nie."

"Ek sal nie."

"Mal oor jou stem."

"Hou van joune ook."

"Hoop jy is so goed soos hulle sê, darling."

"Beter."

"En so groot."

"Wag en kyk."

'n Laggie, nou meer ontspanne. "Oukei, koebaai."

"Tot siens, Trish."

Hy hoor skielik iemand hard uitroep. Hy kyk oor sy skouer. 'n Seun, seker nie ouer as agttien nie, is aan die bedel by 'n verkeerslig. Toe 'n taxi aggressief aangery gekom en getoet het, het dit hom byna omgery en het hy op sy rug beland.

Tristan draf in daardie rigting.

"Het jy seergekry?"

Die seun spring orent en koes uit die pad van nog 'n aankomende taxi. Die bestuurder se arm hang feitlik op die teer en hy waai die seun woes uit die pad.

"Nee, oom. Sorry, oom."

Hy loop mank; beslis dieselfde seun. Tristan beduie hom sypaadjie toe, want dis ten minste relatief veilig daar. Die seun stink so kwaai na sweet dat hy eintlik daarvan steier. Die blonde hare is gekoek, die melkbaardjie wat begin vorm yl en vuil, die tande geel.

Tristan sien hierdie tipe seuns gereeld as hulle hul aan ouer mans verkoop, veral hier, maar hulle is gewoonlik swart. Selde dat 'n mens 'n wit seun hier sien. En dat hy langer as drie dae hier oorleef.

"Wat's jou naam?" vra Tristan.

"Cornelius, oom. Maar my mense sê eintlik vir my Kerneels. Het oom nie 'n paar oulap vir 'n broodjie nie, oom?"

"Hoe oud is jy?"

"Volgende verjaarsdag negentien, oom."

"Ek is ses-en-twintig. Moenie my 'oom' nie. Ek is Tristan."

Hy frons asof hy nie mooi hoor nie. "Bly te kenne."

"Wat maak jy hier? En moenie vir my 'n kakstorie spin nie. Waar kom jy vandaan?"

Hy kan sien dat die seun tussen verskeie weergawes van sy storie kies, want elke weergawe het 'n ander prys – hoe meer of minder hartseer, hoe groter of kleiner die fooi. Maar hier bedel min Afrikaanssprekendes in die middestad. Daar is baie meer in Pretoria of die noordelike voorstede. Hy is in die verkeerde buurt. Tensy die ryk ooms weet van hierdie hoek en hulle seuns hier goedkoper as elders kan huur.

"Ek het gesê die waarheid. En ek gaan jou nie geld gee nie. So los die sob-stories en praat die waarheid."

"Ja, oom. Ek bedoel . . . wat's jou naam nou weer?"

"Tristan."

"Hel, maar dis 'n . . ."

"Lanie naam, ja, ek weet. Van waar is jy? Want dis 'n woeste buurt hierdie."

Die seun stut hom teen die verkeerslig, sy voet duidelik seer. Hy kyk Tristan vinnig op en af, takseer hom, besluit seker eers hoe hy wat gaan sê, en maak gereed daarvoor dat hy dalk geen geld hier gaan kry nie. Die kans is dus beter om die waarheid te hoor.

"Brits. My pa het my uit die huis gegooi, e . . . ou, e . . ."

"Tristan."

"Ja, whatever."

"Ander vroue by jou pa?"

Die seun skud sy kop en Tristan tree terug om nie die sweet so sterk te ruik nie. "Nee. Oor hy uitgevind het ek is gay."

"Ek's nie een van jou kliënte nie, so drop daai pose en praat die waarheid."

"Ek sweer. Hy't my stukkend gemoer en my toe op my knaters geskop. Ek bedoel soos in genuine geskop dat ek bloed kots."

"En toe?"

"Hy't my weer gebliksem tot net duskant gebreklik. Kyk hier." Hy lig sy geskeurde T-hemp waarop 'n skool se embleem gedruk was. Daar is blou merke aan sy vel asof hy met 'n sambok geslaan is.

"En jou voet?"

"Taxi het oor my voet gery. Nou hop ek maar soos 'n flippen Paashaas."

"Waar slaap jy vanaand, Kerneels?"

"Hier onder die fly-over in 'n cardboard-boks."

Daar is iets aan die seun wat hom ontredderd laat voel. Iets, iéts wat hom aan homself laat dink.

Nog taxi's vlieg verby. 'n Groep Wits-studente met T-hemde van die kunstefakulteit stap verby en kyk in hulle rigting, praat onderlangs met mekaar en dink seker dat hy die seun optel.

"Net 'n paar oulap vir 'n broodjie, oom, ek meen Tris-whatever-de-hel. Ek sweer voor een Here ek sal brood koop. Dan gee ek jou 'n lekker tyd. Dis tweehonderd vir 'n blow-job, driehonderd as jy in my mond wil kom. Vierhonderd vir full-house. En vyfhonderd vir bareback." Hy dink. "Nee wag, die nuwe tariff is six-fifty vir all the way and more."

Tristan sug. "Hoe lank doen jy al hierdie werk, Kerneels?"

"So 'n week."

"Besigheid goed?"

Hy skud sy kop.

"G'n wonder nie. Kyk hoe lyk jy, man." Hemel, wat doen hy? Hy moes die seun lankal hier gelos het.

"Vir six-fifty kan oom enigiets doen. E . . . Tris. Ek sal jou 'n glorious tyd gee. Kerneels is die beste, tien sentimeter uncut en . . ."

Tristan beduie dat hy moet stilbly. Hy vroetel in sy sak, haal geld uit, kyk nie eers hoeveel dit is nie, maak sy oë toe en besef dat hy al sy eie reëls oortree, maar prop dit in die seun se hand.

"Die Here seën oom. E . . . jou."

"Gaan was. Eet. Koop 'n buskaartjie terug na jou ouers toe, Kerneels."

Hy skud sy kop. "My pa sê holnaaiers moet van Aids vrek,

dis die Here se manier om hulle te straf. En hy's nou weg uit Brits. Ek het nie 'n cooking clue waar hy nou squat nie."

"Hét jy al bareback gegaan, Kerneels?"

Die seun kyk skielik af. Skud sy kop. " 'n Ouballie het getry. Hy sê hy's 'n judge of 'n ding. Hy wóú, maar dit was te seer, toe loop hy sonder om te betaal."

"Is jy seker, Kerneels?"

"Ja." Hy krap in sy vuil hare. "Maar ek sal vir full-house bareback style moet gaan. Maar nou se dae, laaste tyd, wil niemand meer vir my betaal nie. Hulle sê ek is te vuil. Because why, aan die begin het ek hulle gewank, maar as ek blowjobs gee is my tande in die pad." Hy lag skielik dat sy geel tande wys, vee die slym van sy neus af. "Dan roep die outoppies: 'Oppas vir die tande, jou fokker,' en dan donner hulle my." Hy wys na 'n blou merk onder sy oog tussen die vuil.

Tristan sien wonde wat septies kan word. Hy kyk af in Commissionerstraat se rigting, toe terug na die seun. Weet dit kon hý gewees het wat hier staan.

"Gebruik daai geld vir kos, hoor jy my?"

"Dankie, Tris. Ek sal gaan tjips koop by hierdie joint om die hoek. Maar ek kan nie teruggaan nie. Ek het nêrens nie, ek het niemand nie, ek het fokkol. Al die deure sê 'No jobs'. 'No loite-something-whatever'."

"Loitering."

"Dis hom. En ander plekke staan: 'No white people for jobs. Don't even think of coming in if you are white. We are B. fucking E.E.' Twee winkelouens het my selfs met goed gegooi."

Iets ruk deur Tristan. Hy het geen beheer daaroor nie. Hy

het al by hoeveel sulke seuns verbygery, probeer om hulle nie raak te sien nie. Maar hierdie een met sy maer, verweerde liggaam, die seerplekke wat begin sweer, die skewe voet, die gekoekte hare en die blou-blou oë raak iets in hom.

"Die Here seën jou," sê Kerneels en sy oë is groot en uitdagend, maar ook dankbaar toe hy na die honderdrandnote kyk.

Tristan skud sy kop. "Nee, Kerneels. Ek dink Hy het lankal opgegee met my."

Saterdag toe hy uit sy ma se huis geloop het, het hy so verlate gevoel. So alleen en nikswerd en verwoes en hartseer en kwaad en al die ander dinge waaraan hy nie name kan gee nie. Erika het alles egter verander. En nou hierdie seun.

"Tot wanneer was jy in die skool, Kerneels?"

"Tot helfte van graad twaalf. Toe vind my pa uit. Hy't my en my maatjie in die huis gevang. Fokkit, hy het ballisties gegaan. My heeltemal stukkend gebliksem. Toe hike ek maar."

Dit sit in sy keel, sy bors, sy hart. Die gevoel van alleenheid wat weer oor hom toesak. Hier staan hy, Tristan, godverlate. Sonder 'n pa. Sonder 'n werk. Sonder 'n gesin. Sonder kinders. Sonder 'n vrou, 'n meisie, betekenis in sy lewe. Op die rand van . . . wat? Hy dink weer aan die muurtjie om sy daktuin. Die twintig verdiepings na benede. Sy plakkie wat geval het. Die donkerte daar onder.

Die ewige donkerte.

Tristan vee oor sy gesig, druk sy hande teen sy slape, kyk rond, probeer dat die stom gesiggie voor hom nie belangriker word nie.

"Goed. E . . ." Hy weet nie wat om te sê nie.

"Thanks. Jy moet 'n lekker dag hê, Tris-whatever." Die seun se uitspraak en manier van praat is tog beskaafd. "Dankie vir die note. Moerse, moerse dankie, my bra."

Tristan blaas sy asem stadig uit. Liewe heilige Vader, wat is hy besig om te doen? Wat besiel hom? Hy het nog nooit toegegee nie! Het homself belowe hy sal nooit.

"Kerneels."

"Soek jy tog 'n lekker tyd, partner? As ek gewas het en . . ."

"Bly stil. Daar's niks lekker aan wat jy belowe nie."

"Dit sal hart-gaan-staan-lekker wees, gee my net 'n kans!"

"Moenie my probeer omkoop nie, Kerneels. En hou op om jou crotch so uit te stoot. Dis siek, man."

"Sorry. Maar die ouballies is size queens, en as mens . . ."

"Kerneels!"

"Jis, bru?"

Hy haal 'n slag diep asem, verwens homself, probeer die woorde keer voor dit uit sy mond kom, maar is hulpeloos. "Ek bly hier anderkant. Ek vat jou na my huis toe."

Die oë blink skielik en tussen die vuilheid kerf 'n glimlag deur die gekoekte melkbaardjie.

"Wat? Rêrig? Yowza! Jy sal nic spyt wees nie! Luister, ek kan in die tuin werk! Ek weet van motors. Het jy 'n motor? Ek kan motors uitmekaarmaak en weer aanmekaarsit! Ken elke part, bra."

Die emosie lê vlak in Tristan se stem. "Ek het 'n motor, ja. Maar ek mag dit nie eers ry nie. Ek het 'n fiets, maar ek kan dit skaars ry. En my tuin is bo-op 'n dak. Kom saam."

"Hei. Dis piele, ek sê!"

"Klim in, Kerneels."

Vir die eerste keer is daar nou hoop in die blou oë. "Genuine? Ek bedoel, soos in rêrig cross your heart and hope to fart?"

Wat besiel hom? Een siel. Een siel wat hy moontlik kan red. Maar nie sy eie nie.

Liewe Vader, hy kan hierdie seun nie hier los nie.

"Sien jy my, Kerneels?"

"Ja! Of course sien ek vir jou. Hoe praat jy nou?"

"Wát sien jy?"

Kerneels krap deur sy vuil hare, hoes, spoeg slym uit, hobbel op sy seer voet. "Ek sien 'n cool lanie. Ryk, flippen . . ." Hy beduie. "Smart klere. Vriendelik soos in 'n goeie hart. Jy is soort van, e . . ." Hy soek na 'n woord toe as hy dit vind, kerf die glimlag weer deur die vuil. "Genadig, ek sê."

"Jy is blind, Kerneels. Jy kyk verkeerd."

Die seun maak sy mond oop om dit te ontken, maar Tristan beduie dat hy saam met hom moet stap.

Kerneels hinkepink saam met hom af in Commissionerstraat op pad na die Plaza-gebou, sy gesig vertrek as hy op sy seer voet trap. Hy trek sy asem deur sy tande in van die pyn, maar sukkel voort.

"Hoe't jy oorleef tot nou?"

Die hande weer deur die hare; seker luise. "My eerste job was op 'n porn movie. Ouballie in 'n rystoel, fossiel op 'n wiel, ek sê, met so 'n klein kamera. Hy trek kaal uit, maar kan dit nie eers opkry nie. Ek en 'n maatjie, wat die ou toppie iewers opgetel het, speel, jy weet, sommer alles, kamera maak 'n moerse geraas soos hierdie outydse goed. Die ouman is hier onder ons, oor ons, by ons met die ding. Ek sweer ek en my maatjie lag ons gatte af, oe en aa en praat vuil en so. Honderd rand, toe laai hy my weer hier af."

Hemel, dink Tristan. Wat de hel doen hy? Hy, wat onafhanklik wil wees, wat vir niemand behalwe homself wil sorg nie, wat vir geen ander mens verantwoordelik wil wees nie, nou saam met 'n straatseun. Wat doen hy?!

Hulle stap verby 'n gehawende man met 'n verslete stuk karton: *4 wives, 13 hungry kids, three cats, eight dogs, fokkol job. Loose change please.*

Alles reg gespel.

Nog 'n entjie aan tot by sy woonplek.

Die graffiti op die muur van die Plaza, sien Tristan, is gelukkig afgewas.

Hy pons die sekuriteitskode by die deur in, maar staan só dat Kerneels dit nie kan sien nie. Die seun is sku, kyk nou benoud rond, krap weer met sy hand deur sy hare, mompel iets.

Hulle ry met die hysbak op. Daar is 'n nuwe kennisgewing op die spieël geplak. *Awetu Computer Academy 7th Floor. Learn your future.*

Nou lyk Kerneels soos 'n sku hond wat bang is vir slae, sy gewig op sy gesonde voet. Die hysbak beur en ruk en kom in 'n stadium feitlik tot stilstand, maar kom dan weer in beweging. Die stank in die nou ruimte is byna ondraaglik.

Bo gekom, sluit Tristan sy dakwoonstel oop. Dit is die eerste keer dat hy iemand hierheen bring. Die heel, heel eerste keer.

Die swart kat met die wit bors sit weer en wag vir sy kos.

Toe Tristan die deur toemaak, haal hy sy sonbril af en gaan staan voor die seun.

"Kerneels."

"Jissis, maar jy't het 'n bedonnerde smart plek!"

"Belowe my. Swéér jy gaan my nie besteel nie."

Die gesig raak nou ernstig. Iewers skemer iets deur wat verby die roekelose rentboy-toneelspel van vroeër gaan.

"Ek's nie 'n dief nie." Die stem nou ernstig, die blik stip. "Maar as jy wil hê ek moet sweer, dan sweer ek." Hy sit sy stukkende hand op sy hart. "Ek sweer."

Tristan staar na die vuil seun wat sy gewig gedurig na sy gesonde voet probeer verskuif, nou pateties in 'n poging tot eerlikheid, dalk trotsheid met sy hand op sy hart. Die oë, op hierdie jong ouderdom, is besig om in hul kasse weg te sink, die slym wat uit sy linkerneusgat drup opsigtelik en amper potsierlik, die hare 'n nes vir luise.

Kerneels staan daar, nou afwagtend, steek sy hande in sy sakke, die rowe op sy knieë flits deur die vodde-broek. Die ritssluiter hang skeef, die flappe hang los om sy dye.

En net vir 'n oomblik sien Tristan Hansen weer homself daar staan. Homself oor 'n jaar. Homself sewe jaar gelede toe hy van die buiteland teruggekeer het en nie kon werk kry nie.

Hyself. Hier. Nou.

Tristan kyk na die skildery van hom teen die muur en weer na die seun en dink: Dít is hoe ek binne lyk. Stinkend, verrot, besig om dood te gaan, besig om te vrek, besig om te verval, sonder 'n toekoms.

"Kom ons kry jou skoon."

Die seun trek uit, stroop die materiaal versigtig oor seerplekke af.

Tristan gooi die vodde in 'n swart sak en bind dit toe.

Hy kyk na die maer, verweerde, vlooibesmette liggaam, die seerplekke, die ribbes wat vorm, die vuil wat die seun se liggaam vlek.

Tristan druk hom in die stort. "Jy raak nie aan die goed daarso nie."

"Jeez, bra! Maar jy't baie creams!"

Tristan soek in 'n rak na 'n vars spons en 'n nuwe koekie seep. Hy probeer sy asem inhou, want die stank wil hom nou naar maak. Hy kry ook sjampoe teen luise wat hy jare tevore gebruik het toe hy in die bosveld op 'n staptog was en bosluise opgetel het.

"Jy was hiérmee."

Hy druk die spons, spesiale sjampoe en antiseptiese seep in Kerneels se hande. "Sorg dat jy skoon kom. Dat jy elke duim van jou lyf was. En ek bedoel elke duim. Orals. Veral die nooks en crannies. Oukei?"

Die seun maak 'n salueerbeweging. "Yes, my captain!"

Tristan stap sitkamer toe, sak op die stoel neer en druk sy kop tussen sy bene asof hy wil naar word. Wat de hel het hom besiel? Maar hy kon tog nie hierdie seun op die straathoek los nie! Maar hoeveel is daar nie nog soos hy nie?

Hy luister hoe die seun was. Kerneels sing, die een of ander popdeuntjie wat gereeld oor die radio gespeel word. Water vloei. Tristan dink daaraan dat dit seker swart moet wegvloei. Dat hy vir luise en vlooie sal moet soek en die seun eers sal moet ontsmet.

Kerneels bly amper 'n kwartier in die badkamer. Uiteindelik hou die wasgeluide op en staan hy skynbaar net onder die water dat die hitte oor hom stroom.

Tristan gaan terug badkamer toe, kry ontsmettingsmiddel en haal dan 'n handdoek uit. Die seun kom uit die stort gestap. Tristan herken hom amper nie. "Ek kan nie onthou wanneer ek laas warm water gevoel het nie, ek sê. Frieken amazing."

Kerneels droog hom af. Toe hy klaar is, beduie Tristan. "Laat ek kyk na die seerplekke op jou lyf."

Hy bestudeer dit en besef dat dit meestal van ontberings is. Dat hy dit uit sy medisynekis sal kan behandel. Maar die seun se voet het mediese aandag nodig. Hy raak daaraan.

"Au, bliksem!"

"Ek is jammer, Kerneels."

"Nee, ek is jammer, oom, ek meen Tris."

"Ek gaan jou dokter toe vat."

"Hel, hang aan 'n tak. Ek het nie geld vir . . ."

"Ek het geld, Kerneels. Iemand moet daarna kyk." Hy beduie na 'n skeermes. "Skeer daai donsbaardjies af en kam jou hare behoorlik."

"Dankie. Hel. Ek meen. Thanks, bru."

Gelukkig het Tristan ekstra tandeborsels. Hy sal na Kerneels se tande en mond ook moet laat kyk.

"Borsel jou tande," beveel hy. "En borsel sommer drie keer. Ek gaan inspekteer."

"My tande is seer. Ek was in 'n fight met die fossiel-op-'n-wiel van die porn movie. Hy wou my nie betaal nie, toe tackle ek en daai ander laitie hom. Toe betaal hy, pappie! Maar nie voor hy my met sy kop in my gesig gestamp het nie."

"Ek sê mos ek sal daarna laat kyk."

Buite hang die wolke swaar. Blitse begin deur die wolke te klief en kort voor lank sak 'n reënbui oor die stad uit.

Kerneels sou nou sy verweerde lyfie in daardie gietende reën probeer verkoop het.

Hy is nou sý verantwoordelikheid. Tristan, wat skaars 'n kat wil versorg, het nou 'n seun om na om te sien. 'n Seun wat hom dalk kan beroof. Erger nog, vermoor.

Gelukkig is sy dokter se nommer op sy selfoon gestoor. Hy skakel haar – nog een van sy kliënte wat hy net na 'n geselligheid moes vergesel omdat sy nie alleen daar wou opdaag nie. Hy verduidelik dat hy iemand na haar toe bring na wie sy moet kyk. Hulle maak 'n afspraak vir later die middag.

Hy gee vir Kerneels van sy klere om aan te trek, maar dit is te groot, hang soos sakke aan die uitgeteerde liggaam. Dit kos Tristan diep in sy kas grawe om ou klere te kry wat hom dalk nog sal pas.

Toe Kerneels uiteindelik 'n kortbroek en T-hemp aantrek wat nog uit Tristan se skooldae kom, lyk hy nie meer so potsierlik nie.

Tristan weet nie wat om vir hom te gee om te eet nie, want hy hou immers net gesonde kos, groente, slaai en bessies in sy woonstel aan, en dít gaan beslis nie Kerneels se honger stil nie. "Kom saam," beduie hy.

"Gaan jy my uitgooi?" Daar is vrees in die seun se oë.

"Ons gaan koop kos." Tristan kyk na buite. Die reën het bedaar. "Kom."

Kerneels hinkepink by die deur uit en klim in die hysbak. 'n Man wat 'n tatoeëersalon op die vierde verdieping bedryf, klim in en gee die twee van hulle 'n alwetende kyk.

"Middag, oom," sê Kerneels.

"Jis."

Buite plaas Tristan sy sonbril op sy neus en loop 'n straat-blok ver na die naaste wegneemrestaurant.

Die verweerde stoele, nog nat van die reën, staan sommer op die sypaadjie, vuil, sommige stukkend, maar hulle kry darem twee wat veilig is om op te sit. Tristan vra 'n doek, vee die stoele droog en gaan sit dan.

Hy soek na iets met meer voedingswaarde as pap en sheba, hoenderpote, 'n brousel wat na dik afval lyk, marog, hoenderkoppe, vis en skyfies of vetterige hamburgers, maar besef hy moet sorg dat hierdie seun nou kos in sy maag kry. Enigiets.

'n Ekstra groot pak vis en skyfies en aangemaakte lemoensap behoort te help.

Tristan gaan sit en Kerneels se oë rek toe hy die kos sien. Hy skeur die pak oop en plaas die vis en skyfies voor hom. Kerneels vreet dit op. Daar is geen ander manier om dit te beskryf nie. Hy prop hande vol skyfies gelyktydig in sy mond en stik daarvan sodat Tristan hom op sy rug moet slaan.

"Stadig, seuna, stadig."

Maar Kerneels prop die vis weer in sy mond en eet gulsig voort, sy lippe blink van die vet.

Tristan staan later op en koop 'n tweede pak vis en skyfies asook koeldrank, en hy dink: Ek bly in weelde hier bo in 'n dakwoonstel en peusel selektief aan gesonde kos, en hier sit 'n straatkind oorkant my en prop enigiets wat na kos lyk in sy mond.

Toe Kerneels die tweede pak vis en skyfies begin verorber, eet hy stadiger, glimlag soms, eet nou met sy mond toe, en wil-wil daar tekens van beskaafdheid terugkom.

Hy vee sy mond met 'n servet af en brom tussen die mondevol skyfies: "Hulle tjips is befok. Dankie, Tris. Moerse dankie." Hy vee die papier met die laaste stuk vis skoon en bring 'n wind op. "Skies."

"Maak nie saak nie."

Kerneels sit agteroor, bring weer 'n wind op en drink die laaste slukkie koeldrank. Hy is skoon uitasem geëet.

"Wat kan ek vir jou doen vir dankie?" vra hy en grawe met sy vingers in sy mik asof hy homself weer te koop aanbied.

"Niks. Moet my net nie besteel nie, dis al."

Kerneels se gesig raak ernstig. "Ek het mos gesweer ek sal . . ."

"Moenie so baie sweer nie, Kerneels."

Kerneels kyk verbaas na hom. "Oukei. Sorry, ou." Hy neem weer die koeldrankbottel en hou dit voor sy mond. Daar is niks meer oor nie.

Mense kom sit langs hulle, eet pap en vleis, derms op pap, hoenderpote, iets wat na grys ingewande lyk, stukke wit brood wat uitgehol is met vleis daarin. En Coke.

"Is jy versadig, Kerneels?"

"Lekker dik geëet, my bru."

"My naam is Tristan. Ek is nie familie van jou nie."

"Ek het nie eers broers en susters nie, anders was daar meer van ons op straat!" lag Kerneels.

Hulle kyk vir 'n rukkie na die mense om hulle wat eet. Kerneels vee weer oor sy mond, maar dié slag hou hy sy vuis voor sy mond toe hy wind opbreek.

"Hoor hier. Kan ek jou 'n vraag vra?"

"Solank dit net nie oor geld gaan nie."

'n Glimlag ontbloot die geel tande. Hy moet die seun môre by 'n tandarts kry.

"Nee. Dit gaan eintlik so half . . . oor geld, ja."

"Praat, Kerneels, want ek moet 'n taxi bel. Ek vat jou nou dokter toe, dat sy na jou voet kan kyk en jou seerplekke behoorlik kan ontsmet."

Kerneels krap deur sy hare. "Hoor hier, ou Tristan. Jy't lekker moola, ek sê. Geld. Massas van die goed, lyk dit."

"Mens het nooit genoeg geld nie, Kerneels."

"Vertel jy my! Nee, wat ek wou vra, is . . ." Hy vee weer met sy vinger oor die papier waarin die vis en skyfies gelê het. "Watse soort werk doen jy, Tristan?"

VEERTIEN

Erika hou Dinsdagmiddae gewoonlik oop om navorsing te doen en haar mentor, Lydia Els, te spreek. Toe die laaste kliënt dus kort voor halftwee loop, neem sy Nadia Verhoef se koevert en plaas dit in haar aktetas. Daar is ook 'n paar ander dokumente in wat sy met Lydia wil bespreek. Sy het lank hieroor gedink. Maar sy het Lydia se raad nodig.

Sy ry Randburg toe. Hulle eet gewoonlik 'n laatmiddagete saam in 'n restaurant daar naby, maar vandag is Lydia te besig en het sy gevra dat hulle in haar kantoor ontmoet, maar net vir 'n halfuur.

Af met William Nicholrylaan, links in Republiek en dan regs in Braam Fischer. Naby die Sanlamsentrum wemel dit van mense wat haastig oor die pad loop. Orals is advertensies van privaatskole, rekenaaropleidingsentrums met Afrika-name en KFC's.

Sy ry tot in Pinelaan en hou voor Lydia se kantoorgebou stil.

Toe Erika later oorkant haar gaan sit, merk sy dat die ouer vrou se aandag nie ten volle by haar is nie.

"Moeilike dag?" waag sy.

"En hoe! Hoëprofiel-saak. 'n Sportman is aangekla van aanranding op sy vrou nadat sy uitgevind het hy het 'n verhouding met 'n ander vrou. Hy het haar geïntimideer om die saak terug te trek, maar sy wou nie."

"Binnekort sal vroue nie meer sake teen mans kan terugtrek wat hulle aangerand het nie. Of, dis soos ek dit verstaan."

Lydia knik. "Ons ontmoet drieuur en ek moet nog voorberei."

Erika het vanoggend die koerantopskrifte gesien, maar het nie besef dat Lydia met die sportman gaan praat nie. "Ek sal nie veel van jou tyd in beslag neem nie."

"Maak nie saak nie, Rieks. Praat gerus, ek luister."

Sy wil praat oor die skooldogter wat pas by haar was en haar sny om net iets te kan voel. Die emosionele pyn is so intens dat sy na fisieke pyn smag. Wat toe deur haar ma betrap is dat sy selfs haar geslagsdele skend en op die rand van selfmoord staan.

Sy wil praat oor 'n man wat sy huis probeer afbrand het omdat hy sy gesin in 'n kaping verloor het, en hoe dit haar, Erika, emosioneel begin raak het. Sy kon nie 'n afstand van daardie kliënt se probleme behou nie. En hoe sy steeds na Rodney verlang, al probeer sy hóé hard om nie aan hom te dink nie.

Sy begin deur oor die skooldogter te praat. Lydia gee goeie raad, maar sodra Erika begin aantekeninge maak, vra sy: "Hoekom is jy eintlik hier, Rieks?"

"Want hy krap my om en maak my bewus van iets waarmee ek ongemaklik is."

"Maar ek dag jy is oor Rodney."

"Sy naam is Tristan Hansen."

Lydia frons. "Die naam lui 'n klokkie. Is dit nie . . .?"

"Die onderbroekmodel, ja. Maar terselfdertyd die land se hoogs betaalde prostituut."

Lydia sit terug. " 'n Kliënt van jou?"

Sy skud haar kop. "Hy het my bloot gesien omdat sy ma hom gedwing het."

"Maar ek verstaan nie die probleem nie. Prostitute kry dikwels sielkundige berading nadat hulle aangerand is. Het iemand hom aangeval of kan hy nie meer die werk doen nie?"

"Hy is nie aangerand nie en hy het nie vir berading gekom nie. Hy . . ."

"Hy . . .?" Lydia skuif nou die lêer waarin sy kort-kort geloer het weg.

"Krap my om. So erg dat ek nie op my werk kan konsentreer nie."

"O-o! Jy bedoel jy raak verlief op hom?"

"Nee!"

Sy praat so hard dat Lydia haar hande ophou.

"Ek het hom gister in die Troyeville Hotel ontmoet."

"Interessante plek. Was dit . . .?"

"Nee, asseblief!"

"Wat het dan gebeur?"

"Ons het geëet."

"In die Troyeville Hotel."

"Korrek."

"Maar hoekom daar?"

"Want ek wou wegkom uit my spreekkamer en ek wou hom op sy eie terrein ontmoet."

Lydia sit vooroor, neem 'n pen tussen haar vingers en draai dit 'n slag in die rondte. "Ek is nog steeds in die duister."

Hoe benader sy dit tog? Hoe verduidelik sy dit teenoor Lydia as sy self nog nie seker is hoe sy voel nie?

"Ons het gepraat asof ons mekaar reeds jare ken. En hy het goed vir my oor myself gesê waarvan ek nog altyd bewus was, maar nooit oor gepraat het nie."

"Jy besef dat sommige prostitute, veral die suksesvolles, 'n sesde sintuig ontwikkel. Dat hulle na jou lyftaal kyk, amper 'n soort insig in jou kop kry, soos ek en jy met ons kliënte?"

"En dat hulle gebreke en probleme raaksien waaroor ons nie kan praat nie? Waaroor ek nie eers met jou kan praat nie?"

Lydia kyk 'n oomblik na haar. "In die eerste plek mag jy nie op jou kliënte verlief raak nie, en in die tweede plek is dit moeilikheid soek om emosioneel betrokke te raak by 'n prostituut. En wat jou verlede betref, het jy nie jou les met Rodney geleer nie? Dat daar sekere mense is by wie jy nie emosioneel weerloos durf wees nie?"

"Ja. Maar toe Tristan oorkant my sit en met my praat . . ."

"Het hy al die tegnieke gebruik wat hy op sy kliënte gebruik. Hy't jou soos 'n oop boek gelees, Rieks. Jou eers uit jou gemaksone geneem, vrae ontwyk, jou in dieselfde posisie geplaas as wat jy met jou kliënte doen en dalk voorgegee hy is 'n seksuele surrogaat en nie 'n prostituut nie. Jy moet tog deur daardie tegnieke sien!"

"Maar dis die punt, Lydia! Hy het nié daardie tegnieke gebruik nie! Hy sien deur my, selfs tot diep binne-in my." Sy beduie desperaat. "Hy wéét van my!"

Lydia staan op en maak die deur toe, al is haar ontvangsdame uit met middagete. Sy gaan sit langs Erika en raak saggies aan haar skouer.

"Wat wil jy eintlik vir my sê, Rieks?"

Sy skud haar kop, huil 'n bietjie, vee die trane af. "Dat ek deurmekaar is. Dat ek, nadat ek met hom gepraat het, sekere dinge in myself begin betwyfel."

"Wel, ék twyfel nie aan jou nie. Onthou net, jy kan nie toelaat dat 'n prostituut jou hele lewe omkrap nie."

"Moenie hom so noem nie!" Sy skrik vir haar eie stem. "Ek bedoel, hy is anders. Hy is nie soos die ander wat al teenoor my in my praktyk gesit het nie!"

"Wát is anders aan hom? Is hy baie aantreklik?"

"Ja, maar dis nie die punt nie. Ek het my nog nooit daaraan gesteur nie. Hy doen sy werk, wat jy dit ook al wil noem, omdat . . ." Hoe verduidelik sy dit tog? "Dit kan nie net vir geld wees nie, daar moet 'n ander rede wees!"

"Watter ander rede kan daar tog wees behalwe geld? Het jy hom betaal vir die onderhoud, terloops?"

"Nee, hy het vir my ete betaal en daar was geen innuendo's of erotiese speletjies nie." Erika vee die trane af en staan op. "Ek weet nie eintlik hoekom ek hier is nie, Lydia. Ek is jammer ek het jou tyd gemors."

Lydia staan op en keer haar toe sy wil uitloop. "Moenie te betrokke raak nie. Distansieer jou, verplaas jou na 'n logiese situasie buite die saak of die geval wat jy bestudeer. Skakel jou emosies af."

"Ek kan nie!" sê Erika hard. Sy loop na die deur toe en pluk dit oop.

"Erika!" Dit is die eerste keer dat Lydia so streng met haar praat, maar sy luister nie. Loop net deur die ingangsportaal na haar motor toe met Lydia agterna. "Kom terug!"

"Ek sal dit uitsorteer, ek is jammer ek het jou gepla!"

Sy loop uit die gebou tot in die straat. Gaan staan en dink. Toe stap sy tot by haar motor, haal haar sleutels en beursie uit haar aktetas en wil net die deur oopsluit, toe 'n man verbykom.

Hy gryp haar aktetas en hardloop.

Erika is oombliklik woedend. Sonder om te dink, storm sy agter die dief aan. Sy hoor Lydia gil. Motoriste toet en iemand hou stil, maar Erika hardloop verbete.

Die man swenk in 'n systraat af en spring in 'n motor wat feitlik onmiddellik wegtrek.

Erika storm op die motor af, maar spring nie uit die pad toe dit reguit op haar afpyl nie. Sy sien die bestuurder wat 'n sonbril dra en wat vir haar toeter. Hy beduie dat sy moet padgee, maar die woede is onkeerbaar. Sy storm op hom af.

Die motor is nou enkele meters voor haar. Sy voel tegelyk duiselig en opgewonde en beangs, vol adrenalien – emosies waarmee sy jare laas te make gehad het. Sy was die afgelope twee jaar so in beheer van haar emosies, selfs met Rodney, dat sy gedurig van buite na haar eie situasie gekyk het. Nou staan sy midde-in die woede, die frustrasie, die onsekerheid.

Naby haar is die getoet oorverdowend. Die bestuurder swenk op die laaste oomblik weg, mis haar rakelings en jaag dan verder. Hy skiet oor die besige straat agter haar en verdwyn om 'n hoek.

Erika swik en val. Iemand hardloop nader en help haar op. Lydia verskyn om die hoek met haar selfoon in haar hand, besig om opgewonde te praat.

"Het jy seergekry?" vra die voetganger.

Sy skud haar kop. "My aktetas . . ."

"Wees dankbaar jy het met jou lewe daarvan afgekom."

"Sy dokumente is in my handsak. Nadia se bekentenis!"

"Waarvan praat jy?" vra die man verbaas.

"Hulle het die dokumente gesteel!"

Sy gaan sit op die sypaadjie en hou haar kop vas, kan nie behoorlik verstaan wat gebeur het nie, probeer haar emosies in bedwang kry.

'n Uur en verskeie telefoonoproepe later sit sy steeds in een van Lydia se aangrensende kantore. Die polisie het haar ondervra en die ontvangsdame bring die soveelste koppie tee.

"Iemand van die koerant wil met jou praat," beduie die ontvangsdame.

Erika skud haar kop, wil nie nou praat nie, maar raak dan bewus van 'n man in die deur. Dit is Rodney.

"Is jy oukei?" vra hy.

Sy het hom nie hier verwag nie.

"Hoe het jy hiervan geweet?"

"Lydia het my geskakel." Hy gaan sit oorkant haar. "Het jy seergekry?"

"Nee."

"Dit is baie sleg, Erika. Ek is jammer." Wanneer was sy stem laas so sag? Wanneer het hy laas so besorgd met haar gepraat?

"Moet asseblief nie in die koerant hieroor skryf nie. As my ouers hiervan moet hoor . . ."

"Ek moet hieroor skryf, maar dit gaan net 'n klein beriggie wees en ek gaan nie jou naam noem nie. Dit is die enigste verskoning wat ek kon uitdink om hiernatoe te kom. Omdat ek 'n storie moes doen."

"Wat wil jy weet, in hemelsnaam, Rodney?"

"As ek liewer later met jou moet praat, as jy nie so ontsteld is nie . . ."

"Dit maak tog nie saak dat ek hard praat of ontsteld is nie. Dit is hoe ek is. Jy het immers self so gesê. Ek moes dit net vir twee jaar beheer en wegsteek omdat dit jou so omkrap. Ek kon nooit myself wees nie. As ek dus eers my stemtoon moet versag om jou te pas, moet ons dit liewer los."

Ongeloof in sy oë. "Wat hét met jou gebeur, Erika?"

"Te min, Rodney. Vir jare te min."

"Ek verstaan nie."

"Nee, dis die probleem. Jy het nooit verstaan nie. Maar dis nie net jou skuld nie. Ek het ook nie verstaan nie. Niemand verstaan niks! Ek is 'n sielkundige en ek verstaan op die oomblik niks nie!"

Rodney maak sy notaboekie toe en staan op. Die bekommerde ontvangsdame maak die deur oop.

"Ek is jammer, sy is histeries. Dalk moet jy 'n dokter bel." Die ongevoelige toon is terug. Hy stap deur toe, maak dit oop, maar draai dan terug.

"Is daar iets wat ek kan doen?"

"Jy kon nog nooit iets doen nie, Rodney."

Hy klap die deur toe.

Oomblikke later sien sy die bekende sportman, seker met sy agent, uit Lydia se kantoor stap. Hy plaas sy sonbril haastig op en maak of hy Erika nie raaksien nie. Hy skakel onmiddellik op sy selfoon met die uitstap.

Lydia kom na haar toe. "Hoe voel jy? Wat sê die polisie?"

"Dat hulle die saak sal ondersoek. Maar, Lydia, dit gebeur daagliks hoeveel keer in hierdie stad. Ek sal dit tog nooit weer kry nie."

"Wat kry nie?"

" 'n Belangrike dokument oor Tristan."

"Al weer daardie naam."

"Ja, al weer. En ek kan dit nie help nie!"

Sy wil begin huil, maar onthou Lydia se waarskuwing van destyds. Trane maak niks reg nie. Dit besmeer jou grimering en blokkeer jou neus.

"Doen iets om jou aandag af te trek, Erika."

Die ontvangsdame verskyn en beduie dat daar weer kliënte is wat Lydia wil sien. "Ek is jammer, Rieks."

"Dankie dat ek jou kon sien. Vir al jou hulp."

"Dis die minste wat ek kon doen. Gaan iewers heen, probeer ontspan."

Erika knik.

"Sterkte, Rieks."

Erika stap terug na haar motor en herleef vir 'n oomblik die aanval op haar. Sy maak nou seker dat daar niemand in die omgewing is wat dreigend lyk nie.

Sy neem haar selfoon en kry dan Tristan se nommer wat sy gestoor het. Sy skakel dit.

"Hallo." Sy stem is sag maar neutraal.

"Hallo, Tristan. Dis Erika. Kan ons ontmoet? Ek moet dringend met jou praat."

"Jy bedoel – nóú?"

"Ja, nou. Kan ek na jou toe kom?"

'n Huiwering. "Ken jy Kaldi's in Newtown? Naby Mary Fitzgerald Square."

"Nee, maar ek kan dit kry."

Hy gee vir haar die adres. Klink maklik genoeg.

"Ons sien mekaar daar oor 'n halfuur." Daar is 'n klikgeluid.

Sy het nie verwag dat hy so maklik sou instem nie. Net

die feit dat hy so vinnig gereageer het, beteken hy besef die erns van die situasie.

Sy tik Kaldi's se Newtown-adres op haar GPS in.

'n Halfuur later hou sy naby die koffiewinkel stil, 'n byderwetse plek met wit stoele onder sambrele op die sypaadjie. Dit lyk ewe gesellig binne, maar sy besluit om buite te sit sodat sy kan sien wanneer Tristan opdaag.

Die ander tafels word deur mense beset wat gesellig sit en kuier. Mans met Rastafariër-hare, twee musiekstudente met musiekinstrumente langs hulle, 'n man wat op 'n trekklavier tokkel langs een van die tafels, en drie swart akteurs wat sy van 'n produksie in die Mark Teater herken, sit ook naby.

"Ethiopiese koffie. Dis hul spesialiteit. En dit kos minder as tien rand." Tristan staan voor haar. "Wil jy probeer?"

"Sal ek slaap vannag?"

"Jy glo tog nie daai bog van koffie na twee hou jou wakker nie?"

"Uit dure ervaring," antwoord sy.

"Dis sommer net 'n storie. Jy't nog nie koffie gedrink voor jy Kaldi's se special gehad het nie."

Dit is duidelik dat Tristan 'n gereelde kliënt is. 'n Kelner stap nader en omhels hom.

"Howzit, dude? Welcome, man."

Hulle slaan mekaar op die rug en gee dan 'n paar vuisstampe.

"Can I introduce you to my friend?" vra Tristan. "Erika, meet Basil."

Hulle groet en Erika vind dit interessant dat hy meer ontspanne is as tevore en selfs na haar as sy vriendin verwys.

"Howzit. Two Ethiopians?"

"Yep," sê Tristan.

"Two special coffees coming up."

Die kelner loop terug in die restaurant in.

"Ek's mal oor Newtown. Naaste wat mens aan Europa kom in Joeys." Tristan gaan sit. Sy sien haar beeld terugkaats in sy sonbril.

"Ek is jammer dat ek jou ontbied het, maar . . ."

"Jy ontbied my glad nie. Buitendien, ek doen niks voor môreoggend nie."

" 'n Kliënt?"

Hy knik. "Maar daar is ook iets waaroor ek met jou wil praat."

Die man met die trekklavier kom staan langs hulle tafel en begin speel. Hy lag vir Tristan wat breëmond terugglimlag. "Dis ou Allie. Jy's gelukkig dat jy hom hier kry. Raak nou oud en tokkel nie meer so baie nie."

Tristan verstel aan sy sonbril. Hy sit terug in sy stoel, sy hande agter sy kop. Hy dra 'n ouerige T-hemp en jeans wat los en gemaklik sit. Daar is verfkolle op sy jeans en die materiaal begin deurskif op sy regterknie. Hy lig sy verbleikte T-hemp, duidelik 'n werkshemp, om die sweet van sy gesig af te vee. Dan skuif hy dieper in die skadu van die sambreel.

"Jammer. Ek het my deur geverf, toe kom ek net so."

Sy glimlag. "Geen probleem."

'n Klomp singende skoolkinders loop verby.

Sy stoppelbaard is effens meer opmerklik as gister en sy hare is deurmekaar. Hy lyk na 'n doodgewone man wat by 'n tafel sit en na 'n trekklavier luister. Sy merk dat die glimlag begin verdwyn, asof hy aan iets ernstigs dink.

Die kelner sit twee koppies koffie voor hulle neer. Die aroma is heerlik. Basil druk Tristan se skouer asof hulle ou vriende is, en Tristan gee hom 'n ligte vuishou op sy arm.

"Thanks, buddy."

"Cool bananas, bru." Basil stap weg.

Tristan lig sy koppie. "Mens verdun nie hierdie eksotiese brousel met melk en suiker nie. Cheers." Hy lig sy koppie.

"Cheers."

Hy stamp sy koppie liggies teen hare.

Sy moet hom vertel van Nadia Verhoef se dokument wat gesteel is. Gelukkig het sy haar motorsleutels en beursie uit die aktetas gehaal voor die aanval. Haar ID-boek is ook gelukkig in haar beursie. Maar sy het skielik nie die moed om hom van die aanval te vertel nie.

Sy proe aan haar koffie. Dit is inderdaad sterk, maar die lekkerste wat sy nog in Johannesburg gedrink het.

"Stem jy?" Hy lig weer sy koppie.

"Ek stem. Dis die beste, al is ek nie eintlik 'n koffiedrinker nie."

Tristan groet twee Rastafariërs wat verbyloop. Die trekklavierspeler sluit die liedjie af. Erika wil geld uithaal, maar Tristan keer haar. Hy druk geld in die man se baadjiesak en vryf oor sy arm.

"Thanks, man."

"See ya, Tris."

Tristan drink weer ingedagte aan sy koppie. Sy is nie seker of hy na haar kyk of na die straat agter haar nie.

"Jy kom nie baie in plekke soos hierdie nie?" vra hy.

Sy lag en skud haar kop. "Ek is meer die Hyde Park-tipe. Winkelsentrums waar ek ure in Exclusive Books kan ronddwaal of kan gaan fliek, of wat mens ook al daar doen – na mense kyk, probeer vergeet van sielkundige probleme."

"Lekker beskerm, dus?"

Hier kom die ontledings van haar persoonlikheid weer. "Jy kan so sê, ja."

"Jo'burg!" Hy lag skielik weer en beduie: "Hier is iets in Newtown wat jy nêrens anders kry nie, en ek's mal daaroor." Hy beduie na 'n parkeerwag wat struikel soos hy hardloop om 'n fooitjie te kry. "As 'n motordeur klap, is dit vir hulle soos 'n roomysklok vir ons destyds. Jy hol jou malle maai af en jy hoor dit drie straatblokke ver."

Sy selfoon lui en hy haal dit uit, kyk vinnig na die nommer en druk dit dood. "Skies. So gebonde aan die ding." Hy gooi dit terug in sy sak.

"Aan die een kant is selfone 'n seën, maar aan die ander kant 'n euwel."

"Daar bly 'n outjie by my," beduie hy na sy selfoon, "voorlopig. Sommer 'n knapie. Ek moes vir hom 'n selfoon kry. Hy't geen heenkome nie en het vanoggend 'n werk gekry. Lewer goeters af. Nou kyk ek net elke keer of dit nie hy is wat bel nie."

Hy teug aan sy koffie. Sy voel die son op haar gesig. Gooi haar kop terug asof sy die son probeer inascm.

Hulle drink hulle koppies leeg en praat oor ditjies en datjies. 'n Dansvertoning by die Dance Factory, die Mies Julie-produksie by die Mark in Januarie, 'n jazz-klub om die hoek, 'n oudhedewinkel hier naby en die slim plakkate van bedelaars.

"Die rede vir my besoek . . ." begin sy later, maar hy beduie na die straat en mense om hom.

"Ek wil jou iets gaan wys."

"Maar ons . . ."

"Ons niks nie. Ons praat te veel."

Hy fluit en wink Basil nader. Hy druk 'n twintigrandnoot en 'n tweerand-muntstuk in sy hand.

"Thanks, bra."

"This was exquisite," sê Erika vir die kelner. Tristan kyk op en lag. Sy hou die meeste van hom as hy dit doen, want dis 'n onbevange, spontane lag. Nou besef sy eers hoe aangeplak sy glimlag op die plakkaat was.

Hy trek haar stoel uit en neem haar aan die elmboog toe sy opstaan. Sou hy dieselfde patroon met sy kliënte volg? Is dit 'n soort voorspel? Maar tot wat?

Hy stuur haar by 'n winkeltjie met oudhede in.

Dit is oorvol gepak met antieke stoele wat opmekaar gestapel is, portrette van ANC-vryheidsvegters in ovaalrame, plakkate van daggaplante, meer snuisterye as wat sy ooit in Parkhurst se oudhedewinkels teëgekom het, en 'n grammofoonspeler met 'n tuit soos die een waarna die hond in haar ouma se prentjieboeke altyd na sy baas se stem geluister het.

Die eienaar groet-knik en werk verder op sy optelmasjien. Tristan haal sy sonbril af en neem haar na 'n melkkarring. "My ouma het so een op die plaas gehad. Ek het my arm voos gedraai daaraan."

"Ek ken dit ook, hoewel ek nie hoef te gekarring het nie," lag sy.

Hulle stap tussen die snuisterye deur. Hy tel botteltjies en koppies op, wys dit vir haar, vee met sy vinger oor 'n bank se leuning asof hy iets onthou. Hulle gesels oor die geskiedenis van 'n stoel wat hy oorweeg om te koop, en hoe geheg hy aan sekere items hier geraak het.

Dit is seker hoe hy vroue sjarmeer, dink Erika. Die prelude, die voorspel. Hy maak of seks glad nie ter sprake gaan kom nie, want vriende gesels mos sommer. Hy stel vroue op hul gemak tot die prys ter sprake kom. Die probleem is, 'n mens hou so maklik van hom, jy kan later nie vir hom nee sê nie – betaal dan maar seker wat hy vra.

Is dit waarheen hierdie kuier lei?

"Ek wil graag hê jy moet met Kerneels praat, Erika."

"Kerneels?"

"Die outjie wat by my bly."

"Wat van hom?"

"Sy pa het hom uit die huis geskop, toe verkoop hy sy lyf op straat. Ek dink ek het hom net betyds gekry."

"Hy verkoop sy lyf, sê jy? Maar doen jy nie dieselfde nie? En ek mag nie met jou daaroor praat nie."

Die glimlag verdwyn. "My geval is anders."

"Hoe anders, Tristan?"

"Net . . . anders." Hy verander die onderwerp onmiddellik, die gemoedelikheid tydelik weg. "Ek wil Kerneels na jou toe stuur sodat jy kan kyk of jy nie by sy pa kan uitkom nie."

"So jy glo tóg in wat ek doen?"

"Ek glo dat jy sekere mense kan help, soos Kerneels."

"Maklike gevalle. Waar ek bloot met sy familie moet kontak maak?"

Hy bekyk 'n ou tydskrif op 'n rak asof hy haar nie behoorlik in die oë wil kyk nie. "Dalk kan jy tog bietjie met hom praat. Want hy sal nie na my luister nie. Nie nadat ek erken het wat ek doen nie."

Sy sit 'n outydse botteltjie neer. "Deurmekaar wêreld, Tristan."

"Waaruit jy probeer sin maak. Geordende chaos en jy krap rond en help op jou manier. En ek help op myne. Maar ek kan Kerneels nie help nie."

"Seks help dus nie vir alles nie."

"Dit sal beslis nie sy probleme oplos nie. Dalk net vererger."

Sy dink 'n oomblik na. "Lyk my jy verander jou opinie oor seks."

"Daar is uitsonderings."

Sy dink 'n oomblik. "Goed. Ek is bereid om hom te sien."

Hy neem haar buitetoe, wys vir haar die gerestoureerde geboue, neem haar na Mary Fitzgerald Square en die omliggende kruiewinkels. Hy laat haar aan die kruie ruik en koop selfs daarvan. Sy wil deurgaans die gesprek in Nadia Verhoef se rigting stuur, maar slaag nie daarin nie.

Hulle is uiteindelik terug by haar motor. Erika skep asem. Sy sal nou daaroor móét praat en 'n lekker middag bederf. En sy wonder steeds. Was dit dalk 'n voorspel dié?

"Dit was baie lekker," sê sy.

"Dit was." Sy wag dat hy vra of sy saam met hom iewers heen wil gaan.

"Ek bel jou oor Kerneels. Lekker dag," en hy stap weg.

Dit neem 'n rukkie voordat sy hom terugroep. "Tristan!"

Hy gaan staan, waai, en wil net weer verder stap toe sy haar hand ophou. "In verband met Nadia Verhoef se dokument oor jou."

"Dis 'n erkenning van hoe sy dit geniet het. Niks meer nie."

"Iemand het vandag my aktetas gegryp met 'n afskrif van daardie dokument in. Dis weg."

Hy laat sy kop sak, kyk dan weer op. "Dan hoef my ma nie meer die afpersgeld te betaal nie. Dit gaan uiteindelik uitkom."

"Is jy nie bekommerd daaroor nie? Oor wat dit aan jou kan doen?"

"Wat kan nog met my gebeur?"

"Prostitusie is steeds teen die wet."

"Ek kry 'n boete. My naam in die koerant, indien hulle wel optree. En dan?"

"Is jy jou werk kwyt."

"Was lekker om jou te sien. Ek stuur Kerneels binnekort na jou toe. En ek sal in kontant betaal."

"Ek sien hom graag."

"Tot siens, Erika."

"Tot siens, Tristan. En . . . ek is jammer oor die dokument."

"Shit happens," sê hy en stap weg, tussen die mense.

"Jy is reg, Tris. Shit happens," sê sy terwyl sy wegtrek uit haar parkeerplek.

VYFTIEN

Toe Tristan Dinsdag laatmiddag by die huis kom, is Kerneels reeds tuis van sy nuwe werk af.

"Hoe't dit gegaan op jou eerste dag?" vra Tristan.

"Piele, pappie. Dis moerse great, ek sweer."

Tristan merk dat hy by die kombuistafel sit en skryf.

"Wat's dit?"

Kerneels wys na 'n stuk papier waarop hy geskryf het: *Naughty boerseun. 19. Travel only. Make your fantasies cum true. 10 cm uncut. Phone 0830002564 for a good time.*

"Ek hoor die going rate is nou R800 vir 'n travel en full-house. Taxi's maak dit nog duurder as ek een moet kry. Nie sleg vir 'n uur se werk nie."

Tristan haal sy sonbril af en gooi dit op die bank. Dan kry hy Kerneels voor sy bors beet. Hy druk hom terug tot hy teen die muur staan.

"Daar is nie 'n manier waarop jy dit gaan doen nie."

"Maar jý doen dit dan, dude."

"Jy is nie ek nie . . . dude."

"Maar mens kan 'n kakhuis vol geld maak en sommer nog lekkerkry ook en tussenin deliveries doen."

"Jy doen dit nié!"

Al die skuheid, die onderdanigheid van tevore is weg. "Hoekom de hel nie?"

"Want jy kan iets beter kry, Kerneels!"

"Wil jy nou vir my preek? Sorry, pel, jy is die laaste een."

"Dan moet jy trek. Want dan het ons niks meer vir mekaar te sê nie."

Die onderdanigheid van tevore kruip terug. Tristan laat Kerneels uit sy greep vry. Die seun trek sy T-hemp reg. "Oukei. Ek het dit nie heeltemal so bedoel nie. Tristan." Hy sê sy naam na 'n kort pouse, asof dit nog nie tuis is op sy tong nie.

"Nou hoe het jy dit dan bedoel?"

Kerneels kyk hom vierkantig in die oë. "Hoekom doen jý nie 'iets beter' nie?"

"Ek het my redes."

"Maar rêrig, ek meen: dis tog waar die geld lê, die big bucks. Ons kan 'n duo doen, ek en jy, dan split ons die geld en . . ."

"Vergeet dit!"

"Maar luister! Ek het jou swart boekie gesien, jou afsprake. As jy in so 'n penthouse kan bly, kan ons clients mos share! Jy doen die girls, ek doen hulle mans!"

"Kerneels." Tristan beweeg nou vir die eerste keer, tree terug en laat die seun sy eie ruimte toe. "Jy gaan iets anders doen."

"Ag, stront, man. Wat anders gaan ek doen? Ons het mos al hieroor gepraat. Ek is wit, daar's boggerôl werk, nie eers jy kan my help nie. En die kroks en ouballies like my sterk, ek weet mos."

"Wíl jy dit nou wragtag doen? Ten spyte van wat ek gesê het?"

Kerneels kyk na Tristan asof hy nou eers behoorlik daaroor dink. Hy krap deur sy hare, ruik skielik onder sy arm en grinnik: "Dis goed om vir 'n verandering lekker te ruik."

"Wil jy hierdie werk doen, Kerneels?"

Kerneels draai om, gaan staan voor die venster. Hy sit sy hande in sy gatsakke, amper uitdagend. Hy draai om. "Natuurlik nie, man. Wie in sy right mind wil dit doen? Maar ek doen dit om te survive, soos jy! En ek soek dringend meer geld. Money makes the world go around!"

Kerneels gaan sit, kyk voor hom uit en raak vir die eerste keer selfbewus, sien Tristan. Hy laat sy kop sak.

Tristan gaan sit langs hom. Hy merk dat Kerneels se oë vogtig raak.

"Wat wil jy eintlik doen, Kerneels?"

Hy beduie hulpeloos. "Wat dink jy? My matriek klaarmaak. Maar met geld wat ek waar kry? Waar gaan ek bly? Hoe gaan ek eet?" Hy vee oor sy oë. "Van my pelle huur hulleself lankal uit. Dis hoe hulle vir hulle swottings betaal, of vir selfone of airtime. Hulle soen nie en hulle doen nie bareback nie en baie van die outjies is straight, maar hulle maak hulle oë toe en doen dit omdat hulle niks anders kry nie, soos ek! Hierdie land is in sy moer en ons word weggesmyt oor ons wit is. Wat anders moet ek doen?"

Tristan het nie meer antwoorde nie. Hy weet net: hy moet wegkom, uitkom, met sy fiets ry, enigiets. As hy nie nou die wind om hom voel nie, gaan hy ontplof.

Hy neem sy fiets en plaas sy fietsryhelm op. Hy tel sy donkerbril op en stoot die fiets tot by die deur.

"Gaan jy my teruggooi op die straat?" vra Kerneels, nou met onsekerheid en 'n ligte bewerigheid in sy stem.

Tristan stoot die deur oop. Hy voel die hoofpyn teen sy slape klop. "Jy kan voorlopig hier bly. En skeur daai stuk gemors op, man!"

Kerneels blaas sy asem uit en knik.

"Dan wil ek hê jy moet mooi dink oor wat jy regtig wil doen en hoe jy daar wil kom. Dan praat ons."

Hy kan sien Kerneels wil hom weer aanvat omdat hý homself uitverhuur, maar bedink hom, moontlik uit vrees dat Tristan hom op straat gaan uitgooi.

En die ergste is, hy weet nie hoe om hom te antwoord nie.

Tensy hy die waarheid praat. En as hy die waarheid praat, is die finaliteit daar. Erken hy alles. En hy kan steeds nie daardie woorde oor sy lippe kry nie.

Hy kan nie.

Dit voel asof iemand sy kop met sy hande oopskeur en in sy brein krap.

"Wat's fout?" vra Kerneels.

"Het jy al geëet?"

"Jip. Take-away hamburger."

"Wanneer ek terugkom, maak ek vir ons ordentlike kos."

Hy klap die deur agter hom toe, die reuk van die vars verf hang steeds in die lug. Weer kry hy die gevoel dat iemand hom dalk dophou. Hy kyk heen en weer, maar die daktuin is verlate.

Die fiets is ligter as wat hy onthou. Die swart-en-wit kat sit oudergewoonte vir hom en wag. Tristan buk en krap die dier se kop. Hy spin en krom sy nek. Daar is nog katkos in sy bak. Hy is dus nie hier om te eet nie.

Die kat het vir Tristan sit en wag.

Die hysbak neem omtrent vyf minute voordat dit op die twintigste verdieping stop. Hy hoor weer 'n kraakgeluid en maak die deur oop.

Hy stoot die fiets in, maak die deur toe en gaan sit op sy hurke en maak sy oë toe. Hy skud sy kop en wil nie aanvaar wat besig is om te gebeur nie. Voel 'n geweldige angs wat hom beetpak – moontlik 'n paniekaanval.

Die hysbak stop op die grondverdieping en Tristan kom vinnig orent. Hy stoot sy fiets uit en druk die groen uitgangknop.

Taxi's skiet verby. Voetgangers skarrel oor Commissionerstraat en steek vingers in die lug om opgelaai te word. Motors vleg oor die bane, druk mekaar uit die pad, mis voetgangers net-net.

Met sy sonbril op sy neus klim Tristan op sy fiets. Hy het drie maande laas gery. Hy voel die gemaklikheid van die bekende saal onder hom, sy voete pas in die gespes om die pedale. Hy plaas sy helm op sy kop, hoor die ligte kraak van die saal en die klank van die ratte wat hy verwissel. Dan leun hy vorentoe en begin ry.

Daar is nuwe krag in sy bene. Sy liggaam voel sterk en jonk terwyl hy vooroor beur en die fiets in die stroom verkeer stoot. Hy beweeg vinniger en vinniger. En terwyl hy tussen die motors deur swenk, kom die gevoel van vryheid terug, vergeet hy sy oomblik van swakheid in die hysbak.

Hy moet daarvan vergeet en elke oomblik nou, hier, intens ervaar.

Mense staan uit die pad, taxi's toeter aanhoudend. Drie kort toete vir: Soek jy 'n geleentheid? Een lange vir: Gee pad. Twee vir: Is jy seker jy wil nie saamry nie?

Iewers loop iemand met 'n radio verby waaruit 'n omroeper kliphard praat. En dan kwaito-musiek. Doef-doef-doef. Hard, bonsend, aggressief, soos die vasberadenheid waarmee hy trap. Vinniger en nog vinniger, nou amper roekeloos asof hy nie omgee indien hy homself te pletter ry nie.

Die stad word 'n kaleidoskoop van klank en beelde en musiek en wind en strate en geboue en teer en parkeermeters en verkeersligte.

Hy het nog nie sy slag verloor nie, maar dié keer is daar vrees, onsekerheid, merk hy die son wat agter die geboue verdwyn.

Eensklaps is hy terug op skool, jaag hy saam met sy pelle op hul fietse, glip hy tussen openinge deur, sny voor motoriste in, mis skoolkinders rakelings. Vinniger en vinniger met die wind oor sy gesig, en hy onthou die enigste probleme wat hy as skoolkind gehad het, was of hy môreoggend vroeg genoeg gaan wakker word om vir sy geskiedenistoets te leer. Of watter van die baie meisies wat van hom gehou het, vanaand saam met hom gaan fliek. En of hy genoeg tyd gaan hê om met sy PlayStation te speel en nog 'n gimnastiek-oefensessie in te pas voor hy deurnag huiswerk moet doen.

Hy is prins van die wêreld. Mooi en jonk en lus en vry.

Soos op skool, trap Tristan nou verbete, mis hy 'n taxi met sentimeters, skuur vlak verby 'n fietsryer, swaai uit vir 'n motordeur wat onverwags oopgaan, lig sy arms soos op TV wanneer 'n wenner oor die wenstreep jaag. Hoor die geluid van lekkerkry uit sy keel: "Whoa!!"

Die wiele skuif oor die teer om 'n draai verby sinkplate wat 'n winkel afsper. Hy ry so na aan 'n klomp appels verby, hy kan een gryp. Hy het nog nie sy slag verloor nie en ry feitlik net op instink, elke sintuig gespanne.

Dit raak nou vinnig skemer. Vir 'n oomblik weer die vrees wat aan sy ingewande pluk. Maar sy hande sluit stywer om die handvatsels.

'n Man met kekkelende hoenders in 'n hok sny voor hom in. Nog taxi's jaag om die hoek en flits hul ligte vir hom.

In Nuggetstraat, op 'n sypaadjie gepak met kartondose en draad, wankel 'n voetganger en struikel voor hom in. Tristan pluk sy fiets net betyds uit die pad, voel die wind van die vallende liggaam by hom verbyskiet.

Onder die snelweg deur. Nou in Doornfontein. Hy sien uit die hoek van sy oog die verval, die vroue in stywe mini-rokkies wat mans optel in Daviesstraat. Een word deur 'n motoris in 'n swart motor met getinte ruite opgelaai. 'n Geveg vind plaas en sy word uitgegooi. Tristan roep: "You need help?"

"Go fuck yourself!" gil sy, en Tristan is nie seker of dit vir hom of die motoris is nie.

Af met Yorkstraat waar die enkele straatligte wat nog nie met gewere of ketties uitgeskiet is nie, begin aangaan. Hy fokus op die een voorwerp na die ander, neem dit in, dink daaroor. Motors wat by opritte intrek. Ysterhekke wat oopskuif, ligte wat aangaan, blomme wat oor draadheinings peul.

'n Hond spring voor hom in. Tristan rem, maar dis te laat. Sy fiets skuif sodat hy omtol en op die gras val. Twee dronkies gaan staan en beduie na hom terwyl hulle luidkeels met mekaar begin praat en kopskud en dan verder snuif aan brandspiritus.

'n Mede-fietsryer, oorlaai met kartonne, beduie: "You okay?"

"I'm fine!" beduie Tristan en staan op. Dit is of daar 'n duiwel in hom is. Hy klim terug op sy fiets en jaag tot in Yeoville, die allerlaaste woonbuurt waar 'n mens dit teen skemer kan waag.

Hy ry 'n kort entjie tot waar hy 'n uitsig op die stad het.

Redelike vars lug. Hier en daar is rook en uitlaatgasse, maar dit is skoner as in die middestad. 'n Daggareuk huiwer iewers.

Môreoggend moet hy op die Randse Lughawe wees, betyds vir die helikopter. Dan die vlug Waterberge toe.

Maar dis eers môre. Nou is nou.

"Hoezit, Erika?" Hy weet glad nie hoekom hy met haar praat nie, sê dit net asof sy daar is.

Hy gaan sit op 'n muurtjie en staar uit oor die stad, luister na die gebrom van die verkeer hier onder. Die stad is soos die draak waarvan sy pa altyd vir hom as kind uit sy storieboeke gelees het. Die gedrog wat die aantreklike prins op die een of ander maklike manier verslaan het. Dit is seker hoe die draak se grom moet klink, dink Tristan. Want sy pa het die grom altyd nageboots: "Grrommm!"

Hy kyk hoe die liggies een na die ander aangaan, sien die wêreld se grootste mensgemaakte woud onder hom uitstrek met klein tuintjies agter sekuriteitshekke en palissades. Iewers gaan alarms af. Taxi's toet nog steeds drie kortetjies om voetgangers se aandag te trek.

Agter hom die rooi truligte van motors. Hulle ry een na die ander by hom verby. Word ingesluk deur die donker. Nes sy pa s'n soveel jare gelede.

Rooi truligte. Ingesluk deur die swart. Die nommerplaat verlig.

Bloedrooi.

Sy pa en ma wat destyds stry gekry het. Dieter wat vertel het dat hy sy werk verloor het. Dat hy nie weet hoe hy verder vir hom en sy ma gaan sorg nie.

"Moenie vra hoekom nie, Millicent, jy weet hoekom!" het sy pa geskreeu.

Sy ma wat troos dat haar salaris genoeg sal wees. Dat Dieter wel iets gaan kry. Hy moet net nie weer in depressie verval nie, want dit loop immers deur die familie. En kort-kort sy ouers se koppe wat in sy rigting beduie asof Millicent deurgaans waarsku: "Nie voor die kind nie."

Dieter wat dae lank voor hom uitstaar, nikssiende. Sy ma wat langs sy pa gaan sit en haar arm om sy skouers plaas. Dieter wat pille drink, dit met drank afspoel, meer pille in sy hand afmeet. Pille teen depressie, altyd pille.

In donker kamers, Dieter se kop onder die komberse, sy angsroepe in die nag. Dieter wat langs hom kom sit en oor sy gesig streel. "Nie jy nie. Nie jy nie, seuna."

Eers later sou hy verstaan wat sy pa bedoel het.

Weer sy ma wat die volgende dag langs sy pa gaan sit, sy hand vat in vertroosting. Maar Dieter beweeg nie. Millicent kon net sowel aan 'n ysblok gevat het.

En toe die laaste dag.

Tristan laat sak sy kop, sy oë toe, voel die bekende fiets waarop hy sit soos 'n vriend. Hy sluk teen die emosie.

Hy was agt jaar oud toe sy lewe verander het. Sy pa wat aangery kom en skielik oor die sypaadjie ry. Tristan hard-loop nader en sien sy pa se voorkop teen die stuurwiel. Hy het sy pa nog nooit sien huil nie.

Net daardie laaste dag. Tristan sukkel om die motordeur oop te kry en besef dit is gesluit. Hy hamer met sy vuisies teen die motordeur. "Maak oop, Pappa!" Maar Dieter beweeg nie. "Maak oop!"

Dieter wat sy kop lig en na klein Tristan kyk.

"Hoekom huil Pappa?"

Klein Tristan ruk weer aan die deur, maar dit bly gesluit. Hy weet iets gaan gebeur. Hy is bang. Hy wil saam met sy pa gaan, by hom wees. Maak nie saak wat nou gaan gebeur nie. Dis een van die dae sy negende verjaarsdag en sy pa het belowe om hom Gold Reef City toe te neem om op die motortjies te gaan ry!

Die geluid van die motordeure wat oopgesluit word. Die agtjarige Tristan wat die deur aan sy pa se kant ooppluk, die ouer man se broek nat, vlekke teen sy binnebeen af. Hy moes beheer oor sy blaas verloor het.

"Pappa? Gaan ons Gold Reef City toe?"

Sy pa skud sy kop.

"Maar dis amper my verjaarsdag."

Snaakse geluide uit sy pa se keel. "Onthou net altyd. Ek is baie lief vir jou. Kyk mooi na Mamma. Belowe my?"

"Ek wil saamgaan, Pappa."

Sy pa wat roerloos bly sit. Klein Tristan hardloop om die motor na die passasiersdeur toe. Die motor grom en brom soos sy pa die pedaal trap asof hy nie kan wag om weg te trek nie.

Tristan kry die handvatsel beet. Sy pa kyk op en sien hom. Toe die klikgeluid. Die deur wat gesluit word. Daardie verskriklike klank. Klik!

Skud. Ruk. Pluk, geweld om die deur oop te forseer, maar die motor skiet so vinnig vorentoe dat Tristan op sy gesig val. Sy pa jaag weg. Vinniger en vinniger en verder en verder. Die rooi truligte word deur die donkerte ingesluk. Al verder weg van hom af.

'n Gil. Dit was sy eie. Toe die verskriklike slag wat deur

die stilte weergalm het. Nie eers remme wat skreeu nie. Net 'n geweldige slag, 'n rookwolk, vuur.

Klein Tristan hardloop. 'n motor swenk vir hom uit, nog een toet. Hy hardloop so vinnig as wat sy jong beentjies hom kan dra na die vuur toe. 'n Vragmotor staan oor die pad getrek, sy pa se motor verskrompeld onder die staal ingedruk.

Hardloop en hardloop en hardloop. Sirenes. Sy asem jaag, sy hartjie klop in sy keel. Maar hy hou aan asof hy hom te pletter wil hardloop.

Mense wat naderkom, hitte, vlamme, vonke in die lug soos vuurwerke. Tristan wat tussendeur die mense storm. 'n Man wat uit die vragmotor gesteier kom. 'n Omstander wat die vlamme met 'n brandblusser probeer dood kry.

Hardloop en hardloop tot by sy pa.

In die uitgebrande motor sit 'n stuk halfgaar mens agter die stuurwiel, die kop waarvan die vleis afskilfer en wat 'n ontblote skedel wys. Die verbrande oë wat uit hul kasse gebars het en grotesk oor die pap wange peul. Die vuur wat die oë braai en verorber. En tog, hulle kyk vir hom terwyl die vlamme hulle verteer. Kyk uit die hel na hom. Kýk en kýk en kýk.

Tristan druk sy hande teen sy kop, swaai om, klim af en stoot sy fiets deur Yeoville terug na een van die besige strate toe.

Hy keer 'n taxi, beduie na sy fiets en vra of hy middestad toe kan gaan. Die verbaasde bestuurder knik en beduie hy moet die fiets langs hom staanmaak nadat hy ingeklim het.

Die sitplek is sag onder hom, sy asem jaag.

"Plaza Building, Commissioner Street," sê Tristan.

Hy klou aan sy fiets vas, dink aan Erika en Kerneels. Ook sy ma. Die enigste drie mense in sy lewe wat nader aan hom is as wie? Sy kliënte? Die vroue vir wie hy wys wat hulle wil sien?

Wat hom net wil gebruik, oor en oor en oor soos 'n seksmasjien?

Hy begeer net een ding. Een.

In die taxi buig hy sy kop en besef hy bid soos destyds toe hy 'n klein seuntjie was. Die eerste keer sedert toe.

Hy maak sy oë oop. Skielik wil hy vir die taxibestuurder vra om hom na Erika se huis toe te neem. En vir 'n mal oomblik oorweeg hy dit, maar besluit daarteen.

Hy wil só graag nou met haar praat. En praat. En praat. En aan die slaap raak en wakker word en weer praat.

Maar hulle is amper in Commissionerstraat. Die Plazagebou is net hier voor.

SESTIEN

"Haai." Die stem aan die ander kant van die verbinding is sag.

Erika het amper nie haar selfoon beantwoord nie, want dit is reeds halfelf en sy was net op pad om haar bedliggie af te skakel.

"Hallo, Tristan."

"Hoop nie jy't al geslaap nie?"

"Ek is darem nie só 'n bleeksiel nie."

'n Laggie. "Ek het nooit gesê jy is een nie."

"Wat het jy dan gesê, meneer?" Die laaste woord glip sommer net uit.

"Dat die lewe by jou verbygaan en dat jy ander mense beter sal kan help indien jy uit ervaring praat."

"Dus, ek moet 'n moord pleeg om moordenaars te help."

"Nee. Jy moet verstaan hoe dit voel om te leef."

Daarop het sy nie 'n kitsantwoord nie.

"Is dit hoekom jy gebel het? Om te preek?"

"Nee." Hy het inderdaad 'n ongelooflik sensuele stem oor die foon.

"Nou hoekom dan?"

'n Rukkie stilte, dan 'n effense keelskoonmaak, asof hy dit nie eintlik wil sê nie. "Om te sê ons kuier was moerse lekker vandag."

Sy lig haar wenkbroue. "Sjoe. Ja. Dit was lekker."

"Hoekom klink jy so verbaas?"

Versigtig nou, Erika . . .

"Want as ek luister na die geselskap wat jy daagliks het,

moet ek maar 'n ou vaal muisie teen daai amasones wees."

"Ek het jou geselskap gekies, nie hulle s'n nie."

'n Stilte waarin nie een van hulle weet wat om te sê nie.

Weer 'n ligte keelskoonmaak aan die ander kant. "Ek wou eintlik vra of jy ernstig was toe jy gesê het jy sal met Kerneels praat?"

"Natuurlik. Maar presies waaroor?"

"Help hom om te aanvaar wie hy is. Hy't darem nou 'n werk, maar ek's bang hy verloor dit en verval terug in straatwerk."

"En ek sal kan raad gee, al was ek nog nooit op straat nie?"

Weer 'n stilte. "Jy ken nou iemand wat 'op straat' is. En terloops, ons staan nie almal op straathoeke nie."

"Tog wil jy hê ek moet hom van straathoeke af hou."

"Korrek. Want hy hoort nie daar nie."

En jy hoort daar? wil sy vra, maar sê niks.

"Die outjie het potensiaal. Daar is iets wat ek nie wil hê hy moet verloor nie."

"Ek sal beslis met hom praat, Tristan."

"Laat weet net hoeveel ek wanneer in jou rekening moet inbetaal."

"Ek maak so. Maar dan moet hy uit eie, vrye wil kom. Nie gedwonge, soos jy nie."

"Ek is bly my ma het my na jou toe gestuur."

"Ek ook."

Stilte. "Indien jy ooit weer lus voel om iewers heen te gaan – hulle't 'n lekker mark in Braamfontein op Saterdagoggende."

"Ek sal graag wil gaan."

"Eerskomende Saterdag?" Sy stem klink skielik helder.

"Ja. Noudat jy my die Johannesburg wys wat ek nie geken het nie, gaan ek graag saam."

"Daar is baie wat ek jou wil wys waarvan jy nie weet nie." Weer 'n opgewonde klank.

Sy skrik. "Wat bedoel jy?"

"Was jy al by die grotte hier anderkant? Cradle of Humankind? Die Leeupark? Die restaurante in Honeydew?"

"Vra jy vir 'n werkolis."

"Dan moet ons 'n plan maak. Maar jy sal ongelukkig moet bestuur."

"Ek gee nie om nie, Tristan." En dan, amper as 'n nagedagte: "Wat aan Johannesburg betower jou so?"

Sy hoor 'n deur in die agtergrond oopgaan en Tristan wat vir Kerneels groet. "Ekskuus. Die seun is terug. Omdat hy op die oog af sommer net 'n hartelose stad is vol mynhope en slonsbuurte en misdadigers en korrupsie. Maar as jy soek, diep genoeg soek, ontdek jy 'n hart. Sien jy dat mense eintlik dol is oor die plek as hulle hom leer ken soos hy regtig is, en nie soos hy in koerante uitgebeeld word nie. En soos jy die stad ontdek, ontdek jy ook iets van jouself – die dinge waarvan jy hou."

"Ek sal die stad graag saam met jou ontdek, Tristan. Ek ken dit eintlik glad nie. Ry net elke dag dieselfde pad na dieselfde veilige plekke toe. En sien eintlik net wat ek wil sien."

"Ons gaan dit verander. Saterdag dus?"

"Negeuur?"

"Ek sal met die taxi tot by jou kom."

"Hoekom bestuur jy nie self nie, Tristan?"

"Ek het my lisensie verloor."

"O." Sy vra nie verder uit nie.

Buite jaag 'n sekuriteitsmotor verby. Sy ken al daardie geluid.

Hy sê weer iets vir Kerneels. En dan: "Erika?"

"Ja, Tristan?"

'n Lang stilte. Sy wag dat hy moet voortgaan en haar hart begin vinniger klop.

"Ek wil sommer net sê lekker slaap."

"Dieselfde vir jou."

"Pas jouself op."

Die verbinding word verbreek.

Nou is Erika wawyd wakker. Sy het die oproep glad nie verwag nie. Sy probeer slaap, maar slaag nie daarin nie. Sy staan uiteindelik op en gaan maak 'n glas warm melk met Horlicks in. Sy blaai weer deur Tristan se lêer en kyk na foto's van hom in hul jaarblaaie.

Later kom sy op 'n ou kampuskoerant af wat sy om die een of ander rede gebêre het. En op bladsy sewe: *Meisies stem eerstejaar in as sexyste kampus-prikkelprins – die man met die meeste.*

Waarvan hou jy? het die joernalis vir hom gevra. *Lang, lekker, warm soene wat vir ewig aanhou, mooi voete, die holtetjie in 'n meisie se rug, roomys in die middel van die somer, hoe 'n meisie haar hare agtertoe gooi, die reuk van 'n waatlemoen wat pas oopgebreek is en 'n meisie wat net doodnormaal is en my as 'n gewone ou aanvaar.*

En toe vra die joernalis: *Waarvan hou jy nie? Oneerlikheid, quickies, snobisme en kameraflitse.*

Sy bêre die koerant en stap terug bed toe.

Sy gaan lê en begin 'n roman op haar iPad lees, maar is nou al lekker vaak.

Erika slaap die nag deur, sonder om te droom of rond te rol oor haar kliënte se probleme. En sy dink nie een keer aan Rodney nie.

Sy word eers halfsewe wakker, wat nogal laat is vir haar.

Nou opstaan en deur haar daaglikse roetine gaan. Haar eerste kliënt daag halfnege op – 'n man wat van antidepressante afgegaan het en glad nie die lewe kan hanteer nie. Hy raak in 'n stadium kortasem van angs, sodat Erika hom na 'n geneesheer moet verwys. Hy het die antidepressante onmiddellik gelos sonder om eers die dosis te halveer, en sy gestel kon dit nie hanteer nie.

Die man is dankbaar oor haar raad toe hy uitstap.

Haar volgende kliënt gaan sit gespanne, trek aan haar rok en pink kort-kort 'n traan weg. Sy het dieselfde traumatiese ervaring as Erika destyds gehad. 'n Inbreker het haar probeer verkrag, maar sy is betyds gered en moes hom ook in 'n polisiestasie uitken.

Terwyl die meisie praat, kry Erika flitse van die verkragting en besef haar brein steek die meeste brutale detail van wat gebeur het vir haar weg. Dit is egter in haar onderbewussyn gestoor en sekere insidente of frases ontketen van die herinneringe, veral toe die jong meisie huil: "Hy het gesê ek soek dit. Ek wil dit hê!"

"Geen mens kan dit vir jou sê nie, Karien."

"Ek het al gedink ek wil hom tussen sy bene skiet. Ek wil net aanhou skiet en skiet tot die rewolwer leeg is! Ek wens hy was dood. Ek wens ék was dood!"

"Dit is nie die oplossing nie." En dit komende van haar

wat destyds dieselfde wraakgedagtes gekoester het. Wat steeds, as sy daaraan terugdink, vir vlietende oomblikke wonder wat sou gebeur het as sy wel die sneller getrek het, want sy wou. Het so ámper beheer verloor.

Die meisie begin huil sodat Erika moet opstaan om haar te troos. Sy stel voor dat hulle in 'n later stadium voortgaan, want Karien huil nou onbedaarlik.

Erika gee vir haar suikerwater, maar die meisie huil nog steeds, en Erika onthou hoe hard sy op haar tande moes byt om nie destyds te huil nie en hoe moeilik dit was om die woede te verwerk.

Die meisie vertrek vroeër, verlaat die kantoor huilend.

Die kantoortelefoon lui tien minute later.

"Hallo, Erika Hamilton."

"Hallo, doktor, Giep Tredoux hier. Ek is jammer. Ek kan nie ons afspraak om halfelf maak nie. Ek sit vas. Kan ons dit skuif na volgende week dieselfde tyd?"

Sy is dankbaar. "Natuurlik."

"Ek betaal graag die kansellasiefooi."

"Dankie, meneer Tredoux. Tot volgende week."

Sy stap dadelik na haar rusbank, gaan lê en maak haar oë toe. Sy sluimer in.

Die skel geluid van haar deurklokkie laat haar met 'n ruk regop sit. Haar eerste gedagte is dat haar volgende kliënt hier is, maar dit is nou eers kwart voor elf. Die volgende afspraak is om halftwaalf.

Sy stap na die venster toe. 'n Rooi sportmotor staan voor haar hek geparkeer. Die ruit is afgedraai en sy herken die bestuurder dadelik as Mathilda Fourie.

Nie nou nie. Sy het nie krag vir haar nie! Maar Mathilda

het haar reeds gesien en druk weer ongeduldig die knop-
pie by die hek. Erika het geen keuse nie. Sy stap uit, druk
die afstandbeheer en kyk hoe Mathilda inry.

Sy is alleen. Die deur word oopgepluk en sy klim uit. Dit
neem Mathilda net sekondes om tot by die voordeur te vor-
der. Dit is duidelik dat sy met 'n doel gekom het.

"Ek is jammer, jy kan nie sommer net hier instap nie!"
begin Erika.

"Suster, as jy weet wat goed is vir jou, praat jy nou met my
en jy gee my nie 'n oomblik se teenstand nie!"

"Ek hou nie van die manier waarop jy met my praat nie,
juffrou Fourie."

"Ag, stront, man. Moenie my probeer intimideer met
jou Freud-kakpraatjies nie. As jy my nie inlaat nie, neem
ek Nadia Verhoef se dokument na die pers toe, dan is jou
naam vir ewig beswadder. En ek het kontakte in die pers,
'doktor', so moenie eers daaraan dink nie! Jou naam sal
stink!"

Iemand wat in die straat verbyloop, kyk belangstellend
na die harde gesprek. Erika wil Mathilda toegang tot die
huis verbied, maar besef dit kan nie anders nie. Sy maak
die deur oop. Mathilda pluk haar sonbril af, stap in, kyk by
haar neus af na Erika se meubels en gaan sit. "Ja, it figures.
Net so boring soos jy."

"Mag ek vra waaroor hierdie besoek gaan?"

"Hoe lank is jy en Tristan al aan die gang?"

"Ekskuus?"

"My manne het julle al twee keer saam gesien waar jy
skaamteloos met hom flankeer. Besef jy dat jy op Avbob se
stoepie speel, doktor?"

"Juffrou Fourie, laat ons een ding duidelik verstaan. Ek en Tristan het nie 'iets aan die gang' nie. Hy het iemand na my verwys en ons het oor hom gepraat. Sy ma het my ook gevra om met hom te praat. Ons het ontmoet in opdrag van haar."

"En jy verwag ek moet dit glo?"

"Ek gee nie om wat jy glo nie, juffrou Fourie."

"Nou kyk!" Mathilda pluk 'n dokument uit haar groot handsak. Erika herken dit as Nadia Verhoef se belydenis. "Ek gaan net hierna pers toe hiermee, tensy ek en jy tot 'n vergelyk kan kom."

Dan is dit Mathilda wat agter die afpersing sit, die aanvalle op Tristan, en dit is moontlik ook sy wat, seker as gevolg van haar vriendskap met Nadia, die belydenis in die hande gekry het.

"Net voordat Nadia die sneller getrek het, het sy my gebel en erken dat Tristan direk vir haar dood verantwoordelik is. Dus kon hý net sowel die sneller getrek het!"

Kalm, nou. Baie kalm, dink Erika.

"Kan jy dit bewys?"

"Hulle sal my glo."

"Dus, daar is rekords dat die oproep na jou foon toe gemaak is."

Vir die eerste keer lyk Mathilda onseker. "Sy . . . hét my gekontak, man, dis al wat belangrik is! Sy het gepleit ek moet oorkom. Sy wou dringend met my praat, want sy wou my iets wys."

"Ek dag sy het jou gebel net voor sy die sneller getrek het."

"Moenie my in die rede val nie!" Mathilda sweet nou effens op haar bolip, 'n teken dat sy onder spanning is en bes moontlik 'n leuen vertel.

"Hoe het jy daardie dokument in die hande gekry?"

"Ons is vriende. Ek het geweet Nadia gaan Tristan sien, toe vra ek haar om te vertel wat alles gebeur het."

Met ander woorde, Mathilda wou sien wat sy misloop, dink Erika, maar sê niks.

"Feit is, Tristan is vir haar dood verantwoordelik. Besef jy watse implikasies dit het indien ek polisie en koerante toe gaan hiermee?"

"Almal sal vra hoekom jy nou eers hiermee uitkom, juffrou Fourie. Dit hoort tog by die polisie."

Mathilda pluk haar handsak oop en haal 'n sigaret uit 'n pakkie.

"Ek laat nie 'n rokery in my huis toe nie," sê Erika.

"Ag, gaan skyt, man!" Mathilda plaas die sigaret tussen haar lippe. Erika staan op, gryp die sigaret en gooi dit in die asblik.

"Jy rook nié in my huis nie!"

Mathilda staan op en bewe so groot soos sy is. "Jou praktykie gaan toeslaan soos 'n koei se hol in 'n lusernland nadat ek met jou klaar is!"

"Wat wil jy van my hê, Mathilda?" Basta met die ge-"juffrou Fourie". Die handskoene is nou af.

"Jy dink dat jy Tristan op hierdie manier in die hande gaan kry. Maar hy is myne, verstaan jy? Ons gaan trou. Daar is nie 'n ander uitweg nie."

"Het hy so gesê?"

"Ek het vir hom gesê hy gaan met my trou vandat hy by my begin werk het."

"En die feit dat hy bedank het, bewys dat hy wél met jou gaan trou!" Sy kan nie die sarkasme uit haar stem hou nie.

"Hy weet self nie wat hy wil hê nie."

"Mathilda. Verskoon dat ek dit so reguit stel, maar dis baie duidelik dat hy nie in jou belangstel nie. Dat jy hom met dreigemente en presente en emosionele afpersing probeer dwing om terug te kom na jou toe. Maar dit gaan nie werk nie."

Mathilda lag hard. "Elkeen het 'n prys, doktor, veral Tristan, soos ons maar te goed weet. Selfs jy het 'n prys!"

"Ek verstaan nie."

Mathilda blaas haar asem stadig uit om haar stem te beheer. "Verbreek jou vriendskap met Tristan of ek gaan polisie en pers toe!"

Erika gaan sit weer oorkant haar en kruis haar bene soos wanneer sy met 'n kliënt praat. "Daar staan niks in daardie dokument wat Tristan hoegenaamd aan Nadia se dood verbind nie, en jy weet dit. Tweedens is jy welkom om koerante toe te gaan, want dan gaan jou naam baie meer as myne genoem word waar dit by Tristan en katelknapies en omkopery kom."

Mathilda word bleek. Sy gooi haar handsak eenkant toe en staan op. "Dreig jy my?"

"Nee. Ek stel net 'n feit. Want sou daar 'n ondersoek wees, sou jou obsessie met Tristan op die lappe kom. En as die polisie begin vrae vra, sou dit dalk blyk dat jy hom laat dophou het."

"En hoe gaan hulle dit uitvind? Waar's die bewyse?"

"Jy het netnou erken dat 'jou manne' my en Tristan saam

gesien het. Ek neem aan jy verwys nie na jou vorige egge-note nie."

Erika wag vir Mathilda om haar te bevlieg. Sy kyk vinnig in die vertrek rond na iets om haar mee te verdedig. Mathilda is steeds wit in haar gesig.

"Niemand sal jou glo nie."

"Dis vir die polisie om te besluit, want jy dreig mos nou om die gereg en die pers in te sleep. En ek dink sodra jou naam genoem word, gaan daar 'n hele paar geraamtes uit jou kas tuimel."

Mathilda beduie hulpeloos met haar hande, haar gedagtegang onderbreek. Sy gryp na die naaste strooihalm. "Tristan is myne! Ek sal hom koop. Ek sal die hoogste prys betaal, want ek weet wat hom laat tick! En jy kan verrot in jou donnerse Freud-vlooipraktyk vir al wat ek omgee!"

Sy storm na die deur toe.

"Mathilda, hoekom kan jy Tristan nie net laat gaan nie?"

Mathilda vries en staan met haar rug na Erika toe. Sy draai om. "Omdat ek hom gemaak het. Omdat ek hom al in elke denkbare bui gesien het. Omdat ek hom ken vandat hy 'n kind is. Omdat hy myne is en net myne! En omdat ek hom liefhet."

"Jy weet jy sal hom nooit kan hê nie."

"Omdat hy joune is?"

Erika glimlag. "Nee. Omdat ek nie dink dat Tristan tot 'n verhouding in staat is nie. Omdat ek dink hy doen hierdie werk omdat hy dalk nie liefde verstaan of kan akkommodeer nie. Of hoegenaamd nie by enigiemand behalwe homself betrokke wil wees nie.

"Hy is 'n kluisenaar wat net op een manier funksioneer,

en dit is deur naamlose seks waarvoor hy betaal word en waarby emosies en verantwoordelikheid nie betrokke is nie. En nie ek nie, en nie jy nie, en niemand kan dit verander nie."

Mathilda hyg nou. Weer dink Erika dat sy haar gaan bestorm. Dan gryp sy haar handsak en storm na die deur toe.

"Jy moet oppas, doktor Hamilton, dat jy nie in dieselfde bootjie as Nadia of al die ander vroue beland wat hy al vernietig het nie. Want geen sielkundeboek kan jou daarteen beskerm nie!"

Sy spring in haar motor en Erika maak die hek net betyds oop, want Mathilda trek met so 'n vaart uit dat die rook onder haar bande staan.

Die stoepstoel is sag toe sy sommer daarop neersak, want haar bene dreig om onder haar in te vou. Sy het nog nooit so met iemand gepraat nie. Sy voel, om die waarheid te sê, soos 'n karakter in 'n goedkoop sepie na hierdie uitbarsting. Sy is altyd bedaard en beheers en kan eintlik nie glo dat sy so opgetree het nie. Maar die ergste is dat sy so emosioneel was en gepraat het sonder om te dink.

Tee. Water. Enigiets, net om die woede in haar te laat bedaar.

Na vyf minute staan sy op. Sy skakel vir Tristan, maar kry net sy stempos.

"Bel my dringend sodra jy hierdie boodskap kry, Tristan!"

En sy besef sy hoop dat hy nie by 'n kliënt is nie.

SEWENTIEN

Nadat hy Woensdagoggend opgestaan het, kies Tristan 'n ligblou gholfhempie en swart jeans met gemaklike skoene. Hy pak 'n oornagtassie met sonbrandmiddel-faktor-vyftien en 'n pet. Hy kies 'n wit Addicted-onderbroek wat hy sal aantrek nadat hy by die wildreservaat aangekom en gestort het. Dit komplementeer sy rondings presies soos die vroue daarvan hou. Dit wys net genoeg maar steek ook genoeg weg.

Hy pak nog twee hemde in. Een lig-formeel maar tog koel genoeg vir aandete en die ander om môre mee terug te vlieg.

Sy tweede sonbril, dié slag Prada, word heel bo ingepak sodat hy dit maklik kan raakvat. Kerneels staan nou naby hom.

"Hoe gaan dit by Millie?" vra Tristan.

"Sy's cool, maar flippen kwaai. En ek rus nooit – daar's altyd iets wat deliver moet word."

Kerneels bly staan. "Hei, seuna. Die baaiskoup is deur die venster. Wat's fout?"

"Ek wil eendag soos jy lyk. Sal jy my help?"

"Kerneels." Tristan stap kombuis toe en begin onbyt voorberei. Hy skil vrugte en meng sy proteïenskommel. "Wees wie jy is. Nie soos jy dink jy moet wees nie. As jy ander mense naboots, is jy 'n skaduwee van daardie persoon. Ontwikkel tot wat jy wil wees."

Kerneels kyk met bewondering na hom. "Maar jy, bru! Ek meen, almal wil só lyk."

"Dis net 'n lyf, Kerneels. Dis als buitekant."

"Please. Net nie weer 'n preek oor wat hier binne is nie. Wat is jy? 'n Flippen kopkwak?"

Tristan dink opnuut aan sy gesprek met Erika. Waar hy tevore eers oor die vroue nagevors het wat hy sien, weet hy nie so veel as wat hy wil van Erika nie, al was daar sekere dinge waarvan hy instinktief bewus was en selfs raak geraai het. Maar wat die res betref, weet hy nog te min. Wil hy graag uitvind. En dink hy dat dit die eerste keer in jare is dat hy weer van 'n meisie hou sonder dat hy met haar seks gehad het.

Dit gooi hom van balans af.

Hulle gesprek was eintlik 'n lekkerte in die Troyeville Hotel, sy gunsteling-uithangplek – dit is hoekom hy haar soontoe genooi het. Dit was 'n uitdagende baklei. Hy is gewoond aan vroue wat baklei gebruik as voorspel tot seks. Wat hom fantasie-rolle laat speel. Dan is hy 'n onderwyser, 'n skoolseun, 'n kelner, 'n loods, 'n wildbewaarder, 'n slawedrywer met die gepaardgaande voorspelbare dialoog wat gewoonlik in seks geëindig het, of 'n jappie in 'n pak wat hulle óf van hom afpluk óf wat hy geleidelik moet uittrek.

Maar 'n gesprek met 'n vrou het hom lank laas so warm gemaak as met Erika. Liggaamlik en in sy kop. Want hoewel hy hom soms vir haar vervies het, het sy met elke aantyging sy wind uitgeskop. Hy het eers later nagedink oor wat sy gesê het, maar kon steeds nie haar feite weerlê nie.

"Tristan?"

Tristan sluk sy proteïenskommel af.

"Ek het nog klere nodig, dude. Hierdie gaan vodde raak as ek dit elke dag dra en ek verdien nog nie geld nie."

Tristan spoel die glas uit. "Oukei. Luister na my. En as jy my deur die ore stamp, sal ek dit weet. Oukei?" hy stap na sy slaapkamer en kry kontant. Hy skakel terselfdertyd die taxi. Oomblikke later stop hy note in Kerneels se hand.

"Loop koop vir jou ordentlike klere sonder dubbelsinnige slagspreuke."

"Hú? Kom bietjie weer?"

"Sonder slogans oor seks, man, verstaan jy nie Afrikaans nie?"

"Nie die soort Afrikaans wat jy praat nie, dude."

"Jy bring vir my die slip en jy koop net wat jy nodig het. Het ons 'n deal?"

Kerneels gee hom 'n vuisstamp. "Dis 'n deal. Moerse dankie. Jy sal nie spyt wees nie. Ek belowe ek sal . . ."

Tristan hou sy hand op. "Ek wil nie daai stories hoor nie. Jy's op jou eie, pappie. Koop klere en hou die werk wat ek vir jou georganiseer het, anders trek ek jou aan jou gatvelle hier uit vinniger as jy geland het."

Net vir 'n oomblik lyk dit of daar vertwyfeling in Kerneels se oë is. Toe knik hy. "Jy sal nie spyt wees nie, Tris. Ek sweer dit op my lewe."

"Ek het jou al tevore gesê jy sweer te veel. En jy gaan Vrydag na werk tandarts toe. Ek het klaar gereël. En vir 'n vigstoets."

Tristan kyk vir oulaas in sy dakwoonstel rond.

"Ek sien jou wanneer ek jou sien. As jy iemand, en ek bedoel iémand hiernatoe bring, neuk ek jou van hierdie balkon af. Ek sal weet as hier iemand was. En die blou hel haal jou as jy 'n trick hiernatoe bring. Het ons mekaar baie mooi verstaan? Jy's nie 'n rentboy nie."

"Het jy nog nooit girls hiernatoe gebring nie?" vra Kerneels.

"Nee."

"Because why?"

"Want dis my ruimte. Ek wou jou ook nie hier gehad het nie. Maar as ek jou onder die snelweg gelos het, was jy teen dié tyd al geskroef. Of dood."

"Ek sê mos ek het nog nooit bareback gegaan nie." Hy lag. "Ek was te vuil. Wow, Tris. Daar was hierdie ouballie, nè, wat my betaal het om my onderbroek vir hom te gee. Ek't hom gesê ek dra dit al 'n week, dis so vuil soos 'n vlooi se hol, toe raak hy heeltemal wild van lus. Daai geld het my vir twee dae support."

Tristan kyk lank na Kerneels. Kort-kort kom die straat-kind weer te voorskyn, maar tog is daar tekens van 'n rede-like normale opvoeding en terselfdertyd 'n taaiheid en 'n intelligensie waarmee hy hom kan vereenselwig – 'n straat-wysheid soos hy ook maar destyds moes aanleer.

Hy het nog nooit tevore iemand alleen oornag in hierdie woonstel agtergelaat nie. Hy oorweeg dit om Millie op die dertiende verdieping te vra of sy Kerneels nie by haar kan laat slaap vanaand nie, maar besluit daarteen.

"Cheers." Tristan oorhandig sy spaarsleutels. "Ek vertrou jou. Moenie strooi aanjaag nie."

"Ek sweer."

Daar's daardie gesweer al weer.

Tristan plaas sy sonbril op sy neus. Die taxi behoort reeds onder in die straat vir hom te wag.

"Ek sal die plek met my lewe oppas, Tris," sê Kerneels.

Tristan stap deur toe, maar Kerneels het nog nie klaar

gepraat nie. Hy kyk na die groot skildery van Tristan teen die muur. "Wow, ek meen te sê, daardie painting van jou is flippen cool. Ek wil ook so 'n painting van my laat maak."

"Ja, dit is 'n goeie gelykenis."

"Praat jy nou uit die Bybel?"

"Nee. Ek bedoel maar net dit lyk soos ek."

"Flippen hel. Die dag wat ek so lyk . . ."

". . . gaan jy nie dieselfde werk doen as ek nie."

"Ek sweer, Tris, ek verstaan jou nie. Hoekom kan jý dit doen, maar ek nie?"

"Dit is my verdomde saak, Kerneels."

"Gaan jy dit vir altyd doen?"

"Nee." Hy voel hoe hy bleek word, want hy het nog nooit werklik hieroor gepraat nie.

"Wat gaan jy dan doen?"

Tristan kyk na die skildery. "Poseer vir skilderye, advertensies doen. Ek wou dit nie weer doen nie, maar ek gaan nie 'n keuse hê nie. Hou nou op vrae vra en onthou om die kat kos te gee!"

Kerneels spring op aandag. "Jis, kaptein!" En toe: "Hoor hier, jy't nie dalk video games of Nintendo iewers in jou kaste nie?"

"Jy kan lees of televisie kyk. Pas my plek goed op."

Tristan maak die deur agter hom toe. Die swart-en-wit kat sit weer daar. Hy het al sy kos opgevreet. Die kat miaau. Tristan krap sy nek en die kat krom sy rug van lekkerkry. Hy spin dadelik.

Af met die hysbak, vinnig deur die voorportaal tot in die besige straat. 'n Man met 'n iPod stap verby en wieg op maat van die musiek in sy ore. Iemand anders verkwansel besems en gekleurde verestoffers. Op 'n ander straathoek verkoop 'n vrou kruideniersware.

Hemel, hy gaan dit mis.

Die taxi wat hom kom oplaai, staan dubbel geparkeer.

Die rit Randse lughawe toe neem korter as wat Tristan verwag het. Hy word ingewag deur 'n vrou. Sy stel haarself voor as Tricia se persoonlike assistent. Sy help hom deur die inboekprosedure. Daarna gaan hy deur sekuriteit en word dan na 'n private vliegtuigie geneem.

Sy selfoon gons 'n paar keer, maar hy skakel dit af. Hy wil nie nou met kliënte of sy ma praat nie.

Die loods groet met 'n knik en beduie dat hy sy sitplekgordel moet vasgespe. Tristan hoor hoe die jong man met die beheertoring praat, wat op hulle beurt instruksies gee dat hy eers oor twintig minute kan opstyg. Die weer is mooi en daar is geen gevaar van donderstorms nie.

Die persoonlike assistent sit reg agter Tristan, maar praat nie weer met hom nie.

Toe hulle in die lug is, kyk hy af oor Johannesburg. Sien hy die gehawende sinkhuise wat al nader en nader aan gegoede woonbuurte kruip, en merk hy die verkeer op wat tussen die Oos-Randse panne en parke deur slang. 'n Gelapte stad vol nikotienkleurige slonsbuurte en bome wat kaal teen die winterlug tussen blou swembaddens en panne uitstaan.

Sy oë dwaal verder oor die vaal winterstad en hy dink aan al die plekke waar hy reeds was om sy kliënte te besoek. Hy ken Johannesburg al goed en dink aan die baie vroue wat op die oog af konserwatief of geïnhibeer voorkom, maar wat daardie vaal persoonlikhede verloor sodra die deur toegaan.

Soveel huise en duplekse hier onder hom, en soveel frustrasie en geheime en onbeantwoorde begeertes en versugtinge.

Hy wonder: Is daar iemand wat die regte lewensmaat het?

En hoe 'n soort lewensmaat sou Erika wees? Watter man sou haar deur sy vingers laat glip het?

Hulle kies koers Waterberge toe.

Tricia se assistent (hy het haar naam nooit behoorlik gehoor nie) bied hom versnaperings aan, maar hy skud sy kop. Wil nie kalorie-besmette skyfies of vetmakende toebroodjies eet nie, maar knik vir 'n glas Evian-water.

Hy moes ingedut het, want 'n hand op sy skouer gee 'n aanduiding dat hulle gaan land. Onder hom strek die bosveld uit.

Die reuse-grasdakgebou met sy spitsdak front uit op 'n rivier. Houtheinings skei die patio van die water. Rottangstoele met gekleurde kussings staan orals rond. Kolossale bome gooi koeltes oor gruispaadjies waarlangs vetplante pryk.

Die straler land en Tristan se hande span om die armleunings. Hy kon nog nooit gewoond raak aan rowwe landings nie. Elke keer wanneer 'n vliegtuig of straler se wiele met die aarde kennis maak, onthou hy sy pa se dood. Sien hy die motor wat skud terwyl dit wegtrek.

Hulle word ingewag deur 'n luukse Land Rover. Daar is nog geen teken van Tricia, die eienares van die wildtuin nie.

Hier is geen selfoonontvangs nie.

Op pad na die hoofgebou sien hy kameelperde en selfs

twee renosters. Die bestuurder en assistent praat glad nie met hom nie.

Toe die Land Rover stilhou, kom 'n jong man in 'n uniform aangestap wat vir hom die deur oopmaak. Die parkeerterrein is omring deur rooi impalalelies. Koorsbome met groengeel stamme toring oor die parkeerterrein. Die man, wat homself as die bestuurder van Tricia's Lodge bekendstel, hou 'n skinkbord met sjampanje, sap en water met suurlemoenskyfies en frangipani's uit. Hy neem die water. 'n Portier draf nader en neem Tristan se oornagtas.

'n Vrou hou klam waslappe uit waarmee hy sy hande en gesig verfris.

Saam met die bestuurder, wat net die nodigste inligting verskaf, loop hulle deur 'n laning rooi poinsettias tot by 'n rondawel wat op 'n dam afkyk. Die paadjie is met frangipani's besaai.

Die bestuurder maak die rondawel se deur oop en Tristan is verbaas oor hoe groot die vertrek is. Die grasdak is maklik twee verdiepings hoog met waaiers wat lui teen die plafon omtol. Die man verduidelik hoe die lugverkoeling werk en neem Tristan dan na 'n houtdek buite sy rondawel met 'n uitsig op die bosveld en die Waterberge in die agtergrond.

Hy het sy eie private swembad. Houtbanke met gestreepte kussings omring die water waarin 'n Kreepy Krauly brom en stik. Die patio se grasdak word buite deur yslike boomstompe gestut – oorblyfsels van dooie wildevye.

Op die tafel in die koelte staan 'n bak vol vars gesnyde vrugte met 'n vrou wat lastige insekte wegwaai. Sy stap nader met die bak en hou dit na hom toe uit.

"Baie welkom, meneer Hansen. Met komplimente van juffrou Arendz."

Hy neem twee aarbeie.

Die slaapkamer is so groot soos sy dakwoonstel. Daar is selfs 'n kaggel met 'n stapel hout wat wag om aangesteek te word. Die koningsgroote bed is besaai met wit en kakiekleurige kussings. Daar is roosblare op en 'n nota wat hom verwelkom.

Dit is vir Tricia's Lodge 'n voorreg om 'n baie spesiale gas, meneer Tristan Hansen, te verwelkom. Ek hoop dat die dag onvergeetlik sal wees. Tricia x

Die oopplan-badkamer kyk uit op die bosveld en is omring deur boomtoppe. Daar is 'n groot stort, 'n ovaalvormige bad in die hoek van die badkamer met verskeie soorte sepe en olies op die rand, asook twee wasbakke en 'n toilet verskuil agter 'n rietafskorting met maskers wat daaraan hang.

Hy ruik gras, frangipani en 'n mengsel van kruiegeure.

Skermstutte. Dit is hoe sulke mooi natuurtonele deesdae bekend staan. "Ek verfilm eintlik screen-savers, want dis waarvoor ek die mooistes gebruik," het 'n kliënt gesê wat hom uit elke denkbare hoek wou afneem.

Maar hy het geweier. "Kliënte mag nie foto's van my neem nie."

Hy verkyk hom nou aan die bosveldtoneel, neem elke detail in.

"As u wil stort, is u welkom. Ons kom haal u binne 'n half-uur na juffrou Arendz se huis langs die rivier." Die vrou in 'n wit uniform knik formeel. "As u egter verkies om eers 'n bietjie te rus, is u welkom. Kan ek iets te ete bring? Die sjef is gereed vir enige bestelling. Noem dit en hy maak dit."

Tristan skud sy kop. "Nee dankie. Ek stort gou en skakel sodra ek gereed is."

Weer knik die vrou en verlaat die vertrek.

Tricia het hom nie persoonlik kom verwelkom nie. Sy wil eksklusief wees, of sy is selfbewus oor haar voorkoms en probeer dit versag deur hom eers met al hierdie luukshede te bedwelm.

Sagte klassieke musiek speel in die vertrek.

Tristan pak sy oornagtassie uit, staan lank onder die lou-warm stort en droog hom dan liggies af, waarna hy ouder-gewoonte op die bed onder die waaier gaan lê om behoor-lik droog te word.

Hy bestudeer die grasdak bokant hom en kyk na die fyn afwerking, verwonder hom aan die vakmanskap.

Terwyl hy in die spieël kyk, trek hy 'n kort kakiebroek aan, korter as die gewone flapperige broeke wat mans ge-woonlik dra, om sy bene te beklemtoon.

Hy smeer effens jel aan sy hare. Hy gebruik nie naskeer-middel nie, net deodorant. Ook net genoeg dat die soet reuk nie vir Tricia irriteer nie. Hy het gedurende sy navor-sing op die internet, Facebook en in artikels oor die Lodge genoeg oor Tricia uitgevind om te weet waarvan sy hou.

Geen sissierige parfuums of walms lekkerruikgoed nie, het sy iewers in 'n Facebook-reaksie geantwoord op 'n navraag van 'n korrespondent wat wou weet wat sy onder "manwees" verstaan. "Met mooi bene, soos 'n rugbyspeler. Hy moet goed sit in 'n kortbroek. Kort hare, soos 'n man. Breë skouers. En skoon. Vars-uit-die-stort-skoon," het sy ge-skryf.

Tristan voldoen presies aan haar vereistes.

En skielik, net so skielik, dink hy aan Erika. Wil hy haar bel, maar hy besef dat hier nie selfoonontvangs is nie.

Hy trek uiteindelik 'n maroen gholfhempie aan. Hierdie kleur pas hom die beste.

Die hoorbuis tussen sy vingers. Hy skakel 9 en 'n stem antwoord vriendelik. Die persoon weet dit is hy wat skakel.

"U word gehaal, meneer Hansen. Verkies u 'n Land Rover of 'n oop jeep?"

"Oop jeep, asseblief."

Nou sy Prada-sonbril opsit en sy Boss-keps los oor sy hare plaas, effens skeef, sodat dit nie die styl moet bederf nie.

Tristan kyk na homself. Netjies toegedraai in 'n pakkie, dink hy. Presies soos Tricia dit wil hê. En iewers, iéwers, is daar iets wat hom pla oor homself. Hou hy nie van wat hy sien nie. Wens hy hy is in sy dakwoonstel besig om sy mure helder kleure te verf, saam met Kerneels wat die een of ander popdeuntjie sing en Erika.

Hy moet haar die waarheid vertel. Dit wat hy nog met niemand gedeel het nie. Dit is tyd dat iemand weet. Dat sý weet.

Die gonser by sy deur lui. Hy maak oop.

'n Wildbewaarder laai hom op. Hy wil langs die wildbewaarder sit, wat beduie dat hy agter moet sit op die gedeelte van die jeep wat gelig is, sodat hy die diere beter kan sien. Die wildbewaarder kyk vinnig na hom en sit sy sonbril op.

En op daardie oomblik voel Tristan soos 'n bedelaar. Iemand wat hoegenaamd geen respek verdien nie. Maar hy skud die gedagte af.

In die skadu van die seil haal hy sy pet af.

Hulle ry deur ruie bosveld. Elke nou en dan draf rooibokke oor die pad. 'n Likkewaanstert verdwyn tussen die ruigtes. Apies skarrel in die bome, maar die wildbewaarder sê niks nie, asof hy bang is hy kry 'n siekte as hy met hom praat.

Na vyf minute hou hy stil en oorhandig 'n verkyker aan Tristan. Hy beduie na 'n oop kol tussen die gras links van die jeep. 'n Luiperd beskou hulle lui vanuit die koelte.

"Wow," sê Tristan.

Hy verbeel hom dat die wildbewaarder 'n effense snork-geluid gee.

Hulle ry volgende teen 'n koppie uit. Van hier af het Tristan 'n goeie uitsig op die omgewing en sien hy weer die hoofgeboue, nou 'n hele entjie van hom af. Hy sien ook hoe die kleiner en die luukse rondawels teen die heuwel af golf. Twee toerbusse staan eenkant geparkeer. Hier is skynbaar baie mense, moontlik buitelanders? Want hy wonder hoeveel plaaslike toeriste hierdie plek kan bekostig.

Dit raak ruier tussen die appelblare en jakkalsbessies, bome waarvan hy laas op skool geleer het, maar nou her-ken. Af en af met die bult tot by 'n driffie. Die wildbewaar-der kyk soms na hom in die truspieël, veral as hulle deur knikke ry. En hy verbeel hom dat die bestuurder net 'n biet-jie te vinnig ry.

Nou deur 'n drif met die water wat hoog opspat en Tristan net-net mis, die bestuurder se gesig uitdrukkingloos.

Om twee draaie. Dan doem 'n grasdakhuis voor hulle op waarvan die stoep tot teen die vol spruit strek. Daar staan sambrele op die dek. Die huis is op so 'n manier om die bome gebou dat dit die natuur komplementeer.

'n Man staan gereed by die parkeerplek om hom te ont-vang.

Toe Tristan afklim, hou die man 'n waslap uit waarmee Tristan sy hande kan afvee, en dan 'n vars waslap om sy gesig mee te verfris. Hy word ook 'n glas water aangebied, weer met suurlemoene en frangipani's. Dié slag drink hy dit meer dorstig as tevore, sy pet in sy hand.

Hy knik vir die man, wat terugstaan en beduie dat Tristan tussen die ruie bome moet deurstap na die huis.

Dis is snikheet hier. Hy draf teen die trappe uit en raak in die vertrek bewus van die lugverkoeling. Hy merk die rottangsitbanke op, die houttafel wat gedek is, die bottel sjampanje in 'n emmer en die impalalelies in 'n vaas op die tafel. Teen die muur is skilderye van diere met Afrika-motiewe teen die gordyne.

Tristan plaas sy pet agterstevoor op sy kop. Baie van sy kliënte hou daarvan so. Hy haat dit, maar hulle hou daarvan.

Die man wat hom verwelkom het, staan nou in die deur wat uitlei na buite – die deur waardeur hy pas gestap het.

"Middagete word bedien sodra u daarom vra per telefoon. Juffrou Arendz het springbokpatee voorgestel met tuisgebakte brood, gazpacho en vars slaai. Daarna word granaatsap met 'n tikkie gemmer bedien. Indien u ander voorkeure het, soesji, slaai, enigiets, plaas u bestelling nou sodat Piet dit by die hoofgebou kan gaan haal." Hy beduie in die rigting van die strak wildbewaarder.

"Ek is tevrede," knik Tristan.

Die man draai om en maak die deur toe. Iewers buite is daar 'n effense gelag tussen die twee mans. Oomblikke later hoor hy die voertuig vertrek.

Tristan kyk om hom rond. Daar is steeds geen teken van

die vrou wat tienduisend rand vir hom gaan betaal nie. Hy weet egter dat sy hom van iewers af dophou. Seker alles deel van haar fantasie. Haar plesiertog.

'n Stuk kleurvolle batikwerk. Mooi – die kleure helder en skerp ten spyte van sy sonbril. Met sy hande in sy agtersakke en sy bene effens uitmekaar, wieg hy op sy voete, weet dat sy moontlik nou na hom kyk. Wieg só dat die spiere in sy kuite beweeg. En hoor Erika lag iewers in sy gedagtes, maar hy verban die gedagte dadelik.

Hy blokkeer doelbewus alle gedagtes en dink net aan wat nou gaan gebeur. Niks en niemand anders maak saak nie.

Konsentreer nou!

Die gasteboek lê langs hom, die bladsye uit olifantmis gemaak. Op die omslag staan *Luxury Private King's Suite*, met bekende name. Ministers, sjeiks uit die Midde-Ooste, magnate, rykes uit Engeland, sportsterre, rolprentsterre, bekende internasionale sakemanne, rolprentspanne en ander hooggeplaastes. Hy herken die meeste name.

Toe daar steeds geen beweging in die huis is nie, loop hy na die patio wat op die spruit afkyk. Hier is ook 'n swembad. Hy stap tot aan die kant, kyk om hom rond en begin dan sy klere uittrek.

Hy glip eers sy pet van sy kop af en laat dit langs hom val. Dan glip hy sy blou hempie oor sy kop en strek sy rugspiere. Toe trek hy sy skoene uit. En heel laaste sy kortbroek. Knoop dit stadig oop en laat dit geleidelik oor sy heupe glip tot hy daaruit klim. Hy hou sy onderbroek aan.

In sy gedagtes, Erika wat lag toe sy die prentjie van die hond by die grammafoontuit in die oudhedewinkel sien, maar hy stuur sy gedagtes in 'n ander rigting.

Konsentreer!

Die uitsig van hier af is net so mooi soos vanaf die hoofgebou, maar dis meer privaat. Hy neem weer die detail van die plantegroei in asof hy dit vir die eerste keer werklik raaksien.

Hy staan 'n hele ruk so, nou bewus van oë op hom, steek sy hand onder sy onderbroek se rek in asof hy dit wil uittrek, laat dit effens oor sy boude sak, hou dit vir 'n oomblik daar, vryf oor sy vel en trek dit dan weer terug. Hy laat die rek hard terugskiet.

Tevore het hy hierdie sexy bewegings geniet. Nou is hy bewus van die brandpyn as die rek terugskiet.

Sy sonbril. Hy huiwer, haal dit af, sit dit op die handdoek neer wat langs die swembad lê, maak sy oë toe en duik in die water. Dit is lou, asof dit verhit word.

Tristan swem langsaam heen en weer, voel die lou water oor sy lyf, hou sy oë toe en voel die son op sy gesig. Dis lekker, warm en baie sensueel. Dit laat hom ontspan en orden sy gedagtes terug na sy werk.

Die son is lank laas só op sy gesig toegelaat.

Hy dryf op sy rug en roei effens met sy hande in die water, sy oë steeds toe.

Na 'n rukkie duik hy weer onder die water in en onthou sy pa wat hom leer swem het, maar hy skud ook daardie herinneringe af. Wat makeer hom vandag?

Sy kop bars deur die water na die oppervlak. Steeds geen teken van sy geheimsinnige kliënt nie. Hy voel-voel oor die warm patio na die handdoek, glip sy sonbril weer op en klim dan uit die swembad, sorg dat hy net hier en daar van die waterdruppels afvee voordat hy die handdoek laat val.

'n Vrou staan op 'n balkon van wat moontlik die slaapkamer is. Sy dra 'n sonhoed en 'n sonbril. Sy is groot en beslis oorgewig. Hy plaas sy hande op sy heupe en maak of hy haar nie raaksien nie. Dan glip hy uit sy onderbroek, draai effens in profiel na haar, tel die handdoek op, en na drie kamtige probeerslae knoop hy dit uiteindelik laag oor sy heupe vas.

Toe hy opkyk, is sy weg.

Hy neem sy klere, vou dit netjies op, hang sy onderbroek oor een van die stoelleunings, plaas sy klere in die skaduwee en loop in die huis in. Hy verstel weer aan sy handdoek, laat dit nog laer sak en loop dan vinnig teen die houttrappe op boontoe.

Die slaapkamerdeur is oop.

Moenie met my praat nie. Gaan lê op die bed en maak jou oë toe, staan op 'n stuk papier wat op die oop deur geplak is.

Hy het al tevore sulke instruksies gekry, daardie keer van 'n vyf-en-vyftigjarige vrou in Pretoria wat hom wou vasbind – 'n fantasie na aanleiding van *Fifty Shades of Grey* wat sy wou laat werklikheid word. Hy het die opdrag geweier. Hy laat hom nie vasbind nie.

Tevore. Hemel. Tevore het hy 'n stel afgetrap toe 'n vrou hom in Januarie vasgebind en probeer pynig het. Daarna het hy dit nooit weer toegelaat nie. Dit was net sy vindingrykheid, beloftes en takt wat hom uit daardie situasie gered het.

Hy plaas sy sonbril op die bedtafeltjie. Hy ruik weer gras en olies. Al die luike is toe behalwe een wat op die spruit afkyk. Daar is roosblare oor die beddeken gestrooi. 'n Sprokieskamer, 'n Sneeuwitjie-bed, 'n prinses-op-die-ertjiepit-fantasie.

Hy gaan lê met die handdoek om hom op die bed, sy bene uitmekaar, maak die knoop om sy middellyf los, maar verwyder nie die handdoek nie.

Stilte.

Buite roep 'n visarend. Tiptolle en 'n loerie neem ook nou deel aan die gesang. Dan raak dit weer stil.

Sagte harpmusiek speel.

'n Beweging aan sy linkerkant. Die bed beweeg. Dis 'n groot, swaar vrou, voel hy wanneer sy naderskuif. Hy ruik die soet, skoon geur van iemand wat pas gebad het en haar vol olies gesmeer het.

Iets raak saggies aan sy wang. Dit is een van haar borste. Hy lek saggies oor die tepel en hoor 'n kreun. Sy trek haar tepels liggies oor sy voorkop, sy wang en sy mond. Hy voel met sy tong daaroor. Besef dat dit van die mees formidabele borste is waaraan hy nog geraak het.

Sy plaas haar vingers oor sy oë om te bevestig dat sy nie wil hê hy moet na haar kyk nie en verwyder die handdoek om sy middellyf.

'n Oomblik stilte. Toe hoor hy haar asem, hard, asof sy nie kan glo wat sy sien nie. Haar vingers begin speel met die haartjies onder sy naeltjie en beweeg af. Toe neem sy hom in haar mond.

Hy lig sy bene. Sy raak nou wild. Gryp met haar hande na hom, probeer hom vasdruk. Sy glip 'n kondoom oor hom.

Nou sorg hy dat hy bo-op haar te lande kom. Hy soen haar oor haar liggaam en sorg dat hy die senuweepuntjies op haar dye tart met sy tong en sy vingers. Voel hoe sy haar onderlyf lig terwyl hy aan haar lek en met sy vingers oor haar voel – die vingerpunte raak net-net aan haar vel.

Sy kreun weer en gryp hom asof sy alle beheer verloor. Sy is sterk en hy moet elke greintjie energie en krag gebruik om haar terug te druk op die bed.

"Sjuut," sê hy teen haar gesig. "Sjuut."

Hy het geleer om nooit te sê "Ontspan" of "Kalmeer" nie. Dit sit sy kliënte af, inhibeer hulle, veroorsaak net meer spanning en selfs aggressie.

Die energie wel in hom op. Dit is 'n ou tegniek, om bewus te raak van die warm energie in hom, om sy liggaam daarmee te vul tot hy daarvan gloei. Hy verbeel hom dit is lawa wat uit sy liggaam vloei en oor haar stroom.

Hy beweeg met sy hand 'n sentimeter bokant haar vel, oor haar liggaam tot by haar dye sonder om aan haar te raak, en is bewus van die hitte wat uit hom vloei.

Sy kreun, noem sy naam.

Hy lig homself oor haar sodat sy liggaam net bokant hare is. Hy beweeg stadig af oor haar liggaam, raak soms net per ongeluk aan haar, maar trek dan terug, bewus van die energie wat uit hom stroom. Sy kreun weer, sê iets, beur boontoe soos sy aan sy bors en maagspiere probeer raak. Sy maak geluide, prewel, fluister.

Weer stadig met sy liggaam net bokant hare en óór haar. Sy ril en bewe tot haar hele liggaam in 'n soort spasma gaan. Hy voel die rillings deur haar trek. Sy warm asem is nou oor haar lyf. Hy blaas liggies oor die haartjies, raak met sy tong daaraan, trek weg, raak-raak weer slegs met sy tong aan haar, tart die senuweepuntjies op verskeie plekke. Sy probeer haar bene om hom vou om hom vas te knyp, maar hy beweeg weer stadig boontoe, sy gesig tussen haar formidabele borste. Haar hande sluit om sy boude.

Hy fluister teen haar oor, sê dat sy mooi is en hom mal maak. Tart haar, glip effens in haar in en trek weer uit, beweeg sy kop af teen haar liggaam tot sy gesig tussen haar bene verdwyn. Nou, vir die eerste keer, verloor sy haar selfbewustheid. Praat sy met hom, sê dat sy nog nooit so gevoel het nie.

"Jy het," fluister hy, "onthou jy nie, 'n minuut gelede, ek en jy?"

"Ja. Ja. Ja." Sy sê die woorde oor en oor. Fluister sy naam. Hy lig sy kop, beweeg weer op teen haar liggaam, twee van sy vingers glip by haar in.

"Seblief. Ek gaan . . . ek gaan . . ."

Hy verwyder sy hand en vee liggies oor haar dye terwyl sy soebat. Weer en weer herhaal hy die beweging, in en uit, dan staak hy die bewegings en laat sy vinger roerloos in haar lê. Hou dit so stil, beweeg dit effens.

Sy ruk. Hy skrik vir die geluid wat sy maak, want hy het 'n vrou nog nie só hoor skreeu nie.

Haar hande om hom soos 'n drenkeling s'n. Oomblikke later soen sy hom en besef hy dat sy huil.

Hulle lê lank so, praat, fluister, lag, gesels, raak aan mekaar.

Sy is nou volkome ontspanne by hom, want hy streel oor haar liggaam en soen haar orals.

Sy skakel die hoofgebou en bestel die middagete.

Dit word 'n kwartier later afgelewer. Die voertuig vertrek.

Hulle staan op. Sy wil 'n japon oorgooi, maar hy weier, stroop dit van haar af, kyk na haar.

"Ek hou van jou so," sê hy.

Hy voer haar vye, laat daarna die koue sop oor sy tong glip, voer haar 'n slaaiblaar in sous gedoop. Soen haar. Fluister vir haar.

Voer haar weer met kaas en vye en 'n glasie Ratafia. Sy kyk die hele tyd na hom terwyl sy eet, en doop dan 'n bloedrooi tamatie in sous en voer dit vir hom. Hy bring sy mond nader na hare en laat haar die helfte afbyt. Dan soen hy haar.

Hulle gaan later terug slaapkamer toe.

Sy hou hom vas, wil hom nie laat gaan nie, voel hy. Prewel dat sy hom liefhet.

Hy dink skielik aan Erika se woorde. Sien haar voor hom. Dink skielik dat dit sy is wat hier lê.

Tricia praat weer: "Ek gaan jou toesluit, vasmaak. Jy gaan nooit hier weg nie. Ek sal jou elke nag weer en weer betaal. Ek sal jou alles gee wat jy soek. Bly net bly net bly net by my."

In sy gedagtes, woorde. Grepe van sinne. Erika se stem. Hy hoor sekere frases, sinne. "Vernietig. Verslaaf. Verlore. Selfmoord. Kan nie meer nie."

Hy verloor sy ereksie. Dit is die eerste keer dat dit ooit met hom gebeur. Hy roem hom altyd daarop dat hy vir ure kan aangaan en nooit ophou nie. Maar nou, vir die eerste keer, verloor hy sy belangrikste wapen.

Asem deur sy keel. Vrees. Hy rol om, lê op sy maag en probeer keer dat die vertrek om hom swem en alles saamvloei en uit fokus raak. Haar hand glip onder hom in. Vir die eerste keer in sy lewe druk hy dit weg, sit hy regop, soek hy na die handdoek wat hy om hom draai voordat hy stort toe vlug.

Hy staan lank onder die water, spoel die seks en olies

af. Kyk na sy penis wat slap en willoos hang. Hoor Erika se woorde weer en weer deur sy kop spoel tot hy skreeu daarvan.

"Tristan!" Tricia, nou in 'n japon, staan voor die stort. "Wat gaan aan?" Sy raak aan sy boude, maar hy beweeg weg.

"Niks. Niks."

Sy stap weer nader, haar hand oor sy dye. "Kan dit nie glo nie." Sy pluk hom uit die stort, druk hom teen die muur vas en begin oor sy liggaam lek. Maar skielik kan hy niks aan haar doen nie. Dreineer die energie en hitte en gevoel uit hom. Staan hy soos 'n bedelaar wat om aalmoese smeek, wag hy dat sy weer vir hom moet sê hoe onvergelyklik hy was.

En voel sy liggaam vreemd, asof dit nie aan hom behoort nie. Beteken al die maagopsitte, oefeninge, woorde, fluiste-ringe, are, snoeiery, tegnieke niks.

Voel dit asof hy poedelkaal voor 'n reusegroep mense staan wat na hom kyk en vir hom lag. Verdwyn die laaste bietjie begeerte uit hom. Besef hy dat iets vandag, hier, nou, onherroeplik verander het.

En vrees hy die daglig hier buite soos niks tevore in sy lewe nie.

AGTTIEN

Saterdagoggend. Erika dwaal deur die Rosebank Mall, kyk belangeloos na die uitstallings in winkelvensters, loop later na die Zone toe en sien hoe paartjies by tafels sit en vry, lag en gesels. Dit herinner haar aan haar en Rodney 'n paar maande gelede. Nie dat hy ooit ten volle vrolik gelag en gesels het nie, behalwe met sy persoonlike vriende, asof hy haar wou laat verstaan dat hy nie by haar kry wat hy by hulle kry nie.

Sy gaan sit by een van die koffiewinkels wat op die Zone en sy malende menigte kyk, sien haastige passasiers wat vanaf die Gautrein-stasie Rosebank toe loop. Parkeerwagte fluit iewers, buitelandse toeriste drom by winkels saam wat Afrika-aandenkings verkoop. Hulle paradeer soos kakie-kleurige bliksoldaatjies rond met verspotte safarihoedens, houtkameelperde wat in bruinpapier toegedraai is en strin-ge kleurvolle krale, hul bene en arms rooi verbrand deur die genadelose son.

Maar dis Tristan aan wie sy nou dink. Gister gedink het. Feitlik elke oomblik van die dag dink. Sy nommer is in haar handsak, maar sy het nie die moed om hom weer te bel nie. Iets wat sy van Rodney oorgehou het. Sodra hy van iemand gehou het, wérklik gehou het, het hy daardie persoon doel-bewus nie gebel nie. En sy was (is) boaan die lys.

Sy onthou hoe ongedwonge sy en Tristan die vorige keer in Newtown en laat daardie aand oor die foon gesels het. Dat hy die eerste persoon is wat daarin kon slaag om haar tot daar te laat ry en die geordende chaos met nuwe oë te bekyk. Tristan het die geskende stad vir haar opwindend gemaak en vir haar gewys hoe blind sy eintlik was.

Haar tee word koud. Na daardie koppie koffie in Newtown waag sy dit nie weer om koffie te drink nie. Dit was so lekker. Maar dit kan ook iets met Tristan se geselskap te doen gehad het. Dis die plesierigste wat sy in jare met iemand gesels het.

Haar selfoon lui. Terwyl 'n koerantverkoper naby haar die opskrif van die jongste *Saturday Star* uitbasuin: "Corruption exposed in government department!" antwoord sy sonder om te kyk wie bel.

"Hallo, Rieks."

Dis Rodney. Sy skrik haar koud. Hy bel haar nooit sommer uit die bloute nie, veral nie nadat hulle uitmekaar is nie.

"Hallo . . ." Haar stem is onseker en 'n vreemde gevoel kruip teen haar nek op. Vrees? Skok? Weerloosheid? Toorn dat hy juis nou bel? Is iemand dalk dood?

"Hoe gaan dit?" Rodney vra nooit hoe dit gaan nie.

"Lekker. Jy?" Sy voel skielik verbouereerd.

"So-so."

'n Ongemaklike stilte. Sou hy nog iets in die huis vergeet het? 'n CD? 'n Boek? Sy stewels? Sy draagbare radio wat nog steeds daar staan? Sy weet hy sal nie uit sy eie verduidelik hoekom hy gebel het nie, maar sy maak dit nie vir hom makliker deur 'n leidende vraag te vra nie. Sy wag dat hy moet praat.

"Jy klink befoeterd," sê hy na 'n stilte.

"Klink ek?"

Hy is nie daaraan gewoond dat sy só met hom praat nie.

Gewoonlik sou sy senuweeagtige verskonings gemaak het, hom verseker het dat sy nie befoeterd is nie en dat hy tog net nie kwaad moet wees daaroor nie, want dan is daar weer vir dae 'n koue oorlog in die huis. Maar sy sê niks verder nie en wag dat hy moet voortgaan.

"Ja. Jy klink . . . ek weet nie, anders."

"Maar dan het daar baie dinge met my gebeur, Rodney, soos jy weet."

En toe, na 'n lang pouse: "Met my ook, ja."

Die gesprek gaan altyd terug na hom.

"H'm," is haar enigste reaksie. Weer stilte. Sy trap nie meer in die slaggate nie, laat nie meer toe dat hy haar emosioneel misbruik of afpers nie.

"Waar's jy, Rieks?"

"Rosebank, die Zone. Sit en tee drink."

"Ek's by Moyo's." Natuurlik. Die restaurant waarheen hulle so dikwels gegaan het en waar hulle verlede week weer ontmoet het. Hy wag natuurlik dat sy hom hierheen nooi, maar sy trap ook nie in daardie slaggat nie.

"Is dit besig?" vra sy maar net om die stilte te vul.

"Nogal. Toeriste. Mense met hul honde langs die dam. Smouse wat rondloop en goetertjies verkoop, 'n bedelaar met 'n trollie vol komberse."

Die kelner beduie of sy nog tee wil hê. "With milk!" knik sy.

"Wie's by jou?"

Maar net een van die mooiste, wonderlikste, mees toegeeflike mans wat ek nog ontmoet het, wil sy sê. Iemand wat sy te laat in haar lewe ontmoet het. Sy naam is Tristan Hansen en hulle het nou die dag gesels asof hulle mekaar al jare lank intiem ken en sy verlang verskriklik na hom en . . .

"Niemand. Ek het met die kelner gepraat. Hoe gaan dit met jou vriendin? Ek neem aan julle eet ontbyt by Moyo's?"

Weer die stilte. Toe sy stem, onseker, effens hees. "Sy is . . . seker maar iewers."

"Hoe bedoel jy 'iewers', Rodney?"

"Ons het opgebreek."

Sy laat die selfoon byna val. "Julle het wát?"

"Besluit dit werk nie. Ons baklei te veel."

Ek was bereid om jou selfsug en geite op te vreet, maar sy nie, dink Erika. Dus is sy nie bereid om met jou buie opge-skeep te sit soos ek nie. Maar sy sê niks nie, behalwe: "O."

Weer stilte. Hy wag dat sy hom Rosebank toe moet nooi. Dat hulle weer kan "praat". Maar weer doen sy dit nie.

En toe: "So. Hoe gaan dit verder, Rieks?"

"Ek sien skielik dinge raak waarvan ek nooit tevore bewus was nie."

"Watse dinge?"

"Die stad."

"Maar dis eintlik 'n hoerstad. Dis wat Vera dit noem. Mooi en lekker solank jy vir sy plesierighede betaal."

"Ek stem nie saam nie. Mense sien wat hulle wil sien, nie wat daar regtig is nie." Vir die eerste keer wat sy hom ken, waag sy om uitdrukking te gee aan hoe sy werklik voel. Gee sy nie Rodney-vriendelike antwoorde om sy guns te wen nie. Dit het die gewenste uitwerking.

"Jy klink anders."

"Miskien het jy my nooit werklik geken nie, Rodney."

Tevore sou hy die telefoon in haar oor neergegooi het as sy gewaag het om so met hom te praat. Maar die oproep word nie summier beëindig nie.

"En dis mý skuld, Erika?"

"Ek het dit nie gesê nie."

'n Geluid aan die ander kant. "Nou ja. As jy besig is . . ."

"Ek is nie besig nie, Rodney. Ek drink tee, dis al." Sy knik toe die kelner 'n vars pot Earl Gray-tee voor haar neersit met 'n melkbekertjie by.

"Ek sien."

Hy probeer haar uitlok om hom te nooi om "te gesels", om hul probleme vir die eerste keer oopkop uit te praat. Maar sy ken hom. Wanneer hy opdaag, sal hy stug na die mense kyk, haar selde in die oë kyk, direkte antwoorde vermy en op haar gevoel speel.

Nie dié slag nie. Sy onthou skielik hoe Tristan gelag het terwyl hulle gesels het. Hoe gemaklik en ongedwonge die gesprek was. Hoe dit werklik gevoel het of sy hom haar hele lewe lank geken het.

"Nou ja. Ek eet maar my Eggs Benedict," sê hy.

"Jy het nooit Eggs Benedict geëet nie. Te veel cholesterol."

"H'm."

Stilte. "Luister, my tee word koud. Geniet die eiers. Tot siens, Rodney."

"Mis jou." Sy stem klink onseker, asof hy nie kan glo dat sy dit al weer waag om so met hom te praat nie. Tevore sou hy 'n kortaf antwoord gegee het, die foon afgeskakel het en vir twee dae nie met haar gepraat het nie. Selfs haar hand weggedruk het as sy bekommerd aan hom raak. En nou?

In al die jare wat sy Rodney ken, het hy haar nog nooit só gegroet nie. Sy kan nie haar eie ore glo nie.

Sy drink haar tee ingedagte klaar, luister na die xilofoon-speler wat die een of ander Afrika-ritme op die instrument tokkel. En toe skakel sy vir Tristan. Die telefoon word na drie luie beantwoord.

"Jis. Tris se foon."

Dit neem haar 'n oomblik om te praat. "E . . . hallo. Kan ek met Tristan praat, asseblief?"

"Tris sê hy's nie by die huis nie en hy doen nie meer tricks nie."

"Ek is nie 'n kliënt nie."

"Ja, en ek is flippen Chad le Clos se mooier ouboet."

"My naam is Erika Hamilton. Ek wil asseblief met hom praat."

Bewegings en geluide aan die ander kant. "Hei, dude! 'n Chick met die naam Erika Hamertoon wil met jou praat. Sy klink pissed off. Moet ek haar verwilder?" Sy hoor weer 'n geskuifel. En toe: "Hi, girlfriend? Jy's gelukkig. Hy kom. E . . . ek bedoel, hy kom om met jou te praat," en die jong stem lag.

Geluide soos hy die selfoon neem. "Gaan speel met jouself, man." En dan: "Hallo, Erika." Sy stem is kalm en rustig.

"Hallo, Tristan. Ek hoop nie ek pla nie."

"Jy pla glad nie."

"So. Dis die outjie met wie jy wil hê ek moet praat."

Hy lag. "As praat nog sal help."

"Hoe gaan dit?" Sy loop presies dieselfde paadjie as Rodney, van nie weet wat om te sê nie.

"Oukeierig. Jy?"

Sy skraap al haar moed bymekaar en is bang dat hy dink sy het ander bedoelings met die afspraak, soos die vroue wat hom seker gedurig teister. "Ek het gewonder of ek en jy iewers kan ontmoet."

"Jy's nie meer bang om middestad toe te kom nie?"

"Nee."

Hy antwoord nie dadelik nie en kort daarna hoor sy: "Hei, skokiaan! Die brood brand. Wikkel, boet!" Weer geluide. "Hallo, Erika. Ekskuus. Goed. Ek sien jou graag."

Hoewel sy gehoop het hy sal instem, is sy nogtans verbaas. "Waar?"

" 'n Plek waar daar kleur is."

"Wel, ek is tans in Rosebank. Dalk kan jy die Gautrein haal en . . .?"

"Ken jy Blanket Town?"

"Nee."

"Dis net duskant Diagonaalstraat, naby die Turbinesaal."

Sjoe, dit klink . . . gevaarlik. Diep middestad? Nie die toeristevriendelike areas soos Newtown en Arts on Main nie. Diagonaalstraat?

"Ek kan jou na veilige parkeerplek beduie." Weer is dit asof hy haar gedagtes lees. "Sal ons sê oor 'n halfuur? My loseerder het gister 'n motortjie gekry waarmee hy aflewerings doen. Nie veel meer as 'n tuk-tuk nie, maar hy kan my sommer neem as hy my nie verongeluk op pad soontoe nie. Kry my by Moosa Blankets."

"Moosa Blankets?"

"Almal weet waar dit is."

"Goed." Hoewel sy glad nie oortuig is dat dit wel goed is nie. "Hoe kom ek daar?"

Hy verduidelik.

"Dankie, Tristan."

"Sien uit om jou te sien."

Hy lui af. Sy wonder weer hoeveel vroue daardie groet gehoor het en derduisende rande vir die voorreg moes opdok. Tevore sou sy gevrees het dat hy haar sou geld vra hiervoor. Maar sy skud die gedagte af.

Sy ry met Jan Smutslaan af tot in die Johannesburgse middestad. Toe deur Braamfontein en oor die Nelson Mandelabrug. Dit voel vreemd om die brug uiteindelik van so naby te sien. Sy het dit tot dusver net op prentjies gesien en een keer uit die verte.

Sy neem die afrit na die Market Theatre toe op die brug, ry verby 'n taxistaanplek en oorblyfsels van Parkstasie soos dit honderd jaar gelede moes gelyk het, en ry dan in die rigting van Newtown Blanket Town.

Dis nie moeilik om die parkeerplek te kry wat Tristan beduie het nie, maar sy kyk heeltyd oor haar skouer nadat sy geparkeer het. Haar handsak moet maar onder die sitplek bly, bewaak deur die alarmstelsel.

Sy druk kontant in haar jeans se sak, maar skrik toe 'n parkeerwag langs haar verskyn. Sy slaan die motordeur toe en wonder of hy gesien het sy druk haar handsak onder die sitplek in. Maar sy skud ook daardie gedagte van haar af en kyk rond. Orals staan toue mense, taxi's jaag heen en weer en hordes voetgangers loop stasie of middestad toe.

"Thank you."

"Ek sal mooi na moevrrrou se karrr kyk," sê die parkeerwag.

"Baie dankie."

"Moenie bekommerrr nie, moevrrou. Ou Pietie hy guard hom."

Sy glimlag. "Ek waardeer dit." Sy wil ook byvoeg sy waardeer die feit dat hy Afrikaans praat, maar is bang dat sy neerbuigend sal klink.

"Waar is Moosa Blankets?" vra sy.

"O, Moesie? Daar, waar geskrrryf is 'A. Moosa Blankets'," beduie hy.

'n Lang tou mense staan voor die ingang na die winkel vol komberse wat gesig straat se kant toe hang. Vreemd genoeg tou hulle nie by naburige winkels waar komberse verkoop word nie. Sy haat toue.

Skielik word 'n hand gelig doer amper voor in die tou. Tristan, met sy sonbril op, wink vir haar.

Sy stap verby die mense, vra om verskoning en probeer die blikke vermy, want sy en Tristan is die enigste twee wittes in die omgewing.

"Haai!"

Hy glimlag. "Hallo." Hy beduie na die komberse. "Al my komberse kom van hier af. Dit gee kleur. Ek's mal oor kleur. Rooi, geel, blou, als wat helder is. En jy?"

"Dol daaroor."

"Wel. Daardie kombers," hy wys na 'n rooi-en-gele, "maak eintlik mens se oë seer so mooi is dit."

Sy gaan staan langs hom en kyk na die mense wat komberse oopgooi en ondersoek. Ander koop dit sommer van die rakke af.

"Tristan." Sy kyk na die mense om haar en dan weer na hom. "Ek het jou nog amper nooit sonder jou sonbril gesien nie. Jy is baie geheg daaraan."

Die glimlag verdwyn van sy gesig af. Hy druk die sonbril stywer teen sy neus vas.

"Ek is jammer. Het ek iets verkeerds gesê?"

Hulle staan nou langs 'n kombers vol kleur. Hy raak daaraan.

"Ek is amper blind, Erika."

Sy raak bewus van aggressiewe kwaito-musiek naby haar, mense wat lag en gesels, taxi's wat jaag, die bestuurders wat uitleun, mense wat met twee parallelvingers aandui waarheen hulle wil ry.

Maar sy woorde wil nie inslag vind nie.

"Ekskuus?"

"Ek is besig om blind te word. Ek het 'n oogoperasie in die buiteland laat doen omdat my sig verswak het nes my pa s'n. Die operasie het skeefgeloop. Die blindheid is onomkeerbaar. Dis hoekom ek doen wat ek doen. Ek is nie net te wit en ongekwalifiseerd nie, ek is ook te blind."

Sy stap uit die tou, loop tot by 'n kombers en kyk na die kleure. Druk dit teen haar gesig, asem die geur daarvan in, merk hoe ander mense komberse koop en voel die son op haar gesig. Sy kom agter dat sy kortasem is van skok. Nou, vir die eerste keer, maak alles sin.

Sy draai terug. Tristan het die voorpunt van die tou bereik en wink vir haar. Hy praat met iemand en beduie na die rooi-en-geel kombers. Die eienaar haal dit van die haak af. Haar keel trek toe en sy veg teen die paniek wat dreig om oor te neem.

Sy loop nou eers nader na hom toe, steeds lam van skok.

Tristan koop die kombers en hang dit oor haar skouers.

"Mooi kleure, nè? Net so kleurvol soos die stad. Hou jy daarvan?"

"Dis pragtig. Maar dis joune."

Hulle stap met sy kombers deur die oorvol strate, verby 'n winkel wat sandale verkoop wat uit motorbande gesny is. Sy sien skilde, spiese, Basoetoe-hoedens, trompies, krale en bakke wat uit helder draad gevleg is. Ook skape en leeus en selfs 'n kameelperd wat uit krale bestaan, maar dit registreer nie heeltemal nie.

Iewers het iemand 'n trollie op sy sy gedraai en gebruik dit as 'n rooster waarop wors gebraai word. *Boeries!* roep 'n plakkaat in skewe letters. Sy hand glip in hare. Hulle loop so saam deur die baie mense en sy voel nie meer bang of bedreig nie. Hy sê niks. Loop net saam met haar.

En toe, baie later: "Ek moes die operasie eers net op die een oog laat doen het en toe op die ander, maar ek was te ongeduldig. Dit was 'n mislukking. Ek het die vroeë blindheid van my pa geërf. Hy het sy eie lewe geneem toe dit te erg raak. Daarom kan ek nie kameraflitse verdra of skerp son nie. My sig het die afgelope drie dae so verswak dat die donkerte nou begin oorneem. Ek begin in goed vasloop."

Sy druk sy hand vas, gaan staan, draai hom só dat hy na haar kyk, sien haar gesig weerkaats in sy brillense. Sy trek sy kop nader en soen hom. Die mense loop om hulle, kyk na hulle. Sommige lag, ander skud hul koppe, maar die meeste stap net voort. Sy druk hom teen haar vas en huil, maar hy skud sy kop.

"Hei. Dis oukei. Dis oukei."

Hy soen haar weer, dié slag langer as tevore.

Na 'n lang ruk los hy haar. "Ek wil jou iets gaan wys."

Skielik staan 'n jong, blonde seun, seker nie ouer as sewentien nie, langs hulle. "Jis, ou Tris. Jy moet toer, dude. Die muscle-marys hang hier rond." Hy kyk na Erika. "Ou Tris sê jy's 'n shrink. Dalk het my pa 'n shrink nodig. Haai. Ek's Kerneels."

Sy kry haar stem terug, maar dit klink onseker en hees. "Ek is Erika. Hallo."

Kerneels beduie. "Die muscle-marys hou julle in die oog."

Haar oë soek tussen die mense na die mans, sien twee sonbrille wat agter ander mans koes, en onthou hoe sy naby Lydia se kantoor beroof is. En haar sepie-dramatiese gesprek met Mathilda.

"Watse muscle-marys?" vra sy.

"Ouens wat Tris se bloed soek. Dis die derde keer dat ek hulle sien," antwoord Kerneels.

"Mathilda se manne," sê Tristan.

"Wil jy nog bietjie bal hang, of kan ek julle terugvat?" vra Kerneels.

"My motor staan net hier anderkant," keer Erika.

"Ons wil nog bietjie rondhang, Kerneels."

"Luister, pappie. Dis tawwe gabbas daai. Jy beter maar skedêddel."

"Ek sal jou gaan aflaai," sê Erika vir Tristan.

Kerneels kyk bekommerd na hulle. "Ek sal julle shadow. Ek het twee buddies by die werk wat orals saam met my gaan. Moerse ouens. Dalk moet hulle jou bodyguards word." Hy beduie na twee mans eenkant wat vir hulle duim-op-tekens gee. "Waar's jou skedonk, doktor shrink?"

Sy beduie.

"Ons sal oukei wees, dude. Jy kan maar toer," sê Tristan.

"Seker?"

"Doodseker."

Kerneels gee 'n duim-op-teken. "Cool bananas. Sien julle by die huis. Maar watch it, oukei?" Hy verdwyn tussen die mense.

Tristan loop tussen die mense in en trek haar agterna, maar stamp teen 'n lamppaal. Hy swets.

"Kan ek jou help, Tristan?"

Hy gaan staan, die kombers oor sy arm.

"Nee wat."

Hy druk die bril teen sy gesig asof hy hoop om só beter te sien.

"Ek is jammer," sê sy.

Hy lig sy skouers. "Ek kan darem nog sien. Maar soms raak dit so donker, dan kan ek net lig en skadu onderskei. Maar ander kere, soos nou . . ."

Hulle stap by Albertina en Walter Sisulu se standbeeld verby voor die weerkaatsende glansvensters van die bekende diamantgebou. Terwyl hulle loop, beskryf hy die strate vir haar. Vra hy of hulle al verby die kruiewinkel is, of die stalletjie wat nog outydse langspeelplate en VHS-bande verkoop, of Pretty Belinda's Hair Salon.

'n Kwartier later help sy hom in haar motor in, stop geld in die parkeerwag se hand en maak haar deur oop.

"Mooi komberrrs, moevrrou!" lag die mond met die skewe tande.

Sy skakel haar motor aan. Die parkeerwag keer die nimmereindigende stroom taxi's wat aangery kom sodat sy in die verkeer kan inglip.

"Ry met Presidentstraat af, dan draai jy regs in Von Brandis net na Eloff en . . ."

"Ek weet waar jy bly, Tristan."

Hy draai sy kop in haar rigting.

"Jou ma."

Hy sug. "Natuurlik." En na 'n rukkie: "Jy was dus al daar?"

"Die Plaza-gebou? Ja. Ek het dit van buite gesien."

Hy lê met sy kop terug teen die sitplek, haal sy bril af en vee die sweet af waar die bril gewoonlik rus. Hy knip-knip sy oë en kyk in haar rigting.

"Mooi kombers," sê sy.

Hy plaas weer die bril op sy gesig en verduidelik waar veilige parkeerplek naby sy gebou is. Sy soek egter lank na parkering in die geharwar van fietse en taxi's en ou skedonke en vragmotors wat elk sy eie patroon en reëls volg, tot sy toevallig 'n plek reg voor sy gebou kry.

Hy maak die passasiersdeur oop. "Dankie, Erika."

"Ek stap saam met jou op."

"Dis nie nodig nie."

"Ek sal beter voel. Asseblief, Tristan." Sy wonder of hy dalk bang is dat sy eise gaan stel, soos die ander vroue.

Hy sit sy sonbril terug op sy gesig, dink lank. "Oukei."

Hulle stap by 'n blommeverkoper verby wat voor die ingang na die gebou sit. Hy bring sy gesig naby die sleutelbord en pons 'n kode in by die deur wat na die voorportaal lei. Dit is egter die verkeerde kode.

"Dêmmit."

"Kan ek help?" vra sy.

Hy skud sy kop en probeer weer. Maar die deur bly gesluit.

"Gee vir my die kode, Tristan."

"8313."

Sy pons dit in en die deur glip oop.

Hy kyk oor sy skouer. "Ek's jammer, ek kan nie behoorlik . . . Ek bedoel . . . daai mans. Sien jy iemand verdag?"

Sy kyk oor haar skouer, maar sien net 'n gedrang van mense. "Nee."

Hy beduie hysbak toe. Sy loop agter hom aan. Hy maak die hysbakdeur oop. Drie Indiërvroue kom uitgestap. Een roep: "Hi, Tristan. That boy you sent to me is A-okay! Good heart, hard worker! Nice kid."

"I am glad, Millie. Please keep him."

"Oh, you can be sure of that!"

Hulle stap in en die hysbakdeure gaan toe, maar Tristan beweeg nie.

Erika raak selfbewus. "Nou goed. Jy . . . ken seker die pad na jou eie woonstel toe?"

Hy trek haar nader en soen haar weer. Sy weet nie hoe lank die soen duur nie, weet net dat sy nou, hier, onherroeplik op Tristan Hansen verlief raak.

Sy vingers voel oor die knoppies en hy druk die een waarop *20 Penthouse* staan.

Die hysbak ruk effens en begin dan beweeg.

"Nie . . . baie stabiel nie," sê sy net om iets te sê.

"Hulle belowe al maande om dit reg te maak."

Die hysbak stop op verskeie verdiepings. Mense klim in en uit. Sommige groet Tristan, ander draai hul rug op hom. Maar toe hulle by die twintigste verdieping kom, is dit net hy en sy.

Die deur gaan oop.

Sy is verbaas oor hoe mooi dit hier bo is. Daar is groen gras, of iets wat lyk na gras, rooi malvas in potte, vetplante wat uit potte hang of kruip en twee stoele wat in die middel van die daktuin staan en 'n uitsig op die geskende stad bied.

Tristan wys na die geboue. "Jo'burg kry nou sy pleisters oor, stukkie vir stukkie. Baie geboue word gerestoureer, ander staan maar net. Daar's nog so baie wat ek jou wil wys. In Albrechtstraat staan die mooiste ou wit gebou, nou vuil en gehawend met 'n torinkie, en agter hom 'n groot tekening van Van Riebeeck. Dis my gunsteling uithangplek. Dis daar naby waar ek Kerneels die eerste keer gesien het."

'n Swart-en-wit kat wag hulle by die deur in.

"Joune?" vra sy.

"Die gebou se kat. Maar ek neem aan hy kry die meeste kos hier." Tristan sluit die deur oop.

Die woonstel is modern gemeubileer. Orals staan wit stoele rond. Daar is donker stroke oor die vensters geplak.

Sy sien 'n skildery van Tristan en gaan staan voor dit. Dit is asof die skildery leef. Haar vingers raak aan die doek, streel oor die growwe tekstuur, beweeg na sy gesig waaroor sy baie versigtig vat.

Hy staan egter by die deur en beweeg nie.

"Tristan?"

"Toe maar. Ek weet wat is waar." Hy stap vorentoe, maar loop 'n tafeltjie uit die pad. Sy keer hom, neem sy hand, lei hom na 'n stoel toe.

Van hier af is daar ook 'n mooi uitsig op die stad. Sien sy die M2 met sy verkeersknope, die gehawende geboue Jeppestown se kant toe, die toringgeboue van Hillbrow, die

Ponte-toring, en reg onder haar slonserige sinkgeboutjies wat langs leë winkels in die straat staangemaak is.

"Ek wil vir jou koffie aanbied, maar na nou die dag se koffie . . ."

Sy skud haar kop.

"Maar ek het tee en sap en water."

"Is jy werklik veilig hier, Tristan?"

"As hulle kom, kom hulle. Nes die donkerte. Dis een van daai dinge wat jy nie kan keer nie. Dit lê oor jou pad."

Sy sien 'n advertensie wat op 'n gebou se mure geverf is van 'n vrou wat velverligters adverteer. *Beauty is as beauty does! Buy Kling's Sking lightena for best results*, staan daar geskryf.

"Wat sien jy?"

"Skin lightener," lag sy.

"Ek gaan dit mis," sê Tristan.

Hy gooi die kombers oor hom.

"Wanneer is die skildery gemaak?" vra sy.

"Toe ek universiteit toe is."

"Toe ek jou ontmoet het."

Hy knik.

"Jy lyk nog net so jonk."

Dit raak stil tussen hulle.

"Het jy ander behandelings gehad? Operasies?"

Hy knik. "Maar niks het gehelp nie. Dis is onomkeerbaar."

Sy gaan sit op die tafeltjie langs die stoel en neem sy hand in hare. "Jy kan voortgaan met jou lewe. Daar is baie . . . daar is baie blindes wat . . ."

"Nee, Erika. Een ding wat ek my voorgeneem het, is ek doen myself aan niemand anders nie."

"Maar hoe gaan jy oor die weg kom?"

"Ek sal sien."

Hy haal sy sonbril af. Hy kyk na haar. Nou verstaan sy wat die vroue in hul oordadige beskrywings bedoel het met sy effense skeel kyk. Natuurlik omdat hy nie goed kan sien nie. Asof hy probeer fokus. In hierdie geval op haar gesig.

"Dit was lekker," sê hy. "Jy moet meer dikwels sommer net rondloop. Sien wat reg onder jou neus aangaan, maar waarvan jy nie weet nie."

Soos hy wat alles hier ontdek het, en dit nou verloor, dink sy.

"Dankie."

Hulle sit langs mekaar, maar praat nie verder nie. Sy druk sy hand.

Onder in die straat jaag 'n ambulans verby. Uit die gebou oorkant die straat dreun doef-doef-musiek. Kinders se vrolike gelag is iewers hoorbaar.

Duiwe kom sit op een van die vensterbanke en maak koergeluide. Die koppies knik-knik-knik soos hulle hul in die venster bekyk. Steeds neem Tristan nie sy oë van haar af nie.

Sy kyk weer na die skildery van hom teen die muur agter hom. Die plesierengel oor wie vroue so liries raak. Op die skildery is sy gesig glad en ligbruin. Sy gelaatstrekke perfek, maar sy hare is deurmekaar, soos nou, maar sonder 'n glimlag, asof hy iets weet wat die toeskouer nie weet nie.

En voor haar sit Tristan Hansen. Ongeskeer, sy hare deurmekaar, 'n effense frons op sy voorkop met 'n vuil T-hemp wat plek-plek geskeur is, ontwerperstoppels wat nou al in 'n baard omsit, en oë wat kyk maar nie behoorlik raaksien nie. Net 'n doodgewone man wat nie weet wat om met sy hande te maak nie en wat soos 'n dom skoolseun wag dat sy iets moet sê.

"Dankie, Tristan," sê sy.

"Waarvoor?"

"Sommer net."

Hy knip sy oë asof hy haar gesig in fokus probeer kry, staan dan op en steek sy hand uit. Sy staan op. Hy kyk na haar gesig en vee met sy hand oor haar vel asof hy die kontoere van haar gesig wil voel en onthou.

"As jy my nodig het – as jy enigiets soek, bel my, Tristan."

"Met Kerneels hier by my is ek oukei." Hy lig sy hand in 'n groet. "Dankie dat jy saamgekom het."

"Dankie dat jy my genooi het."

Sy stap deur toe en maak dit oop. Hy staan steeds op dieselfde plek. En dan, skielik, onverwags: "Erika."

Sy draai om. "Ja, Tristan?"

"Iemand moet hiervan weet. Wat als gebeur het. Eendag."

Sy is nie heeltemal seker wat hy daarmee bedoel nie, maar sy vra nie verdere vrae nie. Knik net. Los die deur oop, waai een keer met haar hand en druk dan die hysbak se knoppie.

Die kat skuur teen haar bene. Die hysbak arriveer en sy stap in.

Toe sy terugdraai, het Tristan reeds sy voordeur toegemaak.

NEGENTIEN

Tristan staan met sy rug teen die deur. Dit is donker in die vertrek, donkerder as tevore. Hy kan steeds lig van donker onderskei, maar die donkerte neem nou oor. Dit is meer donker as lig.

Die finale slag was toe 'n oogspesialis agt maande gelede vir hom gesê het dat sy blindheid onomkeerbaar is. Dat geen operasie of behandeling meer iets daaraan kan verander nie.

Toe het hy elke oomblik van elke dag eers behoorlik begin waardeer. Die eerste ding wat hy gekoop het, was die rooi malvas wat hy in die potte in die daktuin geplant het. Asof spesiaal vir hom, het hulle feitlik dadelik begin blom en nooit opgehou nie. Hy het dit gereeld gesnoei, sodat die rooi blomme weer en weer uitgeloop het en hom elke keer begroet het as hy by sy woonstel aankom.

Hy kon aanvanklik nog bestuur, want hy kon goed sien. Maar sy oë het later so sensitief vir lig geraak dat hy feitlik permanent 'n sonbril moes dra. Die ergste was die kameraflitse wanneer hy afgeneem is. Dit het hom altyd tydelik verblind, selfs as jong seun.

Later het hy meestal saans begin uitgaan. Maar toe hy die ongeluk gemaak het, verblind deur die skerp ligte, en sy lisensie opgeskort is na 'n oogtoets, moes hy ophou bestuur.

Die boek in sy laai bevat al die geheime. Almal by wie hy was. Hy het, om die een of ander rede, van elkeen boek gehou – neergeskryf wat gebeur het, maar sonder om ooit sy kliënte se name neer te skryf.

Hy onthou toe hy die nuus oor sy oë gekry het en besef het dat hy nêrens sal kan werk kry nie. Toe hy aanvanklik, soos Kerneels, bereid was om enigiets te doen om geld te maak.

Hy het, nadat hy by Mathilda bedank het, aanvanklik op 'n advertensie in die koerant gereageer wat geplaas is deur 'n eksklusiewe klub wat mans soek om saans saam met vroue uit te gaan. 'n Soort geselleklub met byvoordele. Indien die vroue dan seks wou hê, sou hulle ekstra daarvoor moes betaal. Tweeduisend rand vir die ekstra diens. Vyfduisend vir 'n naweek. Nog meer indien hy sou oorslaap tot die volgende oggend, na gelang van wat presies van hom verwag is.

Die klub was nie te ver van die middestad af nie en hy kon sommer op sy fiets soontoe ry.

Hy was verstom oor wat hy daar aangetref het. Later sou hy hoor dat nie alle "eksklusiewe klubs" só daar uitsien nie, maar hierdie een wel.

Hy onthou die insident soos gister. Dit was 'n doodgewone gebou wat onlangs opgeknap is en darem goed gelyk het. 'n Verveelde, kougomkouende jong man van seker nie ouer as twintig nie het die deur oopgemaak.

Hy kyk Tristan op en af. "Ja?"

"Ek is hier oor die advertensie."

Twee mans stap agter hom verby en giggel toe hulle na Tristan kyk.

"Soek jy blyplek of wil jy net hier werk?"

"Ek het my eie blyplek."

Tristan ruik iets wat poppers kan wees. Ook dagga en olies.

"Ons wil net eers sien of die clients jou gaan like. Stap saam."

Hy volg die man verby kamerdeure wat halfoop staan. In een van die kamers lê 'n getatoeëerde man en speel PlayStation. In 'n ander sit twee en televisie kyk. Hulle kyk vinnig oor hulle skouers toe hy verbystap, som die kompetisie op.

'n Derde kamerdeur gaan oop. 'n Vrou stap bedremmeld uit, vermy sy oë en loop haastig na ontvangs. "Jy het vergeet om te tip, koekie!" skel 'n manstem uit die kamer.

Orals teen die mure is foto's van halfkaal mans, spierbouers en selfs 'n strand waarop mans vlugbal speel.

Hy stap in 'n vertrek in met 'n groot bed. 'n Vrou, wat glad nie lyk na die madams wat hy nog altyd in rolprente gesien het nie, kyk na hom. Hy kan dadelik sien dat sy van hom hou.

"En wat kan ons vir jou doen, handsome?" vra sy.

"Ek is hier oor die advertensie."

"H'm." Sy kyk hom op en af. "Trek jou hemp uit, seun. Terloops, hoe oud is jy?"

"Vyf-en-twintig."

"Lyk nie vyf-en-twintig nie. Eerder negentien. Kliënte hou van ouens wat soos jy lyk."

Hy voel ongemaklik, kry weer 'n suur reuk. Hoor mans wat buite hardop lag. "Sharrap, julle upset die kliënte!" skreeu die vrou. Dit raak stil.

Sy kyk Tristan op en af. "Het jy iets om weg te steek, seuna?"

"Hoekom?"

"Jou broek. Ek wil die ware sien waarvoor my kliënte gaan betaal."

Hy maak sy lyfband los en trek sy broek uit, maar hou sy onderbroek aan. Haar oë beweeg na sy mik. Sy lig haar wenkbroue. "Bliksement! Is dit als jou eie of het jy 'n kous daar ingedruk?"

"Dis my eie."

Sy beduie met haar hand dat hy sy onderbroek moet uittrek. Hy huiwer.

"As jy skaam is, hoort jy nie hier nie. Wys wat jy het of vat die pad."

Hy trek sy onderbroek uit. Haar oë rek. "Penis enlargement gehad?"

"Nee."

"Want twee van my manne het dit probeer, toe loop dinge skeef. Nou sukkel hulle. Sukkel jy?"

"Nee."

Sy stap nader, raak aan sy bors, voel sy maagspiere. Hy ruk toe haar koue hande aan hom raak. "Maak nie saak hoe koud die kliënte se hande is nie, jy maak of dit so snoesig soos 'n baba se kombersie is."

Haar hande beweeg tot onder sy naeltjie, maar hy keer haar. Sy kyk skerp op.

"Wat is jou probleem?"

Hy weet eers nie wat om te sê nie. En toe: "As jy wil voel, betaal jy."

Sy lag. Eers sag, en toe word dit 'n harde lagbui. "Daai good looks en nog houding ook! Luister, boetie. Hier is almal dieselfde. Ek toets eers die ware voor ek ja sê. Ek vat sestig persent van jou fooi, jy kry veertig persent. Geen dwelms, geen gekroek. Ek sal weet as jy kroek. As jy 'n tip kry, is dit joune, daarom moet jy uithaal en wys. Nie dat jy in daardie departement enige probleme sal hê nie. En jy moet both ways gaan. Die manne kies later regulars. Jy kan maklik 'n regular word."

"Ek doen nie mans nie."

"Wel, jy gaan nie 'n keuse hê nie. Hier kom vroue, maar dis eintlik mans wat die agency besoek."

"Maar die advertensie sê dan . . ."

"Jy moet jou oë oopmaak en tussen die lyne lees, boet."

Tristan dink nou aan die ander mans wat hy in die gange en in die voorportaal gesien het. Puisiegesig-seuntjies met maer lyfies vol tatoeëermerke. Een met soveel jel in sy hare dat sy kopvel eintlik blink daarvan. 'n Ander wat met nerts-stywe jeans op die bank gesit het, sy mik uitgestal vir almal om te sien.

"Jy service wie ook al hier inkom."

Hy staar na haar, voel die bloed in sy gesig opstyg. Iewers weer die harde gelag. 'n Deurklokkie lui.

Tristan trek sy klere aan en stap deur toe. Die vrou staar hom verstom aan.

"En nou?"

"Ek is by die verkeerde plek."

"Hier kom girls ook. Of ek kan jou na 'n plek toe stuur waar die ouens net girls doen. Maar ons doen albei! Ons stuur ouens na strip-paarties en seks-ekspo's in Sandton by huise. Daar sal jy genoeg clients kry!"

Hy stap na die voordeur toe. Teen hierdie tyd het al die deure oopgegaan en staar die manne skaamteloos na die drama wat hom hier afspeel. Hy stap by hulle verby. Twee mans klap hande, 'n ander fluit.

"Ek fire al julle gatte!" skreeu die vrou.

Tristan pluk die buitedeur oop. 'n Verskrompelde vrou deins terug.

Vir 'n verandering geniet hy die stadslug. Dit ruik beter as die suur seksreuk hier binne. Hy draai om en kyk na die eienares agter hom. Die ander mans verdwyn weer in die kamers. Die vrou wat die klokkie gelui het verdwyn om 'n hoek.

"En moenie jou eie agency probeer oopmaak nie. Ek sal sorg dat jy dood gebliksem word!" skreeu sy.

Dit is waar die idee werklik posgevat het om homself uit te verhuur. Dit, en sy ervarings in Europa.

Hy het destyds nog by Mathilda gewerk, maar hy het geweet dat daardie fonteintjie ook sou opdroog. Dat sy die een of ander tyd haar prys sou opeis, en hy was nie bereid om dit te gee nie.

En toe het van die vroue begin aandring op meer. 'n Rit in 'n sportmotor en daarna seks om die transaksie deur te voer. Natuurlik nie almal nie, maar daar was sommige wat maar net te graag op sportmotors se bakwerk seks wou hê. "Soos in die advertensies," het hulle altyd gelag.

Hy het besef dat hulle in hom sien wat hulle wil sien, amper asof hy 'n verlenging van die sportmotor was en van die mag wat hul tjekboeke en bankrekenings gehad het, asook bevryding van hul stug, vervelige mans.

Sy fooi was aanvanklik gemiddeld, gegrond op dié van die agentskap waar hy probeer werk kry het. Maar het hy ook besef dat die seksbedryf, volgens wat hy ervaar het, nie gesofistikeerd genoeg was nie. Dit was steeds iets om voor skaam te wees – waar vroue en mans plesier gekry het by 'n skelmpie saans voordat hulle huis toe gaan. Quickies met gepaardgaande skuldgevoelens, en die vinnige, tydelike verligting van seksuele spanning.

Hy het aanvanklik geadverteer. Maar later was dit nie meer nodig nie. Vroue het mekaar van hom vertel.

Elke vrou was vir hom spesiaal. Die mooies, die maeres, die oorgewig vroue, die ouer vroue, die gefrustreerdes, dié wat nog nooit orgasmes ervaar het nie, dié wat nie in seks belanggestel het nie maar net 'n gesel wou hê, ander wat net wou praat, en ook dié wat romanse in plaas van seks gesoek het – elkeen was 'n uitdaging, 'n herbevestiging van sy krag en sy manlikheid en die krag van seks en die vrees vir eensaamheid.

Die vroue wat hom gekies het, het belangriker en ryker en invloedryker geword. En week na week het sy sig stadig maar seker agteruit gegaan, veral nadat hy by Mathilda weg is.

En toe die ongeluk op pad terug van 'n kliënt af.

Later die oproepe. Vroue wat wou hê hy moet terugkom na hulle toe. "Nadat 'n mens by jou was, kan jy nie weer by iemand anders wees nie. Jy het seks vir ons bederf!" het een oor die telefoon uitgeroep.

En 'n ander: "Niks kom naby die plesierengel nie. Ek sal jou enigiets betaal om terug te kom. Enigiets."

Of: "Ek wil jou my seksslaaf maak. Ek wil jou elke dag hê. Noem jou prys, ek sal dit betaal."

Hulle het hom begin teister sodat hy twee keer sy selfoonnommer moes verander. Soveel vroue wat ongelukkig was, soveel onvervulde begeerte, soveel hunkering.

Daarom het hy graag gaan kuier by Lance en Sheila wat gelukkig was, en by hulle vriende, net om gelukkige paartjies sonder probleme te ervaar.

Toe, meer en meer en meer oproepe en boodskappe, tot hy later net op SMS'e gereageer het en sy werk-selfoon al minder begin antwoord het.

Hy hoor die hysbakdeur buite oopskuif. Dit moet Kerneels wees, hoewel hy hom nie so vroeg terug verwag nie. Hy druk sy sonbril vas op sy neus, maar stap in die muur vas op pad kombuis toe.

Die voordeur word nie oopgesluit nie. Sou Kerneels dalk 'n wegneemete gekoop het en dit sommer in die daktuin eet?

Tristan loop tot in die kombuis, stamp liggies aan die tafel en buk terwyl hy na 'n pot in die kas soek. Alles smelt nou inmekaar, maar hy weier om dit te aanvaar – soek koppig voort na die pot.

Hy vat dit uiteindelik raak en staan regop. Hy draai die kraan oop en tap water in terwyl hy na die stoofknop soek sodat hy die voorste plaat kan aanskakel.

'n Geluid. Hy draai sy kop. Steeds niemand by die voordeur nie.

Water in die pot. Hy luister na die geluid. Toe sit hy dit op die stoof. Iewers onder in die straat breek 'n geveg uit, want mense raas en motors toet.

Hy stap na sy voordeur toe om uit te vind hoekom Kerneels nie inkom nie, sy sonbril op teen die skerp son.

En as hy buite kom? Gaan hy genoeg kan sien om te registreer waar Kerneels is?

Vir 'n oomblik flits dit deur sy gedagtes dat daar dalk onwelkome besoekers kan wees, maar hy skud die gedagte af, weier om geterroriseer te word.

Hy haal die slotte af en maak die deur oop. Donker en

ligte flitse. Spikkels tussen hom en die beelde. Hy kyk af.
Die kat sit nie oudergewoonte voor die deur nie.

"Kerneels?" Hy skerm die sonlig van sy bril en gesig af en
probeer uitmaak of die seun op een van die stoele sit. Hy is
vies omdat Kerneels nie dadelik ingekom het nie.

Hy onthou nou dat hy eendag, toe daar 'n sonsverduis-
tering was, deur 'n gerookte glas na die son gekyk het. 'n
Maat het hom uitgedaag om sonder die glas te kyk. En on-
danks die feit dat sy pa hom gewaarsku het, het hy die glas
verwyder en met sy oog direk in die son gekyk.

Hy sal nooit daardie verblindende sonlig vergeet nie. Hy
het sy oë geknip-knip en weer deur die gebrande glas ge-
kyk, maar kon momenteel niks sien nie. Daar was net spik-
kels, kolle, donker vlekke.

Dit voel nou weer so – die buitelyne van die tuinmeubels
en die muurtjie vaag deur die donker brilglase.

"Kerneels?"

Die hysbak vertrek. Tristan draai om en verwag vir Ker-
neels.

Twee figure langs die deur. Hulle storm op hom af. Dit is
te laat om terug te vlug in sy woonstel in. Hy duik instinktief
plat. Die twee mans loop die tuinstoele uit die pad. Asof van
nêrens verskyn daar nog een wat voor sy deur gaan staan.

Tristan hardloop in die rigting van die trappe. Iemand op
die trappe probeer sy voete onder hom uitduik. Hy tuimel
oor hom, val op die vloer, spring op en struikel met die trap-
pe af. Hy het net daarin geslaag om die aanslag af te weer.
Die man storm agter hom aan. In die skemerte kan Tristan
net-net sy silhoeët uitmaak. Hy skop die man instinktief in sy
maag. Van nou af sal hy slegs instinktief kan reageer.

Strompel-val met die trappe af na die negentiende ver-dieping toe. Agter hom manstemme, onthou hy Kerneels se waarskuwing van die manne wat hulle dopgehou het.

Die laaste trappe pootjie hom. Tristan struikel en val. Hy rol om en mis die muur met sentimeters. Hy kon hom in sy vaart bewusteloos daarteen gestamp het. Hy hoor die voet-stappe agter hom. Hy spring orent, swart vlekke voor sy oë. Hy sien moeilik, maar maak tog deure se vorms uit. Die negentiende verdieping word nog nie bewoon nie.

Daar is winkelpoppe in die gang. Hulle lê oormekaar en is plek-plek opgestapel. Kaal winkelpoppe met af arms en skeefgedraaide koppe en mankolieke voete wat sy vlugroete na ander kamers afsper.

Tristan val oor van die poppe. In die skemerdonkerte sien hy die kaal arms en gesigte en bene. Hy strompel tussen die poppe deur. Sy sonbril val af en die lig wat deur die venster aan die onderpunt van die gang stroom, verblind hom.

Verder vorentoe. Die arms en bene steek in sy gesig, die potsierlike liggame stuit sy val toe hy weer omtol. In die ske-merdonkerte kan hy nie sy aanvallers van die kaal poppe se arms en bene onderskei nie.

Sy kop slaan toe. Hy weet nie wat om te doen nie. Voet-stappe kom nader. Hy klouter oor die poppe, gly oor hulle, voel oor hulle vorms en lywe, skop die arms en hande uit die pad en ruk 'n deur oop.

Die vertrek is leeg. Hy probeer die deur sluit, maar sy vingers vat slegs 'n skuifslot raak. Hy skuif die slot in die lippie, hardloop vorentoe, sien nog 'n deur wat na 'n ander vertrek lei en beweeg in daardie rigting.

Agter hom word die deur oopgeskop. Mans skreeu. Hy

nael na 'n ander uitgang, pluk dit oop en voel hoe winkel-poppe oor hom val. Iemand kry hom aan sy voet beet.

Tristan skop die man, wat swets en agteroor val.

Nog iemand gryp hom, maar Tristan swaai om en skop hom in die gesig. Hy klouter oor die poppe, maar omdat hy feitlik nie meer kan sien nie, weet hy nie wat is 'n pop en wat 'n aanvaller nie. Hy tas rond om 'n wapen raak te vat, maar daar is niks nie.

Hy draai weer om, koes vir die grypende hande, duik een van die mans uit die pad, voel die poppe se lywe en arms en bene om hom en slaan 'n aanvaller dat hy steier en teen 'n muur beland. Nog poppe val om.

Maar dan sak nog figure met mening op hom toe. Ver-skeie mans gryp hom vas en druk hom tussen die poppe in. Hy beland met sy mik in 'n winkelpop se gesig en gee 'n kreet van pyn.

Die mans swets, skel en vloek op hom. Een van die aan-vallers hoes en spoeg op hom. 'n Ander skreeu dat hy sy kakebeen kon gebreek het. Hulle pak hom behoorlik.

Die grootste man druk hom weer op plat op sy maag. Hy voel die pop se gesig versplinter onder sy mik. Sy aanvallers druk sy hande vas en vloek op hom.

Twee ander pluk sy broek en onderbroek af, skeur sy kle-re, druk hom weer teen die grond vas en swets. Hulle spalk sy bene oop en hou hom vas.

"Jy wil nie hoor nie, hoer. Vandag gaan jy voel."

Een van hulle pluk sy kop orent. "Kyk. Sien jy hierdie?" Tristan kan nie behoorlik fokus nie. Hy word teen sy kop geklap, wat al die beelde uitdoof sodat daar nou slegs duis-ternis is, maar hy verloor nie sy bewussyn nie.

"Niks Vaseline vir jou nie, maatjie. Ons doen dit sommer so tjop-tjop on the go."

Sy bene word verder van mekaar af oopgeruk. Een van die aanvallers druk iets teen sy gesig. Hy voel glas.

"Jy's mos gewoond aan tricks, is jy nie, jou hoer? Nooit gedink mens kan 'n Coke-bottel so gebruik nie, het jy?"

Nou besef hy wat hulle wil doen. Iemand klouter oor hom, ruk sy kop op en hou 'n masjien voor sy gesig. Dit is 'n tatoeëermasjientjie.

Tristan ruk sy kop weg, maar die man beveel 'n makker: "Hou sy fokken kop vas! En check daai car battery, dat die ding kan werk!"

Iewers word iets ingedruk en die masjien begin te zoem. Die man gryp Tristan se kop in 'n wurggreep vas.

"Ons gaan net vier letters op jou gesiggie skryf met hierdie masjien, pretty boy. *HOER*. In hoofletters. Oor jou voorkop sodat dit daar staan vir almal om te sien."

Die man voor hom buk laer af, kry Tristan aan sy hare beet en pluk weer sy gesig op, die zoemende masjien nou naby sy oë.

"My girlfriend het jou gefokken huur toe ek nie meer genoeg vir haar was nie. Nou wil sy my nie meer sien nie, fokker. Ek mag nie meer aan haar vat nie en dis jou skuld! Ek hoop jy kry Aids!"

En 'n ander: "My suster se hele lewe is opgefok deur jou. Sy wil niemand anders as jy sien nie. Toe sê sy jy wil nie terugkom nie. Doen haar een keer en drop haar. Sy het probeer om haar polse te sny, jou bliksem!"

Hy klap Tristan deur die gesig sodat wit flitse deur die donkerte spat. Dan weer die masjien naby sy gesig.

LEON VAN NIEROP

"Hou hom vas dat ons mooi prentjies op sy gesig kan teken."

Tristan probeer sy kop skud, wil praat en sy gesig wegruk, maar die mans is te sterk. Een van hulle sit bo-op sy rug en druk sy hand oor sy mond. "Jy maak te veel geraas, bliksem. Sharrap!'

Die tatoeëermasjientjie is nou teen sy gesig. Tristan probeer skreeu, maar die hand verhoed hom.

"My girlfriend het gesê ons moet *WHORE* skryf. Dis meer letters. Sy voorkop is groot genoeg. Maar hy is mos 'n boer. *HOER* is Afrikaans."

"Dan moet ons sommer *JO'BURG* op sy piepie ook skryf as ons met sy gesig klaar is. Dan word dit sommer Johannesburg as hy weer 'n vroumens gryp. Een van ons girlfriends. Ons vroue. Ons susters wat jy opgefok het!"

Hy voel steeds die bottel teen sy gesig, maar kan nou niks sien nie.

Sy bene word weer oopgeruk, die vloer koud en nat en vol splinters onder hom. Hy hoor hoe een van die mans sy gulp se ritssluiter hier bokant hom aftrek. Tristan maak sy oë toe, skud sy kop, probeer losruk, maar die mans is te sterk. Steeds die gezoem van die masjien hier by sy voorkop.

Dan voel hy die warm urine oor hom spat. Die mans lag. Die stinkende vloeistof loop oor sy rug en drup op die vloer. Die mans bulder nou soos hulle lag.

"Wag. Laat ek sien hoe goed ek kan mik. Kom ons gee die bliksem nog 'n golden shower. Pluk sy mond oop!"

Een van die mans probeer sy mond oopsper. Tristan byt, baklei, voel die urine in sy gesig spat, proe dit in sy mond, voel dit oor sy oë stroom.

"Nie nou so 'n pretty boy nie, is jy?"

Hulle druk hom weer op die vloer. Tristan maak sy oë toe en probeer vir oulaas losruk.

"Soebat, boetie, soos die girls jou gesoebat het. Moan soos my suster glo gemoan het. Na net een sessie los jy hulle. Dan kla hulle dat hulle jou nie kan vergeet nie. Ons gaan jou dieselfde 'sessie' gee. En jy gaan dit ook nooit vergeet nie. Dalk gaan jy ons soebat om terug te kom. Dieselfde skade wat jy aangerig het, gaan ons nou aan jou doen."

Van hulle is Mathilda se manne, besef hy. En hy wonder skielik of Mathilda dalk daar iewers staan en kyk.

Alles is nou genadiglik swart. Die donkerte waarvoor hy so bang was, skerm die werklikheid van hom af weg.

"Soebat, bliksem, soos hulle jou gesoebat het!"

"Fok jou!" sê Tristan.

Hy word teen die kop geslaan en die pyn spat deur sy kop. Hy maak sy oë oop, maar sien net donkerte. Urine drup uit sy hare oor sy gesig, loop by sy mond in. Hy is ook daarvan bewus dat hy in urine lê. Een van die mans stamp sy knie tussen Tristan se bene in en hy sis: "Kom, swaer. Hy is groot, hierdie bottel. Kyk hoeveel van hom jy kan vat voor hy breek!"

'n Ander stem lag. "Dalk is hy 'n holnaaier! Het hy al bietjie geoefen. Doen hy dalk nie net ons vroue en ons girlfriends nie! Kan hy die bottel vat. Wat van daai moffie wat saam met hom bly?"

Hy voel die bottel se kop teen sy anus. Dan die drukking. Iemand wat dit in hom probeer stamp. Hy skreeu.

"Soebat, jou bliksem. Soebat!"

Tristan byt op sy tande en spoeg die bloed en urine uit sy mond. Weer die stamp. Hy skreeu. Dan hou hy op met spartel en besef hoe meer weerstand hy bied, hoe erger gaan die pyn wees.

Hy byt weer op sy tande om die kreet te keer, die zoemende masjien nou teen sy voorkop.

In die donkerte flits dinge voor sy geestesoog verby. Sy pa wat selfmoord gepleeg het, en een na die ander die vroue se gesigte voor hom, vroue wat gesê het hulle het hom lief, die ekstase in hul oë. Gesigte wat uit fokus gegaan het, swart spikkels soms voor gesigte, die verblindende felheid van die son as hy nie sy sonbril opgehad het nie. En Erika. Erika wat hy te laat ontmoet het. Hy weet dat hy hierna nie sal kan voortgaan nie.

Die drukking teen sy anus. Die masjientjie hier teen sy gesig. Onthou hy die skildery. Sheila wat die hele tyd geglimlag het terwyl sy hom geskilder het. "Mens sou maklik op jou verlief kon raak, Tris. Jy is soos 'n flippen engel, dude. G'n wonder Lance hou nie op met praat oor jou nie. Jy is van 'n ander planeet. 'n Alien. Jy kort net vlerkies. Smile, dan lyk jy vriendeliker op die painting. Toe, smile nou."

Maar hy het toe reeds geweet dat hy dieselfde pad as sy pa gaan loop. Dat die groot donkerte oor hom gaan toesak. En dat hy nie van iemand anders afhanklik wil wees nie.

"Soebat, jou hoer! Sê jy is jammer."

Is Mathilda daar? Staan sy en kyk? Lag sy? Is sy dalk deel van hulle? Iewers 'n hand wat oor sy boude en sy rug streel. Iemand wat aan hom vat. Hy ruik parfuum. Weet dit is dalk sy. Voel haar vingers oor sy rug. Dit beweeg oor sy heupe en onder sy liggaam in. Hy ruk, skreeu, probeer wegbeur, maar die bottel word net stywer teen hom gedruk.

Die volgende oomblik gil 'n vrou, word die hand weggeruk, is daar 'n harde klapgeluid. Iewers skreeu iemand. Die drukking van die bottel word verlig. Hy slaag terselfdertyd daarin om op sy rug te rol. Vlekke en kolle stippel voor sy oë. Hy sien flitse lig.

Daar is nou meer figure. Iemand slaan die man bokant hom met 'n voorwerp, dalk 'n plank, miskien 'n baksteen. Nog iemand word geskop en vou inmekaar.

Een van die mans spring op en begin hardloop. Die ander strompel weg. Tristan gly in iets en besef dat dit bloed is. Weer 'n hou en 'n gil. Dowwe figure uit fokus storm-val by hom verby. Hy hoor hoe een van hulle met die trappe afrol. Ander skreeu. Weer 'n vrou wat gil. Mense van die onderste verdieping begin roep. Tristan lê op sy rug en voel die bottel langs hom. Hy stamp dit met sy liggaam weg.

"Tristan!" Hy herken Kerneels se stem. "Is jy oukei!"

"Call the police!" roep iemand van die onderste verdieping af.

"There's a woman with a gun!"

"Are you okay, buddy?" 'n Ander stem langs Kerneels.

"Tristan?"

Hy voel hoe Kerneels hom optel en die bottel eenkant toe skop. Kerneels se handlanger trap die tatoeëermasjien flenters sodat die gezoem ophou. Sy weldoener is groot, sien Tristan teen die ligflitse. En deur die newels dink hy: 'n Muscle-mary, soos Kerneels hom sou beskryf.

"Het hulle jou seergemaak, Tris?"

Hy skud sy kop.

"Toe ek hier bo kom, hoor ek die kalawa. Ek en my twee buddies het gevoel iets is fout."

Toe verloor Tristan sy bewussyn.

TWINTIG

Erika jaag deur die middestad. Sy gehoorsaam nou taxi-reëls: daar is dus geen reëls nie. Sy jaag by die Plaza-gebou verby, maar daar is nie parkering nie. Daar staan baie polisiemotors voor die gebou.

Die enigste parkeerplek is twee blokke daarvandaan. Sy los haar motor daar en hardloop in die rigting van die gebou.

"I guard your car!" skree 'n parkeerwag.

Toe sy om die hoek kom, sien sy hoe Mathilda saam met vier mans in 'n vangwa gelaai word. Maar sy steur haar nie daaraan nie. Sy storm na die deur toe en pons die kode in wat sy nog onthou.

'n Blommeverkoper wat voor die gebou gesit het, kom met rose aangestap. "Flowers, Madam?"

"No, thank you."

Die deur glip oop. Sy pyl op die hysbak af. Dit staan gelukkig oop op die grondverdieping. Sy druk die knoppie onder *20*. Die hysbak ruk weer en kom in beweging.

Wanneer sy bo kom, stamp sy ongeduldig aan die deur wat oopgaan nog voordat die hysbak behoorlik gestop het. Sy hardloop na Tristan se deur toe.

"Tristan!" skreeu sy.

Die jong man met wie hulle vanoggend in die straat gepraat het, maak die deur oop. Vir 'n oomblik ontgaan sy naam haar.

"Waar is hy?"

"Hy's oukei. Hy's in die bed."

Sy storm in, kyk vinnig rond en sien dan die slaapkamer. Tristan lê op sy maag.

"Hier was 'n dokter wat hom gecheck het. Ek het julle gewaarsku daar is ouens wat julle uitcheck. As ek en my buddies 'n bietjie later gekom het . . ." Kerneels beduie: "Vyf net sulke moerse paloekas het hom gepak. En daar was 'n tannie ook. Hulle het 'n bottel in hom probeer opdruk."

Skok vloei deur haar. "Wat?"

"Ek het 'n baksteen gegryp en die grootste ou stukkend gemoer. Toe tackle my buddies die ander. Gelukkig het mense van die agttiende verdieping af ook die kalawa gehoor en die polisie al vroeër gebel."

Sy gaan sit langs Tristan op die bed. Sy oë is toe.

"Tristan?"

"Erika."

"Hoe voel jy?"

'n Grinnik. "Ek dink my ego het seerder gekry as my lyf."

"Jy moet in 'n ander plek gaan bly."

Hy skud sy kop. "Ek het jou gesê ek doen myself aan niemand anders nie. Ek is oukei hier."

Hy maak sy oë oop en soek skynbaar na haar beeld. Hy druk haar hand.

"Wat's dit?" vra sy, want sy kan sien hy wil iets sê, soek steeds met sy oë na haar.

"Jy het mos gesê ek moet my sondes bely."

"Dit was by wyse van spreke."

"In elk geval, daar was nie tyd nie. Hulle het dit sommer vir my gedoen."

"Het jy inwendig seergekry?" Sy is eintlik te bang om te vra.

"Gelukkig nie. Kerneels het net betyds opgedaag." Hy lig

homself, draai op sy rug en kyk in haar rigting, maar sy oë met daardie vreemde skeel kyk staar verby haar.

Kerneels kom in met twee glase koeldrank. Erika staan op.

"Dankie."

"Waar's jy, pel? Wat maak jy?" vra Tristan.

"Soek nog bakstene om die rapists mee te bliksem!" lag Kerneels.

"Dankie, Kerneels."

"Pappie! Ek het nooit gedink ek sal jou kan repay vir die losies hier nie. Ek hoop hierdie is darem genoeg vir 'n maand se squat?"

"Dis genoeg vir 'n hele paar maande se verblyf. Ek het vooruit betaal."

Kerneels plaas die glas in Tristan se hand. "Ek het een van die ouens gevra om hier onder te bly, net in case iemand terugkom."

"Hulle is gearresteer. Hy kan maar huis toe gaan."

"Ek like hom nogal," grinnik Kerneels.

"O. Wees net versigtig, oukei?"

"Oukei," lag Kerneels.

Skielik sit hy sy arms om Tristan en druk hom vas. Toe loop Kerneels uit. Met die verbystap sien Erika dat hy huil.

"Is jy seker jy't nie seergekry nie?" vra sy.

Tristan draai sy kop in die rigting van haar stem. "Terwyl ek daar gelê het, het ek gedink dat niks erger met my kan gebeur nie. Eers my oë, nou dit. Maar ek het dit seker verdien."

"Geen mens verdien so iets nie, Tristan!"

"Maar weet jy wat?"

Sy skud haar kop.

"Ek het gedink die ergste wat met my kan gebeur, is om sonder jou te wees."

Erika lag 'n bietjie. "My onderwyseres sou langs my opstel geskryf het: 'Purple prose!' Of mooiskrywery. Moenie sulke goed sê nie."

"Maar jou onderwyseres is nie nou hier nie. En hou op om te dink hoe ander mense jou sien en wat hulle van jou dink. Jy is net wie jy is. Jy hoef nie by my of enigiemand aan te pas nie."

"Dankie."

Erika kan vir 'n lang ruk nie praat nie. Sy streel later oor sy voorkop.

"Ek kan steeds nie sê ek verstaan heeltemal hoekom jy doen wat jy doen nie . . . Miskien wil ek nie verstaan nie. Maar . . . ek dink dis tyd dat jy rus."

'n Effense glimlag. "Ek het nie 'n keuse nie. Ek funksioneer nie meer nie."

"Jy wat?"

"Die laaste girl. Alles aan my wou nie saamspeel nie, vir die eerste keer in my lewe."

Sy lag. "Dankie vir daai inligting."

"Jy's reg. Partykeer is iets so sleg, jy kan net lag daaroor. Stel jou voor. 'n Plesierengel sonder sy plesierspier."

Hulle lag, maar dis 'n gedwonge, donker geluid.

"Moet ek jou ma bel?"

"Nee. Hoe minder sy weet, hoe beter. Ek dink in elk geval sy het my afgeskryf. Kan nie hanteer wie ek is en wat ek gedoen het nie."

"Weet sy van jou oë?"

"Sy weet natuurlik, veral na aanleiding van my pa. Maar sy weet nie hoe ver dit al gevorder het nie. En moenie weer voorstel dat ek na haar toe gaan en gaan praat nie. Daar is nie 'n manier nie."

Erika knik. Kerneels loer weer om die deur.

"Kan een van my buddies maar 'n koeldrank kom drink?"

"Natuurlik. Maar julle krap nie om nie!"

"Reg so, Tris." Kerneels fluit. "Hei, dude. Kom in, die baas het gesê ja!"

'n Groot man kom ingestap met 'n pet op sy kop. Hy haal dit af toe hy Tristan sien. "Hi."

Tristan se kop draai in sy rigting. "Thanks, pel. Ek skuld jou."

"Bly ek kon help." Hy beduie in Kerneels se rigting. "Dit was eintlik jou lodger wat die meeste gehelp het. Hy het daai ouens gedonner of dit die laaste ding is wat hy doen." Die man kyk verskonend na Erika. "Ekskuus my Frans."

"Ek kan buitendien nie Frans praat nie," glimlag sy.

"Cool," knik die man en verlaat die vertrek.

Hulle praat vir 'n lang ruk nie. Sy neem sy hand.

"Erika. Iemand moet met Kerneels se pa gaan praat. Ek glo nie hy sal na my luister nie. Ek weet jy's dalk nie baie lus om dit te doen nie, maar miskien kan jy help?"

Sy knik. "Hoewel ek al tevore met sulke gevalle te doen gehad het. Baie pa's kan nie daarmee vrede maak nie. Hulle aanvaar hul seuns nooit weer nie en verrig meer skade in die proses as wat hulle besef. Maar ek sal probeer."

"Ons bly eintlik in 'n liefdelose gemeenskap."

"Vertel jy my?!" lag sy. "Daarsonder het ek nie werk gehad nie." En as 'n nagedagtenis: "Of jy nie."

"Maar dis nou verby."

Hy lig hom teen die kussings om meer plek te maak vir haar om te sit.

"Waaraan dink jy?" vra Erika.

"Of jy aan gelukkige eindes glo?"

"Hoekom vra jy dit?"

"Ek het nie."

"En nou?"

Hy draai sy kop. "Mens kan net hoop."

Hulle luister hoe Kerneels en sy nuutgevonde vriend vrolik gesels en lag.

Tristan gooi die kombers van hom af. "Gelukkig het Kerneels my onder die stort gedruk toe ek my bewussyn herwin het, anders sou jy nie die stank kon uitstaan nie."

Daar is merke aan sy gesig. Hier en daar wys nou 'n blou kol. "Maar ek dink ek het weer 'n stortsessie nodig. Voel nou nog vuil en . . ." Sy gesig word ernstig, asof hy weer onthou wat gebeur het.

"Ek weet jy glo nie aan wat ek doen nie, Tristan. Maar . . . as jy wil praat . . ."

"Het ek sommer my eie kopdokter. Moet net nie dink ek gaan betaal nie." Hy lag, maar dit is nie die hartlike lag waaraan sy gewoond is nie. "Ek is oukei, Erika. Glo my. Ek het nie nodig om te praat nie. Buitendien, daar bly niks oor om te sê nie."

Hy knip-knip sy oë. Sy staan op om hom te help, maar hy keer haar.

"Nee. Ek kan darem nou weer lig en donker onderskei. Daai hou teen my kop het skynbaar weer iets reg geneuk."

Kerneels kom nadergestap toe hy Tristan se stem hoor.

"Het jy al weer al die warmwater opgebruik?" vra Tristan.

"Pappie, ek't vir lank nooit warm water gevoel nie. So, as ek dit die slag voel soos hier, dan hou ek dit. Maar ek het darem nog bietjie vir jou gelos."

Tristan stap badkamer toe. "Hou die meisie geselskap."

Oomblikke later hoor hulle die water.

"Jou pa," sê Erika vir Kerneels.

Kerneels grinnik. "O, het ou Tris jou van hom gesê?"

"Ja. Wil jy daaroor praat?"

"Erika. Dis oukei as ek jou so noem, hú?"

Sy knik.

"Luister, girlfriend. Daar is party dinge wat kopdokters nie kan regmaak nie, en my pa is een van hulle. Nog part and parcel van die oumense wat nie vergewe en vergeet nie, nes my oupa. Ken net een pad en dis die highway. En as jy nie op daai pad is nie, is jy nie meer sy seun nie. So, drop-pit. Ek's oukei. Ek kan vir myself sorg. En buitendien, ek het nou 'n job. En Tris het mos gesê ek kan vir 'n ruk hier bly. Nou foeter ek maar voort. Ek en Vincent." Hy beduie na die man wat op 'n vensterbank sit.

"Piele!" sê Vincent.

"Maar ek kan probeer."

Kerneels raak ernstig. "Jy kan try. Maar ek weet nie so reg nie."

Later kom Tristan terug uit die stort. Hy dra 'n sweet-pakbroek en 'n los T-hemp. Hy beduie haar na die kombuis. "Ek was besig om pasta te maak, toe word ek . . . e . . . wreed onderbreek." Sy gesig raak ernstig. Hy praat nie verder nie.

"Ek is nie honger nie."

"Ek gaan nogtans maak."

Kerneels beduie na sy vriend. "Ons gaan bietjie strate toe, oukei?"

"Jip. Moet net nie verder in die moeilikheid beland nie!"

Albei lag en loop by die deur uit.

Ten spyte van die feit dat sy gesê het sy wil nie eet nie, maak Tristan pasta.

Hulle gesels weer oor die aanranding en elke nou en dan bly hy in die middel van 'n sin stil. Dan hou hy op met uie kerf, knip sy oë asof hy die lig wil terugdwing en die donker probeer verdryf.

"Sit vir ons kitaarmusiek op?" vra hy.

'n Halfuur later skep hy vir haar in. Sy wil die stoel oor-kant hom uittrek, maar hy beduie dat sy langs hom moet kom sit.

Tristan kyk lank na haar voordat hy begin eet. Hulle praat nie, kyk net na mekaar. Hy steek die vurk in die pasta en hou dit na haar toe uit. Sy eet daarvan.

"Nie geweet jy is so 'n goeie sjef nie."

"Ek ook nie." Hy laai die tweede vurk vol en steek dit in haar mond. Dan gebruik hy dieselfde vurk en rol vir homself pasta op. "Ek het vir soveel maande net gesonde kos geëet dat ek vergeet het wat ek als kan maak. Hoe kos eintlik kan smaak." Hy staan op en loop na 'n kas toe. Sonder om te vra of sy wil hê, maak hy 'n bottel merlot oop.

Hy skink twee glase driekwart vol en gee hare aan.

Hulle klink glase. Sy luister na die kitaarmusiek.

Met sy oë toe, suig hy aan sy wyn, speel met sy hand oor die glas se rand.

Sy en Tristan praat lank, sommer oor alles. Sy dink dat die onderwerpe gaan opraak, maar hulle praat soos twee mense wat honger is vir woorde.

Hy staan later op en dra die borde wasbak toe. Hy loop in 'n stoel vas en laat amper die borde val. Sy help hom.

Hulle pak die borde in die wasbak. Sy draai die kraan oop en gooi skottelgoedseep in. Sy vee eers die borde skoon. Die water is lekker warm oor haar hand. Hy maak skielik die kraan toe en draai haar om na hom toe.

Erika is in sy arms en hy soen haar. Sy soen hom terug en hou hom baie, baie styf vas.

Hulle staan lank so en soen, sy liggaam styf teen hare.

Die kitaarmusiek het opgehou.

"Luister," sê hy, "die stad gaan slaap."

Hy is reg. Die verkeer maak minder geraas. Sy hoor 'n saksofoon iewers. Dit is mooi en baie romanties.

"Die man hier oorkant my het 'n kamera, neem my partykeer af, groet selfs partykeer. En as hy baie alleen word, speel hy die saksofoon tot die bure hom stilmaak."

Jong stemme lag iewers. "En onder hom is 'n klomp Witsstudente. Paartie deur die nag, slaap bedags. Staan en vry op die dak hier oorkant, dans, sing, doen als wat ons gedoen het toe ons jonger was."

"Ek het nooit eintlik gedans en gesing nie."

"Dan weet jy nie wat jy gemis het nie."

Hy neem haar weer in sy arms, probeer op haar fokus, sy oë soekend na haar gesig. Hy draai haar stadig in die rondte.

"Wat is jou storie regtig, Tristan?"

"Ek dink jy weet genoeg."

"Ek wil net hê jy moet weet. Ek sal na jou kyk, ek . . ."

Hy sit sy vinger op haar lippe. "Ons praat nie oor die toekoms nie."

Sy arms gaan om haar en hy hou haar saggies teen hom vas.

"Erika." Hy druk sy wang teen hare. "Dis 'n baie mooi naam."

"Soos die blomme," glimlag sy.

"En Tristan. Soos die ou wat afgedaal het in die doderyk om sy meisie te kry. Ek dink nou ek weet hoe hy gevoel het."

Hulle dans lank so op die ritme van die stad se gedempte geluide, tot die saksofoon ophou.

Hy lei haar slaapkamer toe, loop teen 'n stoel vas en druk iets uit die pad. Hulle stap by die skildery verby. En sy wil haar verbeel dat die man daarop nou wil-wil glimlag.

Dit raak stil oor die stad. Veraf klink die gebruiklike sirene op. Iewers die drie toete van 'n taxi.

"Kan jy die liggies sien?" vra hy.

"Ja. Hulle is baie helder."

"En die kleur?"

"Neonligte op die Ponte-gebou, die Hillbrow-toring."

"Hier moet meer kleur in die huis kom."

Hy tel haar op en hou haar vas.

Sy trek uit. En hy ook, alles in stilte. Dan gaan lê hulle langs mekaar en begin weer soen. Sy wil praat, iets sê, maar hy soen haar woorde dood.

"Jy praat te veel," sê hy. "Jy praat nog altyd te veel."

Dis koud en hy trek die kombers oor hulle wat hy in Newtown gekoop het.

Baie later hoor hulle Kerneels en Vincent inkom.

Iewers gedurende die nag begin dit reën. Maar dit is nie die hewige Johannesburgse donderstorms wat sy so goed ken nie. Dit reën sag en deurdringend, ongewoon vir Augustusmaand.

Sy staan later op, draai sy kombers om haar en gaan staan voor die venster om na die stad te kyk. Hy kom staan agter haar en druk sy liggaam teen hare. Hy draai haar om en help haar om op die vensterbank te sit. Haar arms glip om hom. En vir die soveelste keer maak hulle liefde.

"Vensterbanke," glimlag Tristan.

"Wat van vensterbanke?"

"Sommer waar ek gedink het ek het alles geleer. Maar nou leer ek meer."

Die glas is koud teen haar rug. Hy druk haar vas teen die glas en soen haar weer en weer.

Hy dra haar later terug bed toe en hulle lê net bymekaar, praat soms, raak aan die slaap, praat weer, en soen mekaar.

Toe hulle die volgende oggend wakker word, is die son lankal uit. Sy wil nie opstaan nie en hy wil haar nie laat gaan nie. Hulle lê steeds in mekaar se arms onder sy kombers.

Hulle luister hoe die stad lewe kry. Sy kyk op haar horlosie. Dis al na agt. Sy sal na haar praktyk toe moet gaan. Haar eerste kliënt kom halftien.

Tristan staan op en trek sy sweetpak aan.

"Kerneels en Vincent snork nog soos hulle slaap," glimlag hy. "Sal hom moet wakker maak. Hy begin negeuur werk." Hy fluit vir Kerneels en stap na die voordeur toe.

"Waarheen gaan jy?"

"Ek gaan vir jou blomme koop."

"Wag, ek sal gaan."

Hy skud sy kop. "Ek gaan dit self vir jou koop, terwyl ek darem nog 'n bietjie kan sien. Laat my net dit toe, asseblief, Erika. Ek ken die pad."

Sy wil hom terughou en sê dat blomme nie nou saak maak nie. Maar hy het gesê hier moet meer kleur kom.

Tristan sluit die deur oop.

Die swart-en-wit kat sit by die voordeur. Hy tel hom op en vryf sy gesig oor die kat se lyf. Die dier begin dadelik spin. Erika trek sy japon aan en loop tot by hom.

"Wat sien jy alles?" vra hy met die sonbril op sy gesig.

"Rooi malvas. Grys geboue met tekeninge op. 'n Skin lightener-advertensie op die muur. 'n Stuk graffiti hier op 'n daktuin wat sê: *I am going to live forever. So far I am not doing too badly.*"

Tristan oorhandig die kat aan Erika. Hy soen haar weer lank asof hy haar nie wil laat gaan nie.

"Het ek al gesê dat ek lief is vir jou?"

"Het ek al gesê dat ek lief is vir jóú, Tristan?"

Hy lag. "Hoef ons dit te sê?"

Sy raak aan sy mond, aan sy baard, aan die sagte vel op sy wang.

"Party dinge hoef mens nie te sê nie."

Hy stap na die hysbak toe en struikel effens. Sy wil hom help, maar hy draai om en lag daardie mooi, skoon, oop lag van hom. Dis oukei, beduie hy.

Die kat lig sy lyf asof hy agter Tristan wil aangaan.

Tristan is nou by die hysbak. Hy druk die knoppie.

"Rooi blomme. Ek is mal oor rooi," sê sy.

"Rooi sal dit wees."

Hy voel aan die deur en die hysbakdeur gaan oop. Die kat maak sy rug krom en miaau.

Die malvas teen die muur is nat en rooi en baie mooi.

Tristan stap in die hysbak in. Maar daar is niks. Net 'n gat.

Sy kan nie glo wat sy sien nie. Sy sien sy liggaam in die gat verdwyn. En hoor oomblikke later die dowwe plofgeluid. Sy gil. Agter haar hoor sy Kerneels aangestorm kom.

Erika hardloop na die hysbak toe. Dit is nou besig om op te beweeg. En toe sy in die gat afkyk, sien sy Tristan se lyk bo-op die hysbak uitgesprei lê, sy gesig na boontoe.

Kerneels skreeu, gryp haar en trek haar terug. Die hysbak beweeg stadig op en op tot by hulle en kom rukkerig tot stilstand.

Dit begin weer reën. Agter hulle trek die reën lang slierte. Sy huil en klou aan Kerneels vas. Hy skreeu weer. Iewers is daar beweging.

En staan die swart-en-wit kat roerloos in die reën.

EEN-EN-TWINTIG

Die polisie verlaat die woonstel. Hulle begelei Millicent weg, wat ontroosbaar is. Die swart-en-wit kat sit steeds voor Tristan se deur asof hy vir hom wag.

Kerneels sit en huil soos 'n kind. Vincent sit langs hom en hou hom vas. Snikke skeur deur die seun se liggaam.

Erika stap na hom toe. "Ek wil hê jy moet by my kom bly," sê sy.

Hy skud sy kop. "Ek's oukei hier. Ek en Vincent. Ons is . . ." Maar hy huil te veel om te kan praat.

Kerneels druk haar vas. Sy kyk na die rooi malvas en gewaar die man wat in die gebou oorkant na hulle staan en kyk. Hy lig sy hand. Sy lig hare. 'n Woordelose groet.

Erika staan ontredderd, weet nie wat om te doen nie. Toe stap sy na Tristan se slaapkamer en tel die kombers op.

"Ek vat dit, as jy nie omgee nie."

Kerneels knik.

Erika druk die kombers teen haar vas en ruik hom nog daaraan. Dan hang sy dit om haar.

Toe sy by die tafeltjie in die voorportaal verbyloop, lê Tristan se sonbril nog daar, nadat die lykbesorger dit van sy gesig afgehaal het. Sy druk dit in haar sak.

Daar is nie 'n manier waarop sy nou in die hysbak gaan klim nie. Werkers is in elk geval besig om dit te herstel. Maar dis nou te laat.

Net voor sy wil loop, kom Kerneels uitgestap met die skildery van Tristan. "Ek het gedink jy sou dit wou . . ." Sy stem laat hom in die steek.

Sy neem dit dankbaar.

"Ek sal jou help om dit motor toe te vat."

"Nee. Dis iets wat ek self wil dra."

Sy loop met die kombers, die bril en die groot skildery teen die trappe af. Kort-kort moet sy rus, die vrae van nuuskieriges beantwoord en hulp weier wat aangebied word.

Nog verder af en af met die trappe. Die skildery word al swaarder. Hier en daar struikel sy oor 'n trap, val amper, gryp aan die reling en sukkel dan verder, tot sy by die deur kom.

Die blommeverkoper wag haar buite in toe iemand vir haar die deur oopmaak.

"Nice flowers, Madam. Red roses for a blue lady?"

Sy skud haar kop.

Die son is nou ongenadig skerp. Sy plaas Tristan se sonbril op haar neus. Huil onbeskaamd, maar loop verder met die skildery en die kombers.

Dan onthou sy eers dat sy twee blokke ver geparkeer het.

Erika Hamilton stap met Tristan se skildery deur die strate, ignoreer verbaasde omstanders se blikke, skud haar kop toe 'n taxi langs haar stilhou en die insittendes vra of hulle kan help.

Voort, vorentoe, oor die straat, tussen mense deur, koes vir fietsryers, swenk uit vir voetgangers met die skildery wat al swaarder word. Maar sy hou net aan met stap, haar arms is seer en die kombers warm om haar skouers.

Mense maak pad vir haar, 'n bus toeter terwyl dit verbyry, party beduie en ander lag. Van die motors hou stil en beskou haar geamuseerd. Weer fietsryers, dan voetgangers met 'n hok vol hoenders en 'n ander met 'n sinkplaat op pad na 'n winkel.

Toe sy uiteindelik by haar motor kom, is sy uitasem. Sy sluit dit oop. Haar arms is lam en sy sit die skildery op die agterste sitplek neer. En weer kan sy sweer dat Tristan wil glimlag.

Sy sit die kombers op die passasiersitplek neer. Haar selfoon lui. Dis Rodney.

"Hallo, Rodney," sê sy.

"Hallo Erika. Gaan dit goed?"

"Ja, dankie, Rodney."

Sy skakel die selfoon af en druk Tristan se bril styf op haar neus vas.

Dan skakel sy haar motor aan en kyk in haar truspieël. As die vervlakste taxi's haar nou net kans sal gee om in die stroom in te beweeg.

Wanneer sy by 'n hoek kom, onthou sy dat sy vergeet het om haar sitplekgordel vas te maak.

Maar iemand het dit reeds vasgegespe.